L'éblouissement des petites filles

Timothée Stanculescu

L'éblouissement
des petites filles

roman

Flammarion

Ouvrage proposé par Natacha Calestrémé

© Flammarion, 2021.
ISBN : 978-2-0802-5617-1

À Patrick L.

1

Je me sens écrasée. Il est onze heures, midi peut-être, j'ai l'impression de pédaler dans un bain brûlant. Ce matin déjà je me suis réveillée en sueur, j'ai dormi avec les fenêtres fermées. Et j'ai fait un cauchemar. Je crois.

En sortant de la salle de bains, ma mère est allée directement sous la tonnelle pour continuer à bricoler sa table en mosaïque. Elle a dit qu'elle avait besoin de s'occuper les mains pour se détendre, pour se calmer, pour penser à autre chose. Sinon elle ne ferait que fumer, fumer, clope sur clope. Du moment qu'elle ne me parle pas, qu'elle me laisse tranquille, moi ça me va. Je veux rester seule, alors je pars à vélo.

Je pédale depuis une dizaine de minutes et je n'ai croisé qu'une voiture. À cette heure-ci et avec cette chaleur, il n'y a personne. Dans mon village, il n'y a pas de marché le week-end, il faut aller en ville. Mais je me demande si les gens vont le faire cette semaine, est-ce qu'ils ont envie d'acheter des fruits de mer ou un poulet ? Certaines familles, non. Sûr que non.

J'ai décidé de traverser tout le village sans m'arrêter, de dépasser le garage abandonné à la sortie et de tourner à gauche. Le long de l'ancienne voie ferrée. Je passe sous les arbres, un tunnel d'arbres épais et sombres, verts. À travers filtre une lumière blanche, dorée, une lumière de sieste. Je ralentis, l'ombre me fait du bien. J'écoute le silence, le bruit des petits cailloux et de la poussière sous les roues de mon vélo. Je sens l'humidité au creux de mes genoux. Les éclats de soleil dans mes yeux à travers les branches. Et ce silence, ce silence de mort. Il fait tellement chaud que même les oiseaux se taisent.

Je me retrouve au milieu des champs, en plein vide. En pleine exposition. Quand on sort du tunnel d'arbres, que j'appelle le passage des fées, ça fait toujours bizarre. En hiver, à pied, il est extraordinaire, avec des branches noires et crochues, et des corbeaux aussi. Il y a des champs partout autour de ce village. Des corbeaux partout dans ce village. Mais pas ce matin. Ce matin, il n'y a rien ni personne.

Je descends le chemin qui file droit entre les champs. C'est déjà la sortie du village ou presque. Il y a des voitures qui passent sur la route parallèle, une départementale je crois. Ce n'est pas là que je vais. Moi je tourne à droite, sans regarder autour de moi, sans tendre le bras. Il n'y a personne. Personne. Je n'ai même pas besoin d'être prudente.

À Cressac, il y a rarement du bruit. Sauf les jours de fête, et encore. La sardinade annuelle du 14 Juillet. Il paraît qu'il y a dix ans, des petits jeunes, un gang soi-disant, faisaient les malins avec leurs scooters. Ils avaient fait peur à quelques voitures et volé un panneau STOP. Tu parles d'un gang. Je suis sûre que la plupart d'entre eux aujourd'hui sont mariés avec des enfants, peut-être même toujours ici, les pauvres. Mais ce week-end, encore plus que les autres, il n'y a personne qui se balade dans le village.

Pourtant, j'ai peur. D'un côté, un champ jaune, de l'autre, un champ vert. J'entends des grillons. Je m'engage sur la route étroite qui oblige les voitures, quand elles se croisent, à manger sur la bordure d'herbe, cette route toute droite qui découvre tout, et mon cœur bat plus fort, et ce n'est pas à cause du vélo. J'ai peur. Ça fait comme de l'acidité dans la poitrine et des fourmis dans les doigts. Et ce que je vois, c'est qu'il n'y a aucune maison. Ni sous le tunnel d'arbres, ni le long du chemin parallèle à la route départementale, ni le long de la route sur laquelle je roule. Il n'y a que des champs de fleurs jaunes, je ne sais pas ce que c'est mais ça ne sent pas très bon, et des champs de maïs encore petits et verts. Heureusement, je me dis. Si les maïs étaient hauts, j'aurais encore plus peur, encore plus d'acide dans la poitrine, encore plus de picotements au bout des doigts, j'imaginerais qu'une menace s'y cache. Ce n'est pas pour rien qu'on peut tailler des labyrinthes dans les champs de maïs. Et qu'il s'y passe toujours des courses-poursuites, dans les films d'horreur. Je pense à ça très vite, ça traverse ma tête à toute vitesse, j'ai à peine donné trois coups de pédale. Mais je me dis que je m'en souviendrai plus tard dans l'été. D'éviter cette route quand le maïs sera haut.

Et puis je vois ce qui me terrifie. Je n'ai pas osé me le formuler, ni la visualiser pour ne pas l'attirer à moi, mais elle est quand même là, cette camionnette blanche. Je ne sais pas trop ce que je dois faire, parce que je ne peux pas lui échapper. Elle a déboulé d'en bas, de tout en bas, au bout de la route, à deux cents mètres de moi, et elle roule dans ma direction. Je ne crois pas avoir vu d'inscription, un logo, une couleur, un truc quelconque qui indique que c'est juste une entreprise de réparations. Une camionnette blanche. C'est tellement acide dans mon cœur que c'est descendu me nouer l'estomac. Je pédale plus vite. Cette route à découvert, c'est l'endroit exact où personne ne vous entendrait appeler à l'aide, où personne ne vous verrait si quelqu'un vous faisait du mal. C'est l'angle mort de Cressac où il peut arriver n'importe quoi. Je ne vais pas faire demi-tour, le but c'est de faire une boucle. Et j'ai décidé que j'irai au cimetière, c'est ma cachette.

Elle avance vers moi, j'ai peur qu'elle ralentisse. Moi, j'accélère encore un peu, mais je sais que je ne suis pas grand-chose sur mon vélo face à un moteur de camionnette. Je vois plusieurs silhouettes d'hommes. Je sais qu'ils peuvent s'arrêter en me bloquant la route, ouvrir la porte arrière et me jeter à l'intérieur en prenant aussi le vélo. Je pourrais hurler, personne ne m'entendrait. Et même si on m'entendait, j'aurais déjà disparu et les gens se diraient que ce sont les gamins du voisin qui jouent dans le jardin.

J'essaie de garder la tête haute, ils ne peuvent pas voir mes yeux avec mes lunettes de soleil. Ils passent à côté de moi. La camionnette ne ralentit pas, elle me dépasse. Les deux mecs à l'avant, je crois que je ne les ai jamais vus. Mais ce ne sont pas des gitans, déjà ça me rassure. Et ils m'ont regardée en passant, comme les gens le font toujours quand on se croise dans ce village. Ils font toujours la même tête les gens d'ici, quel que soit leur âge. Quand j'en rencontre, ils me regardent avec un air de « qui c'est que c'est ? ». Tout le monde sait tout sur tout le monde à Cressac, même quand personne ne sort de chez soi. Il n'y en a qu'une sur qui on ne sait rien. Une fille du village qui a disparu comme ça, il y a trois jours, et on ne l'a appris qu'hier soir. Océane Thulliez, seize ans. Volatilisée à la sortie du lycée, le dernier jour d'école.

Je me calme, ça se dénoue dans mon ventre mais j'ai encore le cœur qui bat fort, c'est un peu douloureux. J'arrive enfin au niveau des maisons, ça va mieux. Je passe devant cette cour que je déteste, avec les deux chiens agressifs derrière le portail. Ils accourent vers le grillage et se mettent à aboyer, d'habitude c'est eux qui me donnent de l'acidité dans le cœur. Ce matin, ils me rassurent. Ils sont moches. Et si la camionnette fait demi-tour maintenant, je sonnerai chez quelqu'un, je hurlerai par-dessus les chiens. De là à ce qu'il y ait un ou deux vieux qui sortent avec leur carabine... Plus personne ne peut me faire de mal à présent.

On ne me volera pas mon vélo mais je ne veux pas le laisser à l'extérieur du cimetière. J'ouvre le portillon et j'entre, collée à la muraille, je vérifie qu'il n'y a personne. Mais il n'y a jamais personne dans le cimetière. Je ne sais même pas comment il est entretenu. Il y a du monde le 1er novembre. Peut-être aussi le 11 novembre. Mais ce matin, il n'est que pour moi. Je rentre mon vélo dans l'enceinte et je referme le portillon derrière moi. Je prends mon sac dans le panier à l'avant. Je ne sais pas pourquoi je me sens tellement protégée ici. Depuis la route, on ne peut pas voir ce qui s'y passe. Il y a un double portail plein en métal, peint en gris. Et le portillon, plein, gris lui aussi. Et le mur qui l'entoure. C'est une petite forteresse. C'est ma cachette depuis longtemps.

Mes mains tremblent encore un peu. La dernière fois que je suis venue, j'ai repéré la tombe d'un bébé. Elle était assez récente, 1998 ou 1997. C'était une petite fille, je ne sais pas de quoi elle est morte. C'était il y a dix ans et on venait d'arriver, mais personne ne nous a rien raconté. Je ne les connais pas, moi, les histoires de Cressac. Les gens non plus. Il n'y a pas beaucoup de tombes récentes, la plupart datent de 1930, 1945. Il y a si peu d'habitants ici que même le cimetière est vide. Il n'y a même pas de morts.

Tout au fond, le banc en pierre adossé au mur ne sert à rien, il est à l'écart, à une vingtaine de pas des dernières stèles.

Pas un seul coin d'ombre. Pas de vent. Tout est parfaitement immobile. Les arbres autour ne bougent pas, de ma cachette je vois leurs couronnes par-dessus le mur d'enceinte. À l'intérieur du cimetière, pas un seul arbre. Donc c'est toujours très lumineux. Là, même avec mes lunettes de soleil, je dois plisser les yeux. Je brûle. Tellement que je ne sens plus la différence entre mon corps et l'air. On dirait que mes narines, qui respirent cet air brûlant, n'ont pas de contour, pas de limite. Je me suis fondue dans tout le reste. C'est comme si je marchais dans une vapeur où je me serais dissoute.

Je vais faire ce pour quoi je suis venue ici. Je vais m'asseoir sur le banc et sortir de mon sac un paquet de cigarettes. Il est tordu, froissé et ramolli. Je l'ai acheté fin septembre, au début de l'année scolaire, et j'ai fini par toutes les fumer. Alors j'ai volé des cigarettes dans le paquet de ma mère. J'ai une petite réserve. Je vais en prendre une et l'allumer et la fumer en regardant mon vélo. Il est en face de moi, très loin, posé contre le mur tout au bout du parking des morts. Un cimetière, ça ressemble à un dortoir ou à un parking. Et comme j'ai chaud de partout, que je commence à transpirer au creux des bras et à l'intérieur des cuisses, que j'ai la même température que l'air et la bouche sèche, je sens à peine la fumée dans ma bouche et dans ma gorge. Ça, je ne l'avais pas prévu. C'est la première fois que ça m'arrive. De fumer dans la canicule. J'espère que ça ne sera pas comme ça pendant tout l'été.

Mon cauchemar de cette nuit me revient. Notre maison était en feu. J'étais coincée à l'intérieur et j'entendais ma mère m'appeler depuis dehors. Elle me disait de sortir, elle hurlait, et au bout d'un moment sa voix ressemblait à une mélodie, à une espèce d'instrument à vent. Le feu sifflait autour de moi et j'avais très chaud. C'est pour ça que j'ai l'impression que je rêve encore, j'ai aussi chaud que dans mon sommeil. L'incendie. De grandes flammes de tous les côtés. Sur la table de la cuisine, une pomme. Dans la chaleur elle avait cuit, du caramel suintait. Ça ressemblait à un sac-poubelle percé qui laisse s'écouler une petite flaque de liquide marron. J'entendais encore ma mère qui me disait qu'il fallait que je sorte, vite. Mais je montais à l'étage. J'allais dans ma chambre, je voulais récupérer mon journal intime, je ne voulais pas que mes secrets brûlent. Alors que je ne tiens plus de journal intime depuis presque deux ans. Mais quand je voulais redescendre, le feu s'était propagé dans les escaliers. Et au milieu de la fournaise je distinguais des silhouettes. Des genres de grands animaux. Des formes qui dansaient, menaçantes. Je serrais très très fort mon journal intime contre moi. Puis je faisais demi-tour et je montais vers le grenier. Bizarrement, ce n'était plus une échelle mais un grand escalier en colimaçon, ça n'en finissait pas de monter, de monter, de monter... J'avais le tournis. Je sentais une présence derrière moi mais il faisait de plus en plus frais et je respirais enfin. Le grenier, il était presque comme le vrai, sauf qu'il y avait un matelas par terre. Et Océane était là.

C'est étrange que j'aie rêvé d'elle, on ne se fréquente pas, on se croise seulement parfois. Elle habite à Cressac elle aussi, et elle est dans mon lycée. Hier soir on a appris qu'elle avait disparu et puis elle est entrée dans mon rêve. Elle se cachait là.

Elle était couchée, je la réveillais en sursaut. Elle me regardait, elle avait juste l'air un peu hébétée. Elle me scrutait avec de très grands yeux et elle me demandait si j'avais écrit sur elle dans mon journal. Je répondais : Pas encore. Je disais que quelque chose m'avait suivie dans les escaliers et qu'il y avait le feu. J'avais la voix grave. Elle se levait d'un coup et elle venait contre moi, elle sentait bon, elle avait l'odeur de quelqu'un d'autre mais maintenant, pendant que je fume ma cigarette sous le soleil écrasant, je ne me souviens plus du parfum ni de la personne. C'était l'odeur de quelqu'un d'autre. Je ne connais pas son parfum, à Océane. Elle se rapprochait et elle posait ses mains sur le journal, dans les yeux elle me disait : Donne. Je refusais, je la repoussais, elle avait les mains douces. Elle réussissait à me le prendre et je la suppliais de ne pas le lire. Elle le promettait et me murmurait de me sauver, on entendait des bruits dans l'escalier en colimaçon. C'était l'incendie. Je lui criais d'arrêter de se cacher. Elle fondait sur moi, on aurait dit qu'elle était deux fois plus grande et plus grosse, elle était terrifiante, elle occupait tout l'espace. Mon journal avait gardé la même taille et paraissait minuscule dans sa main, comme un accessoire de poupée. Elle le tenait entre deux doigts. Elle me poussait vers la fenêtre et comme j'avais le dos appuyé contre la vitre sale et poussiéreuse, elle me donnait un coup de poing dans le ventre. Je traversais la fenêtre. Ma mère, je ne l'entendais plus. Je n'entendais plus rien. Ma chute a été très courte, je me suis réveillée en nage. C'était si étrange de rêver d'elle.

Je vais sûrement attraper un coup de soleil. J'allume une nouvelle cigarette clandestine en regardant mon vélo. La selle va être brûlante. Je me lève pour aller m'asseoir dessus et la protéger un peu du soleil. Je m'avance entre les tombes en fumant. Dire que j'ai rêvé d'Océane. J'espère qu'elle ne reviendra pas dans mes rêves, qu'elle sera comme la canicule, pas là tout l'été.

Je n'avais jamais remarqué cette tombe-là. Je ne les connais pas toutes. Je reste souvent sur le banc quand je viens ici, je ne lis pas les noms. Pas à chaque fois. Je n'ai pas toujours envie de connaître ces défunts. C'est la tombe d'une fille, Christine Berthaud, 1966-1982. Morte à seize ans. La tombe est jonchée de plaques toutes moches, en marbre marron avec des colombes dessinées et des banderoles en métal accrochées dessus, marquées : *À notre fille chérie*, *À notre amie partie trop tôt*. Et aussi : *Souvenir*. Je reste là devant la tombe de Christine. Est-ce qu'il y a encore des Berthaud à Cressac ?

Je repars. Quand on quitte le cimetière, c'est plus joli, Cressac. C'est un peu boisé et il y a plus de maisons. Surtout des pavillons qui datent des années 1960. Un autre chien agressif aboie sur mon passage. Je suce un bonbon au citron. Je ne pense pas que ma mère sentira la cigarette sur moi. J'ai croisé une voiture avec deux petits vieux qui m'ont regardée. La vieille s'est penchée un peu, elle a dû se dire, On ne sait jamais, peut-être que c'est la petite Océane, mais elle ne pourrait pas me confondre avec Océane, je suis brune et elle est blonde. Je comprends, après tout, Cressac, c'est « un village sans histoires », comment les filles de chez nous pourraient disparaître ?

À mon retour, ma mère est furieuse. Depuis la tonnelle, dans le jardin, comme si elle voulait que les voisins entendent bien tout ce qu'elle dit, elle me reproche d'être partie sans mon téléphone. Elle ne me laissera plus sortir toute seule me promener, je devrai être accompagnée. Mais par qui est-ce que je pourrais être accompagnée ?

Au déjeuner, on ne parle presque pas. Ma mère me demande où je suis allée. Je lui dis que j'ai juste fait du vélo dans le village. Je la rassure, je ne me suis pas éloignée sur la grande route et je suis restée tout le temps près des maisons. Elle me fixe intensément avec beaucoup d'ombre dans le regard, et en même temps de l'amour qui recouvre comme un vernis cette inquiétude. Trop. Trop d'amour. Et je sais à quoi elle pense pendant qu'elle me regarde comme ça. Elle pense à Océane, elle se dit que son enfant à elle n'a pas disparu. Ça m'agace. Elle me propose un café, j'accepte et je revois Océane qui grandit, qui devient immense et sombre et terrifiante dans le grenier, qui marche vers moi et me tue en gardant mes secrets serrés entre deux doigts.

Le téléphone sonne. Ma mère va répondre. Je ne l'entends pas parce que je lave la vaisselle. Les cigarettes m'ont un peu tourné la tête. Je me demande ce que je vais faire cet été. Ma mère revient dans la cuisine, surprise, et elle me dit :

— Pourquoi tu ne m'as pas dit qu'il y avait une équipe de télé dans le village ?

— Je ne savais pas. Je ne l'ai pas vue.

— Mais tu m'as dit que tu étais restée là où il y a des maisons.

— Oui.

— Ils étaient vers la mairie, les maisons près de la mairie.

— Je ne suis pas allée par là.

— Ça va passer au journal de 20 heures. Pas au journal régional, au journal national !

— Ben tant mieux si je ne les ai pas vus ! Je ne veux pas passer à la télé.

— Les pauvres parents quand même… Océane. Je ne me souviens pas bien de cette gamine. Vous étiez copines à l'école primaire, non ?

— C'était au CP, maman. Je ne la connais pas. Si ça se trouve, elle a fait une fugue. Tu sais, cette fille, elle traîne avec des mecs plus âgés, avec des gitans.

Ma mère ne dit plus rien. Elle me fixe, l'air grave. Très grave. Et tout à coup, je me sens embarrassée. J'ai envie de fumer une cigarette. Je crois que ma mère me juge pour ce que je viens de dire sur Océane. Je crois que ma mère pense qu'elle est morte, Océane, et qu'elle me juge parce que j'ai dit du mal d'elle alors qu'elle est morte. Peut-être. Mais c'est la vérité, pourtant. Elle aime les garçons et c'est réciproque, et personne ne sait très bien qui elle fréquente, cette fille. Je suis très mal à l'aise, j'ai vraiment envie d'une cigarette, et puis d'être avec mon père, qui vit à Tours depuis le divorce. Pour finir, j'ajoute qu'on verra bien ce que ça donnera, l'enquête, l'avis de recherche. Que je suis sûre qu'elle a juste fait une fugue, que ça arrive et qu'on ne sait rien pour le moment. Je rappelle à ma mère qu'elle devait préparer des cafés. Alors elle semble sortir d'une absence et s'y met.

Elle me dit que c'est Christelle qui lui a téléphoné pour lui raconter qu'elle avait croisé l'équipe de télé et que son voisin lui avait précisé que c'était pour le 20 heures. Elle me demande : « Tu sais, monsieur Guaud ? » Non, je ne sais pas.

On s'installe à l'ombre, sous la tonnelle. Il y fait meilleur qu'en plein soleil. Ma mère allume une cigarette, je la regarde. Je l'envie.

Une voiture s'engage sur notre allée, le portail est ouvert. Ce n'est pas la voiture du copain de ma mère. Philippe a une Fiat rouge parce que c'est un con qui aime se faire remarquer. Là, c'est une vieille Citroën grise. Un homme la conduit.

Je me lève, mon café à la main, et je m'avance dans la fournaise blanche, l'autre main en visière pour le regarder. Je dis : « C'est qui ? »

Ma mère pose son café et se redresse. Elle aussi met sa main en visière sur ses yeux. Elle sourit. « C'est monsieur Vedel, le type que j'ai engagé pour m'aider dans le jardin. » Ah oui. Le type pour le jardin. Elle marche vers lui, ils se serrent la main en se souriant, ma mère lui propose un café, elle l'invite à entrer dans la maison. Comme d'habitude, c'est l'hôtesse parfaite. Quand elle m'avait parlé de lui, j'avais imaginé un type plus vieux, beaucoup plus vieux. En fait, il a dans les quarante ans.

Il se dirige vers la maison, on dirait qu'il est déjà venu ici. Je reste plantée là, les yeux plissés dans le soleil trop fort. Je sens le vent qui agite mon débardeur, et une mèche de mes cheveux. Le type tourne son regard vers moi et me sourit. Bonjour. Je lui réponds et je ne me rends pas compte que je suis un peu froide. J'entends, assez loin, la voix de ma mère qui nous présente l'un à l'autre. Il vient vers moi, mes doigts se crispent sur ma tasse comme sur une corde de sauvetage, et il me serre la main comme à une adulte, alors que je n'ai que seize ans. Il dit : Thierry. Je réponds : Justine.

Cette main qui m'effleure, je suis un peu troublée. Il la retire et ils entrent dans la maison, ma mère et lui. Je n'ai plus envie de fumer. Je me tiens là, le bras le long du corps, la main entrouverte comme tenant toujours la sienne.

2

Tout à coup on a pris conscience de l'existence d'Océane. Juste parce qu'elle a disparu. Moi aussi je viens d'en prendre conscience. Et tout m'apparaît ouvert et défait dans ma tête, nu. Une clémentine pelée, avec son écorce parfumée enroulée à côté d'elle, nue, c'est ce que je ressens à propos d'Océane. On ne s'est jamais parlé. Je me souviens qu'on a été dans la même école avant que j'en change. J'ai fini le primaire dans le village d'à côté. C'est pour ça que je ne connais personne à Cressac. Mais tout le monde pense que je sais des choses sur Océane que les autres ne savent pas, tout ça parce qu'on est du même bled. Alors qu'il n'y a même pas de café à Cressac, pas de place du village non plus. Simplement une longue route toute droite, bordée de pavillons et, du côté du cimetière, quelques rues avec des maisons plus anciennes qui forment un hameau. Avec ma mère, on ne fait pas partie de cette communauté. On est venues s'installer ici il y a dix ans mais on n'est pas « des gens du coin ». Quand mes parents se sont séparés, ma mère était la seule femme divorcée du village.

On ne fréquente pas les gens d'ici. Surtout moi, mes copines habitent ailleurs, il y en a qui ne connaissent même pas Cressac et qui habitent pourtant à dix kilomètres à peine. On me voit, parfois à pied, souvent à vélo, qui passe, le visage fermé, comme si j'avais laissé mon sourire ailleurs. Moi je traverse le village comme si j'étais toute seule, comme si les gens ne pouvaient pas me voir. Je voudrais que ce soit le cas. Avec ma mère, quand on est arrivées, on a essayé de s'intégrer, on allait aux lotos à la salle des fêtes, aux tournois de pétanque, aux matchs de foot, à la soirée du 14 Juillet. Et puis à force on a bien vu qu'on ne faisait pas partie de la communauté, qu'ils ne voulaient pas nous accepter. Alors aujourd'hui, quand on rentre à la maison, on reste à la maison. On ne sort pas, on ne se mélange pas. C'est juste par habitude, c'est comme ça. Alors Océane je ne la connais pas.

J'avais six ans quand j'ai atterri ici. Elle a traîné un peu avec moi à ce moment-là, on a été copines durant une courte période, quelques mois. Le temps où j'étais à l'école de Cressac. Elle me parlait parfois en patois, je ne comprenais pas. Je ne comprenais pas bien tout ce qu'elle me disait et je pense que c'est pour ça que l'idée m'est restée qu'elle est un peu lente, cette fille. Un peu attardée. Ou que sa mère a bu pendant sa grossesse. J'ai l'image d'une petite fille blonde avec d'immenses yeux bleus, des cheveux fins, courts, à la coupe incertaine, et des oreilles pointant entre les mèches translucides. Qui s'essuyait le nez avec sa manche et y laissait des traînées de morve brillante, comme les escargots sur le muret du jardin. Je suis allée chez elle une fois, elle m'avait invitée. Après, je n'ai plus jamais voulu y retourner. Leur maison avait quelque chose de vide et de désordonné à la fois, et une odeur désagréable qui m'avait mise mal à l'aise. Tout m'avait paru si étranger et si froid, d'une certaine manière. Son père, un grand type tout maigre avec une boucle d'oreille, avait l'air d'un voyou. Sa mère, maigre aussi, les yeux très maquillés et des cheveux fins plaqués en arrière. J'avais six ans à cette époque, je ne réalisais pas combien les parents d'Océane étaient jeunes. Sa mère avait dix-neuf ans à sa naissance. Ils devaient aussi être un peu pauvres, car ses poupées, ce n'étaient pas des vraies Barbie. C'étaient des fausses, fabriquées en Chine, en plastique fin, creux, souple, et avec des robes aux couleurs criardes. J'avais six ans et j'avais ressenti l'impression de misère dans cette maison et cette famille. Ça m'avait effrayée. Je ne me souviens pas si elle est venue chez nous. Probablement que je l'ai invitée à mon goûter d'anniversaire, cette même année. Quand j'ai changé d'école, après, on s'est perdues de vue très facilement, très rapidement.

Je sais à quoi elle ressemble aujourd'hui. Je ne connais pas son parfum parce qu'on ne s'approche pas l'une de l'autre, mais je connais son apparence. Et sa démarche. C'est étrange, mais quand je pense à sa disparition, c'est la petite fille mal habillée, mal coiffée, avec des traînées de morve séchées sur ses manches qui m'apparaît. Je me dis qu'elle n'a pas pu disparaître, Océane. Peut-être qu'elle a l'air, comme ça, d'une fille facile, d'une fille publique, mais qu'en réalité elle est romantique, elle aussi elle peut aimer. Je m'imagine qu'elle a simplement fugué avec un mec plus âgé qui a une voiture ou une moto. Peut-être qu'elle est enceinte et qu'ils sont partis ensemble dans le Sud, à Marseille, loin des regards, pour élever leur enfant.

Une fille comme Océane, c'est sûr, elle s'en fiche d'avoir son bac ou pas. À quoi ça ressemble, un gros ventre de fille enceinte avec un piercing au nombril ?

Je sais des choses sur Océane. On s'est tout de même croisées quelquefois. On est dans le même lycée, dans le même cours d'allemand. On finit par en apprendre beaucoup les uns sur les autres. Sans être sûrs que ce soit la vérité, on n'a pas besoin de l'être, on a juste à croire ce qu'on entend. Je me balade assez régulièrement dans ce village. Même si j'ai toujours peur au moment de descendre la route entre les champs, même si j'évite de pédaler jusqu'aux abords du bois. Et j'ai vu Océane se déplacer aussi. Je dis qu'elle se déplace parce que c'est sincèrement l'impression qu'elle donne, qu'elle se rend quelque part. Je pense qu'elle a des rendez-vous, et même, je le sais. À l'époque du collège, il n'y a pas si longtemps, il m'est arrivé de l'apercevoir à l'arrière d'une moto, les bras autour de la taille de garçons plus grands que nous. Une fois, ma mère a voulu rentabiliser ma promenade et elle m'a envoyée lui acheter des cigarettes au petit magasin à l'entrée du village, à côté de la salle des fêtes. Près de la porte, Océane était avec un jeune homme, il devait avoir au moins vingt ans. Ils se tenaient par la main. Et quand je suis ressortie, je les ai vus, un peu cachés à l'arrière de la salle des fêtes, en train de s'embrasser, appuyés contre le mur.

Chaque fois qu'on s'est rencontrées, on s'est toisées ou ignorées. C'est une règle tacite entre les ados de la campagne. Entre les gens de la campagne en général. Quand on ne se connaît pas, on ne se dit pas bonjour. On s'observe et on ne se parle pas. Et même si on se connaît, de vue, de nom, de réputation. Si on ne se fréquente pas, on se passe à côté comme des animaux sauvages. J'imagine qu'en ville c'est pareil, dans les grandes villes, les très grandes villes. On voit des gens toute la journée, on ne va pas leur dire bonjour. C'est la foule, il y a assez de bruit et d'agitation pour ne pas avoir besoin d'ajouter des bonjours ou des sourires. Mais à la campagne, où il n'y a personne, dans un village comme Cressac, où c'est le silence, le vide, on pourrait se saluer. Et pourtant on ne le fait pas. C'est comme si ce silence et ce vide étaient tellement lourds et épais qu'on ne pouvait pas les troubler. Tout ce qu'on peut faire, c'est éprouver la solidité du silence en faisant peser dessus, de tout son poids, un regard échangé. Je ne sais même pas si j'ai entendu le son de sa voix à Océane, sur le territoire de Cressac, depuis le CP. Au lycée, oui. Au cours d'allemand, cette année. En classe et dans les couloirs, c'est comme dans le village, on fait semblant de ne pas se connaître, Océane et moi, on se regarde comme si on ne se voyait pas. Je me dis que c'est une fille qui aime les garçons, qu'elle l'a forcément déjà fait.

Et c'est maintenant qu'elle a disparu que ça me met mal à l'aise. Je ne sais pas pourquoi. Ce n'est pas mon amie, ça ne l'a jamais été, mais ça me pèse qu'on habite au même endroit et que pour cette simple raison sa disparition ait un lien avec moi. J'ai beau imaginer un scénario romantique possible pour expliquer son absence, je sais que je m'acharne à construire cette image pour couvrir le bruit de ce que tout le monde pressent. Tout le monde le sait, qu'Océane connaît trop de garçons, tout le monde le sait, que ses parents ne la surveillent pas assez, ne la retiennent pas assez, ne lui interdisent pas assez, tout le monde le sait que c'est une fille facile Océane, et que si elle a disparu, c'est qu'on ne la retrouvera jamais. Ou alors dans un état qui la conduira à la rubrique des faits divers. Je le sens qu'elle est déjà devenue un fait divers et ça me gêne de revoir la petite fille avec de la morve sur ses manches, ça me dérange de l'avoir méprisée, de me considérer encore supérieure à elle.

On a finalement appris que les journalistes n'étaient pas de l'équipe du JT national mais du régional. C'est quand même passé à la télé. Ma mère s'est emportée contre Christelle, elle était un peu offusquée que sa copine ait pu confondre les éditions du journal.

Étendues dans le salon frais, resté dans la pénombre toute la journée, ma mère et moi on a regardé des petits vieux de Cressac qui répondaient au micro des journalistes. Et puis il y a eu la mère d'Océane, les yeux immenses et rouges et inondés. Elle peinait à parler, elle suppliait qu'on retrouve sa petite fille. Qu'on la lui rende. C'était très étrange de se dire que ces images avaient été filmées juste à côté d'ici. Pendant ma balade à vélo, où je ne pensais à rien qu'à la chaleur et à la cigarette que j'allais fumer. Ils auraient pu me voir et m'intercepter, m'interroger. Est-ce que j'aurais dû mentir alors et prétendre que nous, les jeunes du village, étions très touchés par cette absence inquiétante que je n'osais pas encore appeler disparition parce que le mot me faisait peur ? J'aurais dû prétendre aussi que j'étais d'ici, une part entière d'ici. Pour ces gens de la télé, on est forcément d'ici, les gens qui viennent de loin, qui choisissent délibérément ce trou, ce nulle part, n'existent pas. Le plus étrange dans ce reportage, c'était de voir notre village à la télé. J'aurais été obligée de mentir devant cette caméra et tout le monde aurait su que j'avais fait semblant d'être des leurs.

Cette nuit, je reste longtemps sans bouger. La chaleur est terrible. Au début pourtant, je garde mon pyjama. Il me tient très très chaud, mais il me semble que je dois le garder. Comme si j'étais trop pudique vis-à-vis de moi. Je me trouve bizarre parfois, je suis comme une étrangère avec moi-même. Je retire finalement mon pyjama, le laisse tomber près de mon lit et reste allongée sur la couverture en respirant lentement pour que même ce mouvement infime ne me donne pas encore plus chaud.
Je regarde le plafond, il ne fait jamais vraiment nuit noire en été. Je vois dans cette lueur bleue la petite fissure au-dessus de mon lit, les aspérités de la peinture. Mes mains sont posées le long de mon corps. Parfois mon index se relève, comme un réflexe imperceptible, une pulsation très légère qui marquerait le rythme de toutes les pensées qui me traversent. Est-ce que ce n'est pas après tout dans l'ordre des choses que je ne sois jamais devenue l'amie d'Océane ? Est-ce qu'il n'y aura pas par la suite d'autres événements qui se produiront et me feront réaliser qu'il valait mieux, qu'il a toujours mieux valu que je ne sois ni l'amie de cette fille, ni celle de personne ? Est-ce que chaque chose a une raison de se produire ou de ne pas se produire ?
Quelle était donc cette raison pour Jazz ? L'idée que nous aurions pu nous aimer, Jazz et moi, me revient et remonte et m'envahit en même temps que la chaleur. Je voulais aimer ce garçon, je voulais qu'il m'aime. Il m'a fait croire qu'il m'aimait, il m'a trahie. Je suis en

colère et humiliée. Avec lui, j'ai perdu d'un coup un possible amoureux et un ami, le seul garçon qui ait jamais été mon ami.

Chaque fois que je repense à Jazz, je me sens brûler de haine. Et même ma mère, qui s'en est mêlée, m'a dit que c'était mieux comme ça, que ça se termine. Pourquoi elle aurait le droit d'avoir une vie sentimentale et pas moi ? Je ne lui ai jamais rien dit moi, aucune réflexion, aucun reproche, sur ses nombreux petits amis tous plus vieux, plus laids et plus affreux les uns que les autres. Elle pense qu'elle sait mieux que moi qui me veut du bien, qui me fait du bien, et elle se trompe. Chaque fois, elle se trompe.

Elle a estimé que je passais trop de temps sur Internet et sur mon téléphone à parler avec lui. Et que Jazz, ça ne veut rien dire, que ce n'est pas un prénom, qu'il doit bien en avoir un, alors pourquoi il joue les mystérieux à se créer un personnage, c'est suspect. Je le connais son vrai prénom, c'est Antonin. C'est tout de suite moins classe que Jazz. Tout le monde l'appelle comme ça, c'est devenu son nom. Elle a voulu savoir comment nous nous étions rencontrés. C'était un après-midi, un mercredi après-midi. J'étais allée traîner au skate-park avec ma meilleure amie, Mathilde. Et Jazz c'est un copain à elle, de son lycée. Avec Mathilde, on n'est pas dans le même lycée et c'est super dur parce que je n'ai pas vraiment d'amis dans le mien. Jazz est passé nous voir, la voir elle surtout. Et nous nous sommes bien entendus. Ça n'avait rien d'extraordinaire et pourtant, si. Pourtant si.

On n'a même pas bu cet après-midi-là. On était juste là, posées, avec un Coca. Mathilde m'a briefée un peu sur lui avant qu'il n'arrive. Il avait fait son coming out récemment. J'ai pensé que je n'avais pas d'ami gay, que peut-être il serait un peu comme une fille. Mathilde a dit que c'était un garçon adorable, qu'on avait tous les trois les mêmes goûts, qu'on passerait un bon après-midi. Il faisait gris et encore assez chaud pour un mois d'octobre. J'étais gênée de ne pas avoir d'amis à présenter à Mathilde. Je n'ai jamais eu de vrais amis. À part Mathilde.

Quand il est arrivé, j'ai vu ses immenses yeux bleus. Sa peau dorée, ses pommettes saillantes et douces à la fois. Il avait un sourire naturel, un éclat dans le regard. Il représentait l'idée même que je me faisais d'un homosexuel : il était très beau, très gentil, très drôle mais intouchable. Comme un ange. Nous sommes vite devenus très amis.

Ma mère a dit que Jazz était une mauvaise fréquentation parce que le lycée où il va, où va Mathilde, n'a pas bonne réputation. Elle était suspicieuse parce qu'elle ne connaissait pas ses parents. Comme si ça changeait quelque chose. Est-ce que les parents d'Océane ne sont pas « de braves gens », des gens à première vue honnêtes et très simples, ayant donc forcément des valeurs ? Ça ne l'a pourtant pas empêchée, elle, d'être une fille facile. Je me demande ce qui s'est passé entre elle et ses parents. Avec toutes ses histoires d'amour, ce n'est pas possible qu'ils n'aient pas réagi. Mais je suis sûre et certaine qu'elle a plus de courage que moi. Que si ses parents lui avaient défendu de voir un amoureux, elle aurait désobéi, elle serait sortie par la fenêtre de sa chambre en pleine nuit, comme dans les films, pour le retrouver et l'embrasser dans le noir.

Nous, avec Jazz, on s'envoyait des poèmes. Il m'en écrivait de très beaux. Il ne le disait pas publiquement sur son blog mais je sais qu'ils étaient pour moi, certains surtout, parce qu'il me l'avait confié. On se cachait de Mathilde, je ne sais pas pourquoi. Quelquefois, on sortait se balader tous les deux en ville. Un jour, il a pris ma main, je me sentais fière de marcher à côté de lui, comme s'il était mon amoureux. Mathilde a découvert qu'on s'écrivait, qu'on se parlait tout le temps et qu'on le lui avait caché. Elle a fait celle qui s'en fout mais elle m'a demandé pourquoi je l'avais mise à l'écart. Je me suis sentie coupable d'être heureuse, elle avait peur que je la remplace par Jazz. Alors que pour moi, Mathilde, c'est une sœur. Elle est irremplaçable.

Au mois de mai, Jazz m'a donné rendez-vous en ville, ma mère m'a déposée avant d'aller faire des courses. Je lui avais menti, j'avais prétendu que je sortais avec Mathilde. Et il a fallu que ce soit cet après-midi-là qu'elle la croise avec sa mère au supermarché. Elle a aussitôt compris que j'avais menti. Mathilde lui a dit que Jazz me manipulait, qu'il était hypocrite. Elles ont parlé un long moment dans les allées du magasin. De mon côté, il se passait quelque chose de fort avec Jazz. J'étais sur le point de toucher l'amour, j'apercevais ce que nous aurions pu être, tout était beau. C'est resté un presque.

Cet après-midi-là, on s'est promenés le long de la Charente Jazz et moi, on se racontait des choses. Il a voulu savoir ce qui se passait dans ma vie amoureuse. Rien du tout. Je lui ai demandé : Et toi ? Lui pareil. Je l'ai interrogé sur ce garçon dont il m'avait parlé, il a répondu que c'était fini et que ça valait mieux comme ça. On a continué à marcher en silence, on partageait ses écouteurs, il me passait des chansons en espagnol, je ne comprenais rien mais c'était beau parce que j'étais près de lui. Et puis j'ai reçu un SMS de ma mère qui me disait qu'elle m'attendait au point de rendez-vous, sur le parking derrière le parc. J'y suis allée avec Jazz. Je ne voyais pas la voiture, on était encore rien que tous les deux, elle n'était pas encore là, pas réellement. Il a pris ma main et il m'a dit qu'il m'aimait. Pas comme son amie, non, qu'il m'aimait. Que j'étais la seule fille qui contredisait son homosexualité, qu'il voulait qu'on soit ensemble. J'étais pétrifiée, c'était magnifique et c'était terrifiant. Il avait fallu cet instant de bravoure de sa part pour que je comprenne que j'étais amoureuse de lui. Et que c'était pour ça que j'étais si fière de marcher à côté de lui dans la rue, que j'attendais ses mots, que je veillais jusqu'à une heure du matin pour lire ses messages et y répondre, que ma poitrine était secouée de vagues chaque fois qu'il prenait ma main. J'ai souri, je ne savais pas quoi faire. Il avait si bien parlé, je me croyais dans un film, il fallait que je réponde quelque chose comme ça, pareil, comme dans un film. Et rien ne me venait.

J'ai continué à lui sourire en le regardant dans les yeux, il a compris que je disais oui. Oui, je voulais que nous nous aimions, avoir moi aussi un petit ami qui m'aime, une histoire qui dure longtemps, comme Mathilde, comme tout le monde. On était au mois de mai, au seuil de l'été, en quelques secondes ont défilé dans ma tête tout ce que nous allions faire pendant les grandes vacances, on s'exhiberait à la fête de la musique, main dans la main, traînant près d'une scène rock… J'ai senti qu'il m'embrassait. Il n'avait pas encore approché son visage mais déjà dans ses yeux il m'embrassait, il a pris tout doucement mon autre main et nos lèvres se sont regardées dans un même mouvement imperceptible, un baiser qui se dessine et qui apparaît. J'ai entendu un bruit de moteur, j'ai tourné la tête. C'était ma mère, elle nous fixait depuis sa voiture. Elle a suspendu le trait du baiser en plein dessin. On était gênés, forcément. J'ai fait la bise à Jazz, on a dit qu'on se parlerait au téléphone.

Dans la voiture, ma mère m'a annoncé qu'elle ne voulait plus que je revoie ce garçon. Il n'y a pas eu d'explications, simplement des cris, des menaces, du chantage, encore des cris, et je n'avais plus le droit de lui écrire, je devais lui faire confiance, car elle était ma mère, elle savait mieux que moi qui me voulait du bien ou du mal, qui me faisait du bien ou du mal et si elle me disait que je n'avais plus le droit de communiquer avec un pervers manipulateur, je devais obéir. Lui obéir à elle, pas à lui qui me poussait à mentir à ma mère et qui me séparait de Mathilde. J'ai obéi parce qu'elle m'a anéantie ce soir-là, elle m'a écrasée, dominée totalement, absolument. J'étais morte de honte, elles s'étaient croisées. Pour une fois, juste une fois, que j'avais décidé de faire ce que je voulais et de dire un tout petit mensonge de rien du tout, c'était là qu'elles s'étaient croisées, avec Mathilde. Alors qu'il y avait ce baiser tout prêt à exister et à évoluer, à se mouvoir entre nos deux souffles. Ce baiser resté un regard.

Ma mère m'a confisqué mon téléphone ce soir-là. Avant, elle m'a obligée à effacer le numéro de Jazz, ses messages. Elle a vérifié que je l'avais bien supprimé de ma vie. Et elle a dit : « Tu me remercieras, un jour. Même si tu es fâchée maintenant ».

J'ai demandé la permission de téléphoner à Mathilde, je tremblais. Il y avait quelque chose qu'elle savait et pas moi, j'avais besoin qu'elle me dise la vérité. Je lui ai raconté que ma mère venait de faire un scandale parce qu'elle lui avait expliqué que Jazz me manipulait et me mentait. J'étais bouleversée. Qu'est-ce qu'il disait dans mon dos ? Elle m'a répondu, longuement, qu'il trouvait que je ne parlais que de moi, que j'étais prétentieuse et égocentrique. Et que sa déclaration d'amour, c'était juste pour se foutre de ma gueule parce qu'il voyait bien que j'étais amoureuse de lui et que c'était ridicule. Quand je lui ai demandé pourquoi elle ne m'avait rien dit avant, elle a avoué qu'elle craignait que je ne la croie pas parce qu'il avait déjà réussi à nous séparer. Je lui ai promis que personne ne nous séparerait jamais. Mais en effet, je n'arrivais pas à la croire. Elle devait raccrocher pour aller dîner mais elle m'a promis que, pour me prouver que c'était la vérité, elle me ferait lire un e-mail qu'il lui avait envoyé à peine une heure plus tôt. J'ai pleuré toute la soirée, je ne voulais pas manger, je voulais juste lire cet e-mail.

Le lendemain, Mathilde m'a envoyé l'e-mail de Jazz. Il écrivait qu'il me détestait, que je l'avais beaucoup déçu, qu'il n'avait pas imaginé que je puisse autant mentir et être une telle faux-cul. Je n'ai pas cherché à comprendre ce qu'il me reprochait exactement, pourquoi il était si dur avec moi. On ne s'est plus jamais reparlé depuis. J'étais blessée et c'était une bonne chose que ma mère m'ait obligée à le sortir de ma vie.

Je fixe mon réveil, il est presque deux heures du matin. J'ai les yeux humides, j'ai revécu toute cette histoire pour la centième fois. Déjà, elle commence à se déformer pour s'accorder à ma douleur, peut-être que tout ne s'est pas déroulé comme ça. J'ai revécu plus lentement le baiser, plus lentement notre rencontre, plus longtemps le poème sur la lune qu'on avait écrit ensemble. Et j'ai un point chaud à l'intérieur de moi, un petit point qui doit avoir la taille d'une bille et qui brûle, lumineux. C'est une colère, une toute petite colère. Contre ma mère, contre Jazz, contre ce village, cette vie. Je comprends pourquoi Océane agissait de cette façon. Elle au moins, personne ne l'avait empêchée d'embrasser qui elle voulait. Elle au moins, les garçons étaient sincères avec elle. Mais cette nuit, elle, elle n'est pas dans son lit.

3

Hier soir on a parlé de la disparition d'Océane au journal national, cette fois. Ils vont envoyer des enquêteurs dès aujourd'hui. Ma chambre est rose et ardente. Il fait encore tellement chaud que j'ai l'impression qu'il est midi, le soleil est partout. Je suis en nage.

Ce matin, je ne sais plus de quoi j'ai rêvé. La première chose à laquelle je pense en ouvrant les yeux, c'est à l'avis de recherche d'Océane diffusé pendant le journal, et je revois sa photo, ses boucles d'oreilles en strass et ses sourcils trop épilés.

Aujourd'hui, c'est la réalité qui me trouble. Je suis enfermée dans la salle de bains à scruter mon reflet dans le miroir, comme si je me découvrais pour la première fois. Personne ne me regarde jamais, moi. Mais, il y a dix minutes, l'homme qui s'occupe du jardin de ma mère, Thierry Vedel, lui, il m'a regardée.

Quand il est venu à la maison la première fois, je n'ai pas vraiment fait attention. Mais j'ai bien vu qu'il était différent des hommes de son âge, des hommes de mon entourage, des hommes en général. Son visage hâlé, les larges sillons autour de sa bouche, ses boucles châtains.

Quand il est arrivé tout à l'heure, j'étais encore en pyjama, parce que je traîne tard le matin. Je suis allée ouvrir la porte, je me suis retrouvée dans cette tenue face à lui. J'ai oublié mon pyjama, mes cheveux emmêlés, mon visage luisant de la sueur de la nuit, je n'ai vu que le bleu de ses yeux, sa façon de se tenir.

Il m'a demandé si ma mère était là. Il m'a parlé tout à fait normalement et j'ai eu envie de le toucher. Je ne sais pas pourquoi. C'était une situation ordinaire mais j'ai senti que je n'étais plus une petite fille devant lui, pas même une jeune fille. Il ne m'a pas demandé où était « ma maman », il m'a parlé normalement. C'est la première fois que quelqu'un me parle normalement. J'ai vu que son regard dérapait, discrètement, il a glissé le long de mes jambes, j'ai eu honte qu'elles soient si blanches, j'ai perçu que son regard frémissait de sa honte à lui, qu'il remontait vers mon visage. Il s'est ouvert alors en un sourire embarrassé qui me priait de faire comme si je n'avais pas vu qu'il avait regardé ma presque nudité. Et je suis allée chercher ma mère. En lui tournant le dos, j'ai espéré qu'il me regarde encore.

L'autre jour, on s'était seulement salués et j'avais pensé qu'il avait un beau sourire pour un vieux. Et ce matin il est devenu un homme, juste un homme, ni vieux ni rien. Il m'a parlé normalement, je ne suis plus une petite fille, je n'ai plus d'âge et lui non plus, nous sommes les mêmes.

Je suis retournée m'enfermer dans la salle de bains.

Ce week-end, mon père est là pour me voir. Il s'est débrouillé par tous les moyens pour que je ne vienne pas chez lui à Tours. Je crois qu'il a une nouvelle petite amie, tellement neuve qu'il ne s'autorise pas encore à faire comme si elle existait. J'ai compris. Il sait que j'ai deviné mais nous n'en parlerons pas, nous ne l'évoquerons pas car ce n'est pas correct, entre nous, d'imaginer qu'il a une vie sexuelle. Je n'ai jamais eu le courage de dénoncer la sexualité hurlante de ma mère, adjacente à ma chambre, intrusive, agressive, impudique, quand elle troublait mes sommeils de petite fille. Ni jamais eu le courage de la lui reprocher. Je suis une fille qui se tait. Pour Jazz, je n'ai rien dit. J'ai pleuré ce jour-là, quand elles m'ont avortée de mon amour, ma mère et Mathilde, mais après je n'ai rien dit.

Avec mon père aussi, je reste silencieuse. On marche. Sous ce soleil écrasant que les maisons basses du vieux centre-ville n'occultent pas bien. Mon père non plus ne dit pas grand-chose, il cherche ses cigarettes. Il m'en offre une mais je dois refuser, je lui dis : « Non, on ne sait pas qui on peut croiser », et il trouve que j'ai raison. Si jamais ma mère l'apprenait. Et Philippe, son amoureux, qui s'en donnerait à cœur joie, critiquant cet homme qui l'a précédé et le dominera toujours. Non. Et puis de toute manière, il fait trop chaud pour fumer. La sensation de feu sur feu de l'autre jour a imprégné toute ma gorge.

On marche, pour rien. L'air brûle, il n'y a rien à faire. Je demande : « Mais pourquoi on n'est pas allés à la mer ? » On dit la mer alors que c'est l'océan. Mon père me répond : « Viens, on va manger une glace. » On se met en quête d'une terrasse, d'une ombre, d'une fraîcheur possibles. D'un endroit où manger une bonne glace. Je lui fais remarquer qu'à la mer, au moins, il n'y a pas besoin de chercher. Finalement, on va à la première ombre. Un bar un peu en retrait, un peu caché. J'en ai assez, je lui demande une cigarette. Il me la donne comme un grand frère, son visage esquisse une intention de sourire complice.

On ne se parle toujours pas. On ne se voit pas souvent et quand on se voit, on ne se dit rien. Grand silence. Arrive la serveuse. On commande des Coca frais, des glaces chocolat, vanille, pistache. La serveuse repart, le regard de mon père s'attarde sur son cul, je détourne les yeux.

Tout d'un coup, il me dit qu'il sait pour Océane. Ma mère lui a raconté et il a vu Cressac au journal. Je n'ai pas envie d'en parler. Surtout pas comme ça. Il l'évoque avec légèreté, comme quand on apprend que quelqu'un s'est marié et qu'on demande : C'était qui déjà ? Je ne vois pas, une petite blonde ? Ah oui, celle dont les parents avaient deux chiens et un jardin qui ressemble à une casse de bagnoles. Voilà. Mais Océane occupe déjà toute la place, elle s'est infiltrée comme de la moisissure jusque dans la télé, dans toutes les conversations. Et il en parle avec trop de désinvolture, tandis que ma mère, elle, en parle avec trop de lourdeur, trop de silence entre chaque parole. Comme si Océane était mon amie, ma meilleure amie, ma sœur, moi, comme si elle avait disparu de notre vie alors qu'elle n'en a jamais fait partie. Et c'est la vérité. Elle ne fait pas partie de notre vie et pourtant, elle en a disparu.

Mon père, ce n'est pas tellement un père, on dirait plutôt un oncle ou un parrain, que je n'ai pas, un ami plus âgé, plus sage, qui m'aime, qui me conseille, mais qui est toujours loin. Donc il a appris et il me demande comment je me sens. Je ne sais pas. Tout est bizarre, je pense qu'elle ne reviendra pas et que ça vaudrait mieux, que tout ça m'agace, toute l'attention sur cette fille. Elle n'est même pas belle, en plus. Ça le fait rire.

— T'as raison. Mais fais attention à toi, ne va pas faire du vélo toute seule dans le village. D'accord ?

— Mais c'est même pas sûr qu'elle ait disparu à Cressac, Océane. Je te l'ai dit, elle fréquente des gitans ou je ne sais pas quoi. Si je ne sors pas faire du vélo, tu veux que je fasse quoi ? Si je ne peux même pas venir à Tours et que je suis coincée ici à m'emmerder... Mets-toi à ma place.

Il enlève ses lunettes de soleil, ses yeux sont doux sur moi. Ça fait du bien. La serveuse arrive avec notre commande. Il lui fait son sourire charmeur, il est content. Cette serveuse, elle doit avoir vingt ans à peine, et il la reluque comme ça. Ça me gêne, même si je voudrais que Vedel me regarde de la même manière, et je repense à son regard qui a trébuché sur mes jambes l'autre jour. La serveuse sourit à son tour et elle s'en va.

— Mais si, tu vas pouvoir venir à Tours, quand j'aurai un peu moins de travail et que je pourrai avoir des jours off. Cette fois j'ai préféré venir. Ta mère ne voulait pas te laisser prendre le train, je n'allais pas faire des allers-retours tout le week-end pour venir te chercher et puis te ramener.

Je ne réponds rien, je fais la gueule. Évidemment que ma mère a décidé à notre place. Un jour, quand je serai adulte, je partirai sans prévenir, sans plus jamais rien dire de ma vie, je serai libre. Il continue : « T'as tout l'été pour aller à la plage. Et avec tes amis ce sera mieux qu'avec ton gros papou, non ? On n'a qu'à aller au cinéma, cet après-midi ». Je lui dis que non, je n'ai pas envie. Le cinéma est climatisé mais tous les films sont en français. Dans les grandes villes, au moins, on peut voir des films en VO. Il sourit encore, encore. Il pense chaque fois que j'ai raison. J'ai raison de me plaindre, de froncer les sourcils, de geindre sur tout avec une voix douce. Je ne sais pas ce qu'il voit en moi.

Le dimanche, il m'emmène sur la côte. On cherche une plage un peu cachée et sauvage. En chemin, on s'arrête à Royan pour déjeuner et je ne peux pas m'empêcher de traîner devant les boutiques. Comme d'habitude, j'appuie sur la culpabilité de mon père pour me faire offrir un cadeau. C'est assez facile. Il se sent coupable d'avoir divorcé, de ne pas être à mes côtés pour m'aider à grandir. Je trouve les mots qu'il faut pour qu'il accepte. Je lui dis qu'il n'y a pas beaucoup de magasins du côté de chez maman, qu'on est tous habillés pareil ; qu'ici il y a des boutiques différentes, avec des vêtements plus beaux, plus « à la mode », que je voudrais juste une robe. Il me regarde, attendri, en prenant ma main dans la sienne. Il cède. On se joue chaque fois la même mascarade, de la même façon, comme un rituel du caprice et de la culpabilité. Comme si on ne savait pas s'aimer autrement.

Nous avons fait plusieurs boutiques avant que je tombe sur une robe qui me plaise. Légère, avec une jupe qui vole autour des hanches, en coton bleu. Je me regarde dans le miroir et je me trouve belle. Comme chaque fois que j'essaie des habits qui ne sont pas les miens, j'ai l'impression de redécouvrir mon corps, de prendre une forme nouvelle. Cette robe me vieillit un petit peu, j'ai l'air d'être déjà une jeune femme avec. Le décolleté met en valeur ma poitrine minuscule, elle n'apparaît plus comme un défaut, elle est même très sexy comme ça. En tournant sur moi-même, je me dis que cette robe caresse ma taille et invite les bras à l'enlacer. Derrière le rideau, mon père s'impatiente. Il a envie que je fasse mon choix, qu'il paie et qu'on aille à la plage. « Oui, c'est très bien, dit-il. Ce n'est pas trop court, c'est très joli. Ça te va très, très bien. » À la caisse, il réprime une grimace, c'est un peu cher mais il se tait, il doit se dire qu'il faut bien se racheter parfois.

On meurt de chaud dans la voiture, c'est un brasier, la clim à fond, la musique à fond, on partage des cigarettes et des petites joies en roulant vers la mer.

Au retour, j'exhale de la chaleur et je me sens encore bercée par les vagues, je me sentirai tanguer toute la nuit. Je sens l'océan, un goût de sel sur ma peau. Les cheveux secs, ondulés, salés. J'ai beaucoup bronzé aujourd'hui. La voiture entre dans le jardin. Il n'y a plus beaucoup de place, entre la voiture de ma mère et la Citroën grise de Vedel. Il est encore là ! Je me redresse sur mon siège, tendue, la menace de son charme, l'autorité du bleu de ses yeux, je suis droite comme un soldat. Mon père ne remarque rien. Lui, il s'est redressé pour son ex-femme. Il descend avant moi et se dirige vers elle.

Elle est sous la tonnelle avec Vedel, ils sont assis, ils fument ensemble. Je sors lentement de la voiture. Mes parents se saluent, mon père et Vedel ensuite. Je m'approche, timide, la main en visière, c'est lui que je regarde. Je ne parviens pas à sourire vraiment. « Bonsoir », je ne sais pas si je dois l'appeler monsieur ou Thierry ou Vedel, alors je dis juste bonsoir. Ma mère m'envoie chercher à boire pour mon père en me parlant comme à un bébé, avec une petite voix, une petite moue. En m'appelant « mon poussin ». Je ne montrerai pas à Vedel à quel point je peux être désagréable avec ma mère, à quel point elle m'emmerde. J'y vais comme si c'était de bon cœur. Juste parce qu'il a ces yeux bleus, son bleu, et que je veux faire bonne impression. Je suis abrutie de soleil, c'était si doux cet après-midi à la plage.

Au moment de partir, mon père me dit qu'on se reverra bientôt. Avec le temps, j'ai compris que nous n'avons pas la même notion du bientôt. Parfois il se passe plusieurs mois sans que l'on se revoie et c'est trop long, mais je fais toujours comme si ce n'était pas grave, comme s'il ne m'avait pas trop manqué. Comme si c'était normal. Ce soir, je n'ai pas envie qu'il s'en aille. J'aimerais qu'il m'emmène avec lui.

Il me demande : « Il lui paie le kiné, au moins, à ta mère, ce con de Philippe ? » Je ne sais pas, je hausse les épaules. Quoi qu'il arrive, il a toujours une parole contre Philippe. C'est bizarre, ils ont beau se haïr depuis qu'ils ont divorcé, ma mère lui a quand même confié qu'elle s'était coincé le nerf sciatique. Pourquoi ? Il me répond : « Il pourrait quand même aider ta mère dans le jardin au lieu de la laisser payer quelqu'un. » Je lui dis que ça vaut sûrement mieux parce qu'il le ferait mal. Que « ce type » est sympa. Mon père fait remarquer que c'est un beau mec. Je lève les yeux au ciel. On s'embrasse, on s'enlace, j'aimerais qu'il reste encore. Il m'envoie prendre ma douche et me dit d'être sage jusqu'à la prochaine fois. Il part, il repart. Je regarde sa voiture, est-ce qu'il s'en va retrouver quelqu'un ?

Je me retourne, je ne sais pas trop où est parti Vedel. Ma mère est dans la maison, et lui ? Le jardin est désert. J'espère qu'il n'a pas entendu qu'on parlait de lui.

Pourquoi mon père a-t-il dit que c'est un beau mec ? Pour qui ? Il nous le recommande, à l'une ou à l'autre ? Il est plus jeune que ma mère, Vedel, pas de beaucoup, mais quand même. J'ai un peu de mal à m'imaginer que mon père ait pu dire ça pour moi. Depuis mon anniversaire, ce n'est plus pareil entre nous. Il me parle quelquefois comme si j'étais plus que moi-même. Je suis toujours son petit, son bébé, mais j'entends parfois dans des phrases suspendues la pensée que je suis devenue une femme... Il a compris longtemps avant moi, mon père, que je n'étais plus une petite fille.

Ma mère m'appelle à travers la maison. Elle crie très fort la première syllabe et part en aigu sur la seconde, c'est comme une chanson grotesque qui valse dans la maison de loin en loin : « Justine ! Justine ! Justine ! » Je reste debout dans une tache de soleil tardive, en plein milieu de l'allée de gravier, les mains compressées dans les poches arrière de mon short, à penser à ce que mon père peut penser. Elle se rapproche, Justine, Justine... Et s'il m'avait surprise, tendue dans la crainte du désir, et s'il m'avait vue changer devant Vedel et qu'il n'avait rien dit, comme je n'ai rien dit pour la maîtresse que je devine, ni pour le cul de la serveuse ? JUSTINE ! Ma mère apparaît sur le pas de la porte et me regarde comme si j'étais complètement folle alors que c'est elle qui hurle. Elle a le téléphone à la main. Les yeux tout ronds, elle me fait : « Tu n'entends pas que je t'appelle ? » J'ai envie de lui dire que si, je l'entends, mais elle m'emmerde alors je ne lui réponds pas, pour l'emmerder. « Tiens, c'est pour toi, c'est Mathilde. » Je la rejoins en trois foulées, en souriant. Ce n'est pas à ma mère que je souris, c'est à Mathilde, qui ne le verra pas à travers le téléphone mais qui l'entendra dans ma voix.

Je lui raconte cette journée à la plage, mes soupçons d'une maîtresse. Mathilde connaît tout des amours de mes parents. Elle ne comprend pas ce que j'ai contre Philippe, puisqu'il ne vit même pas avec nous, je n'ai aucune raison de me plaindre de lui. Je sais que ma mère attend mon départ pour s'installer avec lui. Ils ont une relation depuis longtemps, mais elle n'a pas voulu qu'ils vivent ensemble, parce qu'elle ne se sentait pas prête à vivre avec un homme après le divorce. Elle disait qu'après avoir été prisonnière si longtemps, elle voulait sa liberté. Jouir de sa liberté. Elle voulait profiter du temps avec sa fille, avec moi, alors que finalement on ne fait pas grand-chose. J'espère que dans deux ans, je serai partie.

Mathilde est heureuse d'être rentrée de son stage de danse. Pour ça et pour tant d'autres choses, je l'envie. J'ai toujours pensé qu'elle ne se rend pas compte de la chance qu'elle a. C'est bientôt la fête de la musique, elle veut qu'on y aille ensemble. Elle me dit qu'elle va faire un régime, elle se sent énorme. Moi je me trouve trop blanche. Elle parle beaucoup, pour me dire combien son chéri lui a manqué, et aussi tout ce qu'on va faire ce soir-là à la fête de la musique, que Quentin pourra nous avoir des bières. Il a dix-huit ans. Je laisse traîner un silence pour qu'elle comprenne que j'aimerais faire quelque chose sans lui. Elle est différente depuis qu'elle est avec Quentin, c'est à moi de garder ma place auprès d'elle et d'assurer le maintien de nos habitudes, de notre intimité. Elle insiste, avec lui, au moins, on pourra aller dans un bar. Et peut-être qu'il viendra avec des copains. Je lui fais pitié, je sens qu'elle tourne dans sa bouche le nom de Jazz sans le dire, qu'elle y pense, alors que moi je ne pense plus à lui. Je lui fais pitié, elle voudrait que j'aie un copain. Comme elle.

Mais ça ne fait rien, ça ne me fait presque rien. Notre conversation se déroule comme un ruisseau bien frais, c'est mon abri. Depuis des jours et des jours je me sentais tendue, entendre cette voix et ces paroles futiles me réconforte.

Je sens qu'Océane, pourtant, est prête à surgir. Un courant d'air dans notre abri. Je l'arrête :

— Tu sais, ma mère a embauché un type pour bosser dans le jardin.

— Pourquoi ? Je croyais qu'elle adorait jardiner, ta mère.

— Elle a une sciatique. Elle marche bizarrement, elle évite de trop conduire. Donc elle ne peut pas...

— Ah merde...

Et c'est tout. Je n'évoque rien de plus. Je ne dis pas qu'il s'appelle Vedel, je ne parle pas de ce bleu qu'il possède et qui dépasse tous les yeux que j'ai vus. Depuis toujours. Ces sillons profonds autour de sa bouche, des cicatrices de joie. Comment lui expliquer ? Lui expliquer quoi, puisqu'il n'y a rien ? Pour le moment, il n'y a rien.

Je sens revenir entre nous la disparue, elle est au bord des lèvres de Mathilde, sans connaître son odeur je la sens là, à travers le téléphone, partout. Finalement, Mathilde en parle, je n'aurais pas pu l'en empêcher. Elle a vu elle aussi mon village aux infos à la télé, elle trouve que c'est vraiment trop bizarre. Elle me raconte qu'il paraît qu'Océane était inscrite au même stage de danse qu'elle, mais comme elle a disparu, évidemment elle n'est pas venue. Elle trouve que c'est mieux comme ça, elle n'aime ni Océane ni les filles qu'elle fréquente. Mathilde était avec ses copines. Je sens mon cœur se serrer, mais elle ne s'en rend pas compte, bien entendu.

— Tu ne dois pas te sentir rassurée dans ton village, me lance-t-elle.

Mais bien sûr que si, je lui confie que je ne pense vraiment pas qu'elle ait disparu.

— À tous les coups, en fait, c'est une fugue, tu sais.

Énoncer une hypothèse de mon cru, un ragot venu de moi, quel plaisir insoupçonné... Le ton est différent, on y va à coups de tu te souviens du mec qui, la fois où, cette robe de pute qu'elle portait au lycée, et tu savais que. J'en rajoute un peu, j'ai le sourire et les yeux de Vedel partout dans mon esprit et je ne peux pas en parler, je le cache tout bien serré dans les médisances et les souvenirs de la présence lointaine d'Océane, la grande indifférence envers Océane avant son évaporation. J'aimerais pourtant pouvoir avouer à Mathilde que ce type qui bosse pour ma mère, je change en sa présence et je ne comprends pas pourquoi. Je voudrais lui demander : Et toi, quand tu es près de Quentin, ça te fait ça aussi ? Tu te sens raide, vulnérable et forte en même temps, ou bien juste normale ? Avec Jazz c'était comme ça que je me sentais, autorisée à baisser la garde, à pouvoir tout confier sans honte. Mais c'était avant qu'il me trahisse. Devant Vedel, je me tiens droite, la tête haute, le sourire pas trop étiré, j'ai envie de le toucher et à la fois de me maintenir toute rassemblée, de ne pas laisser traîner un bras, comme si je voulais que ce soit lui qui m'écarte si vraiment il le fallait. Je ne parviens pas à lui raconter ça. Mathilde pense qu'on sera tous interrogés par la gendarmerie, c'est son père qui le lui a dit. Quand un ado disparaît dans d'étranges circonstances, tout le lycée passe à l'interrogatoire. Elle vient d'éteindre les sensations et les pensées sur Vedel. Interrogatoire. Ça fait peur comme mot. Je le sais, j'ai été convoquée et je vais bientôt être interrogée. Je n'aurai rien à dire. J'espère qu'on me laissera tranquille. Je regrette tellement qu'on vive dans le même village, Océane et moi, j'ai peur qu'on me pose plus de questions qu'aux autres. Ils vont sans doute aussi embêter ses amis, je ne suis pas son amie, à Océane. Elle me dit de ne surtout pas m'en faire, que je pourrai venir dormir chez elle si je ne suis pas rassurée à Cressac. Elle sait que c'est à la maison que je ne suis pas à l'aise. J'aime beaucoup aller chez Mathilde. Ça sent bon le bois brûlé parce que ses parents font des feux dans la cheminée. J'aime bien ses parents, ils sont plus cool que les miens. Et j'aime les couleurs de sa chambre. J'aime qu'on ne soit que toutes les deux, rien que nous deux, le reste du monde de l'autre côté. Les parents de Mathilde ne nous font pas la conversation comme ma mère ou Philippe.

Elle continue sur mon interrogatoire. « Tu sais, moi non plus je ne comprends pas pourquoi ils viennent te faire chier avec leurs questions. Ils feraient mieux de parler à sa copine, là, tu sais ? Je ne sais plus comment elle s'appelle. Merde ! Tu vois de qui je parle ? » Moi je sais, elle s'appelle Anne-Sophie. C'est la meilleure amie d'Océane et elles sont toujours ensemble au lycée. Je dis à Mathilde qu'ils l'ont sûrement déjà interrogée. Elle me répond : « Moi je ne l'aime pas, cette fille. Elle se croit au-dessus des autres alors qu'elle est moche. Sans déconner, elle est laide. » Ça me fait rire. « Je la connais parce qu'elle fait de la danse avec ma pote Audrey. » Je n'ai jamais aimé quand Mathilde me parle de ses autres amies, même quand elle les réduit à des « potes ». Non, je ne savais pas. « Il paraît qu'elle a une tache de naissance mais vraiment dégueulasse dans le dos. Et elle se la pète quand elle danse. Elle fait sa chaudasse et tout. » Un silence. Je pense que ça veut dire qu'elle a confiance en elle et puis qu'elle sait danser. Pas comme moi. Qu'est-ce qui est mieux ? Mathilde ne s'arrête plus, disant que cette fille et Océane devaient se passer les mecs entre elles. Sa voix se remplit comme un corps qui mange et qui dévore, elle se délecte et c'est toujours ce ton de mangeuse, de gloutonne qu'elle prend quand elle critique les gens. Surtout ceux qu'elle ne connaît pas. Mais comme je ne connais pas cette fille non plus, je me dis que c'est peut-être vrai, après tout. Et qu'elle doit forcément savoir mieux que moi avec qui Océane a fugué. Quand elle parle comme ça, moi je prends les restes et je mange avec elle, mais je suis moins vorace.

J'entends derrière elle que son père l'appelle à table, il va falloir raccrocher. J'aurais aimé que ça dure encore et je réalise combien elle m'a manqué. Mais je suis soulagée de ne plus avoir à me demander si oui ou non je dois lui dévoiler l'existence de Vedel. Je sens que j'ai envie de le garder pour moi et c'est bien la première fois que je garde quelque chose pour moi. Nous n'avons aucun secret l'une pour l'autre. Même le plus honteux et le plus humiliant, même le plus moche de moi elle le sait, Mathilde. On se promet de se voir bientôt. « Ne t'en fais pas pour l'interrogatoire, ça va bien se passer. »

Je ressors de ma chambre, imprégnée de nos voix et de nos paroles, rechargée d'amitié, je me sens plus indulgente vis-à-vis de ma mère, ce soir. Elle regarde le journal. Ils diffusent un sujet sur la sécurité des plages.

Elle fume en buvant une bière, les jambes étendues sur la table basse. Elle ne tourne pas la tête, mais je sais bien qu'elle m'a entendue entrer dans le salon. Je dis doucement : « Ils ont parlé d'Océane ? » Pas encore. Je m'assieds sur le canapé. Je demande encore : « Il est toujours là, le type dans le jardin ? » Elle me répond qu'il est parti, pourquoi ? Je lisse un pli froissé de mon short. « Parce que je voulais prendre ma douche en laissant la fenêtre ouverte, il fait chaud. » Elle sourit et écrase sa cigarette. « Vas-y, il n'est plus là. Mets de la crème, après le soleil, d'accord ? » J'abandonne là, sur le canapé, le téléphone et ma fatigue.

Dans la salle de bains j'ouvre grand la fenêtre et je me déshabille devant le miroir. J'ai les traces du maillot de bain. Mais de toute façon, qu'est-ce que ça peut faire que ce soit un beau mec, Vedel ? Il ne me regarderait pas longtemps, je n'ai pas assez de poitrine.

4

Aujourd'hui, je vais être interrogée par les enquêteurs. Ma mère a reçu un appel pour donner son autorisation, et puis une convocation pour moi. Je suis nerveuse. Et si c'était comme dans les films, qu'ils me mettaient la pression, appuyés sur la table qui nous sépare, que tout était enregistré ? Et s'ils m'assaillaient de questions, s'ils étaient un peu agressifs et ne me croyaient pas quand je leur dirai que je ne sais rien sur Océane ?

À midi, je ne peux pas vraiment manger. J'ai rendez-vous à la gendarmerie à quatorze heures. Il fait encore une chaleur impossible. C'est Philippe qui doit m'emmener en voiture, ma mère a du mal à marcher, encore plus à conduire, ces jours-ci. Il déjeune avec nous, on dirait qu'il veut m'entraîner à l'interrogatoire, il m'emmerde avec ses questions. « Pourquoi tu manges rien, là ? Tu fais un régime, elle fait un régime ? Tu n'as pas besoin de maigrir, Justine, te laisse pas embobiner par les magazines, mange. » Je ne vais pas y arriver, j'ai l'estomac noué. Moi aussi, je pourrais lui en faire, des réflexions. Lui dire qu'il devrait y aller doucement sur le vin, on va voir des flics quand même. Il aura l'air de quoi avec une haleine avinée ? Ça passe lentement, et en même temps trop vite, on se rapproche de l'heure à laquelle on doit partir.

Ma mère vient avec nous. C'est elle qui m'accompagnera à l'intérieur. Sur le trajet, elle essaie de me rassurer, ce sera juste quelques questions. Elle me dit de penser à Océane, mais c'est déjà ce que je fais, et j'en ai marre de penser à elle. J'en ai marre. Tout se mélange dans ma tête, le visage de Vedel, qu'on n'a pas vu depuis plusieurs jours, celui d'Océane, la photo moche qui est diffusée à la télé et sur les affichettes placardées partout, absolument partout, sur toutes les vitrines et tous les panneaux d'affichage autour de Cressac, j'ai envie de me blottir dans mon lit avec notre chatte Coco contre moi. Je pense à Mathilde, j'aurais beaucoup aimé qu'elle vienne avec moi, qu'on se fasse interroger ensemble. Mais ce n'est pas possible, elle ne connaît pas Océane. Elle est dans un autre lycée. Oui, je pense à Océane et à beaucoup de choses. Pourvu que ça ne dure pas trop longtemps.

On nous reçoit, on prend nos identités respectives, on nous fait asseoir et patienter là, dans la salle d'attente. Je me ronge les ongles en regardant défiler mes pensées comme des voitures sur l'autoroute, à peine le temps de les saisir. Enfin, une femme apparaît dans l'encadrement de la porte. Elle me regarde : « Justine ? Tu me suis ? On y va. » Elle fait un geste de la main, elle me sourit. J'ai l'impression d'être chez le dentiste. Je jette un dernier regard à ma mère, qui me sourit aussi et me souffle que ça se passera bien.

On entre dans une grande pièce où plusieurs personnes travaillent. Des bureaux, des ordinateurs, des téléphones, des agents occupés à autre chose. La dame me fait asseoir, elle s'installe face à moi, derrière son bureau. Je m'étais imaginé qu'on irait dans une pièce isolée et nue, avec juste une table en plein milieu et des chaises, une vitre sans tain, une caméra de surveillance. Peut-être un magnétophone sur la table entre nous pour tout enregistrer.

Droite, raide et crispée sur mon rebord de chaise inconfortable, je cache mes mains dans le creux de mes cuisses. Elle meuble le silence en ponctuant ses clics de « Alors » et de « Voilà », elle me sourit, elle me dit qu'elle s'appelle Hélène. Un homme nous rejoint, il est plus âgé, une cinquantaine d'années. Jean, chemise. On est très loin des agents secrets en costume-cravate que j'avais redoutés. Il me fait aussi un sourire, j'ai du mal à le lui rendre. Lui s'appelle Jean-Yves, il s'assied à côté d'Hélène. On peut commencer. Je décline mon identité complète, ma date de naissance, mon adresse. Hélène écrit toutes mes réponses, elle me fait épeler parfois. Jean-Yves commente à voix basse : « Ah oui, c'est toi qui habites à Cressac. Très bien, très bien. » Il note des choses sur un petit calepin. Je me demande si c'est lui l'inspecteur de cette affaire.

— Alors voilà comment ça va se passer, Justine, explique-t-il avec douceur. Tu es filmée pour cet interrogatoire, on a l'autorisation de ta maman pour ça (lui, il dit « ta maman ». Il me montre le papier signé, la petite webcam qui m'enregistre). Ça peut être utile pour des formalités juridiques, rien ne sera rendu public, d'accord ? Ça ne passera pas à la télé, ni rien de tout ça.

— D'accord.

— Hélène et moi, nous allons te poser des questions. Comme tu le sais, Océane a disparu depuis dix-huit jours. Nous sommes aujourd'hui le 20 juin 2006, tu l'as notée, la date, Hélène ?

— Oui, oui, répond-elle d'un ton un peu agacé.

— Donc, voilà. On va, oui, te poser quelques questions, pour savoir si, peut-être, tu aurais été témoin de quelque chose, au lycée ou dans la commune de Cressac. C'est un interrogatoire, mais ce n'est pas une interro, t'en fais pas, t'as pas de bonne ou de mauvaise note. On espère juste que tu pourras nous aider. Il n'y a pas de pression. D'accord ?

— Oui, d'accord.

J'ai chaud, je meurs de chaud. Ils auraient pu me proposer un verre d'eau. Il faut que je me concentre sur lui, sur sa voix. Tout ici me distrait, le téléphone qui sonne, les gens qui entrent et sortent du bureau. Je ne pensais pas qu'on me poserait des questions comme ça, au milieu de tout le monde. Ce n'est pas confidentiel, alors.

— Dis-moi, Justine, me demande Jean-Yves, est-ce que tu connais Océane ?

— Euh... oui. Enfin, vite fait.

— Vite fait ?

— Je la connais de vue, mais ce n'est pas ma copine.

— Vous étiez dans la même classe cette année au lycée, ou pas ?

— Non. Pas du tout. Sauf en cours d'allemand.

— Ah, c'est bien, ça, commente Hélène. L'allemand, ce n'est pas si courant. D'habitude, tout le monde fait espagnol. C'est allemand en deuxième langue ou troisième langue ?

— En LV2.

C'est ma mère qui voulait que je prenne allemand, ça fait bonne élève. Mais je n'ai jamais compris ce qu'Océane faisait en LV2 allemand, elle est loin d'être première de la classe. Les enquêteurs n'ont pas l'air de s'en étonner.

— Donc, vous avez combien d'heures d'allemand par semaine ?

C'est Hélène qui me pose la question.

— Deux heures le mardi et une heure un jeudi sur deux. Mais on ne se parlait pas.

— Vous ne communiquez pas non plus concernant, je ne sais pas, moi, les devoirs, les cours, si vous avez un contrôle, tout ça ? me demande Jean-Yves.

— Non, elle a d'autres copines, on ne se parle jamais.

— Jamais ?

— Non.

— Bon.

Un silence, Hélène tape vraiment mes réponses en entier. Ce que je raconte n'a aucun intérêt. Je ne vois pas en quoi mes horaires d'allemand peuvent aider à retrouver Océane. Ils se regardent, ils communiquent par le regard, c'est sûr. Hélène fait une moue, elle vient de céder la parole entièrement à Jean-Yves. Il reprend.

— Quand tu sors de cours, Justine, tu rentres comment chez toi ? Il y a un bus scolaire, tu as un scooter, on vient te chercher ?

— Non, c'est ma mère qui me prend en voiture.

— D'accord. Elle est toujours là à l'heure ou ça t'arrive quelquefois de traîner un peu avec les copains devant le lycée ?

— Oui, des fois elle vient plus tard. Si elle a une réunion ou un truc comme ça, des fois je reste derrière le lycée.

— Qu'est-ce qu'elle fait comme métier, ta maman ?
— Elle travaille au CDI d'un collège.
— C'est chouette, ça. Tu l'attends où, derrière le lycée ?
— Vers le gymnase.
— Et vous faites quoi là-bas ?
— Rien. On discute et euh… elle va la voir, la vidéo, ma mère ?
— Non, pourquoi ?
— Ben… on fume des clopes.
— OK – Jean-Yves retient un sourire. Personne d'autre que nous n'a accès à cette vidéo. Honnêtement, je m'en fiche que tu fumes, même si ce n'est pas bon pour toi, ce n'est pas un délit. Est-ce qu'Océane traîne derrière le lycée, aussi ?
— Non. Ce n'est pas son groupe.
— C'est lequel son groupe, tu le définirais comment ?
— Elle traîne avec les gens un peu cool, les gens fashion.
— Et toi, c'est lequel ton groupe ?
— Je ne sais pas trop… Je n'ai pas vraiment de groupe… d'amis. Je ne sais pas comment dire. Ma meilleure amie, elle est dans un autre lycée.
— D'accord, répond Jean-Yves comme pour arrêter mes explications – il s'en fiche de savoir si j'ai des amis ou pas, il est obsédé par Océane. Donc vous n'avez pas de relations en commun, toutes les deux ? Océane et toi. Pas du tout ?
— Non, pas du tout.
— Tu sais comment elle rentre à Cressac après les cours ?

— Il n'y a pas de bus entre le lycée et Cressac. Donc c'est ses parents... Des fois c'est son mec.
— En voiture, en scooter?
— Je ne sais pas. Elle aime bien les mecs en scooter. Ses parents, ils ont une voiture.
— Est-ce qu'il vous arrive d'avoir des contacts toutes les deux à Cressac?
— Non – j'ai envie de leur dire à quel point je déteste ce village et ma vie là-bas, je vais leur dire que –, non, parce que j'ai des contacts avec personne à Cressac. Je n'ai pas d'amis dans ce village.
— Personne?
— Ben non. Mais ça m'est arrivé de la croiser. Parce que je fais du vélo.
— Ah c'est bien, ça, de faire du vélo, commente Hélène avec un grand sourire. Elle m'encourage à en dire plus, elle est douce elle aussi. Et tu vas où?
— Ben... un peu nulle part. Enfin, je veux dire... Je fais un tour à vélo. Vous êtes venus à Cressac, vous avez vu un peu comme c'est moche? Y a rien, c'est juste une route, je pars à vélo, je vais sur les petites routes et... et des fois, je vais au cimetière.
— C'est particulier, ça. Et tu fais quoi là-bas?
— Je fume des cigarettes en cachette, dis-je en baissant les yeux.

Je sens qu'ils sourient tous les deux, je les amuse. Ce n'est pas juste. Il n'y a rien de drôle. Jean-Yves reprend.
— À quelle occasion est-ce que tu la croises, Océane?
— Pas si souvent que ça. Mais des fois, soit elle est à pied, soit elle est avec des mecs.
— Avec des mecs. Quel genre de mecs?
— Des mecs plus vieux.

— Est-ce que tu peux me dire un peu plus précisément ce que ça veut dire ? Plus vieux, c'est-à-dire... vingt ans, trente ans... cinquante ans ?

— Hum... Je... je ne sais pas. Oui, vers vingt ans. Elle sort avec des mecs de vingt ans, vingt-cinq ans.

— Des mecs ? Tu parles au pluriel, me dit Hélène. Est-ce que ça veut dire qu'elle a plusieurs petits copains en même temps ou qu'elle change souvent de petit copain ?

— Non, elle en change souvent. On dirait que tous les mois, presque, c'est un autre. C'est souvent des mecs en scooter.

— Et ce sont des garçons que tu connais ? De vue, peut-être – c'est toujours Hélène qui parle. Je ne sais pas, moi... des jeunes hommes du village ou bien des alentours, tu saurais me dire un peu de qui il s'agit ou pas du tout ?

— Non, pas vraiment. Je crois qu'elle sortait avec un gars de Cressac à un moment, mais c'était y a longtemps. Après, c'est des mecs que je ne connais pas. Ce n'est jamais personne du lycée. Ah si, elle était sortie avec un gars qui est en BTS au lycée, qui est plus vieux. Mais ça aussi, c'était y a longtemps. Et sinon, je ne les connais pas. Elle est sortie avec des gitans aussi.

Je m'arrête de parler. Je n'ai pas envie d'en dire plus, je n'ai pas envie d'être là. Ils sentent que je viens de me fermer. Je suis très mal à l'aise. J'ai tellement chaud au visage. Je brûle du visage, je dois être toute rouge. Je n'ai plus envie de leur parler. Ça m'angoisse de devoir raconter ça, de balancer sur elle de cette façon. Je ne comprends même pas qu'ils puissent me poser toutes ces questions, je sais qu'ils ont déjà interrogé beaucoup de personnes avant moi, ce n'est pas possible qu'ils ne sachent pas déjà qu'Océane est une fille facile qui passe son temps à collectionner les mecs. Et maintenant que j'ai laissé échapper le mot gitans, je sens que je vais avoir des ennuis. S'ils me demandent qui, quoi, où, quand, et qu'ils retrouvent les mecs en question, est-ce que ça ne va pas se retourner contre moi ?

Ils vérifient s'ils ont déjà interrogé l'ex d'Océane qui était en BTS, oui, ils l'ont déjà entendu. Ils se parlent à l'oreille en chuchotant. Ils doivent chercher comment me pousser à leur parler des gitans. Je jette un coup d'œil à l'horloge au mur. Déjà une demi-heure que je suis là. Ma mère avait dit que ça ne durerait sans doute pas plus que ça. J'aimerais bien pouvoir m'en aller. Jean-Yves se penche vers moi, les mains jointes sur le bureau. Il me parle comme à une enfant, je crois qu'il essaie de me mettre en confiance mais je préférerais qu'il arrête ça, qu'il me parle normalement. Comme mon père le fait, comme Vedel le fait. Il me dit :

— Vous vous parlez, avec Océane, quand tu la croises comme ça au village ?

— Non, jamais.

— Pourquoi ?

— Je ne sais pas, c'est comme ça. On ne se connaît pas, et puis on fait que se croiser.

— Même pas bonjour ?

— Même pas bonjour.

— Bon. Et donc elle sort avec des gitans. Comment tu sais que ce sont des gitans ? Tu les connais ?

— Non, je ne fréquente pas les gitans, moi. Mais... ça se voit. On les reconnaît. Après, je ne dis pas qu'elle sort qu'avec des gitans. Mais au moins deux, c'est sûr.

— D'accord. Et donc, les gitans, ils sont en scooter, c'est bien ça ?
— Oui.
— Et quand elle est avec un des gitans, ils restent dans le village ou ils partent ailleurs ?
— Des fois, ils restent dans le village. Et puis d'autres fois, je les ai croisés qui partaient ou qui revenaient. Je ne sais pas où ils vont. De toute manière, moi je reste dans mon coin. Je ne les suis pas. Je fais ma vie, je ne sais pas ce qu'elle fait, Océane.
— Oui, bien sûr. Bien sûr, c'est normal. Et quand ils restent dans le village, ils vont où ?
— Derrière le terrain de foot. Et une fois il pleuvait, ils étaient dans l'abribus.
— Dans l'abribus. Lequel, où ça ?
— Il y en a un pas loin de la sortie du village, avant la petite route qui va au cimetière.
— Et toi, tu faisais du vélo sous la pluie ?

Jean-Yves me sourit, un peu taquin, ça me détend autant que ça m'agace.

— Quand j'étais partie de la maison, il ne pleuvait pas. Mais normalement je ne dois pas le dire, pour l'abribus.
— Comment ça, tu ne dois pas le dire ? Qu'est-ce qui s'est passé ?

Son ton est grave, soudain.

— Je l'ai vue faire des trucs dans l'abribus. Elle a vu. Que je l'avais vue. Et, euh... pas longtemps après, au lycée, elle est venue me parler. C'était super bizarre parce qu'on ne se parle jamais. Mais vraiment jamais, jamais, quoi. Elle m'a demandé si elle pouvait me parler, on est allées à l'écart et elle m'a dit ça, qu'elle savait que je l'avais vue ce soir-là. Et… elle me regardait même pas dans les yeux, quoi. Elle était super gênée en fait. Et elle m'a demandé de lui promettre de le dire à personne. Elle était super inquiète, elle m'a vraiment regardée dans les yeux, là, et je lui ai dit que je n'avais rien raconté. C'était vrai. Et après, ben… je lui ai promis que je le dirai à personne.

— Et tu es une fille honnête qui tient ses promesses, Justine, n'est-ce pas ?

— Oui.

— Écoute. Océane, on ne sait pas où elle est, d'accord ? Notre travail, c'est de la retrouver. C'est pour ça qu'on te pose des questions. On ne te juge pas, pour les cigarettes en cachette, par exemple. Et elle non plus, on ne la juge pas. C'est une jolie fille, elle a le droit de sortir avec des garçons. Sauf que là, elle sort plus avec personne. Et nous, on a besoin de rassembler les pièces du puzzle pour comprendre où elle peut être, avec qui elle est partie, ce qui a pu lui arriver, tu comprends ?

— Oui.

— Donc je suis vraiment désolé, Justine, mais il faut que tu brises ta promesse. Maintenant. Je te l'ai dit, je pense qu'Hélène te l'a dit aussi, ce que tu nous confies ici, ça reste entre nous. Personne ne juge personne. Ce que tu peux nous dire sur Océane, c'est pour son bien, rien ne sera retenu contre elle. On ne va rien répéter à ses parents, personne ne va lui en vouloir, quoi qu'elle ait fait. Parce qu'on a tous un même objectif, c'est de la retrouver le plus vite possible. Et bon, si tu me dis qu'elle ne voulait pas que tu répètes ce que tu as vu, c'est qu'elle voulait que ça reste secret. Oui ? Mais nous, dans notre enquête, on a besoin de les connaître, ses secrets.

On ne va pas utiliser ça contre elle, bien au contraire. Il faut que tu nous fasses confiance.

Je ne réponds rien. Je ne sais pas très bien comment leur raconter ce que j'ai vu, ce que j'ai surpris ce soir-là. Quels mots utiliser. Jean-Yves, quand il parle, il est toujours très correct. Il parle calmement, avec des phrases intelligentes, avec une voix douce et posée. Moi déjà, j'ai la voix qui tremble. J'ai peur d'utiliser des mots vulgaires, comme quand ma mère me jette des regards noirs et me rappelle de surveiller mon langage. Il faut pourtant bien que je leur avoue.

Je triture une petite peau autour de mon ongle, je me sens fébrile. Ils doivent penser que je leur ai menti, en plus. Je leur ai dit qu'on se parlait jamais, et après je raconte que je lui ai fait une promesse. Si ça se trouve, ils vont finir par me suspecter de quelque chose.

Je suis toute ramassée sur moi-même, bloquée. Ils me regardent, ils attendent. Du coin de l'œil, je vois Hélène faire un geste, poser sa main sur le bras de Jean-Yves, et puis elle se penche à son tour vers moi.

— Tu veux un verre d'eau ?
— Oui, je veux bien. Merci, madame.

Elle se lève et sort du bureau. Elle revient un peu après avec un gobelet d'eau. Jean-Yves, lui, il attend. Que ça vienne de moi. Je bois quelques gorgées, ça fait tellement de bien. Alors, ensuite, je soupire. Je relève la tête.

— Je sais pas trop comment raconter ça.
— Prends ton temps. Ne t'inquiète pas, raconte-nous les choses simplement, avec tes mots, me rassure Hélène.
— Ben alors, en fait... Alors en fait je me baladais à vélo et à un moment j'ai vu qu'il allait pleuvoir. Je me

suis dit qu'il fallait rentrer et pour aller plus vite, j'ai décidé de passer par la grande route. Donc je suis arrivée vers là où il y a cet abribus. Et à ce moment-là, il s'est mis à pleuvoir vraiment fort. Une grosse averse. J'ai pensé que je pourrais peut-être m'abriter dessous, sous l'abribus.

— Oui.

— Et j'ai vu, en fait, qu'il y avait un scooter garé là. Un peu derrière. Je me suis rendu compte qu'il devait y avoir quelqu'un. Et quand je suis arrivée juste à la hauteur de l'abribus, juste devant, ben en fait... euh...

— Il y avait bien quelqu'un ?

— Oui. C'était Océane avec un mec. Le scooter, c'était celui du mec. Et lui, c'est sûr, c'était un gitan. Une fois je les avais vus ensemble devant le lycée. J'ai reconnu son scooter.

— D'accord. Elle était avec son petit copain, alors ?

— Oui.

— Et vous vous êtes parlé ? Qu'est-ce qui s'est passé ?

— J'ai ralenti mais je me suis pas arrêtée, finalement. Je les ai regardés quand même. Ils étaient, hum... sur le banc, sous l'abribus. Et ils étaient en train de s'embrasser et... euh... et en fait... et puis en fait, j'ai vu qu'il était en train de la toucher... C'est que... ils étaient en train de s'embrasser et lui, il avait sa main dans... dans le jean d'Océane. Et il était en train de la caresser...

J'ai tellement honte de raconter cette histoire. J'ai baissé la voix petit à petit en décrivant cette scène. Je la revois. Il fait sombre parce que c'est le soir, et à cause de la pluie aussi. Mais je les ai reconnus, oui, Océane et son copain, le gitan avec qui elle sortait. Affalés sur le petit banc de bois, à l'endroit du village où il n'y a plus de maisons, personne qui habite en face. Ils s'embrassent, elle a les bras autour de lui, les jambes écartées, et lui sa main glissée dans le jean ouvert, j'ai même aperçu le rose criard de la culotte par-dessus sa main. Qui faisait des mouvements, j'ai compris ce que je venais de surprendre. Ça m'a glacée, c'était impudique, c'était ni l'endroit, ni l'âge, ni rien pour faire ça, en plein milieu de tout le monde, en plein milieu du village, elle se faisait tripoter en public, sous la pluie, par un mec trop vieux pour elle. Elle a levé les yeux et m'a vue détourner la tête et continuer à pédaler. Elle avait sûrement entendu le bruit de mon vélo. Je ne sais pas ce qu'ils ont fait ensuite. Elle a dû lui dire d'arrêter, elle a dû paniquer à l'idée d'avoir été vue en train de faire ça, comme ça.

Mais les deux, là, en face de moi, n'ont pas vraiment de réaction. J'avais tenu ma promesse pendant tout ce temps. En imaginant la tête de Mathilde si je lui avais raconté ce que j'avais vu Océane faire. Eux deux, non. On dirait qu'ils s'en fichent. C'est un peu choquant quand même.

Jean-Yves réfléchit, il jette un œil sur son calepin mais en vérité il regarde ses pensées. Et puis, d'un coup, il attrape mon regard et y plonge le sien. Je me suis fait avoir. L'interrogatoire dure plus longtemps que prévu. Je viens de leur dire un truc qui les intéresse. Je tourne les yeux vers Hélène, pensive elle aussi. Tout à coup ça me frappe, combien cette enquête est lente, et que, oui, c'est vrai, ça fait plus de deux semaines qu'elle a disparu. Donc ce n'est pas une fugue. Donc ils sont dans le noir. Et moi qui pensais que je ne servirais à rien, je viens d'allumer une petite lumière. Je ne sais même pas comment s'appelle ce gitan, en quoi je peux les aider plus que ça ? Mais ils ont besoin de moi, maintenant. Il a beau faire atrocement chaud, je sens un froid en moi. Je réalise qu'ils n'ont pas la moindre idée de ce qui a pu lui arriver. Mais est-ce qu'ils n'ont pas interrogé sa meilleure copine ? Anne-Sophie. Elle, c'est sûr, elle doit savoir plein de trucs. Moi, quoi ? Je l'ai croisée seulement de temps en temps, Océane, et j'ai toujours fait comme si je ne la voyais pas. Parce qu'elle me met mal à l'aise avec ses mecs.

Le cliquetis des claviers, des souris, le bruit du ventilateur qui ne souffle pas jusqu'à moi, ce silence entre nous trois. C'est pesant. J'avais oublié, un instant, que j'étais filmée. Qu'est-ce que ça enregistre exactement ? Mon regard perdu qui va de l'un à l'autre ?

Soudain Hélène se remet à parler.

— Tu te souviens de la date ?

— Début avril, je crois. Un peu avant les vacances de Pâques. Le premier week-end d'avril. Le samedi soir.

— Tu saurais décrire ce scooter, ou peut-être tu te souviens du numéro d'immatriculation ? Ou du nom du garçon ? demande Jean-Yves.

— C'est un scooter bleu marine, un peu vieux. Mais je n'ai pas vu la plaque. Ou alors je ne m'en souviens pas. Et je ne sais pas du tout comment il s'appelle. Mais il faudrait demander aux copines d'Océane, elles doivent bien le savoir. Je vous l'ai dit... C'est pas ma copine, moi, je ne sais rien.

Jean-Yves fait une moue dubitative. Je n'aurais peut-être pas dû dire ça, il y avait sûrement déjà pensé, à interroger ses copines. C'est comme si j'avais mis fin à mon interrogatoire en disant ça, que je ne sais rien. Il me demande quand même de le décrire, ce gitan. Un peu plus de vingt ans, grand, peut-être un mètre quatre-vingts. Brun, pas de barbe ni rien, les cheveux courts, oui. Les yeux, je ne sais pas trop. Mes réponses sont très vagues. Je crois qu'il avait des tatouages sur le bras, je ne sais plus lequel. Il porte des survêts, des baskets, souvent quand je le voyais, il avait son casque sur la tête. Un gros casque de motocross. Maigre. Le genre de mec qu'on préfère ne pas regarder avec insistance quand on le croise. Et puis c'est tout.

Hélène repart à la charge. Elle insiste pour savoir si je ne l'ai pas recroisée, Océane, depuis ce soir-là, dans le village ou même ailleurs, dans une petite ville on croise souvent des têtes connues, elle toute seule ou avec quelqu'un d'autre. Bien sûr que si, je l'ai croisée au lycée, mais je ne peux pas leur dire avec qui elle est partie ni à quelle date. Je ne la surveillais pas, c'est ce que je leur dis, on n'est pas amies, ça ne m'intéresse pas ce que font les autres. Je l'ai vue, comme ça, des fois. J'ai eu l'impression qu'elle m'évitait un peu après l'histoire de l'abribus. On dirait qu'ils s'accrochent à moi, qu'ils s'agrippent, qu'ils me retiennent au cas où je repenserais à une autre anecdote de ce genre, un truc qui me reviendrait et qui pourrait les aider. J'ai presque pitié d'eux, si j'étais idiote et que je ne savais pas qu'il ne faut leur dire vraiment que la vérité, j'inventerais une histoire pour leur donner une illusion d'ouverture, de piste solide, n'importe quoi qui puisse les aider. Ils essaient de garder leur calme et leur sérieux, de tenir leur rôle de super-flics qui maîtrisent la situation, mais je le sens bien qu'ils sont totalement démunis, je la vois au fond de leurs yeux la déception, elle ne savait que ça, elle ne peut pas nous en dire plus que ça.

Ils me font signer la transcription de mon interrogatoire, que j'ai parcourue des yeux. Il y en a six pages. Je suis épuisée et je ne sais pas ce que je ressens exactement vis-à-vis d'elle, Océane. J'aimerais leur avoir été utile mais j'aimerais encore plus fort partir d'ici. Ils me libèrent enfin. Jean-Yves me sourit simplement, il ne me serre pas la main.

Hélène me raccompagne. Ma mère n'en peut plus, elle a lu son magazine jusqu'au dernier article, elle aussi est très fatiguée d'avoir tant attendu. Elle est un peu agacée, elle s'exclame qu'enfin, me revoilà. Elle commençait à s'inquiéter, elle a demandé plusieurs fois au gendarme, à l'accueil, combien de temps encore ça allait durer. Elle n'a pas aimé qu'on lui réponde qu'on ne savait pas. Elle s'est demandé ce qui avait bien pu prendre si longtemps. Elle est contente de me retrouver.

Dehors, le soleil est aveuglant. Il se réfléchit sur la pierre calcaire comme un flash, une lumière éblouissante. Il est presque quatre heures, il fait probablement dans les trente-six degrés, ou plus même. Je n'ai pas envie de parler. Ma mère me dit que Philippe est parti au magasin de bricolage, acheter des choses pour Vedel. Mon cœur sursaute en entendant son nom, ça me fait sourire. Ça me fait sourire de penser à lui.

Elle m'emmène dans le centre-ville, on va dans un petit café manger une glace. Elle déploie tous ses efforts de tendresse et d'attention, elle sent mon trouble. Elle meurt surtout de curiosité de savoir ce que j'ai bien pu avoir à leur dire pendant presque deux heures. Elle me regarde comme elle le fait tout le temps en ce moment, intensément, avec une espèce de douleur au fond des yeux, la douleur de ne pas pouvoir me poser de questions.

Surtout maintenant, elle sait bien que j'en ai entendu plein, des questions, durant tout ce temps.

On commande une coupe de glace à la vanille avec une tonne de chantilly et du chocolat fondu. C'est bon, le sucre, le frais et, malgré le regard rempli de mots retenus qu'elle me jette et qui m'écrase un peu, la voix et le sourire de ma mère me rassurent. Elle me raconte ce qu'elle a lu dans son magazine. Ça n'a aucun intérêt mais ça me fait un bien extraordinaire. Après l'appel de Philippe, qui va venir nous retrouver au café, elle me lâche que je peux tout lui raconter, l'interrogatoire, les enquêteurs, quand j'en aurai envie et besoin. Je ne réponds rien, je souris. Je crois que je n'aurai pas envie d'en parler avant un moment, il faut déjà que ça redescende en moi, que je prenne une petite distance avec l'atmosphère du bureau de la gendarmerie, avec mes émotions contradictoires. Et puis il n'y a rien à partager, je ne veux plus rien partager avec personne. Je veux que personne ne sache que j'ai balancé Océane.

5

J'ai hésité à faire un effort pour la fête de la musique. Mathilde va peut-être me présenter un copain de Quentin. Ou n'importe qui d'autre. Je ne savais pas si je devais sortir juste comme ça, comme je suis, ou si je devais me maquiller. Je ne savais pas si je devais en faire trop ou pas assez, faire un effort ou pas. Finalement j'ai préféré faire un effort, je me suis dit qu'au moins je serai belle pour moi. Et pour le cas où on prendrait des photos.

Le soleil bas. Dans la voiture de Philippe, Chérie FM. Cressac est silencieux et presque vide. Il n'y a plus de voiture de gendarmerie à cette heure-ci. Philippe et ma mère vont pousser jusqu'à Royan pour la fête de la musique, ils me déposeront en ville en chemin. Ma mère se doute que je boirai un peu, je le vois dans ses yeux, la bande de son regard dans le rétroviseur. Elle ne dit rien devant Philippe. Elle sait qu'il se prendrait pour mon père, elle est ma complice et ma juge en même temps, je la déteste un peu pour ça, de me laisser faire des choses comme si elles allaient de soi pour ensuite me gifler avec. J'espère que Mathilde sera attentionnée avec moi.

Ils me déposent près du centre, au pont. Les gens autour de moi sourient, je repère un petit garçon en colère, il fixe le sol en faisant la gueule. Je me sens comme lui, un enfant en colère. Et je suis inquiète. Mathilde le remarque immédiatement, elle croit que c'était de ne pas les voir. Je les avais vus. Main dans la main, ça durera toute la soirée. En réalité, je m'inquiète de ne pas voir Océane. Aujourd'hui elle a vraiment, vraiment disparu. Mais ce soir, au moins, personne ne saura que j'ai parlé, ils n'auront pas eu le temps de retrouver le mec. Et de toute manière, ils ne le diront pas que c'est moi qui ai balancé. Après, qu'est-ce qui m'arrivera ? Est-ce que je devrais avoir peur des gitans qui sont passés sur elle et que j'ai vus ? Je suis inquiète de ne pas voir Océane. Je suis sûre que nous allons croiser plein de visages du lycée, des visages sans prénom, sans importance, et il manquera celui-là. J'ai vu dans les yeux des enquêteurs combien eux-mêmes sont dans le noir. Aucune idée.

Il m'a fallu ça pour enfin réaliser qu'elle a disparu. Elle n'est pas partie et elle ne va pas revenir, elle a disparu. Elle s'est évaporée. C'est ça qui se passe avec Océane, là, maintenant. Et personne ne sait où ni comment.

Ils me demandent avec insistance si je vais bien, les yeux de Quentin perdus entre les seins de Mathilde, ils ont un chewing-gum pour deux qu'ils se partagent entre les baisers. Je ne vais pas très bien, je scrute chaque visage d'adolescente, même les brunes, dans l'espoir que ce soit elle, que toute cette histoire finisse, je l'attraperais par le bras et je l'entraînerais jusqu'à la gendarmerie, jusqu'à sa famille. Je ne supporte plus cette disparition, je ne supporte plus le vide inattendu qu'elle laisse derrière elle.

Mais je ne la vois pas. Alors je souris et je leur dis que ça va, c'est juste que les gendarmes m'ont interrogée hier.

On remonte le cours principal en laissant le soleil rouge dans notre dos. La brise agite ma jupe. On se dirige vers le fast-food, comme au temps du collège. Mathilde marche au milieu. Elle lâche enfin la main de Quentin pour s'approcher de moi, elle a mis son parfum à la vanille, elle est tout contre moi. Elle dit : « Tu veux m'en parler ? » La vanille, la menthe du chewing-gum, et au loin des relents de tabac, je voudrais me blottir dans ses bras et respirer fort son odeur rassurante pour chasser les émotions de ces jours-ci. Mais je réponds : « Non, plus tard. Quand on ne sera que toutes les deux. Il n'y a pas grand-chose à raconter, en plus. »

Aucun visage connu au Burger Palace. Quentin, lui, salue deux mecs. Ils échangent quelques mots, il ne nous présente pas. On va devoir manger là, tous les trois. Le dîner est long, par moments on ne parle pas. Est-ce que ça la dérange comme moi, ce silence ? Et lui ? Lui non, on ne dirait pas, il a pris un truc gigantesque, il va l'avaler tout entier. Cette soirée sera si longue. Elle qui est une sœur pour moi, elle qui m'est si intime, je me sens séparée d'elle comme par une vitre. Nous ne sommes pas tous les trois, ils sont ensemble tous les deux et moi à côté, c'est tout. J'aimerais ne pas être là, être nulle part, avec personne, si seulement je pouvais partir à pied, si seulement j'habitais tout près. Rentrer à la maison et regarder la télé avec Coco couchée sur moi.

On est obligés ici d'aller à la fête de la musique. Il n'y a que la maladie qui soit une bonne excuse pour ne pas y aller, c'est obligatoire de sortir, de marcher dans les rues du centre-ville. Ça ne sert à rien, mais comme ça après dans les conversations, les autres peuvent dire : « Tiens, au fait, j'ai vu Justine à la fête de la musique. Elle était avec Mathilde et un mec. » Peu importe qui, même quelqu'un qui ne connaîtrait pas mon nom et qui n'en parlerait pas mais qui se dirait simplement : C'est la fille qui est dans mon lycée. Chaque année je pense que ce sera peut-être bien, alors que je sais que ça ne l'est jamais, mais j'y vais quand même avec l'espoir que je me trompe.

Avec eux, j'ai pris le parti de me taire. Comme avec ma mère et Philippe. Je me sens terriblement seule. La musique, les odeurs de frites, les grains de sel et les taches de graisse sur les tables. J'aurais tant aimé que nous ne soyons que toutes les deux. Elle est si lointaine, si étrangère Mathilde, ma Mathilde. Quand elle est avec lui, elle n'est plus ma Mathilde mais la sienne.

Comment elle peut être heureuse avec lui ? Je n'y arriverais pas. Avec Quentin, et les garçons comme lui, je n'y arriverais pas, je crois. Par ici, ils sont tous les mêmes. La même odeur, la même gourmette au poignet. La même voix, presque. Il a eu son permis, il y a trois mois. C'est comme ça d'ailleurs que ça s'est fait entre eux. Il pouvait l'emmener en voiture, ils sont sortis faire des trucs, ils sont tombés amoureux. Il a une Polo. Elle m'a raconté que quelquefois il conduisait ivre en sortant de boîte.

Il a vraiment mangé tout son triple burger. En entier. Il demande : « Vous préférez quoi ? Il paraît qu'il y a une scène métal. Mais c'est plus bas, la place je sais plus quoi, près de la Charente, là. » Tout le monde hausse les épaules, même lui, il hausse les épaules à sa propre question. Je ne sais pas. Le métal, je ne sais pas. « Il n'y a pas une scène rock ? » Quentin, il a des copains punks mais leur concert a été annulé. Directement dans le centre, c'est pas terrible, il dit. Du karaoké, des trucs comme ça, et de la variété de vieux. Non, c'est trop horrible. On ira dans un bar. Du doigt, j'essuie une tache de sauce sur mon plateau, sur le papier de mon plateau. C'était bon, quand même.

On traverse le centre en marchant lentement. Mathilde parle beaucoup. Elle est contente parce qu'elle nous aime tous les deux, sans se rendre compte qu'on s'ennuie ensemble. Sans se rendre compte qu'on préférerait chacun l'avoir pour nous tout seul. C'est vrai, je reconnais quelques visages. Une femme, un peu Barbie, blonde, chante au karaoké comme si elle était Céline Dion. Il y a trop de musique, trop de bruit, trop de gens. Ça sent le sucre vanillé, c'est écœurant, quand on passe devant le stand de chouchous. Et la friture devant celui des beignets. C'est une mère et sa fille qui le tiennent, aussi grosses l'une que l'autre. Elles sont toujours là à Noël et pour la fête de la musique. Je ne sais pas ce qu'elles font le reste du temps. Je ne sais même pas si elles vivent dans le coin. La fille a toujours l'air tellement désespérée d'être elle-même, une espèce de désespoir apathique, avec ses épaules qui tombent bas, son dos courbé, ses seins énormes sur son ventre énorme.

Quentin raconte ses histoires de petit mec, il fume clope sur clope. Et moi, il va m'en offrir une ? Juste une, pour ma peine. On atteint le bar. Il est à la sortie du centre piéton, juste à l'endroit où il n'y a pas grand-chose. Il m'a toujours semblé que ce bar n'avait jamais de clients. Parce qu'il est isolé, caché. Avec Mathilde, on va boire des verres dans les cafés qui sont sur le cours principal. Et on prend des Coca, pas d'alcool. Mais ce soir, tout est permis. Je me dis que ma mère ne le sentira pas, si je mâche un chewing-gum. Et de toute manière… elle aussi elle aura bu, donc elle ne se rendra pas compte.

C'est un peu sombre à l'intérieur. Des posters de rock sur les murs, une guitare au-dessus du bar. De belles bouteilles, des miroirs publicitaires. Des gens plus vieux. Ça a l'air cool, ici, en fait. Je me sens bien. Ils passent du rock. La petite scène sur leur terrasse donne sur la place de l'église. Quentin me sourit, il a vu que j'étais contente. Peut-être qu'il est gentil, finalement. Ou peut-être que lui aussi a un peu pitié de moi, comme Mathilde, à cause de Jazz. Je sais qu'il sait pour Jazz. J'ai l'impression que c'était il y a des années déjà, ça.

Quentin connaît le barman, il salue plusieurs personnes et nous offre à chacune une bière. C'est magnifique. C'est la première fois que je bois une pression sans demander la permission à mes parents. Un jour mon père m'en a offert une dans un restaurant, un demi. Elle est tellement fraîche, le verre mouillé, c'est délicieux. C'est merveilleux. Elle n'a pas un goût de clandestinité, de bière chaude secouée dans un sac à dos, de bière bon marché bue au skate-park. C'est une vraie. Mathilde a refusé la bière, elle a pris un cocktail. Si elle savait ce qu'elle rate. Elle a un goût de liberté, cette bière. C'est tellement bon que tout d'un coup, ça m'est bien égal qu'ils soient tous les deux à se tortiller les doigts et à s'effleurer l'un l'autre. Le groupe est en train de se mettre en place, ils vont bientôt jouer.

« Normalement, Seb ne te demandera rien, me dit Quentin. Mais si ça te rassure, quand tu veux un verre, tu me dis et je commande pour toi. » Je réponds merci,

merci c'est gentil. Oui, il a pitié de moi. Parce que je suis célibataire, toute seule avec eux deux. Mais tant pis, c'est gentil. Je lui tape une cigarette et je sors sur la terrasse. Mathilde me dit au passage qu'ils me rejoignent tout de suite, alors je m'installe seule. Je les vois qui s'embrassent. Pourvu que ça dure le temps de la cigarette, un peu de répit. Je regarde autour de moi. Et si, moi aussi, pour une fois, je rencontrais un garçon ?

Ça fait une heure que nous sommes là. Le groupe n'est pas terrible mais c'est bien quand même. Je bois lentement une deuxième bière. Je me sens complètement adulte. Déjà j'entrevois ce que pourrait être ma vie à la majorité, quand je serai dans une grande ville pour mes études. Peut-être Paris. Loin d'ici, en tout cas. Avec des amis qui me ressembleront, boire des bières dans les bars. Si seulement j'avais un petit copain moi aussi, comme la soirée serait différente. Il manque ce quelque chose, de l'attention sur moi, un amoureux à côté de moi. Mais c'est presque bien.

La bière me monte à la tête, je suis légère, souriante. Je rentre dans le bar pour aller aux toilettes. Je me regarde dans le miroir, j'avais oublié que je m'étais faite belle pour sortir, pour faire des photos, pour les souvenirs. C'est un peu dérisoire. J'essuie une trace de crayon noir qui a coulé sous mon œil. Je sors des toilettes, au fond du bar. De là, je vois toute la salle. Soudain mon regard est happé, appelé par une seule personne. De dos. Mais je le reconnais. Je me fige, je me tends. Comme un soldat. J'ai froid en dehors, je brûle en dedans, je le reconnais. Ce n'est pas possible…

Je marche toute crispée, toute droite, mes bras débiles le long de mon corps. Je ne le regarde pas, surtout pas, si jamais il se retournait ? Mais en passant, c'est irrésistible, je lui jette un regard furtif. Et j'aperçois, par-dessus son épaule, son reflet dans la glace derrière le bar. Son visage qui apparaît dans le miroir, entre les bouteilles d'alcool. Je panique et je ne comprends pas pourquoi. Pas une fraction de seconde je ne pense qu'il va me voir boire et fumer et que c'est une chose grave. Qu'il risquerait de le dire à ma mère. Ce n'est pas ça qui me panique. C'est juste qu'il soit là. Que nous allons nous croiser, forcément, inévitablement, ce soir, dans ce bar. Et pourquoi venir dans ce bar et pas dans un autre ? Qui a fait effraction sur le territoire de l'autre, sur la soirée de l'autre ? Mais il est là, maintenant, je l'ai vu. Lui non. Je sors sur la terrasse en trois pas, rapide, affolée comme un lapin qui chercherait à ne pas se faire repérer. Mon cœur atteint des sommets, comme en danger. Il ne m'a pas vue. Je reviens m'asseoir avec eux deux. Mathilde est pompette, hilare. Elle me demande si ça va. Quentin me regarde avec insistance. J'ai compris. Je lui dis : « T'inquiète pas, je suis pas bourrée. Et je tiens bien l'alcool. » Il me lance un sourire tordu, qui part vers les coins, vers le haut et vers le bas à la fois. Un sourire coupable.

Je ne suis pas tranquille, je fais très mal semblant. Il y a un voile par-dessus la musique du groupe, par-dessus la voix de Quentin qui dit qu'ils sont plutôt bons, écoutez cette basse. Je suis électrisée, en état d'alerte maximale. Deux personnes passent près de moi, que je regarde en levant des yeux apeurés, mais ce n'est pas lui. Pourvu qu'il reste à l'intérieur. Mathilde danse assise en face de moi. Il ne va pas rester à l'intérieur, il va forcément sortir fumer une cigarette. Je serre mes cheveux dans mes mains comme pour les attacher, je les entortille en chignon. Je ne sais pas quoi faire de mes mains. Pas quoi faire tout court.

Pour finir, je les rejette par-dessus l'épaule, mes cheveux. Quelqu'un est juste derrière moi. Je le heurte du coude. On se regarde. Le souffle suspendu et le cœur aussi, c'est lui. De toutes les personnes qui passent à côté de moi sur cette maudite terrasse depuis plus d'une heure, la seule que je touche par accident, il fallait que ce soit lui. Alors que je commence à dire pardon par réflexe de politesse, le mot retombe mais a été entendu. Il me regarde aussi, il est surpris, juste un court instant. Puis il me sourit, amusé.

«Bonsoir, Justine!» Mon sourire hésite et trébuche, je dis aussi bonsoir, juste bonsoir, comme j'avais dit juste bonjour, parce que je ne sais toujours pas si je dois l'appeler par son prénom ou monsieur Vedel, je ne sais pas ce que je dois faire. Il sent mon trouble et tend son bras en s'ouvrant à moitié, comme un seul pan. Il me dit : «Je te fais la bise.» Mathilde et Quentin se taisent et nous regardent. C'est qui celui-là? Je n'ai même pas besoin de la regarder pour entendre ses pensées : Ta mère n'est plus avec Philippe? Il est beau ton nouveau beau-père, putain... Il est beau... Je me lève, gauche, flottante, de ma chaise en plastique en m'appuyant fort aux accoudoirs. Il est beau. On échange deux bises. Je suis submergée par son odeur, souffle chaud. Il sent tellement bon. Il y a des images d'arbres millénaires et de forêts sombres dans cette odeur, des images de soleil couchant et d'animaux sauvages au galop, de poussière, des images de caresses. Qu'est-ce que c'est que ce parfum ? Le contact de son visage contre le mien, les joues un peu piquantes, l'haleine de bière, son parfum, est-ce que cet instant pourrait durer encore ? Sa main, sa main sur mon épaule. Je sens un mouvement en moi, un mouvement vers lui, l'intérieur qui se tend vers lui. Je suis écrasée par ce qui se dégage de lui, je ne veux pas m'en défaire.

On se détache, on dirait que... Je ne sais pas quelle est cette sensation. Il sourit à Mathilde et à Quentin, leur tend la main. À eux, il serre la main. Il se présente, Thierry Vedel, enchanté. On dirait que c'est un ami de la famille. Un ami, le mien. J'aimerais tellement qu'il se joigne à nous, qu'il demande avec ses grands yeux bleu clair et rieurs s'il peut approcher une chaise et s'asseoir avec nous. Mais il ne le fait pas. Il ne dit rien en fait, juste un geste de la main pour signifier qu'il va là-bas, sur le trottoir, fumer une clope. À moi, le geste de la main. Je me rassieds lentement. J'essaie d'avoir l'air indifférente, j'essaie de cacher mon sourire. Quentin s'en fiche, il lit un SMS. Mathilde fait mine de me regarder alors que ses yeux scrutent l'écran du téléphone de son copain. Et puis, comme il est innocenté, elle se tourne vers moi.

— C'est qui, ce mec ?
— Eh ben, c'est Thierry... Vedel. Le mec qui bosse dans le jardin, tu sais ?
— Ah bon ? Et il te fait la bise ?

Je détourne le regard. Qu'est-ce que je dois répondre ? J'hésite.

— Bah oui, il va pas m'appeler mademoiselle et me vouvoyer, on n'est pas à Versailles, quoi...

— Oui, mais bon, insiste Mathilde.

Elle est jalouse, peut-être ? Où est le problème s'il me fait la bise ? Est-ce que c'est mal ?

Du coin de l'œil, je vois Quentin secouer son paquet de cigarettes. Il me dit : « Tu veux la dernière ? » Oh, quelque chose à quoi me tenir, quelque chose à faire. Il se lève, Mathilde le regarde avec inquiétude, comme s'il la quittait. « Je vais en racheter, je reviens. » Je la sens hésiter, l'impulsion de se lever aussi. Et puis : « Bon, je vais rester avec Justine. » On dirait qu'elle est déçue, on dirait qu'elle se force. La garce. Ce n'est vraiment pas la même quand elle est avec lui. Je lui souris et je lui assure qu'elle peut l'accompagner.

— T'es sûre ?

— Mais oui, je peux bien rester seule dix minutes, il va rien m'arriver, t'en fais pas. Vas-y.

Elle s'illumine, pleine de gratitude. Jamais séparée de lui. Elle presse le pas et lui saisit le bras. Ils s'éloignent, main dans la main. Ils auraient mieux fait de sortir rien que tous les deux. Mais ils n'auraient eu personne pour garder la place. Voilà à quoi je sers. Tant pis, je fume.

Discrète, je cherche Vedel des yeux. Je ne le vois pas. Il apparaît sur la gauche, sa bière à la main. « Tes amis t'ont abandonnée ? » Il me sourit. « Ils sont partis acheter des cigarettes. » Je suis un peu gênée de fumer devant lui, en fait. Est-ce qu'il le dira à ma mère ? Il indique la chaise de Mathilde en face de moi. « Je peux m'asseoir ? » Oui, assieds-toi, reste. Je dis : « Oui, bien sûr. » Il est incroyablement à l'aise avec moi. Il me fait : « Ça va ? » On trinque avec nos bières presque finies. Oui, ça va. Je tire sur la clope, que dire...

— Elle sait que tu fumes et que tu bois des bières, ta mère ?

Ah, la question... Je suis un peu gênée, mais je vois qu'il ne me juge pas, qu'il ne me réprimande pas. Il m'a demandé ça de manière complice, comme un copain un peu plus âgé qui connaît déjà la réponse. Et dans ses yeux je sens qu'il ne dira rien, quelle que soit la réponse.

— Euh... non. Mais...

Un petit silence. Il rit, bas, très bas, et me regarde avec tellement de bienveillance. Amusé mais pas moqueur. D'où il sort, cet homme qui me parle normalement, comme à une égale, comme l'autre matin à la porte de la maison ?

— T'es assez grande, il faut s'amuser un peu. On l'a tous fait. Te fais pas choper, c'est tout !

Il se laisse aller dans sa chaise, ouvrant sa poitrine, et se tourne vers le groupe sur scène. J'ai l'impression qu'il cherche aussi quoi dire.

— Tu viens souvent dans ce bar ? il me demande.

J'écrase ma cigarette.

— Moi ? (Question stupide.) Non, c'est la première fois que je viens. C'est Quentin qui nous a emmenées ici.

— D'accord. Je me disais bien, je t'ai jamais vue ici. Quentin, c'est ton copain ?

— Non, c'est le copain de Mathilde. Enfin... la fille qui est avec moi, c'est ma meilleure amie : Mathilde. Et Quentin c'est son petit copain. Mais je ne suis pas amie avec lui, on se connaît pas beaucoup.

— C'est comme ça, les amoureux des amis... T'as pas de petit copain ?

Mais qu'est-ce que c'est que cette question ?

— Non.

Je l'ai dit avec douceur, un peu chaud. Pourquoi ce ton ? Ne pas baisser sa garde. Il faut vite me rattraper.

— Ma mère est à Royan ce soir.

— Ah oui ?

— Oui.

Bravo pour les paroles inutiles. Je me glisse tout au bord de ma chaise, les cuisses serrées, le dos droit, toujours aussi tendue. Je suis merveilleusement bien avec lui en face de moi, mais je n'arrive pas à être tranquille. J'ai fini ma bière, j'ai fini ma cigarette, je ne sais pas quoi faire de moi. Je le regarde de partout, en détail, la couleur de sa peau, l'arrondi de ses épaules fortes. Le collier de cuir autour de son cou chaud et parfumé. Les larges sillons de sourires autour de sa bouche, les grands yeux bleus. Ah oui, il a quelques rides, je n'avais pas vu... C'est joli. Un tout petit peu de gris aussi, quelques fils sur les tempes.

C'est comme si je devais rassembler tout mon courage pour lui parler, comme si j'allais sauter de très haut dans une eau glacée.

— Vous habitez à côté d'ici, alors ?

— Comment ça ?

Il est tout entier penché vers moi. Je m'avance un peu au-dessus de la table, moi aussi. On vient de créer un abri tout autour de nous.

— Je veux dire, pas très loin d'ici, ici le bar. Si vous venez souvent...

Il sourit. Je suis ridicule.

— Non, j'habite près de chez toi en fait. Avant j'étais à Bordeaux, et en ce moment j'habite chez ma sœur – il prend une cigarette. Et tu peux me tutoyer, tu sais.

Il m'adresse un clin d'œil. Personne ne me fait jamais ça, personne ne se tient comme lui, personne ne me parle comme lui. Imperceptiblement je m'enfonce dans ma chaise et je m'alanguis. Son regard attrape le mien et j'en ressens toute l'intensité. Ensuite il baisse les yeux et sourit d'un nouveau sourire que je ne lui avais pas encore vu. Il n'a pas d'âge, là, maintenant. Là, il a le même âge que moi. Ce sourire, on dirait un oiseau qui déploie ses ailes. Il laisse échapper un rire doux, timide, humble. J'ai posé les mains sur mes genoux. Je ne sais pas ce que je ressens.

Quand son regard remonte à la surface, il l'a refermé. Il se racle la gorge.

— Tu veux boire encore quelque chose, Justine ?

Cette façon de dire mon prénom, d'entendre mon prénom dans sa voix. Je dis que oui, j'aimerais bien une autre bière, même si je n'ai pas trop le droit.

— Encore un truc que t'as pas le droit de faire, prendre une clope dans mon paquet, fais-le le temps que je revienne, si tu veux. Ça reste entre nous…

Il a laissé traîner la fin de la phrase comme ça, comme s'il allait ajouter encore un mot. Il s'en va en emportant nos verres vides, en se tenant très droit à son tour, comme pour cacher qu'il se sent un peu gauche. Ça reste entre nous.

Je regarde l'heure sur mon téléphone, ça fait un moment que Mathilde et Quentin sont partis. Je n'ai pas très envie qu'ils reviennent. Il arrive avec deux bières qu'il pose sur la table. Il me dit que mes amis sont à l'intérieur. Ils sont à l'intérieur, très occupés l'un par l'autre. Il remarque que je n'ai vraiment pas de chance, je suis obligée de passer ma soirée avec un vieux brigand si je ne veux pas tenir la chandelle. Je ris. Il est content de me faire rire. Il m'offre la cigarette que je n'ai pas prise dans son paquet et puis nous ne disons plus rien, nous ne nous regardons pas vraiment, nous écoutons ce petit groupe sans envergure jouer des reprises des Beatles.

Pas un instant je ne lève la tête vers les gens qui vont et viennent, je ne me rends pas compte qu'il y en a qui me connaissent et qui me voient, qui me reconnaissent. Que nous formons un couple bien étrange aux yeux des autres, que j'ai l'air de passer la soirée de la fête de la musique avec mon père. Ou mon oncle. Ou mon parrain. Il me raconte un voyage qu'il a fait avec des amis en Finlande, l'année dernière. Je rêve tant d'y aller. Je me dis : un jour. Au bord des lacs, dans un bungalow, dans la forêt. Qu'il s'est fait piquer par une armée de fourmis rouges, qu'il aurait pu y rester. Il paraît heureux de me raconter tout ça, mes yeux débordent de toute l'admiration que j'ai pour lui, que je ne peux pas contenir ni maîtriser. Tout ce qu'il dit est extraordinaire. Tout ce qu'il fait. Le même été, il est allé en Camargue. Photographier les paysages, les parcourir à cheval. Je demande : « Tu es photographe, aussi ? » Non pas vraiment. Il n'est pas non plus jardinier, il fait ça pour gagner un peu d'argent en attendant de retomber sur ses pieds. Il ne me dit pas ce qu'il fait réellement dans la vie.

Il me demande si le compagnon de ma mère habite avec nous, alors qu'il sait très bien que non. Et si je vois mon père souvent. Pas comme à une enfant, juste pour me faire parler de moi, même si je n'en ai pas très envie. Je lui dis que ça va, dans l'ensemble. J'essaie de sourire mais tout en moi trahit ma solitude. Encore. Je voulais garder les mains fermées, serrées, cachées contre moi et je n'ai pas pu me retenir, j'ai mendié. Et je reçois. Il s'ouvre en sourire. Il va me dire quelque chose.

Tout se disperse quand Mathilde et Quentin arrivent. Ils se tiennent debout près de la table. Un silence. « Désolés de vous déranger, hein... » Elle n'aurait pas dû dire ça. Pas ça, pas comme ça. Elle est mal placée pour dire une chose pareille, parce que si Vedel n'avait pas été là, je me serais retrouvée toute seule jusqu'à ce que ma mère et Philippe viennent me rechercher en voiture. On leur répond mais non, mais non, pas du tout. Ils s'installent avec nous. L'abri est défait, notre soirée à tous les deux terminée. Je demande : « Quelle heure il est ? » Bientôt minuit. Je vais devoir me mettre en marche vers le point de rendez-vous, non, je vais d'abord attendre que ma mère m'appelle, pour être sûre. Maintenant qu'ils sont assis avec nous et que l'on se parle tous les quatre, je suis revenue à mes seize ans. C'était mieux sans eux, flottant sans âge dans un abri, celui de sa voix douce et grave et de ses grands yeux bleus.

Vedel me regarde un peu, par coups d'œil. Il parle beaucoup moins. Mes amis ne l'intéressent pas. Je me demande si j'ai l'air d'avoir bu, Mathilde me donne un chewing-gum. Je reçois un SMS de ma mère. *On arrive. Cinq minutes.* Je dois partir.

Mathilde me serre dans ses bras, elle a un peu l'odeur de Quentin. Vedel se lève et me fait la bise, comme au début, sa main sur mon épaule, doux. Il demande : « Tu veux que je t'accompagne ? » et dans sa question, il me prie de refuser. Mais bien sûr que je refuse, ma mère trouverait ça bizarre de nous voir tous les deux. Finalement, c'est Mathilde qui décide de me suivre, pour dire bonsoir à ma mère. Quentin vient avec nous. Lui, Vedel, il reste seul. Il m'adresse un dernier sourire et un petit geste de la main avant que je me retourne.

Sur le chemin, Mathilde me jette des regards. Elle se penche à mon oreille et me demande si ça va. Oui, ça va. Je ne sais pas comment je fais pour cacher ma joie sans borne, pour sembler presque un peu fâchée qu'elle m'ait laissée toute seule avec ce type. Elle se penche encore et me demande si je lui en veux. Je hausse les épaules. C'est incroyable, ma joie est-elle donc si silencieuse ? Elle esquisse le même sourire coupable qu'avait Quentin tout à l'heure quand il croyait que j'étais saoule. Je n'arrive pas à croire qu'elle ne comprenne pas ce que je ressens. Je ne sais pas pourquoi, mais ça me fait plaisir qu'elle se sente coupable. Elle m'invite à dormir chez elle demain ou après-demain, pour se rattraper. « J'en parlerai avec ma mère mais ça serait bien qu'on fasse ça. »

Quand on arrive à la voiture de Philippe, il nous sourit. « Ça va, les jeunes ? » Bonsoir, bonsoir, tout le monde fait des politesses. Mathilde demande à ma mère si je peux dormir chez elle demain ou après-demain. Elle accepte. Elle est pompette, Philippe aussi. On rentre à la maison et sur le chemin, ma mère me raconte qu'ils ont mangé des langoustines sur le port et vu un concert de jazz. Je ne l'écoute pas, je regarde la nuit devenir noire alors qu'on sort de la ville et que les lampadaires n'éclairent plus la route, je regarde le ciel au-dessus des champs et je me demande s'il est toujours assis là-bas.

6

Le lendemain de la fête de la musique, je repense longuement à cette soirée que nous avons passée ensemble, lui et moi. J'en suis complètement imprégnée. Ses yeux posés sur moi. Nos regards mélangés et ce trouble qui nous a émus tous les deux. Je revois, comme une scène de film passant en boucle, ses yeux qui se baissent et le sourire ambigu qu'il a eu à ce moment-là. Je ne suis pas du genre à m'imaginer qu'on puisse m'aimer, qu'on puisse s'intéresser à moi, puisque je sais très bien que ça n'arrive pas. Jamais. Ce sourire-là, c'était celui de quelqu'un qui est ému et que ça gêne parce que je le vois. Et que j'en suis émue aussi.

Ma mère descend me rejoindre dans la cuisine. Elle est un peu pâteuse, elle a dû boire plus que je ne le croyais, hier. Elle boit son café en maugréant comme une folle, ses cheveux en bataille. J'espère qu'elle me demande comment était ma soirée, tout autant qu'elle ne le fasse pas. Elle ne le fait pas. Je n'ai pas envie de lui dire que j'ai passé plus d'une heure à discuter avec lui, qu'il m'a offert des cigarettes. Je ne sais pas si je dois le dire ou pas, je me souviens de sa façon de me demander si je voulais qu'il me raccompagne jusqu'à la voiture, et je me mets en tête qu'il ne faut pas en parler, que cette soirée est notre secret. Avec le risque que Mathilde, à un moment, dise quelque chose. Ou peut-être qu'elle s'en fichait vraiment, puisqu'elle était avec son amoureux, et qu'elle n'a pas remarqué que moi, j'avais un rencard avec Vedel. Je me sens ridicule de penser ce mot-là, rencard, mais c'est ce que je ressens et j'en tire un plaisir tout neuf. Il ne faut pas que ma mère le sache, elle est parfaitement capable de tout détruire parce que c'est un homme. Elle s'enferme dans la salle de bains en marmonnant quelque chose comme : je dois me rendre présentable pour Philippe. Il dort encore à l'étage. Je n'aime pas trop le voir le matin.

Et j'en reviens à Vedel, devant mon café au lait qui refroidit malgré la chaleur qui gonfle dehors. Vedel. Vedel, il a ce nom, ce nom avec ces sonorités si douces. Chaque syllabe est ronde, courbe, on dirait l'océan qui roule, la vague qui s'écrase, qui se tend, qui caresse. L'eau veloutée de l'océan, Vedel. Les épaules soyeuses et hâlées, blondes comme du tabac, les muscles qui ressemblent à des branches d'arbre solides et douces, sculptés comme un bois, un bois des îles. Vedel, comme il a un nom émouvant... Je l'ai approché et j'ai senti son odeur. Il sent tout ça. Je ne connais pas bien ces choses-là, les parfums. Moi je porte un parfum bon marché qui sent très fort l'iris et la vanille. Mais je crois avoir perçu hier soir un parfum précieux, quelque chose qui mêle l'odeur du bois et du musc, ou bien de l'ambre, du tabac ou du cuir, qu'est-ce que c'était ? Je ne sais pas. Il sent ça ce type, le bois, l'animal...

Il apparaît sur le pas de la porte et me fait sursauter. Il s'excuse avec son sourire qui n'est que pour moi, je l'ai bien vu – il ne sourit pas comme ça à ma mère, il n'a pas souri comme ça à mon père. Il me dit bonjour et me demande comment je vais, si j'ai bien dormi. Je suis gênée qu'il arrive toujours quand je suis en pyjama, j'aurais dû faire comme ma mère et aller à la salle de bains me rendre présentable pour lui. À quelle heure il s'est couché, à quelle heure il s'est levé pour être déjà là ? Je lui réponds que je vais bien et lui ? Lui aussi, oui, il voudrait dire un mot à ma mère, est-ce que je peux aller la chercher parce qu'il ne veut pas mettre de l'herbe partout dans la maison. Il a transpiré après avoir passé la tondeuse. J'avais entendu mais je croyais que ça venait de chez les voisins, la tondeuse. Je ne trouve pas qu'il sente mauvais. Il sent à la fois le soleil, l'herbe coupée et le fauve.

Mais quand je me lève, je fais tellement basculer ma chaise qu'elle manque de tomber. Il entre d'un pas dans la cuisine pour la retenir, je la retiens, nos visages rapprochés, et je rougis. Je le sens, j'ai si chaud au visage. Il me trouve ridicule certainement. Certainement. Je remets la chaise à sa place. Je lui dis :

— Elle est dans la salle de bains, je ne sais pas si elle pourra venir tout de suite.

— Ça ne fait rien, je peux attendre un peu.

— D'accord.

Je vais prévenir ma mère. Je pense qu'elle me trouve bizarre quand j'entre dans la salle de bains. C'est sûr. Elle ouvre ses grands yeux, elle aussi avait oublié et elle aussi croyait que ça venait d'à côté, le bruit de la tondeuse. Elle me dit de lui offrir un café, elle est à moitié nue, à moitié maquillée. Je retourne à la cuisine pour être de nouveau seule avec lui. Il insiste pour attendre sur le pas de la porte.

Noir deux sucres. Je n'oublierai plus jamais cette formule, sans virgule sans rien, comme un seul mot. Je lui apporte. Il prend soin de ne pas toucher mes doigts en prenant la tasse. Il me remercie, me regarde, et puis me demande : « Tu as raconté à ta mère que tu t'es retrouvée coincée avec moi, hier soir ? » Je panique, je rougis encore, je bafouille que non et il me demande pourquoi, avec ce regard complice et amusé. Je dis clairement : « Je ne sais pas, j'ai pensé que ce n'était pas important qu'elle le sache. » Au-dessus de sa tasse de café, il me sourit, il est d'accord avec moi, c'est un sourire de bénédiction. Il me fait un clin d'œil et affirme, sur le ton de quelqu'un qui reconnaît une vérité énoncée : « Non, ce n'est pas important qu'elle le sache. » Et puis, plus rien. Je baisse les yeux. J'ai envie de lui demander si on pourrait se revoir encore comme ça, que c'était bien, que ça m'a plu. J'ai envie de venir près de lui, je suis submergée par son odeur de bois et d'ambre et d'animal sauvage, ça me rend dingue, fébrile.

Ma mère arrive dans la cuisine et le salue avec ses grands gestes et tout ça. Ils sortent ensuite dans le jardin. Je reste là sans finir mon café au lait, regardant dans le vague, savourant cet arrière-goût acide et suave qui me colle à l'œsophage et remonte à mon cerveau, cette sueur qui me trouble. Cette sueur qui donne corps à une gêne en moi, quelque chose de rond, de chaud, de presque palpable, dans mon ventre. Plus bas. Je sens le parfum acide et suave de cette sueur et en écho, en réponse, une excitation un peu effrayante. Je chauffe. Vaguement encore, vaguement. Je suis à la fois électrocutée et apaisée.

Vedel me terrifie et me rassure. Je ne veux pas qu'on se prenne par la main et qu'on s'embrasse, je veux qu'on se cache, qu'on se réfugie rien que tous les deux et oublier mon âge et, par-dessus tout, Océane.

J'attends des nouvelles de Mathilde une bonne partie de la matinée. Ma mère est sur mon dos, est-ce que je vais toujours dormir chez elle, et je lui répète que je ne sais pas. Philippe s'y met aussi. Ils sont tous les deux après moi, c'est vraiment oppressant. Il n'est même pas encore midi. Ils veulent sûrement savoir s'ils auront la maison pour eux tout seuls ce soir, pour faire l'amour. Comme si avec lui ça la dérangeait que je sois à côté et que j'entende.

Moi aussi, je me pose la question pour ce soir. Mathilde ne m'a pas appelée, ni écrit de texto. Elle pense peut-être toujours que je lui en veux de m'avoir laissée de côté toute la soirée. Je ne vois pas pourquoi je lui en voudrais plus que d'habitude, au contraire c'est la seule fois où j'ai envie de la remercier d'avoir été égoïste. Je décide d'attendre encore un peu, peut-être qu'elle dort. Et je n'ai pas tellement envie qu'elle me pose des questions sur Vedel. Je ne sais pas si elle comprendrait. Et lui, je le cherche en m'appuyant tout contre le montant de la fenêtre de ma chambre. Il passe encore la tondeuse dans notre jardin trop grand.

Je me penche à l'extérieur pour le regarder. Il ne me voit pas, il est concentré et couvert de sueur, ça se voit de là où je suis. Je m'appuie plus confortablement pour l'observer. Je m'imagine que si je pouvais me voir, je saurais que je suis belle, en fait. Avec mes cheveux aux reflets chauds traversés par le soleil, et mon visage déjà hâlé par cet été infernal, mes yeux immenses, dilatés et stellaires quand je le regarde. Par-dessus son image directe, au loin dans le jardin, la vision de la veille en gros plan qui se superpose. À un moment, il revient sur ses pas, il a presque fini de tondre. Il lève la tête vers moi et ralentit, il me regarde aussi. Je me redresse, j'ai envie de retourner à l'intérieur me cacher, mais il sourit encore. Je lui souris en retour et je retourne dans ma chambre, avec le cœur qui explose tout en dedans et un sourire de folle. De folle de joie.

Je ne sais pas exactement quand il est parti. Peu de temps avant qu'on ne passe à table. Il avait rendez-vous à la gendarmerie, lui aussi, cet après-midi. Ma joie se referme sur elle-même, mais pourquoi l'interroger, lui ? Par rapport à Océane ? Ma mère et Philippe commentent largement, évidemment, lui aussi on doit l'interroger, il a commencé à venir à Cressac après la disparition de la petite. Il faut bien explorer toutes les pistes. Je n'ai encore rien dit de ce que j'ai raconté aux gendarmes. Ça manque de m'échapper qu'ils feraient mieux de s'intéresser au camp de gitans plutôt qu'à Vedel, parce qu'il n'a, forcément, forcément rien à voir avec Océane. Mais je ne dis rien, je les laisse discuter entre eux.

Le soir, Mathilde m'écrit enfin sur MSN. Elle me dit que c'est compliqué pour elle que je vienne ce soir, elle me dit : ce week-end. Je suis déçue et soulagée en même temps, je pourrai réfléchir à comment lui parler de *lui*. Est-ce que je devrais lui en parler ? Elle a cru que je lui faisais la tête, hier soir. Je ferais mieux de penser à comment lui raconter l'interrogatoire, de rassembler mes souvenirs de cet échange. Comment éviter de lui raconter, à elle, l'histoire de l'abribus ? Il vaut mieux éviter de le faire. On les connaît les gens en couple, ce n'est pas la peine de leur confier un secret, ils répètent tout, au nom de l'amour qui dure six mois. Ce que je peux dire dans une gendarmerie, je ne peux pas le dire dans l'intimité de la chambre de Mathilde, ça en sortira inévitablement. Elle insiste pour savoir comment je vais, et je lui mens pour mettre fin à cette conversation dont je n'ai aucune envie, je réponds que tout va très bien. Je n'ai envie de parler à personne, j'ai envie de bâtir autour de moi une cabane faite d'images de lui et du souvenir de son odeur et de ses gestes.

Elle me propose d'aller à la plage samedi et de dormir chez elle ensuite. Je trouve que c'est une merveilleuse idée. J'entends le bourdonnement inquiétant d'un hélicoptère qui survole Cressac et le désert de champs et de vignes alentour. Est-ce qu'elle ne reparaîtra jamais, Océane ? Depuis plusieurs jours on les entend, ces hélicoptères, survoler le village. Ils ont quelque chose de menaçant. Comme s'ils nous surveillaient. Quand je le dis à Mathilde, elle me lance qu'Océane essaie de gâcher l'été, et même si je réponds que ce n'est pas très gentil, au fond, je suis d'accord avec elle.

7

Nous sommes étendues sur la plage et Mathilde me trouve bizarre. Je parle peu, je pense à Vedel, que je ne verrai pas. Il va couler du béton sur la terrasse pendant mon absence. Philippe certainement là, les bras croisés, à le surveiller et à lui donner des indications sans rien faire lui-même pour ne surtout pas se salir les mains. Et lui, torse nu et soufflant sans trop de bruit à cause de la chaleur, il travaillera dur mais tellement bien. Tout ce qu'il fait, il le fait bien. L'esprit occupé par son interrogatoire avec les enquêteurs, et les soupçons qu'on pourrait porter sur lui sans aucune raison. Est-ce qu'il pense à moi pour effectuer ses gestes précis et mécaniques ? Est-ce qu'il revoit mon visage tout ouvert à lui, à la terrasse du bar ? Est-ce qu'il écoute les sonorités de mon prénom diffusé en boucle dans sa tête, comme moi j'écoute son nom ? Est-ce qu'il cherchera à me parler seul à seul pour me donner un rendez-vous clandestin, pour qu'on soit encore rien que tous les deux, un soir ? Je deviens obsédée par ces idées que je lui prête, par ces désirs qui apparaissent devant moi sauvagement, comme des mauvaises herbes, une fourmilière, sans que je puisse les retenir.

Alors je suis silencieuse. Mathilde en a pris son parti, elle croit toujours que je lui fais la gueule, tant pis. Elle envoie des SMS à Quentin. Ça ne la dérange pas, elle a de quoi occuper ses pensées elle aussi, en fixant, hypnotisée, le roulis des vagues, pendant qu'on est là toutes les deux sur la plage, côte à côte sur nos serviettes, brûlant dangereusement sous le soleil torride, en silence. Je l'ai prévenue que je n'avais pas envie de parler de l'interrogatoire et de l'enquête, donc on n'a franchement rien à se dire. Et elle, elle m'a prévenue que Quentin lui téléphonerait à un moment dans l'après-midi.

Quand il l'appelle enfin, je me lève, je brûle sous le soleil. Je vais jusqu'à l'eau me tremper les pieds. Elle est fraîche. Le bruit des vagues, les cris de joie des centaines d'enfants sur la plage, le brouhaha indistinct des conversations sur le sable et dans l'eau, un avion qui traverse le ciel tirant derrière lui une banderole publicitaire pour la fête foraine, tout monte et redescend, les sons épars se fondent en un seul, comme moi dans le soleil, et je m'éloigne en longeant le rivage, les vagues caressant mes chevilles et mes mollets, les yeux rivés sur l'horizon. J'ai toujours les mêmes pensées. Je suis en transe. C'est Thierry Vedel, l'océan, il est comme lui. Je deviens folle, je disparais, je n'ai plus aucune limite humaine, comment décrire cette fusion sans précédent avec cet instant et tout ce qui le compose ? Je m'épanouis dans un état second où je ne suis plus une enfant, ni une fille, ni une femme, ni rien du tout, je suis le monde, je suis le désir, je suis la canicule, je suis la lumière. Et l'horizon a pour moi dénoué sa ceinture, je suis aspirée, transfigurée, je n'existe plus.

Quand je la retrouve, Mathilde me regarde comme si elle avait compris qu'il se passait des choses en moi, que je m'éloignais d'elle et qu'elle ne pouvait pas me retenir. Elle n'a pas l'air de le vouloir non plus.

Il y a encore un peu de jour qui filtre à travers les volets. La lumière d'un bleu chaud des soirs d'été. Et la lumière de la chaîne hi-fi qui dessine les courbes de Mathilde. On écoute de la musique en sourdine, allongées l'une en face de l'autre. La tête posée sur nos bras repliés. Nos visages rapprochés, nos cheveux qui se rejoignent et qui se mêlent. À discuter à voix basse, de pas grand-chose. J'ai envie de lui parler de Vedel, mais je ne saurais pas par quoi commencer, ni finalement quoi lui dire. On ne fait que contourner le sujet Océane.
Je vois dans ses yeux qu'il y a quelque chose qu'elle ne m'a pas raconté et qui n'existait pas avant. À cet instant, on ne se dit plus rien, on écoute la chanson. Elle a le regard baissé, elle enroule une mèche autour de son doigt. Je finis par lui demander ce qu'il y a, de me raconter ce qu'il y a. En levant les yeux vers moi, c'est comme si elle avait déjà commencé à me dire des choses. Dans son regard avide de moi, avide de mon attention, je lis qu'elle est sur le point de me révéler un secret merveilleux qui a changé sa vie et qui va peut-être changer la mienne. Cette lueur m'attire vers elle, j'approche un peu plus mon visage, elle sourit.
« On l'a fait. » Je ne saisis pas tout de suite, sur le coup ça m'échappe. Et je la regarde sans réagir. Elle répète : « Quentin et moi, on l'a fait. »
J'ai compris, j'ai compris. Je sens que mon visage se décompose malgré moi. Quand ? Le soir de la fête de la musique. Je voudrais lui répondre : Et moi, et moi, pourquoi tu ne m'as rien dit, tu as gardé ça secret, tu ne m'as

rien dit ni avant ni après... Ce Quentin, ça fait juste six mois que tu le connais, et moi six ans. J'ai mal. J'ai envie de la saisir par les bras, de lui crier d'avouer qu'elle ment, qu'elle m'attende pour le faire, pour qu'on devienne des femmes ensemble, en même temps, comme on se l'était promis. Mais je ne fais rien. C'était bien ? Ça fait mal ? Elle dit que ça a fait un peu mal mais qu'après c'était bien, et que c'est normal que ça fasse mal. Je cache ma douleur dans la pénombre, je lui demande si elle a saigné, si elle est contente. Je le vois, dans son sourire, dans sa manière d'être couchée, elle revit un peu tout ça.

J'ai envie de me glisser contre elle et sa peau qui sent bon le savon et la vanille, presque une odeur de petite fille. Je ne l'écoute pas trop. Je suis jalouse de ce mec. J'imagine son petit copain qui l'a vue nue. J'ai envie de déplier son bras doré et de l'enrouler autour de moi, j'ai tellement besoin qu'on me serre, je me sens si seule. Je voudrais qu'elle m'enlace tout contre elle, qu'elle caresse mes cheveux. J'aimerais lui dire qu'elle me déçoit, qu'elle est trop jeune. Et qu'à cause d'elle, nous ne sommes plus les mêmes. Qu'à cause d'elle, rien ne sera plus jamais pareil.

Il fait presque complètement nuit à présent dans la chambre. Mais nos yeux se sont accommodés à la pénombre au fur et à mesure, et je vois bien son visage, son visage de nuit. Comment faire pour la récupérer, pour la garder ? C'est trop tard maintenant, de toute manière. Alors je décide que cette fois-ci, elle, elle ne saura rien. Je ne lui parlerai pas de Vedel. Car moi aussi je peux être égoïste. Garder des choses secrètes, mettre à l'écart notre amitié, très bien.

Il y a encore un quart d'heure, j'avais approché mon visage du sien, elle était encore ma meilleure amie, mon abri le plus sûr, la personne la plus chère de ma vie. Elle, elle a des sœurs, elle a un amoureux, moi je n'ai qu'elle. Je n'ai personne à qui confier mes peines, personne avec qui décortiquer les paroles et les faits et gestes de mes parents, personne avec qui évacuer ma colère, personne pour m'aimer un peu, pour compenser. J'avais approché mon visage du sien parce que je pensais qu'elle me dirait que nous sommes comme des sœurs. C'est fini tout ça. On n'est plus au même endroit, elle fait partie des gens qui l'ont fait et moi non, elle va connaître des choses que je ne pourrai pas partager avec elle. Le disque tourne en boucle, je crois que c'est déjà la troisième fois qu'on entend la première chanson. Je ne me suis pas aperçue qu'on ne disait plus rien.

Elle se remet à parler, elle a vraiment besoin de continuer à parler de tout ça. Elle me dit des trucs que je ne comprends pas : « T'as déjà touché une capote ? » Je trouve cette question totalement immonde et inappropriée.

— Non, je crois pas. Pourquoi tu me demandes ça ?

Elle s'allonge sur le dos, les mains sur le ventre.

— On n'en avait pas eu, le jour de l'éducation sexuelle ?

— Quoi ?

— Tu ne te souviens pas, en troisième ? Les dames du planning familial, là, elles sont venues faire un cours d'éducation sexuelle.

— Oui.

— Elles nous ont donné des préservatifs. T'en avais pas pris ?

— Non... Pour quoi faire... ?
— Je ne sais pas, moi, comme ça. J'en avais pris, moi. T'es pas curieuse ? Je vais te montrer, tu vas voir. Je trouve que ça sent vraiment bizarre et ça a une consistance trop, trop, trop bizarre.

Elle parle comme une enfant. Elle allume sa lampe de chevet et va fouiller dans les petites boîtes à bijoux qui décorent sa commode, ses petites boîtes à secrets. Elle en sort une capote, avec un sourire satisfait et faussement mystérieux. Elle est brusquement insupportable, détestable. Ridicule. Elle me la tend pour que je l'ouvre. Je le fais, c'est tout fin, un peu gras, un peu répugnant. Et ça sent le plastique, oui. Je ne comprends pas ce qu'elle essaie de me faire comprendre. Elle se croit mieux que moi, mieux que tout le monde, parce qu'elle sort avec un mec de dix-huit ans. « Dix-huit ans et demi. » C'est complètement ridicule. Je n'ai plus aucune envie d'être là, j'ai envie d'appeler ma mère pour qu'elle vienne me chercher, ne pas rester dormir là. Et même ça, je n'en ai pas envie, en fait. Je n'ai pas envie de la voir, ma mère. Non, elle me demanderait ce qui s'est passé. On dirait que tout m'échappe, que tout s'effrite devant moi.

— Ben... qu'est-ce que t'as ? Tu dis plus rien, lâche Mathilde.

— Je sais pas. J'ai rien à dire.

Je suis froide. Cinglante. Elle le prend mal. Elle soupire, elle me dit que c'est bizarre que je réagisse comme ça. Et puis elle se met à m'expliquer que ce n'est pas sale non plus, ce n'est pas la peine que je réagisse comme ça. Je ne réagis pas « comme ça », juste ça m'est égal de savoir ce que ça sent, une capote. C'est quoi, son problème. Il n'y en a pas. Alors très bien. Silence pesant.

L'ÉBLOUISSEMENT DES PETITES FILLES

On finit par parler d'autre chose, elle me demande si j'ai regardé la nuit du paranormal sur la 6, l'autre jour. Elle est peut-être conne mais elle est douée, elle a rattrapé le coup. Oui, je l'ai regardée. Je me détends, on en discute. On parle encore de fantômes en se lavant les dents. Je n'aime pas trop qu'on évoque comme ça la Dame blanche devant le miroir de la salle de bains, ça fait un peu peur. On se raconte tous ces trucs-là jusqu'à tard dans la nuit. Se faire croire que c'est encore elle et moi à la vie, à la mort. Elle s'endort la première, pour moi c'est plus difficile. J'écoute son souffle tranquille, je me demande à quoi elle rêve. Je ne peux pas dormir encore. Je pense à moi et à toutes ces choses chez *lui* qui m'ont agitée cette semaine. Son odeur, c'est la seule chose que j'ai envie de respirer. Et son dos, comme il bouge, comme il danse, son dos. Et voilà que j'y suis, cette fois, ça y est. Encore un moment qui ouvre une boîte dans ma tête, en moi, je pense à son dos, à sa main serrant mon épaule, à son odeur, son sourire, son visage qui entre en contact avec le mien, tout ça à la fois, qui me fait brûler... C'est une torture. Mais une torture délicieuse, je ne bouge pas, les yeux fermés, passer en revue toutes ces choses de lui qui mettent mes entrailles en lévitation. Est-ce que c'est de l'amour ? Ce n'est pas ce que j'ai ressenti toutes les autres fois où je suis tombée amoureuse. Je n'avais pas de feu qui brûlait partout à l'intérieur. Alors, c'est peut-être du désir. J'aurais pu lui demander si c'était bien ça, à Mathilde, avant qu'elle ne s'endorme.

8

Ma mère est partout à la fois, on dirait qu'on va recevoir du monde à la maison. Pendant mon absence, elle a décidé d'aller prêter main-forte à l'organisation de la battue.
Quelle battue ? On va partir battre la campagne, tout ratisser pour trouver Océane. Comment ça, la trouver ? Elle regarde un peu ailleurs, ma mère, elle n'ose pas nommer ce qu'on cherche, le tabou qui s'est immiscé dans tous les esprits : le corps d'Océane. Son cadavre. Donc elle ne dit pas « le corps d'Océane », seulement Océane.
Elle veut que je vienne mais je refuse. Je mens, il fait trop chaud, j'invente des excuses. J'ai peur qu'Océane soit morte, ça me fait peur de la chercher. J'ai pas envie de la chercher, je préfère que les autres le fassent et que j'apprenne bientôt qu'on l'a découverte allongée au milieu d'un champ dans les bras d'un beau gosse de bas étage, qu'elle s'est pris une raclée et que ses parents la garderont sagement à la maison pour de bon. Et qu'on n'en parle plus.
Ma mère me regarde d'un air de voyez-vous ça. Elle me reproche de faire l'enfant. C'est bien à elle de dire ça alors qu'elle me traite comme une petite fille et qu'elle

m'appelle « poussin » devant Vedel. Elle devient très sévère. « Est-ce que tu comprends la situation ? » Je veux sortir de la cuisine et de moi. Je lui réponds de travers, qu'est-ce qu'elle s'imagine ? J'ai été interrogée, je sais bien que c'est grave et que c'est sérieux, mais je n'ai pas envie de la chercher, je n'ai pas envie d'être impliquée. Je ne sais pas comment lui expliquer, à elle, à ma mère, que je sais trop bien ce qui se passe et que j'ai peur qu'Océane revienne dans mes rêves, dans mes cauchemars. Elle ne comprend pas, évidemment.

— Comment ça t'as pas envie d'être impliquée ? C'est comme ça que je t'ai élevée ? C'est vraiment égoïste de ta part, Justine.

— Oh mais maman… ! Ça n'a aucun rapport, c'est juste qu'Océane c'est pas mon amie et…

Et rien, je ne peux pas finir ma phrase, je ne peux pas lui confier combien sa disparition me pèse et me trouble, alors que, justement, ce n'est pas mon amie, que toute cette histoire me terrifie et que je ne veux pas y être mêlée et que mes grandes vacances sont hantées par cette fille et que j'ai besoin d'oublier un peu tout ça, parce qu'elle me balance, tyrannique et écrasante comme je déteste : « Ça suffit, Justine ! Je ne veux plus t'entendre. Tu vas venir à cette battue et je ne demande pas si tu en as envie ou pas. Tu vas le faire parce que je te dis de le faire, c'est compris ? » Je retiens mes larmes. J'ai l'impression d'avoir six ans. C'est encore la faute d'Océane si je me fais traiter comme ça. Est-ce qu'on lui mettra la main dessus à cette fille à la fin ?

Ma mère me réveille de bonne heure. C'est le jour de la battue. On va commencer vers dix heures du matin, mais il faut qu'on y soit avant parce qu'elle a rejoint le comité d'organisation. Il fait déjà chaud, on ne va jamais pouvoir respirer cet été. Mathilde n'a pas voulu venir, elle va au centre aquatique. Qu'elle y aille, si elle n'a rien de mieux à faire. De toute façon elle fait ce qu'elle veut, ses parents ne l'obligent jamais à rien, elle. Est-ce qu'elle se serait donnée à Quentin, est-ce qu'elle serait allée s'amuser dans les toboggans d'eau si c'était moi qui avais disparu ? Ça me dérange de me poser cette question. C'est de la faute de ma mère et de ses regards insistants, depuis qu'Océane est... partie au début du mois.

J'ai du mal à manger à cause de la température et de ma nervosité. Philippe nous rejoindra plus tard. Ça me fait du bien qu'on soit seules. Un silence pénétré, un silence de concentration. Nous concentrer sur quoi, on ne sait pas trop. Elle, sans doute sur l'organisation, la répartition des groupes, ce qu'elle va devoir gérer. Ça lui fait toujours plaisir de se donner de l'importance, d'être en charge, de n'importe quoi, mais d'être en charge. Tant qu'elle n'essaie pas de me gérer moi, tout me va. C'était bien la peine de se mettre en arrêt maladie pendant un mois à cause de sa sciatique, pour après s'agiter et commander tout le monde.

Je me demande si les parents d'Océane seront là, je ne les ai presque pas vus depuis le début de cette affaire et je repense aux paroles de ma mère, « ce doit être terrible », mais oui, ça doit l'être. On n'entend que sa cuillère qui mélange inlassablement le café et, au loin, dans le ciel, un hélicoptère. Pour nous porter assistance. Puis un deuxième, pour porter assistance au premier. Coco arrive dans la cuisine sans un bruit. Elle sent mon trouble et se frotte contre mes jambes. Je la prends dans mes bras, elle est si lourde à soulever de terre. Je la serre fort contre moi, elle me donne des petits coups de tête sous le menton pour me rassurer. Je respire fort sa fourrure douce pour me donner du courage. J'ai tellement peur de ce que l'on va trouver aujourd'hui.

Des voitures partout, garées tout le long de la route. Même à la sortie du village apparemment, plein de voitures dans les jardins au portail ouvert, des gens qui font parking pour leur famille et leurs amis venus aider à retrouver la gamine de Cressac. On n'a jamais vu ça, ici. Le grand parking de l'école primaire, près de la mairie, le seul endroit qui pourrait se rapprocher d'une place du village, c'est notre point de rassemblement, notre point de départ. Des voitures et même des minibus de la gendarmerie sont garés là. Toute une foule de gens, des visages connus, d'autres étrangers. Un nuage de fumée de cigarette au-dessus d'un gros groupe un peu à l'écart, les fumeurs.
C'est alors que je remarque un peu plus loin de gros camions marqués des logos des chaînes nationales. C'est la télé. Je veux le dire à ma mère qui déjà ne m'écoute plus et ne me regarde plus. Je n'ai pas envie qu'elle m'oublie, qu'elle détourne son attention, j'insiste, je la tire par le bras, par la manche de son chemisier. Enfin, elle tourne la tête vers moi, un peu agacée, un peu inquiète. Je lui dis : « Regarde, maman, y a la télé. » Une seconde, elle ne sait pas ce qu'elle en pense de ces équipes de télévision, ce qu'elle doit répondre. Finalement, elle me dit : « Oui, ils vont couvrir le… ce qu'on fait. » Et c'est tout, elle se jette à corps perdu dans sa mission

comme si on recherchait sa propre fille. Je ne comprends pas pourquoi elle réagit comme ça.

On m'a mise dans le même groupe de recherche que Christelle, l'amie de ma mère, parce qu'elle, maman, sera en tête. Je ne sais même pas si elle va vraiment chercher ou seulement diriger les gens comme elle aime le faire. Philippe arrive dans son énorme voiture rouge de frimeur. Il sera dans un autre groupe. Il me regarde, un peu débile, comme s'il était surpris, frustré de ne pas pouvoir me surveiller lui aussi. Et de ne pas être avec « sa nana ». Tant pis pour lui. Tant mieux. Je monte dans la voiture de Christelle, nous on cherchera du côté de la forêt qui sépare Cressac des autres communes. C'est assez grand.

Une question me traverse l'esprit : et les gens qui possèdent une parcelle de bois, ils vont accepter qu'on aille piétiner leur propriété privée tous ensemble ? En automne, il y en a bien qui tirent sur ceux qui s'aventurent sur leur parcelle pour ramasser des champignons, et c'est totalement ridicule. Qu'est-ce que ça donnerait de se prendre du plomb dans les fesses devant les caméras de France 2 ? On nous a distribué des sifflets, on ne doit siffler que si on trouve quelque chose ou si on a un problème. On nous répète à tous d'être prudents, il n'est pas question de se fouler une cheville et de finir à l'hôpital. Tout le monde parle en même temps, j'entends un bourdonnement de voix autour de moi. Les groupes partent les uns après les autres dans différentes directions, une voiture de la gendarmerie ouvrant chaque cortège, des files de voitures les unes après les autres, on dirait déjà des funérailles. Je ne me sens pas très bien.

On ne part pas, je ne comprends pas ce qu'on fait. Je crois que certains ont des talkies-walkies, en plus de ceux des gendarmes. Cette agitation me file le tournis. Je ne sais pas comment je vais chercher, comment on fait. Enfin, une voiture de la gendarmerie ralentit à la hauteur de la nôtre, je suis assise à l'avant, ils nous font des gestes, c'est eux qui ouvrent notre convoi. On les suit. Je n'ai rien envie de dire même si j'aimerais bien savoir pourquoi on n'a pris personne d'autre avec nous. Christelle est un peu stressée elle aussi, elle a le regard inquiet, elle se tient un peu trop en avant sur son volant, comme si elle s'y accrochait. On roule doucement parce qu'on est nombreux. Il y en a qui nous suivent, qui ne savent pas du tout où on va parce qu'ils ne sont pas d'ici. Je tourne et retourne mon sifflet entre mes mains. Je n'ai pas envie qu'on y soit. Malgré la climatisation dans la voiture, le soleil me tape dessus à travers le prisme cruel du pare-brise, je brûle et j'ai les pieds glacés en même temps. Christelle arrive à se dessiner un sourire : « Tu le mets autour du cou ton sifflet, ma belle ? Espérons qu'il ne te serve à rien... » Sa voix s'éteint, son sourire avec. On atteint les arbres et l'ombre, là, voilà, c'est trop tard, je ne peux plus faire demi-tour, je vais être vraiment obligée de la chercher.

On est tout un groupe de gens, avec un gendarme qui ouvre la marche. Massot, notre voisin, en fait partie. Il connaît bien ces bois, il est chasseur. On ne l'a pas laissé venir avec son chien, il y a les limiers de la gendarmerie. Des bergers allemands qui avancent à une dizaine de pas devant nous. On ne nous a pas donné de carte de la forêt. Le gendarme nous indique des directions à prendre pour que l'on couvre un maximum de terrain, ce sont ses mots. J'ai entendu du monde arriver dans mon dos mais je n'ai pas tourné la tête, j'ai gardé mes yeux rivés sur le gendarme en m'assurant de temps en temps que Christelle n'était pas loin. Mais on nous sépare. On nous encourage à nous disperser, à nous disséminer le plus possible. Il fait meilleur sous les arbres. Je plains les groupes qu'on a envoyés dans les champs en plein soleil.

En quelques pas je me retrouve toute seule. J'entends les autres autour de moi, mais on est tous à dix mètres de distance. La télé n'est pas venue filmer jusqu'ici. Ils ont pris quelques images des hommes s'enfonçant dans la végétation à l'orée du bois, et ensuite ils sont vite partis filmer du côté des champs. La famille d'Océane n'est pas avec nous, nous ne sommes pas intéressants. Finalement je n'ai pas vu ses parents, je ne sais pas s'ils sont venus. C'est agréable le bruissement des feuilles, l'odeur de la mousse, la fraîcheur, le frou-frou des fougères. La sensation sous les pieds. Mais le terrain est accidenté dès qu'on quitte le chemin principal, il faut faire attention pour ne pas trébucher ni se faire égratigner par les ronces. Attention aussi aux racines, qui sont autant de pièges à éviter. Je regarde plus mes pieds que mon environnement.

Personne n'ose parler. Avant de partir, une femme a demandé s'il fallait appeler Océane, crier son prénom à travers la forêt. Ça m'a paru complètement idiot. Je crois qu'on a tous compris que si on la cherche dans la forêt, c'est qu'on ne s'attend pas à la retrouver en vie. Elle ne nous entendra pas et ne nous répondra pas. Maintenant que j'avance toute seule dans cette explosion de verts tendres et profonds, je souhaite de toutes mes forces que ce soit différent, qu'on se mette tous à scander son prénom en canon, comme une chorale improbable mais pleine d'espoir. Moi, j'en ai encore. J'ai l'espoir qu'on ne la trouve pas ici, à moitié décomposée, ni dans un champ ou entre deux vignes, mais bientôt, très bientôt, n'importe où. Cachée dans la caravane d'un de ses amoureux manouches, ou même pieds et poings liés au fond d'une cave, mais surtout pas ici, pas ce matin. Je regrette d'avoir regardé à la télé des émissions sur les faits divers et d'imaginer trop bien les horreurs qui pourraient se cacher entre les buissons. Un corps découpé en morceaux dans des sacs-poubelles.

J'ai envie de ramasser une branche de fougère, de m'asseoir, de me blottir derrière un tronc d'arbre et d'arracher des petits bouts de mousse qui me laisseraient de la terre sous les ongles et leur odeur végétale pendant des jours. D'enrouler les feuilles de la fougère une à une autour de mes doigts, de la faire tourner sur elle-même. D'avoir des éclats d'écorce tendre qui se collent à mes cuisses et à mon short. De me faire surprendre par une araignée courant sur le tronc près de mon visage, de me relever en effrayant un oiseau. Est-ce qu'il n'y a pas un petit ruisseau qui traverse ce bois, quelque part ? Ce serait tellement joli. Je me force à imaginer des choses agréables, mais c'est peine perdue. J'entends plus loin, devant, le halètement des chiens. Il faut que je me concentre, je suis là pour retrouver Océane, ou au moins faire de mon mieux pour que cette battue ait un sens. Nous étions vraiment très nombreux tout à l'heure près de l'école et de la mairie. Comme pour chasser mes envies de petite fille, je m'arrête, rejette tous mes cheveux dans mon dos et, dans une grande respiration bruyante, je me recentre. Une femme pas loin m'a vue, m'a entendue. Elle m'interpelle et me demande si ça va, je lui dis que oui mais son regard trahit sa méprise : elle croit que je suis une amie d'Océane, sans doute, un peu émue, peut-être prête à pleurer. Je lui lance un petit sourire contrit, je ne veux pas lui donner tort. Mais je ne veux pas non plus lui parler davantage, je repars.

    L'atmosphère est pesante. Comme j'hésite encore sur la méthode à suivre, j'observe le gendarme. Il marche un peu courbé en avant, il regarde autour de lui et s'approche des buissons, des souches. Je l'imite, je me déplace comme ça, un peu penchée vers le sol en soulevant bien mes pieds, comme pour ne pas réveiller un enfant qui dort, ou bien un ogre au sommeil léger qui aurait enlevé Océane. Pour semer le désordre dans notre affreuse campagne. Je suis partie en diagonale sans y faire attention. Il n'y a rien, bien sûr. Même pas d'animaux. Est-ce qu'ils n'apparaissent qu'en automne les animaux, avec la pluie et les feuilles mortes, comme les champignons, pour se faire tuer sans trêve pendant toute la saison ?

    Je m'approche d'un endroit où il y a une petite pente qui monte et un tronc tordu couché par terre, partiellement couvert d'une mousse toute verte qui a l'air douce et moelleuse, et bien sèche. Il est courbe, lissé par la pluie. Il est tellement avenant, comme un canapé naturel. Je n'ose pas trop m'y asseoir. C'est une battue après tout.

    Je m'appuie sur la mousse, encore plus agréable au toucher que je ne l'avais imaginé, et jette un regard par-dessus le tronc. Derrière, la pente redescend. Ça fait comme un petit fossé tapissé de lierre rampant et de feuilles mortes. La couverture de feuilles est mince mais je décide d'aller voir. On nous a dit qu'on serait susceptibles de trouver bien des choses, n'importe quoi qui ressemble à un indice pouvant mener les enquêteurs à Océane. On ne sait jamais.

J'enjambe le tronc, résistant à l'envie de m'asseoir là, sur le coussin de mousse qui le recouvre. En haut de la pente, je me rends compte qu'elle est un peu plus raide qu'il ne m'avait semblé. Ce serait stupide de faire demi-tour. Il faut que je garde l'équilibre, je commence à descendre en m'arrêtant à chaque pas. Soudain ma jambe avant se dérobe, je me mets à glisser, j'essaie de me retenir, de rester debout. Ça ne sert à rien. La semelle lisse de mes baskets dérape sur les minuscules cailloux. Je manque de faire le grand écart. Je perds l'équilibre, je tente de me rattraper en posant les mains par terre dans une position absurde et inquiétante. Rien à faire, j'atterris sur les fesses et je continue à glisser jusqu'en bas. Ça fait mal.

Un peu abasourdie, je regarde les arbres par en dessous. Comme on regarde les gens autour de soi quand on est tombé en public. Ils ne m'ont pas vue, personne ne m'a vue. Je veux me relever mais je sens une douleur à ma cheville. On nous a pourtant bien dit d'éviter de nous blesser. Pourquoi faut-il toujours que je fasse des choses stupides ? Je reste sur le sol, j'ai presque envie de pleurer, je ne voulais pas de tout ça, je ne comprends pas ce que je vis cet été, comment des vacances qui s'annonçaient si agréables, elles durent trois mois cette année, ont pu devenir aussi pénibles ? Entre Océane qui a posé une chape de plomb sur Cressac et tous les esprits, et Mathilde qui m'oublie, qui me sort de sa vie pour pouvoir faire l'amour avec Quentin, mais pour qui elle se prend, d'abord ? À seize ans, mais elle est ridicule, il ne l'aime même pas, il en veut juste à ses gros seins, alors que moi depuis des années je l'ai toujours aimée jusque dans ses pires défauts et elle me laisse tomber... En plus de ça, je me suis retrouvée dans un bureau de la gendarmerie à devoir répondre à des questions sur des choses qui ne me regardent pas et qui ne m'intéressent pas, à devoir leur dire toute la vérité, pour m'apercevoir finalement que rien de ce que je leur ai dit ne leur servira à quoi que soit. Ma mère m'opprime en permanence, on dirait que ça lui fait super plaisir de voir que je n'ai aucun ami, Philippe est de plus en plus souvent à la maison, je ne peux jamais être tranquille, même seule dans ma chambre, parce qu'il y a toujours des hélicoptères qui passent au-dessus du village depuis presque un mois. Tout ça à cause d'Océane. Je ne peux même plus aller me promener à vélo pour voler quelques minutes de liberté clandestine, à cause d'Océane, encore elle. Quelle garce ! Je me retrouve toute seule, à avoir trop chaud et personne avec qui me distraire des désirs trop grands que provoque Vedel. Personne pour m'extraire du brasier dans lequel il m'a jetée. Et je suis là maintenant, dans un fossé, dans la forêt de ce village que je déteste, entourée d'inconnus et dans une ambiance de mort, avec sans doute la cheville foulée. Je ne sais pas comment je vais réussir à remonter cette pente que j'ai descendue, on se demande pourquoi. Je regarde autour de moi. Il n'y a rien ici. À quoi je m'attendais ? À découvrir son cadavre, sommairement recouvert de feuilles mortes ? Et après quoi ? Mais bien sûr qu'il n'y a rien, bien sûr qu'il n'y a rien...

Je n'ai pas ma montre, mais il doit être encore loin de midi, et déjà je ne supporte plus cette journée. La colère me déborde, je me mets à pleurer. Et à pleurer encore plus fort lorsque je réalise le ridicule de mon comportement.

À travers mes sanglots furieux, j'entends une voix familière qui m'appelle : « Justine ? » J'ai très honte tout à coup, j'ai vraiment l'air d'une toute petite fille. Une toute petite fille qui pique une colère. Je me retourne, je lève la tête. Oui, c'est Vedel. Il est magique, il apparaît toujours par magie. Je ne savais pas qu'il participait à la battue lui aussi. Quelle tête il fait ! Il est là, en haut de la pente, penché vers moi. Il me regarde de ses grands yeux bleu clair agrandis par l'inquiétude. Ou l'incrédulité. Il ne sourit pas du tout. Il a l'air interdit. « T'es blessée, qu'est-ce qui se passe ? » Déjà il commence à descendre, avec beaucoup plus d'agilité que moi. En quelques pas maîtrisés, il est à mes côtés. Il n'a pas glissé lui, il n'est pas tombé. Il s'accroupit près de moi. Ma respiration s'est calmée. J'essuie mes larmes mais ça ne sert à rien, il m'a trouvée en pleurs, il a tout vu, à quoi bon le cacher...

Il répète : « Tu t'es fait mal ? » Je ne sais pas trop quoi répondre. Je dis : « J'ai voulu descendre pour regarder ici et j'ai glissé... Je crois que j'ai un peu mal à la cheville mais c'est rien... » Il pose sa main sur mon bras, il me regarde dans les yeux. Son visage est presque trop proche du mien, je peux en scruter les moindres détails, les détails de sa peau. Je dois me faire violence pour ne pas approcher encore un peu mon visage jusqu'à ce qu'on ne puisse rien faire d'autre que s'embrasser. J'ai très envie de l'embrasser. Il coupe très vite le fil de mes pensées en se penchant vers mes chevilles, laquelle me fait mal ? Je lui montre la droite, il la prend entre ses mains. Je suis parcourue d'une onde de plaisir suave : il a ses doigts chauds autour de ma cheville qui paraît si fine dans ses grandes mains fortes à la peau plus foncée que la mienne. Il appuie doucement, je ne sais pas si c'est un massage ou une auscultation, je retiens ma respiration pour ne pas trahir le plaisir que me donnent ces mains qui palpent ma peau nue. Enfin, son sourire. « Ça te fait mal ? Respire, hein. » Profonde inspiration. Sourire gêné. Je crois que je suis toute rouge. Je lui dis :

— Non, ça fait pas mal. Un tout petit peu peut-être.

— Alors, ça va. Ça veut dire que tu ne t'es pas foulé la cheville. Sinon ça te ferait crier que j'appuie comme ça.

— D'accord.

On se tait. Je suis intimidée par ce mot, « crier », un peu surprise de l'interpréter d'une autre manière, un mot anodin qui parle de douleur et penser à l'amour à la place, ça ne me ressemble pas.

Même si ce n'est rien, il continue à masser ma cheville. En la gardant fermement dans sa main gauche et en la pressant avec des gestes doux qui s'étirent en caresses. Ensuite il saisit mon pied de la main droite et lui fait faire des mouvements circulaires.

— Tu es sûre que ça ne te fait pas mal ?

— Non, non, ça va – je parle d'une toute petite voix.

— Bon, tu n'as rien de cassé.

— Merci.

Il me sourit. Je suis tellement concentrée sur le contrôle de ma respiration pour la garder la plus silencieuse et la plus régulière possible, que j'ai déjà oublié qu'il m'a trouvée en pleurs. Mais lui non. Il regarde ma cheville, accroupi devant moi, un genou à terre.

— Ça va, Justine ?

— Oui.

— Tu pleurais quand je suis arrivé...
— Oh, c'est rien.
— T'es pas obligée de me dire pourquoi, t'inquiète pas. C'est douloureux pour toi, les recherches ?
— Non. Ce n'est pas mon amie Océane, donc... J'ai un peu de distance mais... c'est vrai que c'est un peu bizarre cette histoire, et puis on parle de ça tout le temps. C'est stressant à force.
— Elle a le même âge que toi ?
— Oui. Je crois que... j'avais un trop-plein d'émotions, c'est tout.
— Ne fais pas cette tête, je ne le répéterai à personne – il me fait un clin d'œil. Ça arrive à tout le monde. Et c'est vrai que ça doit être stressant, que ce soit ton amie ou pas, ce n'est pas la question. Tu as été interrogée par les enquêteurs ?
— Oui.
— Ça fait beaucoup... À ton âge, c'est pas rien d'être interrogée dans le cadre d'une enquête, de vivre tout ça. Y a pas de honte, t'as le droit de pleurer de temps en temps, Justine.

Ce regard qu'il pose sur moi... Quelle douceur, quelle gentillesse dans son visage, c'est la douceur des forts, la gentillesse des forts. Ce visage près de moi, cette voix qui ne s'adresse qu'à moi, je pourrais rester là jusqu'à la fin de ma vie sans jamais avoir envie de partir, sans jamais avoir envie de voir un autre visage, d'entendre une autre voix, de respirer une autre odeur. Je ne me suis jamais sentie autant à ma place qu'en sa présence. Dès qu'il est là c'est l'univers entier qui se met en ordre, en équilibre. Je ne veux jamais le quitter. Sa main continue à masser ma cheville, l'articulation chauffe sous ses doigts, ses doigts de héros de roman d'aventures. J'ai envie d'étendre ma jambe, de la lui offrir, de la lui proposer pour que cette main brune remonte en me pressant le mollet, en me caressant le genou, en m'effleurant la cuisse jusqu'à se glisser sous mon short, jusqu'à dessiner les coutures de ma culotte du bout des doigts. Je baisse les yeux, j'ai trop peur qu'il devine.

Comme pour signifier à ma cheville que le soin est terminé, il en étire la peau en appuyant encore un tout petit peu vers l'extérieur, il évacue les énergies. Enfin, il repose mon pied tout doucement sur le tapis de feuilles et se redresse. Il s'étire, il prend de la hauteur et quand ses bras retombent, sa main va directement à sa poche arrière et sort son paquet de cigarettes.

Il en allume une. « Je ne devrais pas t'en proposer. Je vais me faire tuer si je continue à t'inciter à fumer. » Un clin d'œil, je hausse les épaules, charmeuse malgré moi. Il me tend quand même le paquet, sans rien ajouter. J'en prends une, je n'ai pas de feu. Il se penche encore vers moi et allume ma cigarette, une main protégeant la flamme. Que j'aime qu'il s'approche... Et nous fumons, moi assise par terre, lui debout, une main dans sa poche.

— Tu as été interrogé, toi aussi ?
— Oui. C'est un peu normal, je pense. Je suis même surpris qu'on ne m'ait pas convoqué plus tôt.
— Pourquoi ?

Il esquisse un sourire. Je suis naïve.

— Parce que... je viens de débarquer dans le coin, à peu près au même moment où la petite a disparu. Je ne peux pas leur en vouloir de me suspecter. Tu sais que dans une enquête comme celle-ci, tout le monde est suspect ?

— Non, je ne savais pas... Ça s'est passé comment ?
— Très bien – il sourit encore. Il suffit de leur dire la vérité, ils voient bien que j'ai rien à voir là-dedans.
— T'habitais à Bordeaux, avant ?
— Oui.
— Et t'as déménagé ici ? Alors que Bordeaux, c'est vachement mieux !

Il rit, de son rire bas et doux. Je suis contente de le faire rire.

— Je pense que ça sera temporaire. J'ai pas trop décidé.

Je ne lui réponds rien. Je m'assombris, il a fermé une porte. Il a coupé mon élan, je me sens stupide. « Ça sera temporaire. » Alors il ne reste pas. Temporaire : c'est combien de temps ? Il va partir... Je ne veux pas. Moi qui croyais... Mais il a ajouté qu'il n'a pas encore décidé, comme pour se rattraper. Ou me rattraper. Qu'il reste alors. Comment retenir un homme ? Ce n'est pas une chose qui s'apprend ça, retenir un homme. C'est une chose avec laquelle on naît, c'est dans les gènes. C'est pour ça qu'il y a deux espèces de femmes, celles auprès de qui on reste, et les autres. C'est mon père qui m'a appris ça, sans me dire à quelle catégorie j'appartiens.

On écrase nos cigarettes bien comme il faut pour ne pas mettre le feu à la forêt. Bêtement on enterre un peu nos mégots, qu'il recouvre d'un mouvement du pied. Il me dit : « On y va ? » Et je hoche la tête sans un mot, je n'ai plus rien à dire. Il m'aide à me relever en me tendant ses deux mains pour que j'y pose les miennes. Il les saisit fermement et me tire vers lui, je n'ai presque aucun effort à faire, il m'a soulevée de terre. Oui mais maintenant, il faut remonter la pente. On n'a même pas regardé autour de nous. Ce n'est pas très sérieux, comme façon de chercher des indices.

Il me dit qu'il va passer devant. Il garde ma main dans la sienne pour que je ne tombe pas. Il la serre dans la sienne. Paume contre paume je me sens tellement plus forte, tellement plus entière quand il me tient la main. On devrait toujours marcher comme ça, tous les deux, paume contre paume.

Arrivés en haut, il lâche ma main en jetant un regard autour de nous. Est-ce qu'il s'assure que personne ne nous a vus nous tenir la main ? Sans doute. Tout le monde sait ce que ça veut dire quand deux personnes se tiennent la main, elles sont ensemble. Qu'il reste ou qu'il pense déjà à repartir, je vois bien surtout qu'il veut que nos moments ensemble demeurent secrets. Lui aussi, c'est donc ça qu'il veut, comme moi : qu'on se cache, qu'on oublie la battue, qu'on oublie Océane, cet été, notre âge, nos vies pour n'être qu'ensemble, dans un abri. Je suis heureuse, j'ai déjà tout oublié du froid de ses mots, « ça sera temporaire ». Il n'y a plus de temps, il n'y a plus que nous deux à présent. Les autres sont loin devant. On avance dans la forêt en marchant côte à côte, sans plus se toucher ni se parler, en reprenant les recherches.

Vers deux heures de l'après-midi, on a presque terminé de parcourir les bois. C'est assez petit, en fin de compte. Cette fois, j'ai faim. Je suis fatiguée et la chaleur perce à travers le feuillage maintenant. Qu'est-ce que ça doit être en plein champs... Tout le monde s'accorde pour prendre une pause. Un désordre brusque agite le groupe, avec des voix qui s'élèvent petit à petit, timidement, pour couvrir le silence pesant de cette longue matinée. Christelle appelle ma mère. Ça n'en finit plus et je me permets d'inviter Vedel à déjeuner chez nous. Il fait des manières mais nous suit quand ma mère le prend au téléphone pour lui dire de venir.

Nous déjeunons tous ensemble, ma mère, Philippe, Vedel et moi. Je m'attendais à un repas détendu et chaleureux pour nous changer les idées, mais elles sont trop lourdes pour être balayées par des paroles sans importance. Comme pour notre tête-à-tête à la fête de la musique, lui et moi taisons notre instant d'intimité au fond d'un trou dans les bois. Ça vaut mieux pour tout le monde. Philippe parle tout seul et fait des blagues qui n'arrachent que quelques sourires forcés. Je sens qu'il agace ma mère. D'habitude elle le trouve merveilleux, elle rit à tout ce qu'il dit, même quand ce n'est pas drôle. Mais aujourd'hui elle doit penser qu'il ferait mieux de se taire, elle est mal.

Au-dessus des saladiers qui encombrent la table, nous échangeons des regards parfois. Ce n'est pas moi qui me raconte des histoires. Chaque fois que je croise ses yeux, j'ai l'impression de grandir, d'irradier. Peut-être qu'il ressent la même chose. Je l'observe discrètement et je vois qu'il garde le contrôle de sa posture, de sa voix, de ses yeux, qu'il pose aussi beaucoup sur Philippe, de ses paroles. Il parle parce que son silence ferait trop ressortir les regards que nous échangeons. Alors que moi, je me tiens juste très droite et je ne dis rien.

Ma mère, qui n'écoute pas vraiment ce que dit Philippe le Magnifique, me surveille. Si je lève les yeux vers elle, elle baisse les siens sur son assiette. Elle jette quelques coups d'œil à Vedel. Je n'arrive pas à déterminer ce qui la crispe, si c'est la battue ou si ça a à voir avec Vedel.

Je vais l'aider à préparer les glaces et les cafés. Elle me demande comment ça s'est passé pour moi, toujours avec cette inquiétude qui barre son regard, juste une fraction de seconde. Je ne comprends pas très bien si elle fait référence à Océane ou à Vedel. Je joue l'enfant modèle. Et elle alors, avec son dos qui la fait souffrir ? Pas aujourd'hui, aujourd'hui ça va.

Quand nous rejoignons les hommes à table, elle décrète que je dois rester à la maison cet après-midi. Il fait trop chaud et ils sont assez nombreux. Et la fin de la journée sera rude, ça durera jusque tard dans la soirée. Si ce n'est toute la nuit. Ce sera en dehors de Cressac. Tout ce qu'elle dit, c'est pour me préserver. Je sais que c'est simulé. Autrement, je n'aurais pas eu le droit de venir ce matin, il aurait fallu me préserver depuis le début. Mon regard croise celui de Vedel, qu'est-ce que je ne donnerais pas pour qu'il reste à la maison avec moi.

Je vois que ma mère a remarqué quelque chose cette fois. Je sens qu'elle est tendue, aux aguets. Je suis troublée, je me lève pour aller à la cuisine faire la vaisselle pendant que les adultes fument une cigarette.

Je frotte les assiettes nerveusement. Je repense encore et encore à cette histoire avec Jazz, à l'autorité implacable de ma mère ce jour-là. Pour me protéger, soi-disant. Elle s'est surtout mêlée de ce qui ne la regardait pas. Je l'aurais découvert toute seule qu'il n'était pas sincère, elle aurait pu me laisser vivre ma vie. Elle pourrait si facilement se mettre entre Vedel et moi. J'ai envie d'aller me blottir contre lui, de lui demander ce qu'il faut faire, comment ça se fait qu'elle ait senti, qu'elle ait remarqué quelque chose. Mais lui visiblement n'y pense pas. Et c'est peut-être comme ça que je devrais faire moi aussi, avoir l'air de rien. C'est moins à cause de la chaleur et de la battue que de Vedel qu'elle choisit de m'enfermer à la maison.

Quelqu'un entre dans la cuisine. C'est lui. Je n'ai pas besoin de me retourner, je reconnais sa présence. Il ne dit rien. Ma mère ou Philippe sont incapables de faire une entrée silencieuse, où qu'ils passent. Du bout du doigt, je fais tomber la bretelle de mon débardeur pour dénuder mon épaule, en espérant qu'il voie que je ne porte rien dessous. J'entends qu'il pose quelque chose sur la table de la cuisine, sa tasse à café, vide. Un bruissement de ses habits m'indique qu'il se tourne vers moi et je sens son regard sur mes épaules. Il pèse comme des mains.

Ma mère arrive et lui demande : « Vous avez besoin d'utiliser les toilettes ? » Incapable de faire une entrée silencieuse. Il répond que ce serait plus prudent avant de partir, et sort de la cuisine. Elle l'a chassé. Elle s'approche de moi et remonte ma bretelle en me disant que ça fait négligée. Je m'excuse en prenant ma voix de petite fille modèle. J'espère que je me fais des idées, qu'elle n'a rien remarqué, je n'ose pas la regarder.

Ils se préparent à retourner à la battue. Plus personne n'est détendu, c'est une énergie semblable à celle de ce matin, avec une sorte de résignation en plus, il ne s'agit pas seulement d'y aller mais d'y retourner. Je les accompagne tous dans le jardin. Trois voitures dans notre allée, ils démarrent les uns après les autres. Avant de monter dans la sienne, Vedel me demande si ça va aller toute seule, si je veux venir quand même. Je suis sur le point de dire oui mais je réponds non malgré moi. Il me conseille de reposer ma cheville et s'en va. Ma mère aussi m'adresse un dernier mot par la vitre baissée. En quelques secondes je me retrouve seule.

Le calme de la maison est extraordinaire. Comme quand on est sous l'eau. L'harmonie du silence. Et la fraîcheur à l'intérieur. Je ne sais pas ce que je pourrais faire. J'appelle Coco mais elle ne vient pas. Elle a dû aller se coucher quelque part, peut-être qu'elle s'est faufilée dans la salle de bains et qu'elle dort sur le carrelage frais. Ou sur la pile de serviettes propres.

Je vais dans ma chambre, je suis fatiguée. J'enlève mon short que j'abandonne par terre. Je vais feuilleter un des magazines de ma mère sur mon lit.

La porte entrebâillée pour inviter Coco à entrer si elle passe par là, les volets fermés et la fenêtre ouverte, le rideau immobile malgré ma tentative de courant d'air, ma chambre est comme une grotte. Fraîche, silencieuse. Tout en lisant, je frotte doucement mes pieds l'un sur l'autre, je lis sans lire, je ne retiens rien. Il faut tout le temps recommencer, je ne me concentre que sur deux phrases de suite. Je caresse mes chevilles, je les câline l'une contre l'autre, savourant la douceur de leur peau fine et presque pâle malgré mes bains de soleil. Si je décidais de m'arrêter, je n'y arriverais pas. C'est plus fort que moi. Et comment lire quand j'ai l'image de ses mains autour de ma cheville, qui la pétrissent et la caressent ? Une image qui recouvre la page du magazine et toute la chambre.

Je pose la revue sur le lit avec un profond soupir de frustration. Je ferme les yeux. Je revois, sans aucune logique, la route sur laquelle nous roulions lentement ce matin, qui défile et disparaît sous la voiture de Christelle comme un tapis roulant. Et puis les arbres. Et puis le sourire étrange de Vedel au bar. Ses mains autour de ma cheville, un petit oiseau blanc au creux de ses mains, ses mains... Ses mains qui remontent le long de mes mollets, qui les serrent à peine, pour en juger la fraîcheur, la fermeté douce. Du pouce, il dessine les aspérités de mes genoux osseux, il s'attarde dans leur creux et il déploie ses doigts comme un éventail à l'arrière, là où la peau est si fine, trop fine, très sensible. J'ai ramené mes jambes plus près de moi, pliées, ce sont mes mains qui illustrent en miroir ce que j'imagine celles de Vedel en train de me faire. Parcourir, là, l'arrière des genoux, qui ne m'ont jamais paru si délicieux, si adorables, tant faits pour les caresses, c'est l'image de la route qui revient et celle de ses mains, et les deux mouvements se confondent. Ce sont mes jambes, la route qui l'attire, qui l'emmène en voyage, un voyage sans paroles mais rempli d'images si fortes qu'elles sont presque réelles, presque douloureuses de ne pas être réelles. Cette main d'ambre qui m'atteint, l'autre qui saisit mon visage pour l'attirer au sien, pour retenir ma bouche contre la sienne, ma langue enroulée à la sienne, comme si j'allais vouloir me dégager alors que j'ai jeté mes bras autour de son cou pour ne pas perdre ses lèvres et lui abandonner mon corps tout entier. Il me touche. Dans mon rêve nous sommes enlacés, embrassés, tremblants. Il pose son immense main brûlante sur mon sein minuscule, dans la réalité que j'ai chassée c'est ma propre main qui caresse sous les vêtements légers ma poitrine d'enfant. La petite bosse tendre de mes tétons sous mes doigts, dans ma tête, est doucement embrassée par Vedel. La forêt devient un grand lit et j'ouvre mes jambes pour le faire entrer dans ma vie, ma culotte est humide au toucher. Mes doigts qui se glissent à l'intérieur, sous mes paupières c'est sa main.

Le sang cogne sous la peau comme un fou, comme si mon cœur était tombé jusqu'entre mes cuisses, gonflé, prêt à exploser. Je suis inondée de lui, la sève visqueuse d'une fleur arrachée, une fleur offerte qui pleure, soyeuse. Je suis submergée par ma propre odeur. De vagues relents de crème solaire mêlés à ma sueur acide mais encore sucrée, la senteur végétale de ma chute qui a imprégné ma peau, et ce parfum magnifique et secret de miel chaud sous mes doigts. Ah, la douceur de la caresse, la caresse qui me transperce et me coupe le souffle une fraction de seconde. Apparaît son sourire ambigu, apparaît sa main autour de ma cheville, qui l'enserre avec force, apparaît le fantasme des caresses sans fin de ses mains, ses mains de magicien qui me faisaient rougir dans la forêt quand je n'osais pas le regarder. Dans la cachette de ma chambre, je le regarde à l'infini, passent devant mes yeux fermés et mes paupières crispées par le plaisir toutes les images de lui que j'ai, tous les détails de lui que j'ai retenus, que je revis, son odeur, sa main sur mon épaule, son visage contre le mien, sa paume contre ma paume, son corps penché vers moi, son odeur, son odeur…

Je suis électrisée par ces images, je crois que je ne supporterais pas l'excitation que me procurerait la réalité de l'amour dans ses bras. Je me transporte moi-même, je rougis, je me tords, et dans mes rêves nous sommes l'un contre l'autre, l'un dans l'autre, dans mes rêves c'est lui qui m'emmène et je jouis tellement fort que je tremble et ne peux plus bouger. Je suis secouée tout entière en dedans, je suis essoufflée. Ce qu'il aurait pu me faire s'il avait été là… Je ne le sais même pas. Je suis sûre qu'il aurait fait encore bien mieux que moi, qui ouvre les yeux sur le plafond strié de bandes de lumière filtrant à travers les volets. Moi qui ouvre les yeux sur le plaisir le plus bouleversant que je me suis jamais donné. Je laisse retomber ma main à côté de moi, émerveillée, épuisée. Sans m'en apercevoir, je m'endors profondément.

Je me réveille en fin d'après-midi. La matinée me paraît déjà être un autre jour, lointain. Coco surgit de nulle part, heureuse de me voir. Je la prends dans mes bras mais elle me tient trop chaud.

Le soir, ils ne sont toujours pas rentrés. C'est vrai que ça dure longtemps. Ça vaut sans doute mieux que je sois restée à la maison, même si une part de moi regrette de ne pas participer à la battue. J'aurais pu être encore auprès de lui. Il m'aurait repris la main à un moment, sûrement.

J'allume la télé pour arrêter de m'ennuyer. Il n'y a rien, je fais défiler toutes les chaînes du câble, rien. Finalement je dîne en regardant le journal. Je me demande si on en parlera.

« Disparition d'Océane Thulliez : ce matin, dans la commune de Cressac où réside la disparue, la population a joint ses efforts à ceux de la gendarmerie. Une immense battue à travers la campagne environnante a été organisée sur plus de dix kilomètres autour du petit village, dans l'espoir de retrouver l'adolescente. En direct, notre correspondant sur place... »

Un journaliste en rase campagne. Soleil bas, il plisse les yeux, ébloui. Il dit bonsoir, ensuite des choses un peu mélodramatiques. Il annonce le reportage, ce sont des images du début de la journée. Une voix-off qui commente. Cressac, c'est encore plus moche à la télé que dans la réalité. Mais les colonnes de voitures, les groupes de gens devant la mairie, c'est impressionnant. Ils nous ont filmés de près, on dirait qu'on était cinq cents. Soudain, je me vois ! Une fraction de seconde. Je ne les ai même pas vus me filmer, mais c'est bien moi qui détourne la tête. Je reconnais ce moment, c'est quand je cherchais Vedel sur le parking, ce matin. Un peu après, je vois ma mère au loin écouter un gendarme, puis faire des gestes devant un groupe attentif. Et après, une grosse femme est interviewée. On la présente comme la tante d'Océane. C'est étrange parce qu'elle ressemble à la mère, ce doit être sa sœur. Mais elle est tellement énorme, alors que la mère d'Océane est toute frêle. Elle a une coupe de cheveux asymétrique et des mèches de différentes couleurs, du mascara bleu. Elle est très en colère, une colère contenue, et cette colère lui donne une prestance frappante. Elle dit qu'elle met beaucoup d'espoir dans cette battue. Que l'absence d'Océane est insoutenable. La famille a juste envie de retrouver sa petite princesse. Je m'en veux d'être restée à la maison, comme si j'avais pu faire une différence.

Le journaliste en direct réapparaît, il répète qu'à cette heure on n'a encore rien trouvé mais que les recherches se poursuivront une partie de la soirée. Dire qu'ils sont tous dehors. La suite du journal n'a aucun intérêt.

9

La battue n'a servi à rien. Ils ont inspecté avec minutie chaque parcelle des environs sans rien trouver. Ma mère m'a expliqué qu'ils ne pouvaient pas fouiller le terrain des gens sans autorisation. Il fallait chercher dans les endroits où elle aurait pu être abandonnée. Elle, ça veut dire son corps.

Le père est venu. La mère non. Elle est devenue un fantôme, a raconté la tante à ma mère. Elle passe ses journées assise sur le lit d'Océane, à pleurer. Elle s'occupait encore du petit frère les premiers jours et puis elle s'est enfermée dans le mutisme, les larmes, immobile. Le petit est maintenant chez ses grands-parents paternels. Elle dort dans le lit de sa fille. Philippe pense que le couple ne survivra pas à cette épreuve.

La battue a duré jusqu'aux alentours de minuit. Je suis allée me coucher avant leur retour en pensant encore à Vedel et à nos baisers imaginaires et, pour une raison étrange, je n'ai pas osé me caresser de nouveau. J'avais la crainte, je crois, qu'ils reviennent et que ma mère entre dans ma chambre. Sans frapper, comme à son habitude. J'étais mieux seule, l'après-midi, à retenir mes gémissements. Personne ne pouvait m'entendre, le village entier était loin. Mais ses mains autour de mes chevilles, quel incendie il avait déclenché...

Les deux jours suivants, je n'ai gardé que cette folie, que ce désir qui revenait toujours plus impérieux, plus violent. Je n'allais pas dans ma chambre pour écouter de la musique, j'y allais pour fermer la porte et m'appuyer dos à elle, la masturbation urgente, debout, habillée, en silence.

On a reçu de la gendarmerie une nouvelle convocation à un interrogatoire. Pour moi. Encore. Ma mère est montée sur ses grands chevaux. Elle a voulu contester. Elle a appelé pour savoir ce qu'on me voulait, dire que c'était une erreur, j'avais déjà été entendue, c'était une erreur administrative. On lui a répondu qu'on allait avoir besoin de moi pour identifier des personnes. Elle s'en est prise à moi avec colère, avec suspicion. « Pourquoi tu dois identifier des gens ? Quels gens ? C'est quoi cette histoire ? » Elle criait parce qu'elle avait peur. Ce n'était pas ma faute, je n'avais pas envie d'y aller, moi non plus. J'aurais pu lui en poser, des questions, moi aussi. Pourquoi Vedel n'est pas revenu depuis la battue, d'abord ?

J'ai dû lui expliquer ce que j'avais dit à la police. Que j'avais croisé Océane, un jour où je faisais du vélo. Je lui ai crié dessus moi aussi. Parce que moi aussi j'avais peur. Identifier qui ? Et comment ? Je ne lui ai pas raconté l'histoire de l'abribus. Ça, elle n'a pas à le savoir. Je me suis justifiée, je n'inventais rien quand je disais qu'elle fréquentait plein de mecs. Puisque je les avais vus. Elle est passée d'une peur animale, hurlante, à une fierté ridicule. Elle me regardait avec des yeux brillants, pleins d'orgueil, elle disait : « Ma fille va aider l'enquête. » Elle disait : « Tu vas le trouver, le coupable, j'en suis sûre. » Moi non. J'étais terrifiée.

Lundi 3 juillet. Soleil de plomb, on respire mal. La façade de la gendarmerie nous aveugle. Comme la première fois. Pire que la première fois. Tout se répète, en pire. L'arrivée, la signature de papiers, déclinez votre identité, la salle d'attente, le ventilateur. Et revoilà Hélène qui m'invite à la suivre.
Depuis le matin, j'ai le plexus solaire serré. Je le sens, vraiment, comme un nœud dans ma poitrine. L'autre, elle me sourit, un grand sourire comme aux enfants. Les quelques mètres du couloir sont longs à parcourir. Durs à parcourir. Je crois que je vais être mise en face de plusieurs mecs, comme dans les films. Et que je vais devoir en montrer un du doigt. Face à eux, devant tout le monde. Ils me verront, ils retiendront mon visage. Je ne pourrai plus sortir en ville. Si jamais ils me croisent, ils seront là, prêts à me faire la peau.
Hélène s'arrête devant une porte. C'est ici. J'ai un mouvement de recul. Je vais leur être confrontée. Hélène m'invite à entrer la première. Un petit bureau. Il y a une plante sur le rebord de la fenêtre qui donne sur une cour, à l'arrière. Elle me dit de m'asseoir et d'attendre ? « On arrive dans une minute. » Qui, on ? Elle sort. Il n'y a rien sur les murs, le bureau est vide. Pas de poussière, quelques traces de doigts sur la surface de la table. Je m'assieds. Je me calme un peu. On ne peut pas me faire identifier quelqu'un parmi un groupe de cinq ou six dans une pièce aussi petite. Alors ça va. J'ai trop chaud,

j'aurais dû attacher mes cheveux. Si ça dure longtemps, ça va être pénible. Il n'y a pas de ventilateur dans cette pièce.

Jean-Yves entre le premier. On dirait que son visage a changé depuis la dernière fois. Il est plus creusé sous les yeux, autour de la bouche. Il a l'air plus vieux. Peut-être un peu plus maigre aussi. Il ne va pas très bien. Mais il esquisse un petit sourire, lui aussi. Tout le monde me sourit pour me rassurer. Ça ne marche pas.

Ils prennent place en face de moi, commencent d'un ton léger. Comment ça va Justine, des choses comme ça. Et puis Jean-Yves, qui a gardé sur ses genoux un dossier, le pose sur la table devant lui. Il parle d'une voix calme et claire en articulant bien tous les mots. Comme on parle à un petit enfant. À chaque fois.

— Je vais te montrer des photos, Justine. Ce sont des jeunes appartenant à la communauté des gens du voyage. Tu vas les regarder tranquillement, tu auras tout ton temps. Il faut que tu rassembles bien tes souvenirs et que tu nous désignes le jeune homme que tu as vu en compagnie d'Océane. Tu te souviens de ce que tu nous as raconté, celui qui était avec elle sous l'abribus ?

Je lui jette un regard par en dessous. Un regard qui lui dit que, bien sûr, je me souviens. Comment j'oublierais les choses qui me dérangent ? Hélène est mal à l'aise. Si c'était elle qui parlait, elle me parlerait autrement. Ce matin, Jean-Yves se comporte avec moi comme si j'étais une attardée. C'est pesant. C'est vexant. Je réponds juste oui, il est content.

— Il est important pour nous de savoir vers qui nous orienter… qui interroger en priorité. Tu ne le sais peut-être pas, mais c'est une grande communauté. Comme un village. Océane ne pouvait pas connaître tout le monde. On a besoin de pouvoir mettre un nom sur son petit copain. Celui qui avait une moto. Tu es prête ?

C'était pas une moto, c'était un scooter. Je ne dis rien. Je fais oui de la tête. Il ouvre le dossier. Hélène est prête, elle aussi. Elle a un calepin, un crayon. Jean-Yves sort des photos assez grandes. Il les dispose sur la table, en ligne, devant moi. Il y en a six. D'où peuvent-elles bien venir, ces photos ? Elles sont un peu ridicules, ils posent en boîte de nuit ou sur leur moto. Ça me traverse la tête que ce sont sûrement des motos volées.

Je les regarde les uns après les autres, c'est vrai qu'ils se ressemblent un peu. Je n'oublie pas les visages. Les prénoms, presque toujours. Mais pas les visages. Il y en a un ou deux que j'ai peut-être déjà croisé en ville, mais ce n'est pas lui.

La dernière photo, c'est lui. Je le reconnais. Il fait le beau gosse. Il n'a pas le sourire qu'il adressait à Océane. Les yeux qu'il posait sur elle. Là, je le vois, il se donne un genre. Mais c'est lui. Je relève la tête. Ils sont tous les deux absorbés, suspendus à mon visage et à mes lèvres. Ils attendent ma réponse.

J'hésite. Est-ce qu'il aurait pu lui faire du mal ? Je ne peux pas imaginer qu'on puisse tuer. Surtout à notre âge. On ne se fait pas tuer à seize ans, ce n'est pas possible. Ça ne peut pas être la réalité. Et puis, je revois la façon dont il la regardait. La fois où je les ai vus ensemble, avant le soir de pluie sous l'abribus. Désigner son visage ou pas, je ne sais pas ce qu'il faut faire. Quentin joue les amoureux, mais je ne l'ai jamais vu regarder Mathilde comme ce garçon regardait Océane. J'avais pris ça un peu de haut parce qu'il est gitan. Mais il avait l'air de l'aimer. Ils attendent ma réponse.

Ils scrutent mes yeux, mes gestes inconscients. Comment je me ronge les ongles. Ils savent que j'ai reconnu celui qu'ils cherchent. Ils attendent. Les secondes s'étirent. Je dois parler avant que l'un des deux ne perde patience. Je rassemble mon courage, il le faut bien. Je relève la tête vers Hélène, je ne supporte pas le regard de Jean-Yves. Il attend tout de moi. Trop de moi. Et sans me considérer comme une grande personne. Hélène, c'est mieux.

Elle a un léger mouvement de tête. Je tends lentement la main vers la dernière photo : « C'est lui. » C'est là que je réalise qu'ils retenaient leur respiration, ils la reprennent après mes paroles. Jean-Yves essaie d'accrocher mon regard. Il me demande : « Entre zéro et cent pour cent, tu dirais combien ? » Je le regarde. « Cent pour cent… » Il rassemble les photos et les glisse dans le dossier cartonné. Hélène écrit en tout petits caractères serrés sur son calepin, pour ne pas que je puisse lire depuis mon siège.

Jean-Yves est différent. Il paraît prêt à y aller. Pour arrêter ce garçon le plus vite possible. À cause de moi. Mais si c'est vraiment lui qui l'a fait disparaître, alors j'ai fait ce qui est juste. Seulement si c'est vraiment lui. J'espère que tout ça sera bientôt terminé.

Jean-Yves s'en va et me laisse seule avec Hélène. Comme la dernière fois, elle me dit de ne pas m'inquiéter, que tout reste strictement confidentiel. Personne ne saura que c'est moi qui ai désigné l'individu. C'est le mot qu'elle utilise, « l'individu ». Jean-Yves doit être déjà parti. À l'assaut.

Avec Hélène et ma mère, nous réglons toutes les formalités. « Espérons qu'on ne reviendra plus. Vous n'aurez plus besoin de nous ? » Elle aussi, on l'a interrogée à un moment. Mais les enquêteurs sont passés la voir à la maison, ils lui ont posé quelques questions de manière très informelle, dans l'allée. Comme elle ne connaissait rien ni personne dans cette affaire, c'en est resté là. Voilà pourquoi, je crois, elle était tellement en colère qu'on me convoque. Une fois, une deuxième fois encore plus. Dans le fond, ça la rend folle que je sois confrontée à ça. Et sans doute aussi que je sois plus importante qu'elle, c'est moi qu'on interroge, pas elle. Elle avait même envisagé de m'envoyer passer l'été chez mon père. Et puis, non. Il faut que je sois sous ses yeux. Elle pense que personne n'est capable de veiller sur moi à part elle. C'est pour ça que je n'ai jamais vraiment eu de petit copain, moi, et qu'il faut que je me cache, avec Vedel. Il a bien dû le comprendre. Nous avons déjà des secrets.

Elle me serre contre elle, elle passe sa main dans mes cheveux. Comme quand on sortait de chez le médecin après un vaccin, quand j'étais petite. Elle me dit que c'est bien. Elle est fière de moi. J'ai besoin qu'elle me rassure, pas qu'elle me félicite. Qu'elle me prenne dans ses bras et qu'elle me protège. Puisque cet été n'est pas à la hauteur de mes seize ans, je voudrais redevenir une enfant.

J'écoute la nuit, les fenêtres ouvertes. Le silence infini de la campagne déserte et endormie. Peut-être que cette nuit les gendarmes vont entrer dans le camp de gitans pour arrêter le garçon. Ou peut-être qu'ils y sont allés dans la journée. Peut-être que cette nuit la mère d'Océane arrive à dormir un peu. Peut-être que cette nuit Vedel pense à moi.

    Dans la voiture en rentrant de la gendarmerie, je ne voulais plus rien dire. Ma mère s'est faite à mon silence et le recouvre toujours de son babillage. Je regardais la route en rêvant que c'était lui qui conduisait et qu'il m'emmenait quelque part loin d'ici, loin de cette journée, loin de cette mère qui est la mienne. De cet âge qui est le mien, que j'avais attendu longtemps et que je ne veux plus, que je veux laisser très loin de moi, très loin derrière moi, déjà, à peine atteint. Je ne veux plus avoir seize ans. Je veux être déjà adulte et loin d'ici, quitter toutes les personnes que je connais et leur devenir une inconnue.

    J'ai la certitude que la vie avec Vedel serait belle et facile, solaire. J'ai envie de dire amour infini, mais je ne sais pas si c'est de l'amour, cette sensation étrange qui m'écrase. Ce tremblement émerveillé et plein d'effroi quand il est là, et aussi quand il ne l'est pas. Le souvenir de ses mains autour de ma cheville, comme une image de mon corps tout entier par lui enlacé. Je sens que je suis pleine d'une connaissance nouvelle, d'un savoir jusque-là interdit. Comme si j'étais sortie de ce que j'étais et me tenais dans un espace indéfini. Quelque part sur le seuil d'une autre vie possible, d'un destin d'amante qui s'ouvre devant moi. Mais ça ne dépend pas de moi seule d'y pénétrer. Je sens que j'ai besoin qu'il pose sa main sur moi, ses mains, ses grandes mains chaudes sur moi, qu'il me recouvre de son corps et de son existence pour m'entraîner sur ce chemin. Et ça me fait peur.

    Une peur tranquille, une peur calme, celle qui précède un moment qu'on a attendu longtemps, très longtemps, celle des derniers instants avant que ça arrive enfin. Mais je sens aussi qu'avant de faire le moindre geste, il attendra un signe de moi, un consentement, une permission. Et personne ne m'a jamais expliqué ces choses-là, personne ne m'a jamais raconté comment s'y prendre, quel regard, quel sourire, quelle parole pour faire de l'autre un amant. Je suis toute petite, débile, avec un corps d'enfant, et tout brûle en moi. Ce n'est pas ma mère qui m'aurait enseigné tout ça, toutes ces choses de l'amour, qu'elle doit bien connaître pourtant.

Et c'est pour cette raison que je refusais de lui parler dans la voiture. Elle évoquait avec passion la battue et la gendarmerie, comme si tout ça nous concernait, comme si on avait le droit d'en discuter. C'est comme si tous les sujets étaient devenus tabous maintenant, je ne peux plus rien partager avec elle. Je ne peux pas lui dire ce que me fait Mathilde parce que ça ne la regarde pas qu'elle fasse l'amour avec un pauvre mec qui a le permis, je ne peux pas lui dire ce que me fait Vedel parce qu'elle deviendrait folle de jalousie qu'il lui prenne sa fille, qu'il l'arrache à ses derniers mois d'enfance. Je veux la laisser croire que je ne ressens rien de mauvais ni rien de troublant, que je suis loin encore de découvrir ce qui n'est pas de mon âge. Je la laisse parler sans l'écouter vraiment, comme d'habitude, en attrapant quelques mots à peine, comme des trucs qui flottent à la surface de l'eau, épars, dérivant lentement.

J'écoute la nuit, les fenêtres ouvertes. Le silence infini de la campagne, déserte et endormie. Le silence de la chaleur, comme elle refuse de partir, au moins quelques heures, au moins le temps du noir total. Le silence des étoiles. Il paraît que le cosmos est plein de sons et de chants, comme des chants tristes d'oiseaux, et que c'est le bruit que font les étoiles dans l'espace.

Dans mon lit, le corps découvert et souffrant du manque d'air frais, je n'ai que le silence pour moi.

10

Il va y avoir une marche blanche pour Océane en ville, dans quelques jours. Tout le village a reçu un petit papier dans la boîte aux lettres, mais ça ne venait pas de la mairie. Ça venait des parents d'Océane. Il y a écrit : « M. et Mme Thulliez vous invitent à vous joindre à eux ce lundi 10 juillet pour une marche blanche en l'honneur de leur fille Océane, portée disparue depuis le 2 juin 2006. Le cortège partira du parvis du palais de justice de Saintes à 14 heures. Toute personne sensible à notre détresse est la bienvenue. » Ce qui me frappe, c'est qu'il n'y a pas de fautes d'orthographe. Et je me sens mal de penser que ces gens ne sauraient pas écrire correctement.

Je suis dans la cuisine avec ma mère, elle a des larmes partout, dans sa voix et au bord des yeux, et même dans ses gestes, partout sauf sur son visage. Elle répète qu'on va y aller, on va y aller, ce n'est pas possible de rester chez soi ce jour-là. Elle s'assied, se relève, elle oublie chaque fois ce qu'elle cherchait dans notre cuisine encombrée. Elle erre entre sa chaise et l'évier, sa cigarette à la main, qu'elle oublie de fumer, en disant que ces pauvres gens ont pris la peine d'écrire ce mot pour tous les gens du village. Comment est-ce qu'ils ont pu savoir combien de feuilles imprimer, comment est-ce qu'ils ont pu savoir le nombre exact de boîtes aux lettres dans le village ? elle demande en s'agitant. Je ne dis rien, je ne sais pas, c'est une très bonne question. Moi aussi tout d'un coup je me sens pleine de larmes et encore plus coupable, encore plus mauvaise d'avoir pensé que c'est étonnant qu'ils aient écrit sans faire de fautes.

Enfin, elle s'assied, elle a répandu des petits tronçons de cendre partout sur son passage. Elle fait une légère grimace de douleur, elle geint un peu pour se donner une contenance, maintenant qu'elle est assise et qu'elle doit écraser cette cigarette qu'elle a oublié de fumer. Je demande : « Mais normalement, une marche blanche, c'est pas quand quelqu'un est mort ? »

Elle me regarde, comme giflée, triste et, enfin, les larmes commencent à couler sur son visage. Je me lève pour la prendre contre moi, pleine d'effroi. Et s'il y avait quelque chose que tous les adultes savaient et pas moi ? Mais non, Océane n'est pas morte, pas encore, on ne sait pas encore. Elle m'explique juste qu'on peut faire des marches blanches pour les vivants aussi, pour les disparus aussi. Elle me serre très fort contre elle, trop fort, et ça fait mal d'être serrée jusqu'à l'étouffement, ça fait mal d'être trop aimée comme elle m'aime trop, surtout quand elle a peur à cause d'Océane. Elle répète alors : « Pour les disparus aussi, pour les disparus aussi... On va la retrouver, ta copine, t'inquiète pas. » Elle me serre encore plus fort mais finalement, je ne l'en empêche pas, parce que ça me fait du bien qu'elle m'écrase contre son corps. Ça me fait du bien que l'on sente le corps l'une de l'autre, qu'on n'ait pas disparu nous, qu'elle soit là même si je la déteste un peu parfois. Je la laisse aussi dire qu'Océane c'est ma copine, alors que je ne lui parlais plus depuis nos six ou sept ans quand elle avait des traînées de morve sèche sur ses manches. Ça ne fait rien. C'est presque vrai, je pense tellement à elle depuis un mois qu'elle est presque devenue ma copine maintenant, ma copine imaginaire. Et si elle revient, je n'oserai jamais le lui dire, je ne voudrai pas qu'on soit copines. Je laisse ma mère me serrer, je la laisse imaginer des amitiés, je la laisse se rassurer de la densité de mon corps et de ma présence dans ses bras. Et il est décidé qu'on ira à cette marche blanche ensemble. Elle me demande de prévenir Mathilde et ses parents, qu'ils voudront sûrement venir.

J'ai laissé traîner ça toute la journée d'hier. Et ce n'est que ce matin – on dirait que c'est toujours le matin, sans arrêt le matin, cet été insupportable – que je me décide enfin à envoyer un SMS à Mathilde pour lui dire de venir elle aussi à cette marche blanche. Je ne lui dis pas tout de suite, bien sûr. Je lui écris salut comment ça va, et après, quand elle me répondra, je lui parlerai de la marche blanche. On a encore un peu de temps, c'est dans deux jours.

Je suis sous la tonnelle avec un verre de menthe à l'eau, mon portable est posé près de moi sur la table, et ma tête sur mes mains, il fait à peine plus respirable à l'ombre. J'attends. J'ai un peu l'air d'une retardée, affalée comme ça, la tête lourde reposant au creux de mes mains sur la table du jardin. Mais il n'y a rien à faire, le temps est long, le temps est lourd. J'attends un message de Mathilde. Peut-être un peu moins que je n'attends le bruit du moteur de la voiture de Vedel, de voir cette voiture entrer sur notre allée et lui en sortir. Mais rien ne se passe. Je vais devoir attendre chaque minute jusqu'à lundi pour le revoir, peut-être, s'il vient.

Une guêpe se pose au bord de mon verre. Je me recule et me fige. Il ne faut pas leur faire peur sinon elles deviennent agressives. Comme tout le monde. Elle fait tout le tour du verre et lèche là où j'avais mis mes lèvres, là où il est resté du sucre. Son abdomen est secoué d'un mouvement régulier, comme un spasme qui bat la mesure. La mesure du silence. On dirait qu'elle se félicite d'avoir trouvé ce verre de sirop. Je la regarde, elle est belle et tellement laide à la fois. Avec son air de carrosserie de voiture de course, de carrosserie de riches. Dire qu'il n'y a rien de mieux à faire dans cet été vide que d'observer une guêpe. Je croyais que l'été de ses seize ans on vivait des choses mémorables, je croyais qu'on avait un amoureux, des amis et des bêtises à faire tous ensemble, l'été de ses seize ans. Pour moi, ce n'est vraiment pas le cas.

Je reçois la réponse de Mathilde. Comme si elle se doutait que je suis en train de ruminer sur mon ennui et sur moi-même, et pour me donner tort, elle me propose qu'on aille au cinéma cet après-midi, voir un film d'horreur. *La colline a des yeux*. Ce sera en français mais il fera meilleur dans une salle de cinéma que dans le jardin. Ce film est sorti il y a au moins un mois, et nous on ne l'a que maintenant. Avec notre petit cinéma, on est toujours tellement en retard par rapport au reste de la France. Comme si on n'en faisait pas partie.

La guêpe glisse à l'intérieur du verre, elle n'a rien à quoi se tenir et plonge la tête la première dans la menthe à l'eau. Elle est ridicule. À quoi ça lui sert, à elle qui ne fait pas de miel et qui ne fait même rien du tout, d'avaler du sucre ? J'en oublie presque le cinéma, elle tombe dedans. Je la regarde, je n'ai pas envie de l'en sortir, elle serait furieuse, elle me piquerait. Elle est tombée sur le dos, il faut le faire. Dire qu'elles me font peur les guêpes, alors que celle-ci... Elle agite ses pattes vers le ciel. Elle va se noyer, elle l'aura bien cherché. Je la laisse là, puisque de toute manière mon verre a chauffé, je n'y toucherai plus.

La dernière fois qu'on est allées voir un film interdit aux moins de seize ans avec Mathilde, on a failli ne pas pouvoir entrer. Maintenant, on n'a plus besoin de faire semblant, on peut exhiber crânement notre carte d'identité, avec notre tête de gamine de onze ans sur la photo, et prouver qu'on a l'âge de voir un film un peu gore. Ce cinéma est minuscule, il y a un tout petit comptoir près de la caisse qui propose deux sortes de canettes différentes et quelques bonbons en sachet. On n'a pas de pop-corn, ni de soda à la fontaine. Rien n'est comme dans les films ici. Une salle au rez-de-chaussée et deux en haut, une grande et une petite. Avec de la moquette dans les escaliers, qui a dû être grise à une époque, qui a une couleur incertaine aujourd'hui. Et c'est la même moquette dans les salles. Celle des murs a une teinte plus sombre.

J'adore cette atmosphère obscure et élimée, avant même que les lumières ne soient éteintes c'est déjà ailleurs, c'est déjà un autre monde. Avec ses couleurs passées, ses sièges défoncés qui grincent et les affiches de films sortis il y a presque dix ans, je trouve qu'il représente bien l'endroit où l'on vit, ce cinéma. Il est moche, mais j'aime y venir même si tous les films sont en VF, juste parce que c'est le cinéma.

Il y a un peu de monde, on est samedi après-midi. On n'a rien d'autre que ça dans notre petite ville, le cinéma. Il y a toujours le bowling sinon, c'est vrai. Mais c'est un endroit pour le soir, en journée il n'y a que les enfants qui vont jouer au bowling. Le soir, on peut jouer au billard aussi. Mais dans la journée, il n'y a que le cinéma. On n'a pas de piscine en plein air, il n'y a rien à faire ici. La fête foraine ne vient qu'en automne. Pour s'amuser, il faut partir sur la côte.

Ce sont toujours les mêmes spots de pub au début, quand les lumières sont encore allumées. La pub pour le Burger Palace et son menu à cinq euros, celles pour un coiffeur, des portes et fenêtres en PVC ultra-résistant, deux magasins de vêtements, et un centre aquatique qui a assez d'argent pour se payer des pubs jusqu'ici.

Mathilde me dit qu'elle a vu ma mère à la télé l'autre soir après la battue, que ça faisait drôle. Elle me demande si j'y suis allée, je réponds oui mais pas jusqu'au soir. Passe dans mon esprit l'image de ses mains autour de ma cheville, je soupire. Mathilde me tapote le bras, elle ne sait pas pourquoi je soupire. J'ignore ce qu'elle imagine. Alors pour ne pas parler de Vedel, je lui raconte pour les photos, je lui dis que j'ai encore été interrogée, pour identifier un mec cette fois. Tout fort, elle fait : « Quoi ? » et des gens se tournent vers nous. Elle chuchote et penche vers moi son haleine de tabac et de menthe : « Mais pourquoi ? » Les lumières s'éteignent. C'est l'instant que je préfère. Je lui raconterai après. Parce que quand le noir tombe, je ne veux rien entendre. C'est comme d'entrer dans l'eau, dans un bain qui lave de la réalité, même si le film est un peu mauvais, ça ne fait rien. Quand les lumières s'éteignent, quand il fait enfin noir, ce court moment avant que l'écran ne se mette à briller, c'est comme de fermer les yeux, les yeux ouverts. Et j'aime bien comme on entend s'évaporer les paroles, les chuchotements, les respirations, il y a une seconde immobile où on s'apprête à respirer l'air d'un autre monde. On a tous hâte.

Surtout nous, surtout nous les pauvres adolescents d'ici, n'importe quelle réalité serait mieux que la nôtre. Pendant le temps du film, de la séance, je serai invisible. Il n'y aura personne pour me voir, je ne verrai personne non plus. C'est mon abri, où je disparais. Où tout disparaît. Tout ce qui existe alors, c'est la musique si forte que l'on ne s'entend plus respirer, les visages immenses, immenses et pleins de lumière, les vies accélérées avec juste leurs moments les plus forts, les plus importants. L'ennui et l'attente s'effacent, la vie normale n'existe pas le temps de la séance. Si seulement on pouvait vivre comme ça, rien que comme ça, rien que là dans un cinéma, comme la vie serait meilleure alors.

Les bandes-annonces démarrent. Là, déjà, on est disciplinés et attentifs et silencieux. Un petit écran brille en vert plus loin entre les sièges, que la fille essaie de cacher avec ses mains en écrivant un texto. À chaque bande-annonce, Mathilde me dit à l'oreille qu'elle veut absolument voir ce film. Elle voudrait les voir tous. Elle sait comme moi que les films en automne, on n'en verra peut-être qu'un ou deux par mois.

Elle s'enfonce dans son fauteuil, les jambes repliées sous elle, on est ici comme chez nous. Ça va commencer. Elle me dit à l'oreille qu'elle a peur d'avoir peur. Moi aussi. Elle saisit mon bras et je me rappelle que je ne suis jamais allée au cinéma avec un garçon qui m'aurait pris la main, qui aurait pressé mon bras ou mon genou dans le noir.

J'ai voulu sortir au début du générique de fin. Je n'ai pas aimé. Puis quand on s'est levées, je n'avais plus envie de retourner dans la lumière. Mais on ne pouvait pas rester là, de toute façon je n'aurais pas pu dire ce dont j'avais vraiment envie ou pas. Le soleil nous a happées et assaillies, on ne s'est pas fait la remarque qu'il faisait trop chaud, on ne ferait plus que ça sinon.

On marche, sans se concerter, vers le centre-ville. Il est excentré le cinéma, et autour il n'y a pas de café où s'asseoir pour se rafraîchir. Tous les spectateurs se sont éparpillés à la sortie.

Sur le chemin, Mathilde me répète combien elle a aimé ce film, qu'elle en fera sûrement des cauchemars parce que c'était affreux. Elle me demande : « Tu crois qu'ils ont vraiment fait des essais nucléaires en Amérique et que les gens, ils sont défigurés ? » Je lui dis que non, que j'en sais rien. Elle sort son paquet de cigarettes.

— Tu t'en fiches ?

— Un peu, je lui réponds.

— Mais y avait pas écrit que c'est inspiré d'une histoire vraie ?

— Je sais plus, je crois.

Elle me tend une cigarette et sourit devant mon regard suspicieux qui surveille les alentours. On n'a pas vraiment besoin de se parler, il nous suffit de nous regarder pour nous comprendre. Elle me dit : « Mais non, c'est bon, tu ne vas pas croiser les amis de ta mère. Vas-y, là. »

J'en prends une. Je regrette. Il aurait fallu attendre de boire quelque chose de très frais, avec des glaçons, pour ne pas faire brûlure sur brûlure, sécheresse sur sécheresse en fumant comme ça en plein soleil. Ça a réellement un goût de poison en plein soleil.

De ce côté-là du pont heureusement il n'y a pas beaucoup de monde. C'est dans les supermarchés que c'est bondé, cet après-midi. Ma mère est partie faire les courses elle aussi.

On croise peu de voitures. On hésite sur le café où aller, mais on fait juste semblant d'avoir l'embarras du choix. J'espère que Mathilde n'imposera pas qu'on aille au Burger Palace parce que ce n'est pas vrai que les boissons sont moins chères là-bas. Elle dit que c'est dommage que le McDo soit si loin, ça aurait été sympa. Je n'ai pas d'avis, je me tais. Elle se lance la première, elle veut savoir pourquoi on m'a demandé d'identifier un mec sur une photo à la gendarmerie.

— Je n'ai pas trop envie d'en parler.

— Non, mais vas-y, c'est bon! Je ne vais pas le raconter à tout le monde. T'as identifié un mec!

— Et alors?

— C'est quand même énorme. Pourquoi ils t'ont demandé ça à toi, d'abord? T'es pas sa copine, t'es pas sa famille.

Je ne sais pas ce que j'ai envie de répondre. Je ne veux pas lui raconter l'histoire de l'abribus. Ça me ferait forcément penser à elle avec Quentin, je suis sûre qu'elle le saurait. Et je n'ai pas envie qu'elle le sache. J'aurais l'air de quoi? J'aurais l'air d'une conne. La fille qui n'a jamais de petit copain et qui ne fait que surprendre l'intimité des autres, la fille qui découvre la sexualité quand c'est les autres qui la vivent et qui va raconter sa misère aux gendarmes. C'est ça qu'elle va penser de moi, Mathilde, c'est évident. Tout le monde me pose des questions auxquelles je n'ai pas envie de répondre, tout le monde me regarde avec insistance en attendant que je parle. Je suis obligée de partout, par tout le monde. C'est insupportable.

Finalement je lâche : « Quand on m'a interrogée la première fois, j'ai juste dit que je l'avais croisée plusieurs fois avec le même mec à scooter. Dans le village. Et donc voilà, au bout d'un moment ils m'ont demandé de revenir et de leur montrer sur des photos lequel c'était. Et c'est tout. C'est pas énorme, c'est juste ça. » Elle fait vaguement, ah bon d'accord. Elle se satisfait de ça.

On s'assied à une terrasse, elle regarde son portable. Depuis qu'on est sorties du cinéma, juste après avoir allumé nos cigarettes, elle n'a pas arrêté. Elle n'est pas vraiment avec moi parce qu'elle ne reçoit aucun texto. Je ne sais pas pourquoi elle fixe certaines personnes qui passent avec insistance. On commande des Coca, je repense à cette bière. Je m'ennuie.

« Pourquoi on ne rigole plus jamais ? » Ma question la tire de ses pensées noires. Je sais que c'est à Quentin qu'elle pense, que c'est lui qu'elle attend en consultant son téléphone toutes les deux minutes. Ma question la choque. Elle ne comprend pas. Qu'est-ce que ça veut dire, on ne rigole plus jamais ? J'insiste. À chaque fois qu'on se voit il y a des longs silences, comme ça. Avant on se marrait tout le temps, c'était plus sympa. Le serveur arrive, elle est gênée, elle attend qu'il parte.

— Je ne vois pas pourquoi tu dis ça. Et puis d'abord on n'est pas obligées de rigoler tout le temps non plus.

On n'a plus treize ans, quoi. C'est bon. C'est toi qui n'as même pas voulu parler du film.

— Mais si, j'ai juste pas aimé. On ne va pas en parler tout l'après-midi. On ne se marre pas beaucoup, c'est bizarre. C'est tout.

— Ouais. C'est normal qu'on ne se marre pas, on est tout le temps en train de parler d'Océane. C'est chiant à force.

Un silence. Elle m'énerve mais elle a raison. On est tout le temps en train de parler d'Océane. Tout le monde est tout le temps en train de parler d'Océane, même à la télé. Moi aussi j'en ai assez, mais je ne peux pas m'en empêcher. Elle est venue s'immiscer dans mes rêves, dans ma tête, je parle d'elle alors que je ne la connais pas. Je ne parviens pas à m'en ficher totalement, j'aimerais bien pourtant. Tant qu'on en parle il faut que je lui dise. Pour la marche blanche.

— Au fait, lundi après-midi il y a une marche blanche organisée par ses parents.

— Les parents de qui ?

— Les parents d'Océane.

— Ce n'est pas que pour les gens qui sont morts, normalement, ça ?

— Non apparemment. Ma mère m'a dit que ça se fait aussi pour les disparus ou pour des causes humanitaire ou écolos. C'est une manifestation pacifique.

— Ouais, d'accord... Ben écoute, j'espère qu'il y aura du monde avec eux. Ça ne doit pas être facile pour les parents.

— J'y vais. Ma mère et moi, on va y aller. Tu viens aussi ?

— Non. Ah ça, non.

— Mais pourquoi ?
— Mais parce que ! Je ne vais pas aller à une marche blanche pour une fille que je ne connais pas. Ça ne changera rien, dit-elle en écartant une mèche de cheveux de son visage. Et puis lundi je vois Quentin.
— Vous n'avez qu'à venir ensemble au lieu de rester tout le temps que tous les deux !
— On fait ce qu'on veut, Justine. On n'a pas envie de venir.
— Toi, tu n'as pas envie de venir. Pourquoi tu dis «on» ? Comment tu le sais qu'il n'a pas envie de venir, tu lui as demandé ?
— Parce que je le sais, c'est tout. Il y a des trucs, je n'ai même pas besoin de lui demander, je le connais, il n'aura pas envie. Déjà que nous on ne la connaît pas et qu'on s'en fout, alors lui... Qu'est-ce que ça peut lui foutre, ce qui arrive à Océane ?

Elle s'adosse au dossier de sa chaise en regardant ailleurs, en fermant tout ce qu'elle peut de son visage. Son visage, et le reste d'elle aussi. Sa façon de se tenir toute droite, toute raide, les bras croisés pour soulever sa poitrine et la mettre en avant, alors qu'on ne voit que ça d'elle, sa poitrine. Énorme. Tandis que moi je suis comme une planche à pain... Je tends la main vers son paquet de cigarettes, hésitante. Je lui demande du regard, elle m'autorise. Et puis elle pose ses yeux sur son téléphone. Elle souffle.

Il y a une vitre entre nous qui ne cesse de s'épaissir. À la fin, on ne pourra même plus s'entendre à travers. Elle se fiche de tout. Elle en a eu plein, des petits copains. Mais aucun n'était encore devenu une vitre épaisse comme ça entre nous. Elle les laissait toujours un peu dehors, pas complètement, parce qu'elle était amoureuse. Mais Quentin, ce n'est pas pareil. Il lui a pris sa virginité donc il a effacé tous les autres. Elle a ce geste nerveux, de passer sa main dans ses cheveux avec un peu de colère, je l'imagine faire pareil avec ses parents. Elle lui remet toute sa vie à Quentin, elle guette un signe de lui sur son portable en permanence, pas seulement cet après-midi. Tout gravite autour de lui, comme si elle était devenue un petit satellite pathétique autour de son soleil bas de gamme. Elle fait semblant d'avoir oublié que rien ne dure toujours quand on a seize ans, qu'elle tourne dans le vide. Peut-être que l'été prochain déjà, il n'existera plus Quentin. Mais moi, je sens que l'été prochain il restera en moi les traces profondes de cet été, les traces profondes des interrogatoires et de l'absence d'Océane, de l'odeur et des sourires et des paroles de Vedel, des traces profondes qui défigurent. Pourquoi, elle, elle rate tout ça, elle ne voit rien ? Elle me déçoit.

Elle m'a souvent déçue légèrement. Cet après-midi elle me déçoit terriblement. Elle est tellement immature. Ses paroles sont moches, elles sont mauvaises, elles sont vides. C'est comme si elle pensait avoir atteint une autre atmosphère où la compassion n'existe plus parce qu'elle a découvert l'odeur des capotes. Ça et quelques balades en voiture. Elle est devenue méchante. Ou alors elle l'était depuis toujours et je ne l'avais jamais remarqué. Il faut vraiment qu'elle soit limitée pour s'imaginer que cette histoire a la moindre importance, que ça va durer toujours, ça ne dure jamais longtemps l'amour à seize ans. Ça n'a jamais d'impact, ça ne pèse rien dans une vie, surtout dans celle des autres.

Elle me déçoit, mais je l'envie. Elle fait toujours tout ce qu'elle veut. Pour la marche blanche, je n'ai même pas essayé de négocier avec ma mère. Je n'ai pas oublié l'humiliation avant la battue. Mathilde, elle a toujours fait tout ce qu'elle voulait parce qu'elle n'est pas enfant unique. Moi aussi j'aimerais bien avoir des grandes sœurs qui auraient été privées de ceci et de cela, être la petite dernière et avoir le droit de faire tout ce que je veux. J'aurais le droit d'avoir un copain et de faire l'amour, je serais traitée comme une grande personne, pas comme une enfant attardée.

Dans ce silence fâché qui s'éternise, je me dis qu'il me restera aussi les traces profondes de tout l'amour que j'avais pour elle et qui s'effrite. Notre amitié est devenue un mur lépreux avec la peinture qui s'écaille par pans entiers, comme des livres ouverts, obscènes, de la poussière, des miettes de plâtre par terre, un mur qui ne tient plus, qui ne protège plus rien. Tout ça pour un petit mec qui ressemble à tous les autres, si elle le perdait de vue en boîte de nuit, elle pourrait en embrasser un autre en croyant que c'est le bon. Elle est comme la guêpe dans mon verre de menthe, qui accourt et se vautre dans le sirop jusqu'à s'y noyer, tout ça pour un peu de sucre.

Les larmes me montent aux yeux. Je me sens si seule. Si seulement Vedel était là, si seulement il apparaissait, comme il est apparu le soir de la fête de la musique, et me proposait d'aller faire une balade en voiture. Je regarde au loin sans toucher à mon verre de Coca, pour refouler mes larmes. Je suis crispée. Je sens le regard de Mathilde sur moi, je n'ose pas le soutenir. Peut-être que je l'envie en fin de compte, peut-être que je suis jalouse. Pourquoi je n'ai pas le droit d'aller faire des balades en voiture avec lui, de lui remettre ma vie, de dire « nous » au lieu de « moi » ? Et de disparaître, comme Océane ?

Ma mère n'arrête pas de parler pour couvrir mon silence. Elle parle de tout et de rien, de la chaleur, de ce qu'on va manger demain, elle meuble parce qu'elle a bien été obligée d'arrêter de chercher à savoir si ça s'était mal passé avec Mathilde. Je n'ai rien voulu lui dire. Je suis inquiète, rien ne se passe comme prévu, cet été.

Quand on a fini de manger, pour continuer à remplir le silence, on se met devant la télé. C'est le journal régional. Mon cœur sursaute, ils annoncent qu'un suspect a été placé en garde à vue dans l'enquête sur la disparition d'Océane, mais que son identité est gardée secrète. Ma mère commence immédiatement à s'agiter dans tous les sens, elle dit que c'est grâce à moi, que c'est celui que j'ai identifié l'autre jour. Elle en est sûre. Et moi aussi. J'ai peur. Tout le monde le sait, qu'il ne faut pas se mettre les gitans à dos. J'espère qu'Hélène ne m'a pas menti, j'espère qu'il ne saura jamais que c'est moi qui l'ai désigné aux enquêteurs, qu'il ne me cherchera pas, ne viendra pas me tabasser.

Ma mère me plante là, à regarder la fin du journal toute seule, et s'installe dans la pièce d'à côté pour téléphoner à Philippe. Qu'est-ce qu'elle peut bien avoir de si urgent à lui dire ? Eh bien ça, tout simplement : un suspect a été placé en garde à vue. Quelle commère... Au lieu de passer du temps avec moi, c'est à lui qu'elle doit parler sans attendre. Depuis qu'il est là celui-là, il est le centre de son univers. Avant de le rencontrer, elle a eu plusieurs petits amis, elle disait « chevalier servant », parce qu'elle a des prétentions. Et elle se mettait dans tous ses états quand elle apprenait qu'il y avait des commérages sur elle dans le village, parce qu'on avait vu une voiture garée dans notre allée toute une journée et toute une nuit. Parfois ils venaient quand j'étais là. Et souvent, peu de temps après, les chevaliers ne revenaient plus. Ils n'avaient pas envie de conquérir une mère.

Je le savais mais je ne l'avais pas déduit toute seule, j'étais trop petite, et aujourd'hui encore je suis trop petite pour comprendre ça des hommes, c'est elle qui me l'avait dit, le visage laid, tordu en une moue amère de déception, encore un qui est parti à cause de toi. « Mais qu'est-ce qu'il faudrait que je fasse ? Je ne vais quand même pas t'envoyer vivre chez ton père, je ne veux même pas imaginer ce que ça donnerait, ma pauvre chérie, ce ne serait pas te rendre service crois-moi, il n'a aucune idée de comment on élève un enfant et encore moins une fille. Et avec sa nana, ou ses nanas, Dieu sait combien il en a, je ne préfère pas imaginer. Déjà, s'il prenait ses responsabilités de père au sérieux, il te garderait tous les week-ends. Tu pourrais faire des choses avec lui ma pauvre chérie, tu t'ennuies ici, je vois bien. Comme ça le week-end je pourrais vivre un peu ma vie de femme. Mais non, évidemment c'est lui d'abord, comme toujours, toujours, toujours il a été comme ça, lui d'abord et les autres ensuite. Alors lui il peut vivre sa vie de nabab le week-end avec sa nana, et moi, comme d'habitude, je passe après. Les hommes, tu sais, les enfants ils veulent bien les faire, mais pour s'en occuper après, il n'y a plus personne ! Je me retrouve encore sur le carreau. De toute façon, j'en ai marre, tu sais comment ils sont ? Ils sont là, avec leurs déclarations et plein de promesses, mais il n'y en a pas un qui ait le courage de me prendre avec tout ce qui vient avec. » Elle continuait à déblatérer son amertume à tous les repas. Au final, elle m'a convaincue que j'étais la source de tous ses malheurs et surtout la cause principale de son célibat. C'était pourtant elle qui avait demandé le divorce. C'était elle qui me faisait croire que les hommes fuyaient en découvrant mon existence, que j'étais un parasite dans sa vie. Et aussi dans la vie de mon père, puisqu'il ne voulait pas de moi les week-ends. J'attendais et j'attends toujours le moment vengeur où je lui dirai crânement de me laisser vivre ma vie de femme, j'ai tellement entendu cette expression. Elle donne l'impression que c'est une vie particulière, une vie à part, cette vie de femme.

Elle revient au bout d'une demi-heure, sans même se rendre compte que je lui en veux. « Eh, tu sais ce qu'on vient de penser avec Philippe ? » Elle ne réagit pas au regard noir que je lui jette. « Thierry Vedel, ça fait plusieurs jours qu'il n'est pas venu. » Je me tends. Qu'est-ce qu'elle va inventer encore ? « Et si c'était lui, le suspect placé en garde à vue ? »

11

Nous avançons dans un silence hurlant, lentement, avec lourdeur, comme dans un rêve. Comme au fond de l'eau. Habillés en blanc, nous réfléchissons la lumière. Le soleil est, comme depuis le début de l'été, écrasant et aveuglant, cruel. On entend les voitures au loin mais l'avenue a été fermée à la circulation. Des barrières métalliques, des voitures à l'arrêt, des gendarmes qui nous encadrent et nous regardent, qui nous protègent et nous surveillent. Ce silence est assourdissant, plein du froissement de nos petits pas, de nos soupirs, de nos raclements de gorge.

Quand le cortège est parti, ma mère m'a pris la main mais je n'ai pas voulu qu'elle la garde longtemps dans la sienne. Je suis encore fâchée contre elle de m'avoir mis en tête que Vedel est peut-être en garde à vue. Nous marchons côte à côte. Nous sommes toutes les deux, Philippe n'est pas là et c'est tant mieux. D'ailleurs, c'est peut-être lui qui est en garde à vue.

Il y a là quelques visages familiers, j'en reconnais certains. Des lycéens comme moi, qui n'étaient pas ses amis, à Océane, mais qui sont simplement venus en se disant que ça pourrait être eux, ou leur meilleure amie, ou leur petite amie, ou leur sœur. Personne n'ose parler. On est partis en silence, on continue en silence. Il est devenu tellement épais, tellement réel et vivant ce silence, que personne n'oserait le déranger. Et pour dire quoi de toute manière ?

J'ai l'impression qu'il fait sombre, alors que je dois plisser les yeux à cause de la lumière beaucoup trop forte, cette masse blanche qui renvoie le soleil, tout m'agresse.

Ce n'est pas seulement la lumière, la chaleur et le silence qui sont oppressants. C'est aussi l'énergie qui se dégage de nous tous. Le nuage invisible mais au poids bien concret qui nous empêche de nous tenir vraiment droits, le nuage de nos pensées. Qui pense encore qu'Océane va revenir ? Qu'elle a fait une fugue, une sale fugue qui rendra sa mère folle ? Personne. Je n'ose pas imaginer que sa famille y croit encore. Ils le savent, elle ne serait pas partie si longtemps sans rien dire, sans prévenir, sans revenir. Il y a encore un mois, ils pensaient qu'une bonne torgnole lui remettrait les idées en place, qu'elle serait privée d'Internet et de portable pendant de longues semaines, pas de sorties, pas de conneries. Mais maintenant, quoi ? On est en juillet. Plus personne ne peut croire qu'elle est partie en douce avec un garçon, se perdre pour mieux se trouver. C'est ça le nuage qui pèse sur nous, si fort, si lourd qu'on n'arrive pas à ouvrir la bouche : elle n'a pas choisi de disparaître comme elle a disparu, quelqu'un l'a prise et lui a fait du mal. Et si elle est encore vivante, elle doit être très amochée.

Je regarde autour de moi, j'ai envie de pleurer mais je me retiens, vraiment. Je n'ai même pas mes lunettes de soleil pour cacher mes yeux, pour cacher ces larmes qui menacent. Il n'y a rien, et c'est ça le pire, l'été a continué à se dérouler comme il se déroule avec sa canicule, son ennui et sa vacuité, sa grande lumière blanche et ses moustiques, et sa merde. Dans tout cela il y a une violence effroyable, absolument effroyable, c'est cela que je ressens tandis qu'on marche sans un mot en s'engageant dans les rues piétonnes, de l'effroi. Elle a disparu. Comme dans un conte. Alors que c'est pourtant bien la réalité, la pauvre petite réalité, on ne disparaît pas comme ça dans la réalité. Et pourtant si, on peut.

Ce qui m'empêche de pleurer, c'est la colère que je ressens contre Mathilde. Elle n'est pas venue. Si seulement elle pouvait voir ça. Revenir un peu dans la réalité, au lieu de se galvaniser dans les bras de son petit mec. Elle verrait tous ces gens pleins d'effroi, comme moi, à l'idée de la violence invisible de la disparition d'une fille, volée comme on vole une voiture. Des gens qui ne se connaissent pas entre eux et qui sans doute ne connaissent même pas Océane, a priori ils n'en ont rien à foutre eux non plus, mais ils sont venus marcher quand même derrière la famille trouée d'Océane.

Elle est loin devant la famille d'Océane, je ne la vois pas. Je me dis qu'il faudrait que j'aille leur adresser quelques mots, mais je ne sais pas quoi dire. Je sens que je n'aurais pas le droit de leur dire qu'ils ne doivent pas s'inquiéter, qu'elle va revenir, qu'on va la retrouver. Ils doivent entendre ça tout le temps et savoir que ce n'est pas la vérité. Il faudrait que je les voie pour savoir. Je voudrais voir le visage de la mère pour comprendre s'il faut lui parler ou se taire.

Autour de moi, les lèvres sont serrées comme les miennes pour retenir des mots qui n'existent pas. J'ai beaucoup cherché dans mon vocabulaire et dans les livres les mots qui pourraient décrire ce qui se passe en ce moment, et je n'ai rien trouvé. Peut-être qu'il n'y a pas d'autre possibilité pour décrire ce qui se passe que de serrer les lèvres sur des mots qui n'existent pas. Puisqu'il ne se passe strictement rien, en fait. Au journal aussi c'est ce qu'ils racontent, qu'il ne se passe rien. Qu'ils ne trouvent rien. Il y a juste une fille qui n'est plus là et c'est tout. Elle nous a fait nous agiter pour tuer le temps, en battant la campagne et en regardant voler les hélicoptères au-dessus de Cressac, qu'elle déteste sûrement autant que moi, mais ça, nous l'avons fait tout seuls. Elle, elle a juste disparu et c'est tout, alors qu'est-ce que je pourrais bien leur dire, à ses parents ?

Les passants s'arrêtent pour nous regarder. Même derrière leurs lunettes de soleil, je devine leur regard curieux, interrogateur devant cette foule silencieuse. Ils baissent un peu la tête, ceux qui ont compris. Ils s'écartent un peu et se tiennent contre les vitrines, il y a des commerçants qui viennent à leur porte et nous suivent des yeux. L'un d'entre eux allume une cigarette, la main en visière. Nous sommes éblouissants, nous sommes silencieux et lents, comme une grande vague d'écume dans la ville.

Finalement, je suis contente que Mathilde ne soit pas là. C'est comme si je commençais déjà à ne plus l'aimer.

Je me demande jusqu'où nous allons marcher, je pense qu'après il faudra refaire le chemin inverse jusqu'à la voiture. Et je pense à ma mère et à sa sciatique. Ça me traverse même l'esprit, et si en fait on marchait comme ça jusqu'à Cressac ? Mais le village est dans notre dos, ce n'est pas dans cette direction qu'on va. On a envie de chercher le cercueil des yeux. On a jeté un froid sur le centre-ville. Dans les bureaux en étages, des gens se penchent à la fenêtre. Les flâneurs qui déjeunent tard aux rares terrasses de cette rive se retournent vers nous.

Alors qu'on atteint le lycée, mon lycée, où Océane a été vue pour la dernière fois, on découvre un groupe de journalistes qui nous ont précédés. Ce sont eux qui nous ont filmés au départ, au palais de justice. Ils auront de belles images de gens de la campagne tout en blanc, les gens que nous sommes, un peu moches, un peu gros, avec des coupes de cheveux démodées depuis longtemps à Paris, le visage grave et les bouches serrées sous un soleil violent.

Nous nous étalons sur toute la longueur du lycée. Le père d'Océane, sa mère, son petit frère s'avancent. Ses parents vont faire un discours, tout a été préparé, ils attendent calmement que tout le cortège soit là. Avant même d'avoir dit quoi que ce soit, ils nous font nous resserrer les uns contre les autres, les gens s'agitent pour voir par-dessus les têtes, pour entendre. Ma mère m'entraîne sur le côté, au premier rang. Elle aussi veut entendre, ne rien perdre.

Le père s'avance d'un pas, la mère reste en retrait, serrant le petit frère contre elle. Elle porte des lunettes de soleil qui dévorent son visage creusé, pâle. Le père aussi a les traits tirés profondément. Ses grands yeux clairs, épuisés, balaient la foule. Ils se posent sur les caméras tendues vers lui.

Il sort de sa poche un papier plié en quatre, qu'il ouvre lentement entre ses longs doigts fins, ils paraissent tous les trois plus maigres qu'avant, quand elle était encore là. Il regarde quelques secondes son discours, puis nous de nouveau, et demande si tout le monde peut l'entendre.

Dans le fond, des petits vieux font des signes. Il semble totalement halluciné, un peu absent, comme s'il se raccrochait à nos visages pour rester parmi nous, dans la réalité, et ne pas s'abandonner à une espèce de folie. Il demande, plus fort : « Est-ce que tout le monde peut m'entendre ? » Quelques oui lui répondent, ça nous fait drôle à tous de pouvoir parler. De devoir parler.

Il se racle la gorge. Il baisse la tête vers la feuille de papier qui tremble entre ses doigts et s'adresse plus aux caméras de télé qu'à nous qui l'avons pourtant suivi jusqu'ici. « Mesdames et messieurs, au nom de toute ma famille, je tiens à vous remercier de votre présence et de votre soutien aujourd'hui pour cette marche blanche en l'honneur de notre fille, Océane, qui a disparu depuis le 2 juin. » Sa voix déraille, il respire fort. Sa femme tend la main vers son dos mais ne le touche pas.

Elle a l'air morte, la mère. J'aimerais qu'elle enlève ses lunettes de soleil, j'aimerais voir ses yeux, son visage en entier. Le père reprend. Il s'adresse aux adolescents dans le cortège, il parle de fraternité, après il dit quelque chose sur l'enquête, on ne comprend plus rien. Il a beaucoup de mal à parler. Il continue encore un peu comme ça, puis sa voix se brise, il a arrêté de lire son discours, il a dû l'apprendre par cœur. Il finit par nous remercier encore et encore et encore d'être là. Il recule de quelques pas et regarde sa femme. C'est à son tour de dire quelques mots.

Elle donne à son mari la main du petit garçon qu'elle tenait dans la sienne. Ils ne lui lâcheront pas la main, même une seconde, leur fille a disparu, il faut protéger le fils. Celui-ci, les yeux fixés droit devant lui dans le vague, a dans les huit ou neuf ans, mais il n'a pas le visage d'un enfant, il a un visage d'adulte cet enfant. Son visage d'adulte est tout nouveau, il a tout juste commencé à déformer ses yeux doux et ses joues rondes, il a une expression de blessure fraîche, d'empreinte dans la boue encore humide. Si ma mère trouve que tout cela est un peu traumatisant pour mes seize ans, qu'est-ce que ça doit être pour ce petit garçon qui n'en a pas dix ? Dans sa main libre il tient une rose blanche, et je ressens presque la moiteur de sa paume autour de la tige dont on a coupé les épines.

La mère s'avance. Elle est tellement ramassée sur elle-même qu'on dirait qu'elle va s'évaporer. D'ailleurs, elle l'est déjà en partie. D'une main transparente, elle retire ses lunettes de soleil. Elle révèle son visage, et d'un même mouvement discret nous tendons le nôtre vers elle pour mieux la voir. Celle qui a disparu en même temps qu'Océane, qu'on voit pour la première fois, celle à qui tout le monde pense chaque fois qu'on parle d'Océane. Elle pourrait tomber et éclater en mille morceaux si elle n'était pas retenue par son ombre.

Ce n'est pas la même femme qu'avant. Elle est effondrée de l'intérieur, il ne reste rien sous son visage. Elle est devenue comme les poupées bon marché d'Océane enfant, en plastique mou et translucide et vide. Ces poupées-là ne sourient pas, pas comme les vraies. Elle n'est pas maquillée, à peine coiffée, elle ne ressemble plus à rien.

Elle humecte ses lèvres. Elle essaie de prendre une voix claire et forte, elle n'y arrive pas. Elle a dû se taire et pleurer pendant si longtemps qu'elle ne sait plus parler. Elle dit sous un voile de larmes qu'elle veut qu'on lui rende sa fille, sa petite fille qu'elle aime, elle supplie qu'on lui rende son enfant.

Tout à coup j'oublie le reste de ma vie, il n'y a plus rien à part ce visage presque mort et dense comme un paysage de guerre, il envahit tout. Je ne vois que cette douleur sans fond, ce désespoir sans contours étendu sur le périmètre infini du ciel, les ruines familiales qui bouffent ce visage qui bouffe l'espace. C'est donc vrai qu'elle est devenue folle cette mère, c'est donc vrai qu'il n'en demeure plus rien. Je comprends qu'elle sait qu'on ne va pas la retrouver, sa fille. Elle sait que ce qui a été détruit en elle nous a tous un peu détruits. Moi, là, quelque chose me quitte, que je ne retrouverai plus jamais.

Ma mère porte la main à sa bouche en pleurant doucement. Je touche son bras, elle tourne la tête vers moi et serre trop fort ma main dans la sienne. Ce n'est pas la première fois depuis le début de cette affaire qu'elle me serre à me faire mal et que ça me rassure. Elle caresse ma joue et je remarque que je pleure moi aussi. Je n'oublierai jamais ce que je viens de voir. Pas ce qu'elle a dit, mais son air, son regard, son visage. Je sens ce vide nouveau en moi, j'ai envie de l'exciter, comme quand on a une dent qui tombe et que la langue ne veut plus sortir du trou qu'elle a laissé.

Plus personne n'a rien à dire, les parents déposent une photo d'Océane et des fleurs devant le portail du lycée. Je vois toute cette famille, plusieurs générations de dos arrondis et d'airs hébétés apportant des fleurs, des bougies, des petites peluches, des photos. Ils s'écartent pour laisser la place au cortège. Les parents fument, leur cigarette tremble contre leurs lèvres desséchées. Le petit est soulevé de terre et porté comme un singe malade dans les bras d'un oncle.

Les uns après les autres, nous déposons un petit quelque chose sur cet autel. Pourquoi l'appeler et la supplier de rentrer si on admet qu'elle est morte en déposant ainsi nos fleurs et nos photos ? Nous, on a apporté quelques bougies, des petites bougies plates. Ma mère les sort de son sac et les allume avec son briquet, puis elle me les tend et je les aligne avec les autres.

La tante d'Océane, celle qui était là à la battue, celle qui est passée à la télé, vient vers nous. Elle salue ma mère, qui nous présente l'une à l'autre. La tante s'appelle Chantal, ça fait drôle comme ça jure avec son apparence, ce nom de bourgeoise. Aujourd'hui elle n'est pas en colère comme à la battue, elle est très fatiguée, elle est aussi reconnaissante qu'on soit là. Elle me demande si j'étais copine avec Océane, elle ne me connaît pas, elle ne connaissait pas ma mère il y a encore peu de temps. « Non, comme ça, de vue. On habite à Cressac aussi. Mais je suis venue quand même. » Les bras croisés sur son énorme poitrine qui se confond avec son ventre monstrueux, elle me regarde avidement et elle dit : « Oui, oui. Oui, oui, oui. » Je suis gênée, même si on dirait qu'elle me donne raison d'être venue.

Ma mère et elle échangent quelques banalités, Chantal lui demande si sa sciatique va mieux. C'est étrange. Est-ce qu'elles vont devenir copines ? Et puis ma mère demande s'il y a du nouveau dans l'enquête. Chantal parle très bas, elle s'approche de nous pour ne pas que les gens autour entendent. « Ils ont interrogé un garçon. Un ex-petit copain, il revenait dans les témoignages de tout le monde... Ils l'ont placé en garde à vue, on va bientôt savoir ce qu'il en est. Enzo, qu'il s'appelle. » Mon sang se glace. Je presse le bras de ma mère pour qu'elle ne parle pas de mon témoignage. C'est le garçon au scooter, je le sais. Et ce n'est pas Vedel, elle le voit bien ma mère maintenant. Je lui jette un regard appuyé. Chantal garde les yeux écarquillés. Je ne supporte plus cette conversation, je regarde ailleurs. Sur le bord du trottoir, un peu à l'écart des fleurs et des bougies, une fille fume une cigarette en tremblant. Elle a pleuré et son maquillage a dégouliné le long de ses joues. Je la reconnais, c'est la meilleure amie d'Océane, celle qui s'appelle Anne-Sophie.

Je garde les mains dans le dos, j'hésite à lui parler. Elle me regarde. « Ça va ? » Cette question est un peu déplacée, cet après-midi. Je dis que oui. Elle fait un signe de tête et je m'approche. « Tu connais la famille d'Océane ? » On ne s'est jamais adressé la parole, elle a une jolie voix, basse, ronde, un peu cassée. Je m'assieds près d'elle sur les marches. « Non, pas vraiment... Ma mère a fait connaissance avec... Chantal. Je peux te prendre une cigarette s'il te plaît ? » Elle me tend son paquet et puis touche doucement mon bras. De ses yeux encadrés de noir dilué, elle me dit merci. Elle doit se sentir très seule. On dirait que personne ne lui prête attention et je ne comprends pas pourquoi.

Je l'avais trouvée moche jusqu'à aujourd'hui, mais en fait de près elle est plutôt jolie. Ou c'est peut-être parce que je suis toute seule moi aussi, je suis plus indulgente. « Tu parles pas avec la famille, toi ? » Elle hausse les épaules : « J'ai marché avec eux, mais là j'avais besoin de m'isoler un peu. Ça se voit, que j'ai pleuré, non ? J'ai du maquillage partout ? »

Ma mère nous observe, elle me voit fumer mais aucune de nous deux ne réagit. Ce n'est pas le jour. C'est le jour où je peux fumer une cigarette sans être l'objet de lamentations ni de menaces de cancer et de punition. Sans regarder Anne-Sophie, je lui réponds : « T'as du maquillage partout, tu ressembles à une gothique. » Elle a un petit rire pudique qui dit tant pis.

— Tu t'appelles comment ?
— Justine.
— Ah oui, c'est toi qui habites à Cressac ?
— Mais putain, pourquoi tout le monde sait que j'habite à Cressac ?
— Je sais pas, comme ça. Dans la queue à la cantine, une fois, Océane m'avait dit que t'habitais à Cressac.
— Et toi ? je demande pour qu'elle ne sache pas que je connais son prénom et que je lui ai cassé du sucre sur le dos. Tu t'appelles comment ?
— Anne-Sophie.
— Ça va ?
— Je ne sais pas... C'est un peu bizarre sans Océane. Je ne sais pas trop si ça va, oui, ça va. T'as MSN ?
— Oui, pourquoi ? Tu veux qu'on se parle sur MSN ?
— T'as le droit de me dire que t'as pas envie. Je ne vais pas faire la gueule. J'en suis à un point où j'en ai rien à foutre, tout le monde peut être honnête avec moi.

Je n'aimerais pas être à sa place. Des jeunes de notre lycée déposent un petit bouquet et Anne-Sophie fait semblant de ne pas les voir. Visiblement elle ne veut parler à personne à part moi. Je crois que j'aimerais avoir quelqu'un à qui me confier, moi aussi.

On échange nos numéros de téléphone, et puis nos adresses MSN par texto. Elle me dit qu'on pourrait discuter bientôt, peut-être pas ce soir. Non, moi non plus, pas ce soir.

Quand la cigarette est terminée, on se remercie l'une l'autre, sans pouvoir nommer ce qu'on s'est apporté, et elle va rejoindre ses parents, et moi ma mère. Elle me fait un dernier signe de la main et je lui tourne le dos, je me dirige vers ma mère. Je me plante devant elle. « S'il te plaît, ne dis rien pour la clope. » Elle caresse mes cheveux, elle n'avait pas l'intention de me gronder. J'ajoute : « Viens, on s'en va. Je suis fatiguée. » Elle salue quelques personnes et nous partons.

On ne se parle pas sur le chemin du retour jusqu'à la voiture. On passe devant le cinéma. À l'aller je ne l'ai même pas regardé, je n'y ai pas fait attention. Il est fermé. La lumière à l'intérieur est éteinte, des chaînes entourent les poignées des portes en verre, et le store grillagé est baissé. Je m'arrête devant, je lance à ma mère : « T'as vu ? » Elle ne comprend pas ce que je veux. Je lui fais remarquer qu'on est lundi, ce n'est pas normal que le cinéma soit fermé aujourd'hui. Elle regarde aussi, on est là, à regarder bizarrement le cinéma fermé. Et puis elle me dit qu'on ne sait pas, si ça se trouve ils sont venus à la marche blanche, ça sera ouvert ce soir ou demain. J'espère bien, il y a un film que j'aimerais voir cette semaine. J'insiste, j'espère qu'il sera ouvert demain. Ma mère s'en fiche.

Alors qu'on a presque atteint la voiture, que ma mère a déjà la clé à la main, une voix de femme derrière nous l'interpelle : « Valérie ! Valérie ! » Elle se retourne et se fend d'un grand sourire. « Frédérique ! s'exclame-t-elle comme si elle voyait sa meilleure amie. Ça alors ! » C'est une belle femme, un peu ronde et très coquette, petite. Je n'ai jamais vu cette personne de ma vie. Elles se font la bise, ravies de se rencontrer. Et comment vas-tu, et ça fait si longtemps, et dis donc quelle surprise… Et puis ma mère se souvient qu'il faudrait peut-être nous présenter. « Je te présente ma fille, Justine. Justine, Frédérique, on a travaillé ensemble il y a quelques années, au CDI du collège de Royan. » Je la salue timidement. Frédérique dit qu'elle est avec son fils, elle regarde autour d'elle, il doit traîner devant les vitrines. Sans plus m'accorder d'attention, elles se remettent à discuter, à se donner des nouvelles. Je regarde mes pieds, j'ai l'impression d'avoir dix ans. Et quand je relève la tête, ma respiration s'arrête : Jazz se dirige vers nous.

Surprenant mon regard, Frédérique fait : « Ah ! Le voilà ! » Nous nous regardons, interdits. Il vient de comprendre comme moi que nos mères se connaissent. Je suis tétanisée. « Je te présente ma copine Valérie, Valérie, mon fils : Antonin. » Je jette un regard à ma mère, est-ce qu'elle le reconnaît ? J'ai envie de disparaître. « Mais oui, dit-elle avec une voix mielleuse et enjouée. Ça alors, c'est complètement dingue ! Antonin, mais vous vous connaissez déjà avec Justine ! » J'ai le visage en feu. Lui, il est blême. C'est tellement gênant. Comme moi, il a dû penser qu'on ne se reverrait plus jamais. Et comme moi, il doit se demander ce qu'il est censé faire. J'acquiesce : « Oui, on se connaît. » Ma voix est plus tranchante que ce à quoi je m'attendais. Il esquisse un sourire contrit. Frédérique s'étonne joyeusement : « Ah bon ? » Je me demande si elle parle toujours de cette façon, en s'exclamant à chaque phrase. D'une petite voix, Jazz précise qu'on s'est un peu perdus de vue. Sa mère me questionne, est-ce que je suis au lycée de Royan moi aussi ? C'est très pénible. Jazz lui explique qu'on a une amie en commun. Il ferait mieux de parler au passé. Mathilde n'est plus son amie. « Tu te rends compte comme le monde est petit, dit gaiement ma mère à Frédérique. Ce serait sympa que vous repreniez contact, non ? » C'est insupportable ces effusions de joie et d'enthousiasme. Surtout après la marche blanche. Insupportable. Aucun de nous deux ne répond à sa suggestion. La mère de Jazz s'y met aussi. « Mais oui, c'est dommage de se perdre de vue, surtout à votre âge, non ? C'est les vieux comme nous qui se perdent de vue ! » Les deux mères échangent un sourire amusé. J'ai rarement vu la mienne être aussi niaise, je ne vois pas ce qu'il y a de drôle. À quoi elle joue ? « C'est vrai, ce serait une bonne idée, insiste-t-elle. Et puis Justine est un peu seule en ce moment. » Je la fusille du regard.

La mère de Jazz consulte sa montre, deux fois. Et puis elle dit, sans s'exclamer – tout est possible – qu'il se fait tard et qu'ils doivent rentrer. Ma mère lui répond que ce serait chouette qu'elles se revoient, elles se séparent, réjouies. Avec Jazz, on échange un signe de tête.

Dans la voiture c'est irrespirable. On ouvre les vitres, on éteint la radio. Revoir Jazz par surprise, c'était tellement brutal. Et tellement embarrassant. Je me ronge furieusement les ongles.

12

Je réalise soudain que l'on n'entend plus les hélicoptères au-dessus de nous. Ils avaient cessé de nous survoler avant la marche, déjà, et je ne l'avais pas remarqué. Ce silence étrange me frappe et je l'écoute longtemps. Je bouge peu, avec lenteur, contre la chaleur, pour ne pas mettre le ventilateur et pouvoir entendre le silence. Une voiture de temps à autre. La voix de ma mère dans le jardin, qui s'adresse à Coco. Coco s'est un peu désintéressée de moi et de nous, elle part s'isoler dans la salle de bains sur la fraîcheur du carrelage, ou à l'ombre, dehors.

Sans musique et sans bruit, j'écris à Anne-Sophie. Elle me prévient très vite qu'elle ne veut pas qu'on discute d'Océane. Qu'on en parlera une fois en vrai, mais pas sur Internet. Je suis un peu frustrée, je meurs d'envie de lui poser dix mille questions. Hier soir à la télé, on a appris que, « coup de théâtre dans l'enquête sur la disparition de la petite Océane », le suspect placé en garde à vue a été mis hors de cause. Parce qu'il volait une voiture au moment où Océane a disparu. Il va être jugé pour ça mais ce n'est pas lui qui l'a enlevée. J'en étais sûre. C'était son amoureux, il ne lui aurait pas fait de mal. C'est vraiment difficile de ne pas en parler à Anne-Sophie, de ne pas lui raconter cette histoire d'abribus, et lui avouer que c'est moi qui ai désigné et reconnu ce garçon.

Elle préfère qu'on discute de petites choses, c'est peut-être mieux comme ça finalement, qu'enfin on arrête de ne parler que d'Océane. Elle me parle de la musique qu'elle aime, de son histoire avec son copain. Et puis elle me demande si j'ai un copain, moi aussi. Un moment, je reste sans répondre. Les retrouvailles pénibles avec Jazz me reviennent, je chasse cette pensée. Je pense à Vedel, je ne sais pas quoi dire à Anne-Sophie. C'est comme si sa question faisait pencher mon cœur et mes secrets vers elle, qu'ils allaient couler, rouler jusqu'à elle. Mais je n'ose pas évoquer Vedel. Je ne peux pas encore lui faire confiance. Je lui retourne ses paroles, on en parlera peut-être en vrai si on se revoit. Elle est très curieuse.

Depuis un peu plus d'un mois que Vedel est là, qu'il est apparu, je n'ai eu personne à qui me confier. Ce qui m'émeut et me bouleverse en lui, je n'arrive plus à le contenir, j'ai besoin de le déverser, de le partager. J'ai besoin que quelqu'un me confirme que je ne rêve pas ce que je ressens. Mathilde a beau être mon amie depuis six ans, je me suis rendu compte qu'il ne fallait pas lui parler de Vedel, et ça n'a pas forcément à voir avec Quentin. Je ne sais pas où déposer ma confiance avec Anne-Sophie. Je ne peux pas lui dire toute la vérité sans l'habiller. Il n'y a personne à qui l'on puisse dire la vérité sans pudeur, comme ça, ce n'est pas possible. J'ai bien vu que j'avais trop donné à Jazz et qu'il a pu ensuite me blesser dans les recoins les plus précieux que je lui avais ouverts. Tout ça parce que je l'ai aimé trop vite. Avec une fille, ça pourrait être pareil.

Les filles sont parfois cruelles. Il faudra que je sois prudente avec Anne-Sophie. Voir si elle est aussi désarmée que moi. Si elle n'essaie pas de me changer à son image, de me garder rien qu'à elle, de faire comme si elle était seule à avoir le droit à l'amour et à ses chagrins. Mais je ne crois pas. Elle me paraît tellement sincère quand elle m'écrit qu'elle aimerait beaucoup en savoir plus sur cette histoire d'amour, qu'elle espère que je lui raconterai « pour ce garçon ». J'ai écrit « un garçon ». Un garçon un peu plus âgé, sans âge. Je pourrais peut-être dire vingt ans. Je sens qu'à notre âge, aimer un homme au lieu d'un garçon, et espérer avoir une relation avec lui, c'est très présomptueux. Les autres n'aiment pas ça, parce que les filles n'aiment pas quand l'une d'elles s'initie à des secrets qu'elles ne connaîtront pas avant longtemps. Elles se vengent, elles salissent, elles détruisent, par jalousie. Comme si l'amour et le plaisir de l'une pouvaient abîmer ceux d'une autre.

Je vais mentir, alors. C'est la première fois de ma vie que, vraiment, j'ai envie de garder un secret. Un secret rien qu'à moi. De toute façon, qui pourrait entendre qu'un homme et une jeune fille s'aiment, sans trouver ça dégueulasse et le détruire à grands coups de pied ? Je lui ferai des confidences en les travestissant, en prétendant qu'il a vingt ans.

Je ressens cette joie fébrile d'avoir une nouvelle amie. C'est un peu comme celle d'avoir un nouvel amoureux, en moins terrible, moins lourd, plus limpide. C'est comme une nouvelle chance, aussi. Cette fois-ci, je ne ferai pas l'erreur de m'imaginer que mon amie est la sœur que je n'aurai jamais. Je voudrais beaucoup que ce soit d'abord elle qui s'ouvre et se donne à moi. Jusqu'à maintenant, j'ai toujours été la première à le faire. Chaque fois, je suis la vulnérable dans mes amitiés. On m'a dressée à être mal aimée. Alors je souhaite l'aimer mal, pour changer, que ce soit elle la vulnérable et la mal-aimée, Anne-Sophie, pas moi. Je ne lui dirai pas tout.

J'entends une voiture s'engager dans notre jardin. Mon cœur s'emballe : serait-ce enfin Vedel qui revient ? J'ai l'impression de ne pas l'avoir vu depuis une éternité, plus de deux semaines déjà. Je descends vite à la salle de bains mettre un peu de mascara, me rendre présentable pour lui, comme le fait ma mère pour Philippe, j'arrange mes cheveux. Ce n'est pas extraordinaire mais il ne faut pas lui laisser croire que je me suis faite belle pour lui. Je suis tellement heureuse de le revoir que je n'ai pas vraiment besoin de maquillage, mes joues sont roses. J'attrape un magazine qui traîne dans le salon et mon portable, et je sors dans le jardin, toute prête à faire comme si je sortais par hasard, juste quand il arrive, pour prendre l'air en feuilletant une revue.

Alors que je descends les trois marches du perron, je ne vois personne. Pas de voiture. Seulement ma mère sous la tonnelle, qui continue patiemment à réaliser sa table en mosaïque. Je reste là, à fixer l'endroit où il gare sa voiture d'habitude, et où il n'y a rien. Je fais de mon mieux pour cacher ma déception en m'approchant de ma mère.

— Ah quand même, tu sors de ta grotte de temps en temps, me dit-elle.

Je me force à sourire et je la regarde faire, choisir tranquillement chaque pièce de faïence brisée pour l'assembler harmonieusement aux autres sur sa table. Coco est allongée à l'ombre, dans l'herbe.

— Il y a pas une voiture qui est rentrée dans le jardin ?
— Si, c'étaient des gens complètement perdus. Ils m'ont demandé leur chemin.
— Ah, je fais, déçue.
— Tu croyais que c'était qui ?
— Personne.
— Tu sais comment ils sont arrivés chez nous ?

Elle me sourit avec un air amusé. Je hoche la tête. Je ne vois pas comment je le saurais. Et de toute manière, je m'en fiche.

— Ils avaient un GPS. Tu vois, ce que je dis toujours ? Tout le monde en veut un, mais en fait, ça te perd. Ça te fait faire des détours, ça t'emmène ailleurs. Heureusement que j'étais là pour leur indiquer le chemin !

C'est vrai que c'est ce qu'elle dit toujours des GPS. Elle trouve ça inutile, alors que Philippe rêve d'en recevoir un à son anniversaire. J'aurais bien aimé que ce soit Vedel. J'aimerais demander à ma mère pourquoi il ne vient plus depuis la battue. Je commence à me poser des questions. Peut-être qu'elle a remarqué quelque chose et qu'elle l'a viré. J'essaie de ne pas trop y penser, de ne pas envisager ça. Je ne supporterais pas qu'elle me sépare de lui. Ça me torture, cette envie de lui demander si oui ou non elle a viré Vedel. Et puis non, c'est absurde : si elle l'avait viré, elle n'aurait pas imaginé qu'il avait été arrêté dans l'affaire Océane. Je ne sais pas du tout ce qui se passe dans sa tête. C'est comme avec Jazz, l'autre jour. Elle m'observe, un peu soucieuse.

— Qu'est-ce que tu fais enfermée dans ta chambre toute la journée, ma chérie ?
— Je suis pas enfermée.
— Tu sors pas beaucoup...

— On se parle sur MSN avec Anne-Sophie.
— Ah, c'est la fille avec qui tu discutais à la marche blanche ?
— Oui.

Je me laisse aller sur une chaise près d'elle, le magazine sur mes genoux. Je regarde encore l'endroit où il aurait pu être garé. Où il aurait dû être garé. Vedel me manque.

Mon portable vibre dans ma main. C'est un message d'un numéro inconnu. Je lis : « Salut Justine, c'est Jazz. Ça va ? » Qu'est-ce qu'il me veut lui maintenant ? Il était sorti de ma vie. Je suis passée à autre chose. Je ne veux pas de lui.

Un coup d'œil à ma mère pour m'assurer qu'elle ne s'est rendu compte de rien. Elle est absorbée par sa mosaïque. Parfois quand elle s'occupe de ses créations pour la maison elle a l'air ailleurs et heureuse, comme si repeindre une chaise ou coller des morceaux de mosaïque lui procurait un plaisir immense et discret. Et puis, les yeux toujours rivés à son travail, elle me demande : « Vous ne vous voyez plus, avec Mathilde ? » J'ai envie de me lever et de partir d'ici. Si seulement je savais où habite Vedel, j'irais jusque chez lui à pied, même si ça me prenait toute la journée. Ma mère se tourne vers moi. Elle insiste. « Ça fait quelques jours que tu ne me parles plus beaucoup de Mathilde, elle n'est pas venue à la maison depuis plus d'un mois... » Je hausse les épaules. Elle n'est pas obligée d'enfoncer le clou. Mais elle ne se contentera pas d'un haussement d'épaules. Elle attend que je réponde à sa question. « Elle s'est éloignée depuis qu'elle sort avec Quentin ». Satisfaite, maman se penche de nouveau sur sa table, confiante : « Ça lui passera, vous allez vous rapprocher. L'amour, ça va, ça vient, surtout à votre âge. »

Mon portable vibre de nouveau. Si c'est encore Jazz, je vais l'envoyer se faire foutre. C'est Anne-Sophie, elle me propose de venir voir le feu d'artifice du 14 Juillet avec elle demain. Je suis tellement fière de demander la permission à ma mère, qui me l'accorde et me suggère même de m'inviter à dormir chez elle pour lui éviter le trajet en voiture en pleine nuit. Elle est enfin de mon côté, ma mère. Elle a décidé qu'Anne-Sophie est une bonne amie pour moi.

J'aimerais profiter de ce moment pour lui demander pourquoi Vedel ne vient plus chez nous mais quand je lève les yeux vers son visage, quelque chose me retient de parler. Et pour l'empêcher, elle, de me parler de Jazz – car je sens qu'elle ne va pas tarder, j'ai l'intuition de ce qui lui brûle les lèvres –, je retourne dans la maison. Il vaut mieux pour tout le monde qu'on en reste là aujourd'hui.

Elle conduit en silence et je regarde par la fenêtre. En voyant défiler le paysage, je reprends les pensées qui m'ont occupée la nuit dernière. Je n'ai pas pu dormir avant très tard à cause de Vedel. Pourquoi n'est-il pas revenu ?

J'ai pris chaque morceau de possibilité, je l'ai retourné dans tous les sens à m'en rendre folle. Maintenant, sur le chemin qui m'amène jusqu'à Anne-Sophie, j'y pense encore. Quelque chose a changé depuis ce déjeuner. Que s'est-il passé durant l'après-midi de la battue ? Est-ce que ma mère ou, pire encore, Philippe, lui aurait dit quelque chose ? Est-ce qu'ils ont décidé de le virer ? Pour un regard ? J'essaie de l'imaginer ce soir. Est-ce qu'il est chez lui ou à la terrasse de notre bar, celui de la fête de la musique ? Est-ce qu'il boit une bière en regardant le soleil dorer les façades des maisons du vieux centre ? J'invente une scène, plusieurs versions de la même scène. Une où il a oublié mon existence, il ne m'aime pas et ne m'a même pas remarquée. Il ne regrette que d'avoir perdu ce job de jardinier, et moi j'ai tout fantasmé, il n'y a jamais rien eu entre nous. Comme je garde encore le souvenir de ses mains sur moi et du regard que nous avons échangé, la scène change. Et cette fois, il pense à moi. Il a en tête une image de moi qui dévore tout son esprit, comme les gros plans au cinéma, un visage tellement immense qu'il déborde de l'écran. Comme il n'est plus venu depuis longtemps à la maison, il regarde au loin et réalise que je commence à lui manquer. Il voudrait, lui aussi, à ce moment-là, me découvrir étendue sur l'herbe, m'offrant au soleil et à son regard. Ce regard trop bleu qui meurt d'envie de moi. Et le doute me revient. Alors il cesse de me désirer, il ne me voit plus, il m'oublie. Parce que je ne suis qu'une fille de seize ans et qu'un homme comme lui doit avoir été aimé tant de fois dans sa vie, par tant de femmes, qu'il ne pourrait pas s'intéresser à une petite adolescente comme moi.

Ma mère me fait remarquer que je suis bien pensive, je lui réponds oui, oui je suis pensive. Elle sourit d'un air entendu, satisfait. Elle se tait un instant et puis elle me demande si j'ai repris contact avec mon ami Antonin. J'étais sûre qu'elle finirait par aborder le sujet. Je lui dis : « Il est revenu vers moi mais je ne sais pas si je veux renouer avec lui. C'est un mytho et un manipulateur, tu te rappelles ? » Elle n'a pas l'air de s'en souvenir. Elle me conseille de lui donner une seconde chance et je me retiens de lui reprocher de penser comme ça parce qu'elle connaît sa mère. Je me contente de répondre oui, oui peut-être.

À mesure que l'on approche du lieu de rendez-vous avec Anne-Sophie, je me sens plus tranquille, enfin je vais pouvoir me confier, tout raconter. Omettre quelques détails ne changera pas la situation. Anne-Sophie saura m'écouter.

Elle a acheté une bouteille d'alcool pour qu'on la boive discrètement dans l'herbe au bord de la Charente. Ils vont tirer le feu depuis les berges, plus loin, on pourra les admirer depuis plein d'endroits. C'est plus joli qu'à la fête de la musique. Il y a des familles partout. J'espère que personne ne nous verra boire.

La bouteille est dans son sac à main, elle me l'a montrée quand ma mère est partie. Elle marche en faisant comme si de rien n'était et comme si son sac était léger. La liqueur à la pomme n'est pas ce que je préfère mais je n'ai rien dit. C'est particulier de boire avec quelqu'un, surtout la première fois. Je me sens valorisée, je sais qu'on ne boit pas avec n'importe qui, ça veut dire qu'elle a de l'estime pour moi. Je la regarde exagérer le balancier de ses hanches en avançant dans la foule tranquille. Et tout à coup je m'aperçois qu'elle a décidé de passer cette soirée avec moi plutôt qu'avec son petit copain. Alors je le lui dis. Elle me sourit. « On n'est pas collés tout le temps. Il est avec sa famille. C'est pas parce qu'on sort ensemble qu'on n'a plus de vie. » Elle est certainement plus normale que Mathilde et les autres filles que je connais. Elles oublient toutes le reste de l'existence quand elles ont un mec.

Finalement, après avoir acheté des barquettes de frites avec des merguez, on trouve un endroit un peu à l'écart pour s'asseoir. « Cet été, ma parole, j'en ai tellement rien à foutre si je grossis ! » Elle a fait rire le vendeur, Anne-Sophie. Mais elle doit avoir raison. Moi, si, j'en ai beaucoup à foutre parce que je veux plaire à Vedel. Je ne pense qu'à lui et à comment parler de lui pour ne pas qu'elle nous juge, pour ne pas qu'elle sache tout, et pourtant je suis soulagée qu'on aille se cacher toutes les deux, car on ne risque pas de le croiser. Il ne faudrait pas. Si Mathilde ne m'a pas posé beaucoup de questions après la fête de la musique, c'est parce qu'elle n'en a plus rien à faire de moi. Mais si Anne-Sophie me voit avec Vedel et que je lui raconte, juste avant ou juste après, elle comprendra que c'est lui.

Le bouchon métallique claque trois fois autour du goulot quand on ouvre la bouteille. J'aime bien ce bruit. Anne-Sophie est étonnamment calme et à l'aise avec moi, comme si elle me connaissait déjà depuis longtemps. Ça la fait rire. Elle me dit : « C'est trop con, on n'a pas de verres, on ne peut pas trinquer ! Tu veux boire la première ? » En face d'elle je suis un peu coincée, je fais semblant d'être cool comme elle. Et comme je n'imaginais pas qu'elle le soit. Je croyais qu'elle était précieuse. Et en fait elle est cool. Je lui demande à quoi on boit et elle répond : « Allez, on boit à nous ! » Je bois. Je bois à nous. C'est une belle phrase, c'est une belle pensée. La première gorgée me détend, bue à nous, je me sens bien.

Le feu ne va pas commencer avant au moins une heure. Peut-être plus. Elle me raconte que l'année dernière elle est allée voir les feux d'artifice avec son copain, son ex maintenant. « Je pense un peu à lui, ce soir, alors que je l'aime plus. C'est un peu pour ça aussi que je voulais pas qu'on y aille, avec mon chéri. Si jamais après on se sépare et que ça me fait penser à lui l'année prochaine... C'est pas un truc pour les amoureux, le 14 Juillet. Je veux que ça reste un truc d'amies... » Elle s'interrompt, elle prend une gorgée. Elle est gênée d'avoir dit que nous sommes amies, déjà. On hausse les épaules, comme si c'était un pourquoi pas.

Elle regarde l'heure sur son téléphone. Et puis elle me demande, en se penchant un peu vers moi, si je veux bien lui raconter, pour ce garçon avec qui j'ai peut-être mes chances. Elle est assise en tailleur et tient une frite entre ses doigts comme une tige de fleur. Elles ont refroidi, nos frites. La nuit est tombée, il fait plus frais. Je ne sais pas comment commencer mon histoire, de quelle manière me mettre à mentir un petit peu, alors je mets ma veste, lentement, en regardant par terre, en souriant.

On reprend chacune une gorgée après que j'ai dit oui, oui je veux bien. Je sens de nouveau la chaleur fluide de l'alcool descendre jusqu'à mon ventre. J'ai seulement envie de sourire. J'ai totalement cessé d'être coincée en face d'elle. J'ai maintenant la sensation que nous sommes déjà amies, que je suis aussi cool qu'elle. Et elle me sourit et me regarde, elle attend les yeux brillants que je lui raconte une histoire d'amour.

— Je sais pas trop par où commencer. Je sais pas comment le raconter, je ne l'ai dit à personne pour le moment, en fait.

Elle ne me répond pas. Mais elle m'encourage d'un sourire. Ou bien c'est un sourire de fierté d'être la seule à qui je me confie.

— En fait, ce mec, il bosse dans notre jardin.

La bouteille voyage entre nos mains, mais quand je la prends, je n'y bois pas. Anne-Sophie est pendue à mes lèvres, le regard pétillant. Il ne faut pas que je me laisse aller à l'euphorie de la confidence et que je dévoile toute la vérité.

— Il a quel âge ?

— La vingtaine, je crois, dis-je avec assurance.

Premier mensonge. Elle acquiesce avec un sourire entendu, en dressant juste un sourcil. Elle me prend la bouteille des mains et l'approche de ses lèvres. Impressionnée.

— Il vient s'occuper du jardin de temps en temps depuis début juin. Je le trouve trop beau !

C'est tellement étrange de prononcer ces paroles-là. De les sentir sortir de moi, tomber de ma bouche, ça me fait du bien. J'ai presque l'impression qu'elles sont lumineuses.

— Tu crois que tu lui plais aussi ?

— Oui, je crois. Au début, pas du tout. Mais à la fête de la musique, on s'est croisés par hasard et au final, on a passé la soirée ensemble.

Ce n'est pas vrai. Je crois qu'en tout, on a dû passer juste une heure ou deux ensemble, mais comme c'était parfait, il m'a semblé que c'était une soirée entière. Je ne peux pas faire l'impasse sur Mathilde et Quentin, et la manière qu'ils ont eue de me laisser en dehors de notre sortie parce qu'ils étaient trop absorbés par eux-mêmes. Le visage d'Anne-Sophie change, elle a un pli triste au coin de la bouche. Elle comprend ce que ça fait, ça lui est déjà arrivé. D'un geste de la main, elle ajoute qu'on en parlera une autre fois.

— Et puis, comme ça, t'as pu être tranquille avec lui. C'est presque un rencard, Justine ! Bien joué !

— Ah oui ? Je me disais que je me faisais des films à penser ça, mais c'est vrai ? Tu crois que c'est un peu comme un rencard ?

— Mais oui ! Si vous étiez que tous les deux pendant la soirée, c'est comme un rencard. C'est trop bien ! C'est trop, trop bien !

Son enthousiasme me fait plus d'effet encore que la liqueur. Je ris. Je suis soulevée, je suis tellement soulagée. Alors je lui raconte tout le reste, la battue, la cigarette partagée rien que nous deux et le moment où il a massé ma cheville. Elle s'exclame, elle s'agite, mon histoire lui paraît merveilleuse. Elle en est presque à applaudir, quand je précise comment il me tenait la main pour m'aider à remonter le talus. J'enfonce mes doigts entre les brins d'herbe fraîche et déjà humide pour contenir ma joie et ma fierté.

— Mais comment tu peux douter ? Il t'envoie des signaux, quand même...

J'enroule les brins d'herbe autour de mes doigts, comme on fait avec une mèche de cheveux. Un peu mijaurée, je me sens rougir. Gonfler à l'intérieur, comme une voile, comme une montgolfière, et m'élever. Je me sens gigantesque et sans poids, on se sourit, on rit ensemble d'une victoire qu'on est seules à connaître. Même lui n'en sait rien.

— Il est venu à la marche blanche, lundi ?

— Non. Il était pas là, dis-je un peu déçue.

— Oh, c'est dommage. Il est comment ?

Très vite, j'efface les parenthèses autour de sa bouche et les rides de sourire au coin de ses yeux, j'efface aussi les quelques cheveux gris que j'ai remarqués une fois. Le reste, je peux le dire. Mais il faudrait que je décrive un garçon à peine fini, un garçon de vingt ans qui n'est pas encore un homme. Je ne fais pas la différence. Anne-Sophie non plus, ce ne sont que des mots quand je dis les yeux bleus comme tu n'en as jamais vus, quand je parle de ses épaules musclées et de ses boucles châtains. Et le sourire. Ce ne sont que des mots, et les images qu'elle a dans la tête sont les siennes. Elle ne peut pas voir la différence et comprendre que je décris un corps qu'on n'est pas censées connaître avant longtemps. Elle m'avoue que c'est pas trop son genre mais qu'il a l'air beau quand même.

— T'as son numéro ?

À sa question répond la première fusée qui colore nos visages en rose. Nos visages émerveillés. C'est magnifique. Il est redevenu comme quand j'étais petite, le feu d'artifice. Magique. Une exclamation ravie parcourt la foule éparse et compacte à la fois qui occupe les berges. Je n'avais pas remarqué qu'il y avait tant de monde autour de nous. Ni que personne ne se rend compte que nous buvons. Tout le monde s'en fiche. Il fait nuit, c'est une nuit de fête, on a le droit de faire ce qu'on veut.

Je dois élever la voix pour couvrir le bruit du feu d'artifice et de la musique qui l'accompagne. Je lui dis que non, je ne l'ai pas. Elle se penche vers moi et crie qu'il faut qu'on échange nos numéros.

— Rien que ça, déjà, il comprendra qu'il t'intéresse. C'est super important, parfois les mecs ils n'osent pas. Si tu lui montres que tu veux sortir avec lui… Surtout avec la différence d'âge, faut lui montrer !

La différence d'âge. Si elle savait... Son conseil me parvient étouffé par l'explosion d'une immense fleur blanche et dorée sur le ciel noir, puis une deuxième, puis une troisième, qui restent épanouies sur la nuit juste une fraction de seconde avant de se disperser en paillettes qui retombent en clignotant et en crépitant. Mon cœur suit le bruit et les formes dans le ciel, je regarde exactement ce que je ressens. Une sorte d'inquiétude exaltée. Un espoir lumineux et éphémère qui crépite en laissant des taches sur les paupières. Et en même temps c'est comme si Anne-Sophie m'investissait d'une mission, qu'elle me mettait au défi de prendre son numéro de téléphone. Mais qu'est-ce que j'en ferais, ensuite ? Est-ce qu'un homme comme Vedel a envie de discuter avec moi par SMS pendant des heures et des jours ?

Un couple de petits vieux discute pas loin de nous. Sans arrêt. Surtout l'homme, il ne cesse pas de parler, parfois très fort, pour couvrir le bruit des fusées, et sa femme ne l'écoute pas vraiment. Nous, on se tait.

Mon corps résonne et vibre à chaque explosion. Je ne peux plus détourner les yeux du spectacle. Anne-Sophie non plus. La bouteille reste là, posée dans l'herbe. Nous ne pouvons plus rien faire que regarder le feu. Parfois, il y a des pauses dans le spectacle, des temps morts. La musique en sourdine est couverte par les exclamations extatiques de la foule, les applaudissements sporadiques, les conversations qui bourdonnent sur les berges. Je suis aveuglée par toutes ces lumières et ces couleurs, et je me souviens de l'instant parfait à la plage où je devenais l'océan, les vagues, le ciel, la chaleur, c'est pareil, presque pareil. Je suis en osmose avec tout ce qui constitue cet instant, la façon dont il se déroule. Je me sens si pleine d'amour et de joie, et d'une excitation calme, si pleine et si gonflée que je pourrais exploser, que je pourrais mourir. Mourir de joie. Et je souris, émerveillée par le feu d'artifice et mes sentiments. C'est enfin la soirée que j'avais imaginée pour l'été de mes seize ans. La perfection que j'avais imaginée pour un été de mon âge, et dont j'ai été privée jusqu'à maintenant.

Le bouquet final laisse une impression étrange, quelque chose, à la fois, de grandiose et de décevant, de pas assez.

Dans un mouvement général, les gens se lèvent. Presque tous en même temps. Nous, nous restons assises. Anne-Sophie hésite en regardant sa bouteille de liqueur. « T'en veux encore ? » me demande-t-elle. J'hésite. Le goût passait parce que je m'y étais habituée, mais à présent je redoute cette saveur bon marché. Je lui réponds que je n'en veux plus. Je n'ai pas envie de me mettre une mine. Je sens qu'elle est d'accord avec moi. Elle dit moi non plus. Elle range la bouteille dans son sac.

Au bout d'un moment, elle se décide à se lever et à demander une cigarette à des passants, des jeunes. On la partage en regardant les eaux immobiles et sombres de la Charente, au-dessus desquelles plane encore la fumée épaisse et basse du feu d'artifice. Elle veut savoir à quoi je pense.

— Je me dis que, heureusement, comme je reste dormir chez toi, ma mère va pas sentir qu'on a bu. Elle me fait des réflexions parfois.

— Il paraît que si tu bois du lait, ça cache l'odeur de l'alcool, répond Anne-Sophie très sérieusement.

— Ah bon ? Ça marche mieux que les chewing-gums, ça ?

— Il paraît.

Sa vie est un peu comme la mienne. Elle dit « mes parents », mais en fait c'est sa mère et son nouveau mari. Ils ne sont pas là ce soir, ils ne reviendront que le lendemain. Elle habite en ville, du côté du cinéma. C'est une amitié en accéléré, en quelques jours à peine, nous nous sommes rencontrées, parlé, nous avons bu ensemble, je lui ai confié mes secrets et je vais dormir chez elle. Tout va vite, comme pour rattraper tout ce temps que j'ai passé seule. Et elle aussi. Elle a dû rester seule, très seule, depuis qu'Océane n'est plus là. Elle a un avantage sur moi, celui d'avoir un petit ami. Mais peut-être que bientôt, moi aussi j'aurai ce privilège. Cet été est mortel, il est long. C'est le seul été aussi long que nous aurons avant longtemps, trois mois de vacances. En réalité, c'est le seul de notre vie. La seule fois où on aura des vacances aussi longues. Et on s'en plaint. C'est long et très court à la fois, il faut vite devenir amies pour rentabiliser notre temps, pour écraser plus sûrement notre solitude.

Nous rentrons directement chez elle. Je n'aime pas le bal du 14 Juillet. Il ne vaut pas grand-chose, Anne-Sophie est bien d'accord là-dessus. On ne peut pas avancer vite dans cette foule qui piétine. C'est le seul moment de la soirée où Anne-Sophie est concentrée sur son téléphone, à écrire à son copain. C'est la première fois que je vois un couple aussi indépendant l'un de l'autre. Je regarde sans les voir les gens autour de nous.

Soudain, Jazz marche devant moi. Il parle en faisant des gestes avec ses mains, ses gestes efféminés qui me fascinaient quand je l'aimais. Il discute avec des gens que je n'ai jamais vus. Ses amis. Je ralentis, mes jambes veulent reculer. Je veux disparaître. Je veux devenir invisible. Je l'avais oublié, totalement oublié, ce soir. Et voilà qu'il apparaît. Je ne veux pas qu'on se voie, qu'on se rencontre. Qu'on soit là, à se regarder et se demander si on devrait se saluer ou s'ignorer, et puis qu'est-ce qu'on aurait à se dire ? Surtout que je n'ai jamais répondu à son texto.

Je me suis arrêtée. Anne-Sophie s'arrête, elle aussi, deux pas devant moi et se retourne. « Qu'est-ce qu'il y a ? » Je lui réponds qu'il y a quelqu'un que je ne veux pas croiser. Elle s'approche, se tient devant moi, comme pour me cacher. Elle me demande si cette personne m'a vue, je dis non. Elle veut savoir qui c'est, je lui montre très discrètement et elle fait semblant de passer la main dans ses cheveux pour se retourner vers le groupe. Elle dit juste : « Ah. » Un « ah » bref et sec, à voix basse. Un « ah » de : ah oui, je vois. Nous attendons qu'ils s'éloignent.

Comme une sœur, elle passe son bras sous le mien et m'entraîne avec elle en marchant un peu vite. En silence. La fête est derrière nous en quelques minutes, la musique lointaine et vague. On n'entend plus à présent que le bruit de nos semelles sur le trottoir et elle me lâche enfin doucement le bras, avec la mollesse et la légèreté d'une écharpe qui glisse et se défait.

— Alors, me demande-t-elle, c'était qui ? C'était ton ex ?

— Oh, non, non, je dis, trop honteuse d'avouer que mon ex est le seul et unique de ma vie et que ça remonte à la quatrième.

— C'était le mec un peu androgyne, là, que tu ne voulais pas voir ?

— Comment tu le sais ?

— Cette année, je vous ai croisés tous les deux, en ville. Je croyais que c'était ton copain.

— Il m'a fait un coup de pute, on ne se parle plus. Et c'était juste un ami, c'était pas mon copain. Même si on se tenait par la main. C'est pour ça que je n'avais pas trop envie de le croiser. Ce n'était pas un vrai ami…

— T'inquiète, les vrais amis c'est super rare. Y a tellement de gens qui te prennent pour un bouche-trou, qui se servent de toi. C'est pas toi le problème, Justine. Puis de toute façon tu t'en fous, il t'a pas vue.

Elle, qui l'a trahie pour qu'elle me parle avec tant de fermeté ? Océane, peut-être. Mais comme elle n'en dit pas plus, qu'elle ne veut jamais parler d'elle, comment savoir ? Elle sait ce qu'elle me dit, elle le sait. Et elle l'affirme autant pour moi que pour elle-même. J'aimerais lui répondre que je ne serai pas comme ça, que nous allons devenir des amies, douces, respectueuses, qu'on ne se décevra jamais l'une l'autre, mais je n'ose pas. C'est trop tôt. Je n'ai plus envie de l'aimer mal. Je n'ai plus envie qu'elle soit la vulnérable. Je n'ai plus envie que notre amitié ne serve qu'à rendre Mathilde jalouse. J'aimerais juste que l'on soit égales, et je crois qu'il ne faut pas le dire pour que ça arrive, pour que ce soit vrai.

Une fois chez elle, j'observe autour de moi. C'est un peu encombré, il y a du désordre, comme chez moi. J'aime bien. Elle me fait visiter. Elle a un grand lit, un lit deux places. On fait notre toilette ensemble dans la petite salle de bains. Ça me rappelle les soirées avec Mathilde, au collège. Quand nous étions encore proches, quand on se disait tout. Je regarde Anne-Sophie se brosser les cheveux. Je me sens coupable de souhaiter si fort que nous soyons vraies l'une avec l'autre, alors que j'ai déjà tout gâché en commençant à lui mentir.

Je me lance : « Le mec qu'on a croisé tout à l'heure, il s'appelle Jazz. » Anne-Sophie cesse de se brosser les cheveux et me regarde, dans le miroir. « En fait, on a failli sortir ensemble mais c'était un hypocrite. Et puis ma mère, elle l'a toujours détesté et maintenant j'ai l'impression qu'elle veut que je me réconcilie avec lui. » Pour rétablir l'équilibre d'avoir menti sur Vedel, je lui raconte toute la vérité sur Jazz.

On va se coucher et je continue à lui raconter. Je regarde la petite guirlande de cœurs lumineux, les photos sur la commode, les bijoux éparpillés tout autour. Tout en m'écoutant, elle cache la bouteille entamée au fond de son armoire en me disant qu'on pourra la finir une autre fois. Elle ne m'interrompt plus, elle m'écoute avec la plus grande attention. Je lui raconte aussi le déjeuner chez nous le jour de la battue, comment ma mère s'est tendue. Et puis la rencontre avec Jazz et sa mère, tout, tout. Jusqu'à ce texto de lui hier matin. L'intérêt subit de ma mère pour Jazz, ce qu'elle m'a dit dans la voiture : lui donner une seconde chance. Anne-Sophie réfléchit un long moment, assise en tailleur sur son lit. Moi j'ai les genoux repliés contre ma poitrine, les bras enlaçant mes genoux.

Elle dit :

— C'est possible que ta mère ait capté qu'il y a un truc avec ce mec qu'elle a embauché. Et peut-être que... peut-être qu'elle veut que tu te rapproches de Jazz, mais c'est pas parce qu'elle connaît sa mère.

— Je comprends pas du tout son attitude. En plus – je baisse la voix –, ça fait depuis ce jour-là, depuis le déjeuner, qu'*il* n'est pas revenu travailler dans notre jardin et je n'ose pas lui demander parce que je ne sais pas ce qu'elle sait. En plus, elle a été bizarre en apprenant qu'il allait être interrogé par les enquêteurs...

— Il a été interrogé à propos d'Océane ?

— Oui, mais t'inquiète pas. Tout le monde a été interrogé... Ma mère des fois elle change d'avis sur les gens, super rapidement.

— Le gars, là, il est jamais revenu bosser chez vous ? relève Anne-Sophie alertée. Jamais ?

— Non. Je commence même à me demander si elle ne l'a pas viré.

— Eh ben alors si tu veux mon avis... je pense que si elle te pousse vers Jazz, c'est parce qu'elle veut t'éloigner de celui que t'aimes maintenant.

— Tu crois ?

Elle acquiesce, l'air grave. Je suis un peu sonnée. Je me sens bête. Je n'y avais pas pensé, je ne sais pas comment j'ai pu ne pas y penser toute seule. J'aimerais tellement qu'elle ait tort Anne-Sophie, mais je sens qu'elle a mis le doigt sur ce qui se passe. Et que je ne voyais pas. Elle éteint la lumière, nous nous étendons l'une à côté de l'autre. Elle me conseille de ne pas me laisser faire, l'amour est plus fort que le reste. Puis elle s'endort très vite.

Je n'arrive pas à dormir. Je fixe le plafond, je me sens soulagée de m'être confiée à Anne-Sophie. J'aimerais bien qu'elle partage avec moi ce qu'elle ressent. Je repense à notre trajet de retour, quand il m'a semblé qu'Océane l'avait trahie. Anne-Sophie évite toujours ce sujet mais, avec elle comme avec tout le monde, Océane est toujours là. Je me tourne sur le côté et soudain je réalise que je dois certainement être couchée à sa place. Combien de nuits a-t-elle dormi là, à côté d'Anne-Sophie ? Comment réussir à m'endormir maintenant, alors que j'ai l'impression de lui avoir pris sa place ? De profiter de sa disparition pour lui voler sa meilleure amie ?

J'écoute le grand calme de cette petite rue, le silence différent de celui de Cressac, le silence de la ville qui dort. On dirait qu'il se heurte aux façades qui bordent les trottoirs, qu'il est retenu dans le couloir de la rue. Alors que celui que j'entends depuis mon lit se répand comme un immense lac sur le plat des champs qui séparent les maisons, c'est un silence plus vide encore, plus large, plus ouvert.

Je l'écoute aussi dormir, ma nouvelle amie, je me demande si elle rêve d'Océane. Plus je pense à ses conseils, et plus je me dis qu'elle a raison. Il faut que je fasse croire à ma mère que je n'ai jamais cessé d'aimer Jazz, que je l'aime toujours et plus qu'avant, même. Si elle croit que c'est lui que j'aime, elle ne se méfiera plus de Vedel. Il reviendra travailler chez nous. Nous nous reverrons. Elle ne pourra pas nous séparer.

13

« Quand est-ce que tu as eu ton père au téléphone pour la dernière fois ? » Depuis que mes parents ont divorcé, ma mère le désigne toujours par : « ton père ». Comme s'il était une entité étrangère à elle. Et quand il fait quelque chose qui la contrarie, c'est un peu comme si c'était ma faute, parce que, avant d'être son ex-mari, il est mon père. Ce n'est pas juste. Je suis leur enfant plus qu'ils ne sont mes parents, c'est à eux d'être responsables de moi et non l'inverse. Sa question, de toute manière, me blesse puisque je ne me souviens plus de la dernière fois où il a pris le temps de me passer un coup de fil. Pour avoir de mes nouvelles, pour m'entendre, pour m'accorder un peu d'attention.

Je réponds : « Je sais pas, maman. Pourquoi ? » Elle pousse un soupir agacé en jetant une poignée de haricots verts dans une marmite. Nous équeutons les haricots du jardin. Ils sont encore tièdes du soleil, cueillis il y a une demi-heure. Elle a un petit pincement de lèvres. Je sais qu'elle est sur le point de dire qu'il pourrait quand même prendre de mes nouvelles, et je n'ai pas envie qu'elle le dise parce que je suis déjà assez triste comme ça. Je suis suffisamment frustrée pour ne pas avoir besoin d'entendre le regret dans sa voix. Mais elle dit quand même : « Il pourrait quand même prendre de tes nouvelles un peu plus souvent... Et puis j'aimerais lui parler de quelque chose. Tu pourrais lui passer un coup de fil quand on en aura fini avec ça ? » C'est à mon tour de soupirer.

Je ne suis pas tranquille. J'imagine qu'équeuter les haricots, c'est retirer un petit morceau de mes frustrations. Le silence retombe sur la cuisine, troublé seulement par le craquement végétal des haricots verts équeutés en rythme. Une douce odeur en émane. Il y a tant de choses que je déteste dans cette campagne, mais pas ça, j'adore équeuter les haricots. Avant, c'était un moment où on se racontait plein de choses, avec ma mère. Quand elle m'a annoncé qu'elle avait rencontré quelqu'un, Philippe, c'était à la table de la cuisine, avec un tas de haricots entre nous. On n'a rien d'important à partager aujourd'hui.

— Tu sais, maman, Anne-Sophie, elle m'a dit que le cinéma avait vraiment fermé. Il y a eu une inspection et ils ont vu qu'en cas d'incendie tout le monde mourrait. Il n'est pas aux normes.

— Ne fais pas cette tête, Justine ! Peut-être qu'il va rouvrir. Et puis quand il fait beau et chaud comme ça, c'est un peu dommage de s'enfermer dans un cinéma.

J'aimerais bien aller à la plage mais elle n'a pas envie de conduire jusque là-bas. Ça ne sert à rien qu'il fasse beau et chaud si on ne peut rien faire. Je peux juste aller lire dans le jardin, prendre le soleil et bronzer, alors que personne ne me regarde. Je ne comprends pas très bien ce que ma mère fait de son été, elle aussi. Elle attend que les jours passent, comme moi. Toutes les nuits, je l'entends parler au téléphone avec Philippe pendant des heures. Je me demande bien ce qu'ils peuvent se raconter, eux qui sont si ennuyeux. Je suis un peu jalouse. J'aimerais parler à Vedel toutes les nuits pendant des heures moi aussi. J'ai l'impression qu'il ne reviendra jamais.

Coco arrive sans bruit dans la cuisine et enroule sa queue soyeuse autour de mes chevilles. J'ai toujours eu l'intime conviction que cette chatte sent quand je suis triste et qu'elle vient me consoler sans que j'aie besoin de le lui réclamer. Elle sait, elle.

J'ai envie de me plaindre de la disparition brusque et irrévocable du cinéma, notre seule source de divertissement, mais la question sort de ma bouche sans que je puisse la retenir : « Vedel, il ne va pas revenir ? » Elle est sortie de moi comme on casse un objet par inadvertance, par accident, et je regarde ma mère, soudain figée. Elle lève à peine les yeux et elle sourit, amusée.

— Tu t'ennuies à ce point-là, ma fille ?

Je déteste quand elle m'appelle « ma fille », je trouve ça artificiel et condescendant. Elle n'a peut-être pas encore compris. Peut-être qu'un jour, quand on sera ensemble, Vedel et moi, il faudra lui dire et elle réagira comme elle pourra, mais pour le moment elle n'a pas encore compris.

— Comment ça, que je m'ennuie ?

— Tu pourrais parler français correctement, quand même. Avec tous les bouquins que tu lis.

— Je ne comprends pas le rapport entre m'ennuyer et savoir quand il reviendra, Vedel, c'est tout.

— Tu vois ? C'est vulgaire de dire Vedel, juste Vedel. Dis : monsieur Vedel, s'il te plaît.

Pourquoi est-ce qu'elle me fait ça, au lieu de répondre à ma question ? Pourquoi est-ce que c'est tellement important pour elle de parler comme ci ou comme ça ? Alors que de toute manière personne ne m'écoute.

— C'était juste pour savoir, ça fait un moment qu'il n'est pas venu. Tu l'as viré ?

— Viré ? Mais pas du tout ! Je n'ai aucune raison de virer monsieur Vedel, il travaille très bien.

— Et pourquoi on ne l'a jamais revu depuis la battue, alors ? Tu l'as viré parce que je l'ai invité à déjeuner, c'est ça ?

— Mais enfin, Justine... Quel rapport ? Je n'ai viré personne.

— C'est lui qui a décidé de plus jamais venir ?

J'ai haussé le ton et elle me regarde en levant un sourcil. Et puis son visage s'adoucit, il se fait ami, un peu triste même. Je peux lire dans ses pensées, c'est parce que mon père n'est jamais là, c'est pour ça que ça m'intéresse de savoir ce que fait notre jardinier quand il n'est pas ici. Peut-être même qu'elle se dit que c'est parce que je suis perturbée par la disparition d'Océane. Que j'ai besoin de penser à autre chose, de m'intéresser à autre chose. Je la lis tout entière. J'espère qu'elle n'arrive pas à me lire aussi facilement. J'espère que je cache mieux qu'elle l'orbite de mes pensées. C'est bien comme ça. Je vais la laisser croire que c'est pour cette raison-là que je suis en colère et insolente. C'est incroyable, quand elle pense un peu à moi, c'est toujours par rapport à quelqu'un d'autre. Il n'y a personne autour de moi pour qui je sois tout, pour qui je sois le soleil. Elle me dit :

— Il faut pas t'affoler comme ça. Déjà, il est venu il y a quelques jours, quand t'étais chez ta nouvelle copine. Je ne l'ai pas viré. Si tu crois que je peux entretenir le jardin moi-même dans l'état où je suis avec ma sciatique... Je vais l'appeler, tiens, et lui demander de couper les branches du sureau qui nous envahissent. Et puis de tailler un peu la haie et d'abattre l'abricotier. Et j'aimerais bien aussi qu'il fasse un feu pour me débarrasser de tout ça, ça encombre le jardin comme pas possible, tous ces déchets végétaux. Je ne vais pas les laisser pourrir là, c'est chiant, ça prend tellement de place... Et puis c'est moche. Mais bon, j'aimerais bien avoir ton père au téléphone, avant.

Je ne lui demande plus rien. C'est vraiment tout ce que je voulais savoir. Que bientôt, il sera là. Qu'elle ne l'a pas viré. Que je me suis inquiétée pour rien. Elle doit voir l'air calme et satisfait sur mon visage sans trop comprendre ce qu'il signifie. Elle n'y pense déjà plus, elle va mettre les haricots verts à cuire, elle se dit que j'ai besoin de changer d'air, que je suis très affectée par toute cette sombre histoire de disparition. Alors que je me prépare déjà à ce que je vais faire quand il sera là.

« Est-ce que je peux te poser une question, moi aussi ? » Alors là, j'ai peur. Je me suis trahie, c'est sûr. C'est trop tard. Elle va me demander ce qu'il y a entre Vedel et moi, elle va me regarder droit dans les yeux, avec fermeté, et m'ordonner de lui dire toute la vérité. Je fais oui de la tête. « Ton copain Jazz, tu vas le revoir ou pas ? » Je respire, je l'avais déjà – encore – oublié, celui-là. C'est l'occasion de lui faire penser à autre chose après Vedel. « Pour le moment, on se parle. Je vais attendre un peu avant de le revoir. » Elle sourit en allumant une cigarette. Elle me regarde et, très fière, admirative même : « Tu lui tiens la dragée haute. C'est bien, ma fille... »

Plus tard dans l'après-midi, elle part faire une sieste. J'ai envie de m'étendre sur le sol, de me coucher sur le carrelage, nue ou presque nue, de me vautrer sur le sol froid, comme Coco. Je meurs de chaud. Je sens que je n'ai tellement rien à faire, que je gravite tellement autour de Vedel que ça me rend folle. Je me souviens de mon père.

Allongée par terre dans la salle de bains, je l'appelle. Ça sonne longtemps, dans le vide. Il ne me répond pas. En entendant le message de son répondeur, j'ai envie de raccrocher. Je me demande ce qu'il peut avoir de mieux à faire que de me parler. Ça fait tellement d'années qu'il a toujours quelque chose de plus important à faire que de s'intéresser à moi... Je prends une petite voix parce que c'est étrange de parler seule, surtout dans la salle de bains. « Papa, c'est moi. Comment tu vas ? Maman veut que tu l'appelles pour te parler d'un truc. » J'hésite à lui raconter quoi que ce soit de ma vie. À lui dire que je l'aime. Je me demande parfois si c'est réciproque. « Appelle-nous. Bisous, tu me manques. » Je raccroche et repose le téléphone sur mon ventre en regardant le plafond. Il y a une petite toile d'araignée au-dessus de ma tête. En hiver, elles viennent pour se réchauffer, et en été pour se rafraîchir, elles se mettent dans le coin du plafond au-dessus de la douche.

La sonnerie de mon portable me fait sursauter. C'est Anne-Sophie qui m'envoie un message pour savoir si j'ai revu mon amoureux, si j'ai pris son numéro. J'attends sans rien écrire, je réfléchis. Je ne peux pas lui demander son numéro de téléphone, à Vedel. Ce serait ridicule. J'aurais tellement l'air d'avoir mon âge si je faisais ça. Je lui réponds : « Pas encore, mais il viendra bientôt à la maison. Et ma mère a dit qu'elle lui téléphonerait. » Le numéro de Vedel, il est dans son téléphone, évidemment ! Elle dort, alors je vais fouiller dans son sac. Et il est là son numéro, dans le répertoire de ma mère.

J'ai les doigts crispés autour du téléphone, je serre fort en relisant encore et encore son numéro. Il faut qu'il s'imprime loin dans mon esprit, qu'il reste des années profondément inscrit dans mes souvenirs. J'ai l'impression d'avoir trouvé la clé pour sortir de ma prison, mais sans oser l'introduire dans la serrure. Je ne sais pas si je dois le noter ou l'apprendre, et quoi en faire ensuite. Je ne sais pas comment font les adultes. Je suis écrasée par mes seize ans et mon ignorance. Je me souviens qu'on se disait, avec Mathilde, quand on avait onze ou douze ans, que ça doit se passer comme dans les films. Qu'il faut enfoncer son regard dans le sien et l'inviter à la maison, qu'il faut s'habiller un peu déshabillée et lui offrir un verre et le regarder beaucoup, longtemps, tout au fond des yeux et puis l'embrasser et voilà, l'homme sera amoureux de nous. Il voudra prendre notre main et toucher nos seins et il nous aimera passionnément pour toujours.

Mais en fixant le numéro de Vedel sur le petit écran gris du téléphone, je trouve ça faux et impossible. Anne-Sophie m'a dit que je pourrais lui faire comprendre que je veux sortir avec lui. C'est bon pour les ados que nous sommes, de sortir ensemble. Je ne veux pas sortir avec lui, je veux m'évader avec lui. Je veux qu'il me touche encore, qu'il me touche partout, qu'il me prenne et qu'il m'enlève et que l'on quitte ensemble cette vie qui est la mienne. Je ne peux pas voler son numéro de téléphone et lui envoyer un SMS. Pour lui dire quoi ?

Je l'ai tellement regardé que je l'ai appris. Si je ferme les yeux, je peux le réciter. J'essaie plusieurs fois en le relisant après pour être sûre de ne pas me tromper. Et juste quand j'en suis là, je reçois un message. C'est Jazz. Il veut me parler.

Je lui écris : « Salut. » C'est étrange, je me sens fébrile d'attendre sa réponse. Il m'a vue l'autre soir, après le feu d'artifice. Il veut qu'on se parle sur MSN plus longtemps. Ça me rappelle la chaleur de l'alcool, les premières gorgées. Je me sens un peu coupable, un peu méfiante. Je récite le numéro de Vedel dans ma tête pour ne pas le perdre, pendant que je monte les escaliers. Je le récite encore en allumant mon ordinateur et encore une fois en me connectant à MSN. Jazz est déjà connecté, il m'écrit immédiatement qu'on se doit des explications et tout disparaît, j'ai envie de me déconnecter sur-le-champ. Sans aucune raison, il a dit des choses dans mon dos, des horreurs et des insultes sur moi. Alors qu'on était sur le point de s'aimer. J'ai le visage qui brûle. Je lui demande s'il a besoin de se justifier. « Oui ». J'attends, j'écris que j'attends. Il me dit qu'il a besoin que je sache la vérité et que c'est parce qu'il m'a vue l'autre soir. Il écrit : « Je te passe les détails… en fait, Mathilde m'a manipulé et toi aussi, elle t'a complètement manipulée. » Il écrit encore : « Elle t'a jamais montré tous les mails. C'est elle qui m'a fait croire que tu disais des saloperies dans mon dos, c'est pour ça que j'avais répondu ça. Mes mails qu'elle t'a envoyés, tu sais ? » Oui, je sais. Comment oublier ? Il m'explique que les méchancetés qu'il a écrites sur moi étaient des réponses aux méchancetés que Mathilde lui avaient rapportées de moi. C'est tordu.

Je veux lui dire que c'est pas la peine, c'est trop tard parce que j'aime quelqu'un d'autre. Que je ne l'aime plus, que j'ai tout oublié de notre amitié, de notre amour. Mais je ne réponds rien, et lui il continue à m'expliquer tout ce qui s'est passé. Que Mathilde avait fait ça quand il lui avait raconté qu'on s'était presque embrassés. Elle avait prétendu avoir gardé ça pour elle pendant longtemps mais qu'elle ne pouvait plus faire semblant, que je trouvais qu'il était efféminé et que c'était ridicule, que je lui faisais croire que je l'aimais. Alors qu'il était homo. Il propose : « Si tu veux, je peux t'envoyer ses mails. » Je réponds non. Mathilde n'aurait jamais fait ça. Je l'accuse de mentir. Mais il me jure que c'est la vérité.

En bas, le téléphone se met à sonner. Je voudrais pleurer. Je me souviens de tout ce que je ressentais pour Jazz et j'ai peur que ça revienne, alors que normalement quand c'est terminé, quand on décide qu'on n'aime plus, ça ne peut plus revenir, mais je sens que ce serait encore possible. Je ne veux pas parce que je veux seulement aimer Vedel, je veux continuer à oublier combien j'ai souffert en lisant ce que Jazz avait écrit sur moi. Je veux continuer à oublier combien nous nous aimions.

Parler avec lui : je me souviens que nous savions tout l'un de l'autre, que nous étions si proches que nous formions presque une seule voix en écrivant des poèmes, tard le soir. Pas comme avec Vedel qui ne sait rien de moi.

Je voudrais pleurer et je n'y arrive pas. Il y a trop de choses dans ma tête. J'étais en train de m'ennuyer sans rien demander à personne, et lui, il vient et me raconte tout ça. Je ne sais même pas si c'est vrai. Après tout, si ça lui pesait à ce point-là, s'il se sentait si coupable de m'avoir fait du mal avec ces e-mails, il serait venu me demander pardon plus tôt. Je me souviens des paroles d'Anne-Sophie l'autre soir : il n'est pas un vrai ami.

Jazz m'écrit encore pour savoir si je suis toujours là. En bas, le ton monte. Je crois que c'est mon père qu'elle a au téléphone. Ils sont incapables de se parler plus d'une minute sans se faire de reproches ni se crier dessus.

Je veux toujours pleurer mais je voudrais l'insulter aussi. Personne ne se demande jamais ce que je ressens. Je lui écris : « Si c'est vrai que Mathilde t'a trahi, pourquoi je m'en suis jamais rendu compte ? » Je rajoute que j'ai des choses à faire et je me déconnecte sans lui laisser le temps de me répondre.

Je me laisse tomber sur mon lit. J'ai chaud, je suis malheureuse. Je déteste tout le monde. Où est Mathilde quand j'ai besoin d'une amie ? Je n'assume pas de raconter à Anne-Sophie ce qui vient de se passer. Dans le salon, j'entends la voix de ma mère qui est pleine de colère. C'est sûr, c'est avec mon père qu'elle parle.

Puis un silence accablant retombe sur cet après-midi sans fin. Ma mère m'appelle, au pied de l'escalier. Si seulement je pouvais vivre loin d'ici et loin de moi, de ma vie. J'essaie de retrouver le numéro de Vedel dans ma mémoire pour me calmer, mais elle m'appelle toujours. C'est un peu naïf de croire que si je l'ignore suffisamment longtemps, elle croira que je ne l'entends pas et laissera tomber. Je voudrais juste que Vedel revienne et lui dire : Embrasse-moi. Qu'il m'embrasse et que tout le reste disparaisse pour qu'il n'existe plus rien que nos bouches et nos langues enlacées.

Je finis par descendre et je trouve ma mère plantée là, en bas de l'escalier, qui m'attend de pied ferme avec sur le visage une expression de reproche. Qu'est-ce que j'ai encore fait ? Je voudrais rebrousser chemin et retourner m'enfermer dans ma chambre. Elle me dit : « Bon, il faut que je te parle. Viens. » Elle ouvre la voie vers le salon. Je n'ai pas le choix, je la suis.

Elle est assise sur le canapé, ses mains jointes reposant sur ses genoux. Je n'aime pas cette posture. Quand j'étais petite, un jour, il s'est passé exactement la même chose. Elle a crié mon nom depuis le rez-de-chaussée et m'a fait asseoir face à elle dans le salon, elle avait les mains jointes posées sur ses genoux et elle m'a annoncé qu'elle divorçait de mon père. Je me souviens qu'elle n'a pas dit qu'ils divorçaient, réciproquement, mais que c'était elle qui divorçait de lui. Et depuis il n'est plus son ex-mari, il est « mon père ». Elle me fait signe de m'asseoir face à elle dans le fauteuil. Est-ce qu'elle quitte Philippe ? Est-ce qu'ils vont se marier ? J'ai entendu des cris depuis ma chambre, et ce n'étaient pas des cris de joie.

« J'ai un problème, dit-elle. C'est ton père... » Je me demande s'il y a eu un seul instant où il n'a pas été un problème dans sa vie. Je n'imagine même pas qu'ils aient pu un jour s'aimer et se marier, elle parle toujours de lui comme d'un problème. Je n'ai pas eu le temps de me débarrasser du malaise d'avoir échangé avec Jazz. Je m'installe toute droite et crispée dans le fauteuil et je lui demande : « Qu'est-ce qui se passe ? » Elle plaque une main sur ses yeux, comme si elle avait une migraine, et puis elle allume une cigarette et me jette un de ses regards profondément désolés. Elle m'agace.

— Je suis tellement retournée là, je ne sais même pas par où commencer... Tu sais que j'ai prévu de partir ce week-end avec Philippe au cap Ferret ?

— Oui, dis-je, alors que ça m'était complètement sorti de la tête.

— On part samedi matin et on rentre dimanche soir. Bon, alors voilà. Moi j'en avais parlé à ton père, il y a un moment déjà. Et je voulais te faire la surprise qu'il vienne passer le week-end avec toi pendant qu'on serait partis. Et c'est pour ça que je voulais lui parler au téléphone. Je viens de l'avoir et bien entendu il avait oublié.

Elle pousse un profond soupir, les larmes lui montent aux yeux. Pourquoi en faire autant ? Moi, j'essaie de comprendre le sens de ce qu'elle vient de m'annoncer : mon père a oublié qu'il devait venir me voir. On ne s'est pas vus depuis un mois et il a oublié.

— Et maintenant donc, j'ai un problème. On ne peut pas annuler au dernier moment, l'hôtel, tout ça. Et puis je ne peux pas imposer à Philippe de tout laisser tomber juste parce que ton père est égoïste, comme d'habitude. Tu peux comprendre, ça, ma chérie ? Moi aussi j'ai une vie, c'est pas que lui, toujours lui, toujours tout pour lui !

J'aimerais savoir de quoi elle parle. Comment ça, il est égoïste et c'est toujours tout pour lui ? C'est de sa faute à elle. Si elle m'en avait parlé, j'aurais pu rappeler à mon père qu'il avait une occasion rêvée de passer deux jours en tête à tête avec moi. Je n'aime pas quand elle dit qu'elle a une vie, « elle aussi ». Alors que moi, j'ai l'impression de n'en avoir aucune. Ou une vie en sursis, qui va commencer dans deux ans. Je ne comprends pas bien ce qu'elle veut dire.

— Je peux pas prendre le train pour aller chez lui ? Pourquoi il ne peut pas venir ce week-end, il a du travail ?

— Ah ça, ça m'étonnerait, répond-elle, amère. Moi je crois qu'il a simplement oublié que je lui avais demandé deux choses très simples : un service, et de passer du temps avec toi. Franchement, c'est ton père tout craché, ça. Je suis vraiment désolée de t'avoir donné un père pareil...

Je me sens minuscule et écrasée. Oppressée. Comme si mes vêtements devenaient soudain plus serrés et rigides autour de mon corps. Comme si mon corps étouffait mon cœur et mes poumons. Ça fait des années que ça dure. Je ne suis pas sûre qu'ils se disent tout ce qu'ils ont sur le cœur quand ils s'engueulent. Ils gardent une marge de politesse entre eux et après c'est à travers moi que chacun fait des reproches à l'autre, comme si j'étais un messager. Ou un déversoir. Je suis fatiguée de recevoir tout ça. Je ne comprends pas comment elle peut traiter mon père d'égoïste alors que c'est elle qui est en train d'en faire une affaire personnelle et de ramener les choses à elle. Elle ne voit pas que le problème c'est que mon père m'ait oubliée, pas qu'elle ait réservé un hôtel au cap Ferret avec Philippe ?

Je me tais. Elle continue à parler toute seule, mes réponses ne l'intéresseraient même pas. Elle me dit qu'ils n'ont, malheureusement, pas réussi à se parler encore une fois, puisque de toute façon on ne peut pas parler avec mon père. Le ton est monté, ça a fini en eau de boudin et il a préféré raccrocher que de me parler. Comment elle va faire maintenant, la pauvre, elle qui avait prévu de partir un seul misérable week-end de tout l'été, de s'accorder juste deux jours avec son chéri, elle qui se démène pour que je garde de bons rapports avec mon père, elle qui fait tout pour moi, tous les jours sans exception, alors que lui rien, à part envoyer de l'argent, c'est triste pour moi mais encore plus pour lui, parce qu'un jour il se rendra compte qu'il est passé à côté de son enfant mais ce sera trop tard, c'est déjà bien qu'il se soit souvenu de mon anniversaire et qu'il ait fait l'effort d'être là, mais elle ne peut pas me laisser toute seule pendant deux jours à la maison, et elle se met à sangloter qu'elle ne sait plus quoi faire. Je n'aime pas quand elle pleurniche comme ça. Parce qu'elle au moins elle a toujours eu ses deux parents. Elle ne peut pas comprendre ce que je ressens. Je lui en veux de ne pas se taire.

Est-ce qu'il ne pourrait pas se passer enfin quelque chose de bien dans cet été atroce ? Est-ce que pour mes seize ans, je n'ai vraiment droit qu'à ça, juste une belle soirée pour le 14 Juillet et à côté, quoi ? La disparition d'Océane qui obsède tout le monde même moi, une amie qui me laisse tomber, des interrogatoires, ma mère qui pleurniche qu'elle ne peut pas vivre sa vie. Alors que c'est exactement ce qu'elle fait. Si seulement on habitait en ville et pas dans ce trou paumé, je pourrais au moins sortir un peu sans qu'on doive m'emmener en voiture. Oh, j'en rêve, et même j'en crève ! Je pourrais faire la fête avec des amis, parce que j'en aurais forcément beaucoup plus si je pouvais faire tout ce que je veux. Je voudrais lui dire que je la déteste, que je n'ai pas envie de passer le week-end avec mon père alors que je pourrais être avec des gens de mon âge. Elle ne peut pas comprendre à quel point j'ai besoin de ça, à quel point je m'ennuie et je suis seule. C'est de la colère, encore, qui me chauffe à l'intérieur. Qui affleure à mes lèvres. Mais tant pis, je ne lui dis pas, je ne lui dis rien de tout ça.

Elle se vante toujours d'avoir été une fille sage, ma mère. Mais je suis sûre qu'elle avait plus de droits que moi. C'est elle qui me raconte qu'elle portait des jupes plus courtes que ce qu'on lui autorisait, c'est elle qui me raconte les folles soirées avec ses amis. Et elle ment. Elle dit qu'ils ne buvaient pas, mais ce n'est pas vrai, j'en suis sûre. Elle avait une meilleure vie que la mienne, une meilleure adolescence, c'est juste qu'elle ne veut pas reconnaître qu'elle ne m'aime pas assez pour me laisser faire ce que je veux. Ces vacances sont tellement inutiles, elles se perdent dans le vent. Je vais le regretter. Je le regrette déjà.

J'ai espéré que mon père rappelle pour me parler, mais il ne l'a pas fait. Il m'a simplement envoyé un SMS pour me dire qu'il pense à moi et qu'il m'aime. C'est faux. J'essaie de lire un bouquin mais je n'y arrive pas. J'entends maman qui parle au téléphone, encore et comme tous les soirs. C'est Philippe. Et elle ose encore prétendre que tout ce qu'elle demande, c'est de pouvoir vivre sa vie de femme.

J'aimerais tellement que mon père me téléphone. Je ne peux pas me faire à l'idée qu'il m'ait oubliée. Mais non, il n'appelle pas. Il ne se soucie pas de moi. Ma mère ne se soucie pas de moi. Tout le monde s'en fiche. Je suis seule dans ma chambre et je n'intéresse personne.

Et quand je pense à Jazz, j'ai du mal à croire ce qu'il m'a raconté. Pourtant, tout est très clair : les mensonges de Mathilde ! Je ne sais plus si je le déteste. C'est lui qui a dû me détester quand Mathilde a prétendu que je cassais du sucre sur son dos. Je regrette. J'aurais dû dire oui, qu'il m'envoie ce qu'elle avait écrit. Maintenant j'ai envie de savoir quels mensonges elle a pu inventer. Elle doit vraiment me haïr pour avoir fait ça. À qui faire confiance, à Anne-Sophie ? Ce serait peut-être ma seule vraie amie, et encore.

Et si Océane revient, si elle réapparaît ? Anne-Sophie me laissera, elle aussi. Elle aura retrouvé sa meilleure amie. Il ne me restera personne. Ou alors, peut-être qu'Océane voudra devenir ma copine. Non, j'ai peur. J'ai peur de finir toute seule. De traîner ma solitude dans les couloirs du lycée, d'aller me cacher au CDI pendant les pauses déjeuner et de rester seule avec un livre parce que personne ne voudra me parler. Est-ce que je le mérite ? Mes parents ne veulent pas de moi et ne s'en cachent pas, sans même se demander si ça me fait de la peine. Je n'ai plus d'amis. Je n'ai que Jazz mais moi, je ne sais pas si je veux de lui.

Je regarde au-dehors, la nuit ne tombe pas. Le soleil commence à descendre. Je me perds dans le rose du ciel. Parfois, un oiseau traverse le cadre de ma fenêtre. Ma mère est toujours au téléphone. Elle pleurniche et ressasse. Elle doit croire que je ne l'entends pas. Elle n'a jamais compris que j'entends tout ce qui se passe dans le salon parce que ma chambre est juste au-dessus. Même quand elle se racle la gorge, je l'entends. Elle parle de moi comme si je n'étais pas son enfant, comme si j'étais une chose, ou un chien peut-être. Je garderai pour moi tout ce que j'ai entendu de ses échanges avec Philippe. Je garderai pour moi qu'ils auraient mieux fait de ne pas avoir d'enfant, puisque ça les empêche de mener leur vie d'homme et de femme : c'est moi qui les dérange. On ne sait jamais quoi faire de moi, il faut encore s'occuper de moi, toujours s'occuper de moi. Alors si leur vie est tellement importante, et la mienne à la fois tellement encombrante et insignifiante, ils auraient mieux fait de ne pas me faire naître. Ils auraient quand même divorcé, mais au moins, ils auraient été définitivement débarrassés l'un de l'autre.

Ma mère m'appelle pour dîner. Elle a l'air plus calme, soulagée. Satisfaite. D'avoir tout raconté à Philippe, sans doute. Il lui a donné raison, peut-être qu'il a trouvé une solution à leur problème. Aux miens, sûrement pas.
Je pourrais m'enfuir. Attendre cette nuit, prendre quelques affaires dans un sac et partir à pied, et puis en stop, très loin d'ici. Mais où je pourrais aller? Si seulement je pouvais, j'irais chez Vedel. Je lui demanderais de me cacher, et puis qu'on parte tous les deux. Dès mes dix-huit ans, on se marierait. Je pourrais disparaître moi aussi, faire comme Océane. Tout à coup, mes parents se rendraient compte de leur erreur, ils se diraient que s'ils avaient été plus à l'écoute de leur fille unique, elle serait encore à la maison. Je trouverais peut-être la cachette d'Océane. Elle m'y ferait une place, elle me raconterait pourquoi elle a choisi de disparaître. Si je partais, Jazz se sentirait coupable de m'avoir fait du mal et de tenter encore de me séparer de Mathilde – j'essaie d'étouffer le doute qu'il m'a mis en tête avec ses explications, de me dire qu'il a tout inventé, il a forcément tout inventé. Si je disparaissais, Mathilde s'en voudrait beaucoup, elle aussi, de m'avoir mise de côté pour Quentin, Quentin et sa voiture, Quentin et sa gourmette en argent. J'aurais une nouvelle vie, secrète, rien qu'à moi et loin de ma vie morne. J'arriverais quelque part au bout du monde, je trouverais un travail. J'appellerais Vedel pour lui dire de venir

me rejoindre en gardant notre secret. J'oublierais tout d'ici, d'aujourd'hui.

Ça me console un peu. Je suis si fatiguée de cette journée, je voudrais dormir. Plus encore que partir. Je ferme les yeux.

14

« Tu vois, je t'avais bien dit que vous finiriez par vous réconcilier. » Nous sommes garées sous un arbre et, dans cette ombre tiède, je me réjouis de revoir Mathilde. Peut-être que j'ai exagéré notre éloignement. C'est elle qui m'a proposé qu'on sorte toutes les deux, c'est elle qui est venue vers moi. Elle m'a dit que je lui manquais. Je vais peut-être retrouver ma meilleure amie, comme avant. Tout ça n'était peut-être qu'une mauvaise passe, notre amitié est plus grande et plus forte. Peut-être.

En chemin, ma mère m'a dit qu'elle avait pensé à quelque chose. « Et si tu t'invitais à dormir chez Mathilde, ce week-end ? Ça fait longtemps que vous n'avez pas passé du temps toutes les deux, je suis sûre que ça lui ferait plaisir. » J'ai haussé les épaules. Hier soir, elle a suggéré la même chose pour Anne-Sophie, mais je lui ai dit qu'Anne-Sophie partait chez ses grands-parents ce week-end. Elle a peur de me laisser seule à la maison. Elle s'est étonnée que je n'aie pas une seule amie chez qui passer le week-end, comme si on pouvait s'inviter chez les gens comme ça. Et puis, non, je n'ai pas beaucoup d'amies. Elle a insisté : « Pourtant, au lycée, tu en as, des copines, non ? » Les copines ne sont pas des amies. Certaines ne m'ont même pas invitée à leur anniversaire, alors passer deux jours chez elles...

Elle attend Mathilde avec moi, parce que ça lui fait plaisir de lui dire bonjour. Elle a promis de ne pas lui demander pour ce week-end. Je le ferai moi-même. Je la vois arriver dans le rétroviseur et je sors de la voiture pour aller à sa rencontre. Elle est toujours aussi belle, Mathilde. Elle est beaucoup plus belle que moi. Elle me sourit et me serre même contre elle. Je suis presque euphorique. Enfin !... Je ne suis pas si seule, finalement. Et je ne l'ai pas perdue, elle m'aime toujours.

Ma mère nous rejoint, salue Mathilde et reste là un bon moment, à faire la conversation. Mathilde attend autant que moi qu'elle s'en aille, il n'y a qu'elle pour ne pas se rendre compte qu'elle doit laisser tranquilles « les petites » entre elles. Laisser son enfant se confier à son amie sur sa solitude et sur la méchanceté de ses parents. Enfin, elle m'embrasse et remonte en voiture.

Chaque pas près de Mathilde me donne le sentiment de retrouver mon équilibre. J'ai perdu tout contrôle sur ma vie ces dernières semaines. Tout m'échappe et me contrarie. Tout le monde décide à ma place. Mais marcher à ses côtés dans le centre-ville, sentir son parfum de vanille et de tabac, entendre ses bracelets s'entrechoquer, c'est comme revenir au temps où je commandais ma vie. La présence de Mathilde est mon abri. Quand ma mère a rencontré Philippe, elle était déjà là. Quand j'ai eu mon premier petit copain – le seul de ma vie – et que ça s'est fini, elle était là. Même quand on s'est retrouvées dans des lycées différents, elle était là. Elle est ma constante familière, rassurante. Tout rentre dans l'ordre cet après-midi.

À la terrasse du café, elle s'aperçoit à mon air que je ressasse, que ça ne va pas. Le serveur, un homme bedonnant, la salue chaleureusement, ils se font la bise. Elle commande un monaco, elle me dit : « T'en veux un, aussi ? » On est mineures, il ne va jamais nous servir de bière. Mais je dis oui et le serveur me sourit. Allez, deux monacos ! Je regarde Mathilde et elle s'amuse de la tête que je fais :

— C'est un pote de mes parents ! Je viens souvent ici, il me connaît, il s'en fout de notre âge. T'angoisse pas !

— Mais tu bois des bières avec tes parents ?

— Ben oui ! Je fume devant eux, aussi. Ils préfèrent que je fume et que je boive ouvertement plutôt que je le fasse dans leur dos. Et puis à seize ans, c'est bon, hein…

Elle me dit ça crânement. Comme si ça allait de soi de boire des bières avec ses parents à la maison et d'avoir le droit de dormir avec son copain et de fumer des clopes en terrasse. Même elle maintenant elle a une « vie de femme ».

Les larmes me montent aux yeux. Je trouve que tout est fermé et étriqué autour de moi, que les autres ont des libertés alors que je n'en ai aucune. J'ai envie de me répandre sur le sol en éclaboussant partout. Je me déverse, je pleure, je lui dis tout ce que je pense de mes parents et de leur petite vie de couple à chacun, où on ne sait plus où me poser pour que je prenne le moins de place possible. J'ai réussi à remonter le temps, juste en quelques minutes, à retrouver mon amie comme avant Quentin. Elle se lève et me prend dans ses bras, elle me serre contre sa poitrine, sur laquelle je pose ma tête. Elle caresse mes cheveux et me berce tout doucement, imperceptiblement, jusqu'à ce que j'arrête de pleurer. « Tu t'en fous, ma Juju, tu t'en fous. Un jour, c'est toi qui n'auras plus de temps pour eux. Dis-toi qu'y en a plus que pour deux ans, après tu te casses d'ici et tu pourras faire ce que tu veux. » C'est ce qu'on s'est toujours dit pour consoler nos tristesses, nos solitudes et nos frustrations, qu'on s'en fout. À chaque fois, qu'on s'en fout parce qu'un jour ce sera bien, un jour on fera ce qu'on voudra, on sera libres. Je me blottis plus fort contre elle pour oublier que, sans doute, quand ce jour viendra, on ne se connaîtra plus. Et on ne s'aimera plus.

Le gros bonhomme nous apporte nos monacos et me regarde avec gentillesse : « Mais faut pas pleurer, ma jolie ! Y en a d'autres ! Un de perdu, dix de retrouvés ! » Il se marre. Mathilde desserre son étreinte et pose un bisou sur mes cheveux. « Mais arrête de dire n'importe quoi, toi ! C'est pas une histoire de mecs, y a pas que l'amour dans la vie ! » Elle rit avec lui. Je voudrais qu'il nous laisse tranquilles. J'ai toujours admiré le caractère de Mathilde. Je ne serais pas capable d'être aussi à l'aise avec un adulte, même avec mon père, je suis plus réservée que ça.

Mathilde lève son verre et me regarde au fond des yeux. « À notre majorité. » Je trinque avec elle à notre majorité. Je l'attends comme la fin de ma peine. Dix-huit ans, le jour de la libération. En buvant les premières gorgées de cette bière au goût de bonbon, je trouve cet instant si parfait que j'ai peur de le gâcher si je lui demande maintenant pour ce week-end. Ça fait deux semaines qu'on ne s'est pas vues. Ce serait peut-être malpoli. J'ai retrouvé mon équilibre il y a tout juste un quart d'heure, il est encore très fragile. Mathilde soupire d'aise et allume une cigarette.

— Bon alors, quoi de neuf depuis tout ce temps ?

— Pas grand-chose. Ma mère me garde tout le temps à la maison et puis, à part ce que je t'ai raconté sur mes parents... Et toi ?

— Je suis allée sur l'île d'Oléron le week-end dernier pour le 14 Juillet. On a fait un grand dîner de famille dans la maison de vacances de mes grands-parents, c'était cool. Je suis allée à la plage. J'ai bronzé, tu trouves pas ?

Elle me montre ses bras, fière comme une petite fille.

— Et Quentin, il était avec vous ?

— Non !

— Ah bon, je m'étonne, avec l'espoir secret qu'elle m'annonce la bonne nouvelle de leur séparation. Qu'est-ce qui s'est passé ?

— Oh, rien. Il est allé au Futuroscope avec ses potes.

Dommage. C'est méchant de souhaiter leur séparation mais ça me ferait plaisir qu'ils se quittent. Mathilde m'offre une cigarette. J'essaie de ne pas trop penser à ce que ma mère va dire si elle sent le tabac et la bière dans mon haleine.

« Et toi, t'as fait quoi pour le 14 Juillet ? T'es sortie, quand même ? » Je n'ose pas lui dire que j'y suis allée avec Anne-Sophie, je n'ose pas lui avouer que j'ai une nouvelle amie. Je n'ai plus envie de me venger ni de la rendre jalouse. J'ai un peu peur de sa réaction si elle apprenait que je traîne avec une fille qu'elle méprise. Mais je pourrais la convaincre qu'elle ne la connaît pas vraiment, qu'elle est beaucoup plus sympa que ce qu'on croyait. Je ne sais pas quoi répondre. Alors je lui mens, juste un peu. Par omission. Je prends l'habitude de mentir sur ma vie.

Je raconte que j'étais avec ma mère et Philippe et que j'ai vu Jazz. Elle se raidit sur sa chaise et me regarde étrangement, comme si elle essayait de lire quelque chose d'écrit en minuscule sur mon visage.

— Me dis pas que t'y es allée avec lui, s'écrie-t-elle.

— Non, pas du tout, je l'ai vu dans la foule… Je croyais qu'il ne m'avait pas vue mais en fait, si. Il faut absolument que je te raconte un truc ! Tu te souviens de la marche blanche pour la disparition d'Océane ?

— Oui, répond-elle presque avec sévérité.

— Avec ma mère, on y est allées. Quand on est reparties, y a une femme qui s'est mise à appeler ma mère dans la rue. Je ne l'avais jamais vue de ma vie, mais apparemment elles se connaissaient. Donc elles étaient là en train de se raconter leur vie et la femme nous fait : « Je suis avec mon fils, il est où ? Tiens il est là ! » et là, qui je vois derrière elle qui vient vers nous ?

— Qui ?

— Devine.

— Je sais pas, Justine – elle lève les yeux au ciel. Un mec qu'on connaît ?

— Jazz !

— Non !

Mathilde avale sa gorgée de travers et tape le dessus de la table. Elle s'exclame à grands cris que c'est pas possible, juste pas possible. Quand je lui raconte qu'il m'a envoyé des messages, elle répète encore : « Non ! » Elle n'en revient pas, comme moi, qu'il ait gardé mon numéro malgré tout ce qui s'est passé. Elle me presse de questions pour savoir ce qu'il avait à dire. Je n'arrive pas à lui confier nos échanges sur MSN. Tout à coup, le doute me prend. Elle s'emporte contre lui, elle s'emporte contre ma mère qui trouve que ce serait une bonne idée qu'on se rapproche de nouveau, lui et moi. Quand je termine mon histoire par un ultime : « Voilà », elle réfléchit un peu avant de répondre. Elle se passe la main dans les cheveux et hésite un instant avant d'allumer une cigarette qu'elle fait tourner entre ses doigts. Et puis, elle me regarde.

— Tu vas pas te mettre en couple avec lui, quand même ?

Il y a quelque chose dans sa voix, je ne sais pas si c'est du jugement ou une mise en garde. Non, je ne vais pas me remettre avec lui, évidemment. De toute façon, on n'a jamais vraiment été ensemble, mais Mathilde insiste, tu sais très bien ce que je veux dire. Je lui assure que non, jamais je ne sortirai avec lui, et secrètement je pense à Vedel. Je suis extatique quand je pense à lui, je deviens comme un astre, j'espère qu'elle ne le voit pas. Ça ne m'a pas déchiré le cœur de revoir Jazz, ni de discuter avec lui. Je garde pour moi la légère hésitation que j'ai ressentie l'autre jour en lisant ses messages, et même la nostalgie qui m'a envahie. Je reste catégorique. « Je ne l'aime plus, je te promets. » Mathilde me félicite. Visiblement, ça lui fait plaisir que ça soit vraiment terminé avec Jazz, je ne devrais pas me sentir coupable de souhaiter qu'elle se sépare de Quentin. Je voudrais pouvoir lui confier toute la vérité. Lui avouer que je suis un peu troublée par le retour de Jazz et les choses qu'il m'a confiées sur elle.

Elle me regarde intensément, je sens qu'elle essaie toujours de lire mes pensées.

— Donc, c'est sûr ? me demande-t-elle. Plus jamais tu retombes dans ses bras, à Jazz ? Parce qu'il vaut mieux être seule que mal accompagnée, conclut-elle.

Qu'est-ce qu'elle en sait, elle ? Elle n'a pas beaucoup été seule depuis que je la connais et qu'elle a commencé à avoir des petits copains. Beaucoup plus tôt que moi, dès la sixième. Qu'est-ce qu'elle a à insister autant ? Elle continue :

— T'as pas quelque chose à me raconter ?

On dirait ma mère. Je hausse les épaules, je hoche la tête. J'ai envie de lui renvoyer la question, est-ce qu'elle n'a pas quelque chose à me raconter au sujet de Jazz, elle aussi ?

— Voilà ce que je te propose, me fait-elle en se levant et en prenant nos deux verres vides, je vais en recommander deux, et après faut que je te parle d'un truc.

Elle entre dans le bar sans me laisser le temps de répondre. Est-ce qu'elle va me dire la vérité sur Jazz ? Est-ce que je vais enfin savoir qui m'a menti, elle ou lui ? Mes yeux rencontrent mon reflet dans la vitrine du bar, avec le soleil qui éclaire mes cheveux, on dirait un peu que j'ai déjà dix-huit ans, non ? Je me trouve belle dans ce reflet, je me sens bien. Je suis une autre Justine, une Justine forte qui ne se laisse pas manipuler par des amis qui l'ont trahie. Il faut que je lui demande si je peux venir passer le week-end chez elle quand elle reviendra. Je me rends compte tout d'un coup que le visage d'Océane me regarde depuis la vitrine. Encore une affichette. Décidément celle-là, quel pot de colle ! Elle est partout... Mathilde apparaît derrière moi dans le reflet, portant deux verres de monaco. J'espère que ça ne me rendra pas pompette, on est en plein après-midi.

Quand je lui demande de quoi elle voulait me parler, elle me répond qu'on trinque à mon célibat. Je la regarde froidement, je ne vois pas ce qu'il y a à fêter dans mon célibat. Si elle savait que ce n'est qu'une question de temps pour que je sois en couple. Avec Vedel. Elle insiste pour trinquer à ça, elle va m'expliquer pourquoi c'est une bonne nouvelle que je sois célibataire. Piquée, je lui cède. La première gorgée est écœurante. Je ne comprends pas pourquoi on boit cette merde.

— Bon, dis-je, agacée. Vas-y, je t'écoute.

— Ça tombe très bien que tu te remettes pas avec Jazz parce que j'ai quelqu'un à te présenter, me répond-elle, un sourire satisfait barrant son joli visage. C'est un pote de Quentin, il a vu ton skyblog et il te trouve super bonne.

Non, jamais de la vie. Je suis quand même flattée qu'un mec que je n'ai jamais rencontré, avec qui je n'ai jamais eu à faire mes preuves, me remarque et me trouve bonne. Ce n'est pas un compliment qu'on me fait souvent – si c'est réellement un compliment. Depuis qu'on se connaît, ça a toujours été Mathilde qu'on a trouvée bonne, jamais moi. Donc je suis flattée, mais moins que s'il m'avait trouvée belle. Mathilde est très fière de sa petite surprise : « Tu t'attendais pas à ça ? » Certainement pas, non. J'essaie déjà de me débarrasser de Jazz qui est revenu dans mes pensées et qui menace mon futur avec Vedel. Alors si elle vient ajouter un autre garçon là-dedans, je ne sais pas ce que je vais devenir. Je n'en veux pas d'autres, je ne veux que lui. Mais si je me trompe complètement, si tout est dans ma tête et qu'il ne veut jamais de moi, il vaut peut-être mieux que j'aie quelqu'un sous le coude pour me consoler. Pour ne pas perdre la face. Je ne sais pas. Elle me regarde et elle recommence à tenter de deviner mes pensées, elle a cru bien faire, mais dans le fond c'est un peu présomptueux de sa part de chercher un mec pour moi, comme si je n'étais pas capable de faire des rencontres toute seule.

Dans ma tête, j'ai des nuages noirs qui s'amoncellent, comme un orage imminent. Je ne sais pas quoi dire, ni comment réagir. Je suis sur le point de me résigner. Pourquoi ne pas voir ce que ça donnerait avec un garçon qui a presque le même âge que moi et avec qui je n'aurais pas à me demander ce que je dois faire de son numéro de téléphone, pourquoi pas être normale, avoir un été normal et un petit copain normal pour faire comme tout le monde. Ce serait plus simple. J'hésite. Je suis sur le point de céder. Je me récite le numéro de Vedel, et je l'ai déjà à moitié oublié.

— Il s'appelle comment ?
— Anthony, répond Mathilde, soulagée.
— Anthony. OK.

Anthony. Il s'appelle Anthony. Ils s'appellent tous Anthony. Ça m'est égal.

C'est le bon moment pour lui demander si je peux venir passer le week-end chez elle. Elle pourra me présenter ce mec, ça me distraira de toutes les choses qui s'écroulent autour de moi. Elle veut savoir si j'accepte de le rencontrer et je lui dis que oui et, avant que je puisse lui poser ma grande question, elle s'exclame : « Ça tombe bien parce qu'il va pas tarder à nous rejoindre ! »

Sa petite surprise va trop loin. Quelle idiote d'avoir cru qu'on allait passer cet après-midi rien que toutes les deux. Elle est contente d'elle, contente de m'annoncer que les autres vont bientôt arriver. Elle pense me rassurer en me disant que ce sera cool parce que même Quentin sera là. Mais « les autres », ça ne sera pas que Quentin et Anthony. Je ne sais pas qui c'est, « les autres ». Ses nouveaux amis, sa nouvelle bande. Mais si, Amandine et Charlène. Je n'arrive pas à croire qu'elle m'impose ces filles, alors que je ne les aime pas, qu'elles me mettent mal à l'aise. Surtout Amandine. Quand on était au collège, déjà, elle me faisait peur. Mathilde me dit de ne pas le prendre comme ça, que ce serait sympa que j'apprenne à les connaître parce que c'est des filles super et qu'elle les adore, elles sont allées plusieurs fois en boîte toutes les trois. Et moi, alors, elle m'adore ou elle m'oublie ? Elle est allée en boîte avec elles sans même me proposer de venir aussi, sans même me le raconter.

Je n'ai pas envie de voir ces autres. Ils ne sont pas mes amis. Elle a de nouveaux amis, tant mieux pour elle. Dire que j'ai cru que c'était Quentin qui l'avait détachée de moi, mais en fait il n'était pas tout seul. Ils sont toute une clique à me voler ma meilleure amie. Je lui dis que je croyais qu'on ne serait que toutes les deux, qu'elle aurait pu me prévenir. Elle savait très bien comment je réagirais, elle savait que j'aurais refusé si elle m'avait prévenue qu'on verrait ses nouveaux amis. Elle voulait me faire une surprise et elle dit ça avec un ton de reproche.

J'ai les joues en feu et je reprends une gorgée de monaco pour me donner le temps de trouver quelque chose à répondre. Je ne sais pas quoi dire. Elle est comme mes parents, elle aussi, elle choisit à ma place. Elle choisit pour moi un garçon avec qui me caser. Elle doit me trouver pitoyable à être célibataire depuis deux ans. Elle ne peut pas comprendre, elle a toujours eu des petits copains, elle n'est jamais restée célibataire plus de deux mois. Je la déteste. Je ne veux pas rencontrer un Anthony qui va ressembler à tous les autres Anthony de ce trou paumé. Je sais déjà comment il sera habillé, qu'il aura du gel dans les cheveux, un piercing à l'arcade sourcilière, une gourmette en argent avec son prénom gravé dessus, il aura les ongles rongés et il sera con. Et tous les autres, ce sera encore pire. Qu'est-ce que j'aurai à leur raconter ?

— En fait, t'as invité les autres parce que tu te fais chier avec moi, c'est ça ?

D'abord elle ouvre la bouche, prête à m'attaquer, et puis elle soupire pour garder son calme et me demande pourquoi je le prends comme ça, pourquoi je suis comme ça. Je l'emmerde, je suis comme je veux. Et je sais que j'ai raison, parfaitement raison. « Ça me fait plaisir que mes amis se connaissent entre eux. » Moi, ça ne me fait pas plaisir du tout. Je lui balance : « Ah ouais, pour que ça fasse comme avec Jazz ? » Elle tapote nerveusement son verre du bout des ongles. Elle me jette un regard assassin. « Pourquoi tu me reparles de Jazz ? Explique-toi », elle dit ça comme une menace et là je réalise que c'est possible, ce qu'il m'a confié l'autre jour.

— Est-ce que c'est vrai que c'est toi qui as commencé en écrivant des mails à Jazz dans mon dos pour lui faire écrire tous ces trucs dégueulasses sur moi ?

J'ai un peu le tournis d'avoir osé lui poser une question pareille. Je regarde la photo d'Océane dans la vitrine.

— C'est lui qui t'a raconté ça ?

— Oui, c'est lui qui m'a raconté ça. Explique-toi – et lui renvoyer sa menace me fait un bien monstrueux.

— J'ai pas d'explications à te donner, je ne te dois rien, Juju.

— Alors c'est vrai – et ça me glace, parce que je vois que c'est vrai. C'est toi qui nous as montés l'un contre l'autre…

Elle est un peu mal à l'aise mais elle fait celle qui s'en fiche, elle se fend d'un petit rire méprisant. Tout à coup, je ne sais plus qui est en face de moi. La Mathilde qui est ma meilleure amie, celle avec qui j'ai appris à me maquiller les yeux et à qui je me suis confiée sur mes premières règles, ce n'est pas une fille qui m'aurait trahie, qui aurait manigancé des trucs dans mon dos parce qu'elle était jalouse qu'un de ses potes soit tombé amoureux de moi. Elle n'aurait jamais fait ça. Ou alors, je me suis toujours trompée sur son compte. Parce que celle que j'ai en face de moi, elle l'a fait, elle l'a vraiment fait. Je n'ai pas peur d'elle, de son caractère, de lui faire de la peine, je hausse le ton.

— Comment t'as pu faire ça ? Tu te fous de ma gueule, ça fait combien de temps que tu te fous de ma gueule, Mathilde ? C'est quoi ton problème, ça te dérange qu'un mec soit amoureux de moi, c'est ça ? Ou c'est parce que tu voulais le garder que pour toi, Jazz ?

— J'en ai rien à foutre de Jazz. C'est toi qui as un problème, ça va pas la tête de réagir comme ça…

— Je croyais que t'étais mon amie ! Tu te rends compte un peu de ce que t'as fait ? Tu te prends pour qui, de décider avec qui j'ai le droit de me mettre en couple ? C'est ma vie, putain, moi je ne te dis pas ce que tu dois faire. Et tu sais quoi, ton pauvre gars, il peut aller crever, j'en veux pas, je ne veux pas de lui, je ne veux rien qui vienne de toi ! Tu crois que je vais me remettre avec Jazz et tu n'imagines même pas que je puisse avoir quelqu'un d'autre et que je t'en aurais pas parlé – on dirait que son cœur manque un battement quand je lui avoue ça, mais elle l'a bien cherché, à être humiliée, elle aussi –, je te fais même plus confiance. Je n'ai pas besoin que tu me présentes tes nouveaux amis, je ne suis pas toute seule, même si t'aimerais bien.

— Ah ouais, super, super, c'est bon ? T'as fini ? C'est qui tes super amis, alors ? Je croyais que t'étais sans amis dans ton bahut.

— Anne-Sophie. C'est elle, mon amie. Je lui ai confié des trucs que je t'ai jamais racontés.

Le regard qu'elle me jette.

— Anne-Sophie, la copine d'Océane ? T'es sérieuse ?

Elle m'accuse, elle me reproche de fréquenter cette pauvre fille. C'est pas une pauvre fille, Anne-Sophie. Elle au moins, elle est là pour moi. Elle au moins, elle m'écoute et elle est gentille avec moi, elle me respecte.

— Tu parles ! Elle traîne avec toi parce qu'elle n'a plus Océane, me lance Mathilde, amère. Elle te prend pour son bouche-trou !

— Parce que tu ne me prends pas pour ton bouche-trou, toi, peut-être ?

— N'importe quoi, Justine ! J'ai toujours été là pour toi !

— Pas ces derniers temps, déjà. Et tu vois, depuis que Jazz est revenu me parler, je me demande ce que je suis pour toi... En fait, aujourd'hui, t'avais prévu de voir tes nouveaux amis qui sont tellement merveilleux, et on s'est vues juste pour passer le temps avant qu'ils arrivent. C'est moi, ton bouche-trou ! Depuis que tu sors avec Quentin, t'en as plus rien à foutre de moi !

— Tu crois vraiment que si j'en avais rien à foutre de toi, je t'aurais arrangé un coup avec Anthony ? Ou peut-être que ta nouvelle meilleure amie t'a déjà casée avec quelqu'un ?

Je jubile, elle est jalouse. Comme je me sens bien avec Anne-Sophie, j'avais oublié que je voulais rendre Mathilde jalouse. Je m'en souviens maintenant, parce que j'ai réussi. C'est bien fait pour elle, de découvrir ce que ça fait d'être remplacée. Je lui fais remarquer que ma nouvelle meilleure amie, comme elle dit, ne m'a casée avec personne parce qu'elle ne se permet pas de choisir à ma place. « C'est pas moi qui te choisis un mec, c'est lui qui t'a choisie », voilà ce qu'elle me rétorque, « Toi qui te plains tout le temps que personne ne s'intéresse à toi, pour une fois qu'il y en a un, t'es obligée de me faire un cake ? » Ça ne me fait pas rire. Avant, c'était l'expression qui calmait toutes nos tensions, « faire un cake ». À chaque fois, ça nous faisait sourire et on oubliait tout. Pas cette fois-ci, aucune de nous deux ne sourit. Les mains de Mathilde tremblent.

J'ai envie de répondre que la dernière fois qu'un mec s'est intéressé à moi, elle a fait en sorte qu'on se déteste et qu'on ne se parle plus jamais. Je ne peux pas. Je suis blessée, je suis abasourdie par toute cette histoire. Je ne comprends pas ce qui est en train de se passer cet après-midi. C'est pire que tout, bien pire que la fête de la musique. Ce n'est pas ici que Vedel apparaîtrait pour m'offrir un verre et me sourire et me toucher. Il n'y a que le regard d'Océane sur son affichette, sur la vitrine, personne d'autre.

Elle continue, elle en rajoute. Elle me traite d'hypocrite, d'opportuniste, elle prétend que si je me suis rapprochée d'Anne-Sophie, c'est juste pour attirer l'attention sur moi parce que maintenant, je fais partie du groupe de la fille qui a disparu. Elle me dit que je ne pense qu'à moi, que je n'aime personne. « Ça vaut mieux que tu rencontres pas Anthony, en fait. C'est un gars bien, il est adorable, tu le mérites pas. T'as qu'à retourner avec ton pauvre pédé, c'est bon. » Je ne sais pas ce qui me retient de lui jeter mon verre à la figure. À présent, ce sont mes mains qui tremblent. Depuis quand elle dit pédé ? « J'ai toujours dit pédé. J'ai le droit, non ? C'est pas péjoratif, ça se dit. De toute façon fais ce que tu veux, j'en ai rien à foutre. » J'ai envie de pleurer. Je ne veux pas craquer devant elle. Je ne veux pas lui donner cette satisfaction. Je me souviens très bien combien ça lui faisait plaisir, au collège, de faire pleurer les autres filles. À quel point elle les trouvait connes et faibles. Je me lève. Je n'ai même pas bu la moitié de mon verre. Elle me regarde, elle a un mouvement de recul comme si, par réflexe, elle se tenait prête à me frapper si jamais je tentais quoi que ce soit. Je n'aurais jamais imaginé qu'on en arrive là. Je ne sais plus qui est cette fille en face de moi.

« Je ne te connais plus, Mathilde », ma voix me parvient de très loin, comme si ce n'était pas moi qui parlais. Je voudrais ajouter tant de choses encore, de reproches, d'insultes, déverser sur elle ma déception, mon dégoût, mon incompréhension, mais elle ne le mérite même pas. Comme elle ne répond plus rien, je décide de partir sur ces derniers mots.

Je tremble de la tête aux pieds, à tel point que je me sens tout engourdie. Comme dans un rêve, comme si ce n'était pas moi, j'entre à l'intérieur du bar. Il y fait plus chaud que dehors. Et sombre quand on arrive du plein soleil. Le gros patron ne s'est rendu compte de rien, il me demande de quoi j'ai besoin, toujours avec son air bonhomme et son grand sourire. Je m'entends de loin lui dire poliment que je viens régler mes consommations. « Et la Mathilde, elle est partie sans payer ? » Je ne réussis même pas à sourire à sa blague : « Non, c'est juste moi qui m'en vais. Elle attend ses amis. » Je paie, je sors.

Je marche droit devant moi, vite, sans me retourner. Même avec mes lunettes de soleil, je suis un peu aveuglée par la lumière. Je brûle et je tremble, je me sens comme un essaim de guêpes. Je sens dans mon dos le regard de Mathilde, assise à la terrasse face à la rue. C'est fini.

Je marche sans savoir où aller. Je voudrais pouvoir marcher jusqu'à quitter ma vie. Tout le monde me rejette, même mes propres parents. Je ne me suis jamais sentie aussi seule de toute ma vie. Je n'ai personne à qui parler, personne pour me défendre et me protéger. Je crois même qu'il n'y a personne qui m'aime. On dirait que tout le monde me déteste. Je pourrais marcher comme ça pendant des siècles. J'arriverais peut-être un jour dans un endroit où je ne serais entourée que de gens bien, des gens qui m'aiment et qui me respectent, dans un endroit où la vie vaudrait quelque chose. Et avec tout ça, ma mère sera déçue parce que je n'irai pas passer le week-end chez Mathilde. Je vais encore la décevoir, je ne suis pas assez bien comme enfant. Ni comme amie, ni comme personne. J'ai bien senti que Mathilde me regardait partir et elle n'a rien dit, elle n'a rien fait pour me retenir, pour s'excuser. J'ai tellement marché que je me suis éloignée du centre-ville et je ne vois pas où je pourrais aller maintenant, c'est inutile de continuer.

Je tremble encore, légèrement. J'appelle ma mère. Au moment où elle décroche et que j'entends sa voix si douce, si familière, si rassurante, répondre : « Allô ? », je fonds en larmes. Ça ne va pas, je lui demande de venir me chercher. « Ma chérie, je ne comprends pas. Qu'est-ce qui se passe ? Où es-tu ? » J'essaie de calmer mes sanglots. Elle me dit de ne pas bouger, elle sort du supermarché et sera bientôt là. Quand je raccroche, je pense à mon haleine de tabac et de bière, et j'espère qu'elle ne la sentira pas.

Le temps qu'elle arrive, j'ai cessé de pleurer. Elle me trouve prostrée, les bras croisés, assise sur un muret. « Je t'emmène manger une glace à la cafétéria. » Je garde le silence pendant tout le trajet.

La cafétéria est presque déserte. Je commande une glace et nous allons nous asseoir en terrasse pour qu'elle puisse fumer. D'abord je mange sans rien dire. Je suis épuisée, mais la glace me console. Ma mère, qui fait toujours attention à sa ligne, n'a pris qu'une boule de glace au café qu'elle mange par petites cuillerées, comme un oiseau. Elle attend, elle regarde le noir que j'ai sous les yeux, où mon maquillage a coulé.

— Bon, alors, Justine. Qu'est-ce qui s'est passé ? Vous avez bu de l'alcool ?

Je suis grillée. Je commence à lui expliquer que c'est Mathilde qui a insisté pour qu'on commande des bières, puis je voudrais ajouter qu'elle boit au bar avec ses parents, mais ma voix se brise et je recommence à pleurer. Je lui raconte tout ce qui s'est passé, tout ce qu'elle m'a dit, tout ce que je ressens par rapport à elle depuis le début de l'été. Je lui parle même de la fête de la musique, comment Quentin et elle m'ont laissée à l'écart, mais je garde pour moi la présence de Vedel.

J'ai besoin de la compassion de ma mère. C'est bien d'en rajouter un tout petit peu.

— J'ai même pas pu lui parler de ce week-end ! De toute façon, maintenant, ça sert plus à rien, c'est fini. C'est plus ma meilleure amie, je veux plus jamais la voir !

Heureusement que nous sommes seules sur cette terrasse, j'ai haussé la voix comme une petite fille en colère. C'est exactement ce que je suis. Ma mère a terminé sa glace, allumé une cigarette. Elle pose doucement sa main sur la mienne et se penche vers moi pour m'assurer, avec douceur, que nous finirons par nous rabibocher.

— J'ai découvert que c'est elle qui m'avait séparée de Jazz, maman, elle l'a manipulé, elle m'a manipulée parce qu'elle veut que je reste toute seule ! Je sais même pas comment j'ai fait pour pas me rendre compte qu'elle m'avait trahie... Elle a traité Jazz de pédé !

Ma mère se fige. Elle se mord la lèvre, pensive, elle fait la moue.

— Écoute, si c'est comme ça... Il vaut mieux en rester là, c'est vrai.

Je n'ose pas revenir sur le fameux week-end, je vois bien à sa manière de regarder au loin qu'elle est en train de chercher une solution. Je ravale mes sanglots pour finir les dernières cuillerées de glace fondue au fond de la coupe.

Après un long silence, ma mère tourne la tête vers moi : « Tu veux que j'annule, pour ce week-end ? Que je reste avec toi ? » Ça lui faisait tellement plaisir de partir avec Philippe. Elle n'a pas encore profité de l'été. J'étais en colère contre elle, je la trouvais égoïste, il y a deux jours, il y a même une heure, mais maintenant j'ai honte de moi. Il n'y a qu'elle qui puisse écouter mes chagrins, il n'y a qu'elle qui sèche mes larmes et qui me berce depuis que je suis née. Et j'en ai assez d'entendre parler de ce problème depuis des jours. Que ce petit week-end insignifiant soit devenu un problème. Je réponds : « Non, maman. Je veux que tu profites de tes vacances. » Elle me sourit avec tant d'amour que j'en oublie combien j'ai pu la détester.

— Mais je vais pas te laisser toute seule à la maison pendant deux jours, quand même... Avec ce qui s'est passé, avec Océane...

— Mais non maman, t'inquiète pas, personne ne viendra me chercher ou m'enlever à la maison. Personne ne veut de moi de toute façon, personne ne me remarque alors... c'est sûr que personne ne va m'enlever.

— Ne dis pas des choses comme ça, Justine. Il y a beaucoup de personnes qui veulent de toi et qui te remarquent. Ne joue pas les victimes comme ça, on dirait ton père. T'es sûre que tu pourras rester toute seule tout le week-end ?

— Oui, maman. Ça me fera du bien.

— Tu ne sortiras pas, on est bien d'accord. Pas de vélo.

Finalement, elle a accepté. Avant de repartir à la maison, elle m'a envoyée me passer de l'eau sur le visage aux toilettes de la cafétéria. On a encore discuté toute la soirée, on a regardé la télé pour se changer les idées. On n'a pas une seule fois évoqué Océane, ni mon père. Elle a fini par me demander où j'en étais avec Jazz et j'ai menti, j'ai dit qu'on se verrait peut-être bientôt. Depuis qu'elle sait que c'est Mathilde qui avait monté le coup, elle a complètement changé d'avis et décidé que c'est un gentil garçon bien comme il faut. Elle m'a dit : « C'est bien, c'est très bien, je suis contente. » Et moi aussi, je suis contente. J'ai réussi à reprendre un tout petit peu de contrôle sur ma vie. J'ai voulu avoir la maison pour moi toute seule ce week-end et j'ai réussi. Je serai libre pendant deux jours entiers, même si j'ai un tout petit peu peur.

Avant de dormir, dans la pénombre de ma chambre, je sens les larmes toutes prêtes à revenir en me rappelant toutes les fois où on a lu notre horoscope ensemble, avec Mathilde, où on s'est maquillées ensemble, et je me dis que plus jamais on ne traînera chez elle à écouter de la musique à fond, une sucette bleue dans la bouche, celle qui colore la langue, que plus jamais on ne se racontera nos secrets. Ma meilleure amie a disparu, elle est devenue ce que nous détestions.

15

Au réveil, j'ai tout oublié de ma tristesse. J'ai l'impression d'avoir un sang noir, glacé, traversant mes veines chaudes. Je n'ai presque rien mangé hier soir. Ma mère est venue me réveiller, elle m'a reproché de ne pas m'être démaquillée avant de me coucher. J'ai les yeux barbouillés de noir et des traces grises de larmes séchées. Je vais me démaquiller et nettoyer soigneusement ce visage que Mathilde a regardé pour la dernière fois hier. Et aujourd'hui, j'irai l'offrir au soleil, mon visage, en fermant les yeux. Et j'attendrai que cette journée passe, puis celle de demain, puis tout le temps qui me sépare de cette autre vie que j'aurai un jour.

Ma mère s'affaire pour boucler son petit sac comme si elle partait pour des semaines et elle commence des phrases qu'elle ne finit pas. Je ne sais pas si elle parle à Philippe, à moi ou à elle-même. Souvent, quand il est là, elle s'agite beaucoup, comme si elle jouait une pièce de théâtre où elle serait toujours au bord de la crise, tant elle a de choses à accomplir. Elle ne s'en aperçoit même pas. C'est sa façon de se rendre intéressante, de tenir Philippe en jouant la mère seule et débordée, héroïque, fragile, qui jongle entre sa vie et celle de son enfant. Philippe la regarde, et de temps à autre, consulte l'heure. Il l'attend. Il grommelle qu'il est déjà plus de neuf heures, il comptait se mettre en route plus tôt. Je suis sûre que, seule avec lui, elle s'apaise, elle est plus calme, comme quand elle est seule avec moi. Il trouve peut-être ça ridicule, son bouillonnement quand nous sommes tous les trois. Mais il prend son mal en patience pour le jour où nous ne serons plus jamais, presque plus jamais réunis et qu'elle ne sera plus qu'à lui.

Enfin, elle s'assied avec nous à la table de la cuisine pour fumer une dernière cigarette avant leur départ. Elle m'adresse un sourire comme quand j'étais petite et me demande comment je vais. Elle me submerge de recommandations de prudence, elle va réussir à me contaminer avec ses inquiétudes. Elle énumère tout ce qu'il y a à manger dans le frigo.

Philippe en a marre d'attendre, il contemple ses ongles. Il paraît que quand on regarde ses ongles, ça signifie que quelqu'un, quelque part, parle de nous. Elle continue à me dire de ne pas ouvrir la porte à qui que ce soit, de ne sortir me promener dans le village sous aucun prétexte — je n'en ai pas l'intention —, de ne pas faire bronzette en bikini dans le jardin... Elle n'en finit plus. J'acquiesce à tout ce qu'elle dit, dans l'espoir de les faire partir au plus vite. Philippe abandonne et va dans sa voiture. Je ne lui réponds pas quand il me dit à demain. J'essaie de ne pas montrer combien j'ai hâte d'avoir la maison à moi toute seule, pour me croire seule au monde pendant quarante-huit heures. Je suis fatiguée de la semaine qui s'achève. Il faut qu'ils partent enfin. Elle m'embrasse distraitement avant de se raviser et de me serrer trop fort contre elle et puis, enfin, enfin, elle rejoint Philippe. J'écoute la voiture s'éloigner, soulagée.

Je suis heureuse, j'écoute le silence. Je me mettrai en bikini dans le jardin. Ma mère ne le saura pas. J'enfile un T-shirt et un short par-dessus mon maillot de bain sans me regarder dans le miroir. Je n'ai pas envie de me voir. Je me sens moche ces derniers temps.

J'entends une voiture approcher, s'engager dans notre jardin. S'y arrêter. Je suis traversée par l'idée absurde qu'ils sont déjà de retour. Est-ce qu'ils ont oublié quelque chose ? Est-ce que ma mère est tellement inquiète qu'elle a décidé de tout annuler ? Je reste figée, j'attends. Elle m'a dit de n'ouvrir à personne. Et si c'était lui ?

Je jette un regard par la fenêtre. Un sourire immense m'ouvre le visage en deux parce que cette voiture, c'est bien la vieille Citroën grise de Vedel. Et lui, il est là, qui sort de sa voiture et me voit et me sourit en retour. Je suis prise d'une joie intenable : il est revenu ! Je me sens palpiter tout entière. Je lui ouvre la porte.

— Bonjour, fait-il, et son regard efface le soleil.
— Bonjour, je réponds, le souffle court.
— Ta mère n'est pas là ?
— Non, il n'y a que moi, dis-je avec une fierté écrasante. Elle est partie tout le week-end avec Philippe.

Il est surpris. Il semble sur le point de faire demi-tour, il ne savait pas. Elle lui a demandé de venir ce week-end s'occuper du jardin. Est-ce qu'elle aurait laissé un mot, des indications sur ce qu'il a à faire ? Non, rien du tout. Il ne veut pas de café. Il ne me regarde pas vraiment. Moi, si. Ça fait plus de trois semaines qu'il n'est pas venu.

Vingt-six jours exactement. Il m'a manqué. Je voudrais m'approcher un peu plus de lui pour sentir son odeur. Je contemple la courbe de son cou et j'ai envie de m'enrouler autour de lui et de m'enfouir en lui et de l'embrasser et de le respirer pour calmer la mitraille de mon sang à l'intérieur de moi. Alors c'est vrai, qu'elle ne l'a pas viré, ma mère. Il est toujours là. Elle a oublié qu'elle lui avait demandé de venir ce week-end, elle a oublié qu'on avait échangé des regards le jour de la battue, peut-être qu'en réalité, elle ne s'en était même pas rendu compte et que je me suis monté la tête toute seule. Je me sens légère comme une fleur.

— L'autre jour, elle a dit qu'il faudrait couper un peu les branches du sureau qui nous envahissent et la haie. Et aussi abattre le petit abricotier et le brûler avec tout le reste.

Je lui explique ça pour le retenir car je le sens sur le point de partir et je ne sais pas pourquoi.

— D'accord, me répond-il. On verra pour le feu, à cause de la canicule, mais déjà je vais m'occuper de tout ça.

Il me sourit et va dans le jardin. J'ai l'impression de lui avoir donné des ordres. Je n'ose pas aller le rejoindre. Je ne sais pas quoi lui raconter. Je monte m'enfermer dans ma chambre. Je m'étais imaginé des tas de choses que nous aurions pu nous dire ou nous faire si nous nous retrouvions seuls tous les deux et maintenant qu'il est là, je suis paralysée. Le petit soldat qui a peur de la bataille.

Je parcours ma chambre de long en large comme une folle. Coco miaule derrière la porte. Je suis prise d'une sorte d'étourdissement, comme un orage en moi, une confusion, mêlée de la gêne de lui avoir donné des ordres et de l'exaltation d'être seule avec lui. Presque avec lui, puisque je n'ose pas aller le voir. Une peur panique m'en empêche. Je m'assieds, me lève, recommence à marcher sans direction et rapidement tout autour de ma chambre. Il m'a tellement manqué, j'aurais honte qu'il le voie, mon manque, et puis aussi ma joie. Mes yeux brillent trop. Derrière la porte, la chatte commence à gratter, elle s'impatiente.

Quand je lui ouvre enfin, elle entre dans la chambre en trottinant, la queue dressée, agitée de frissons. Elle se précipite sur moi et se frotte contre mes chevilles, en tournant autour de moi. Je suis tellement troublée que je lui fais peur, elle me câline pour me consoler.

J'ouvre les volets et la fenêtre mais ferme les rideaux. Et je reste dans ma chambre. Le grand silence, l'odeur forte du soleil pénètrent dans la pièce. Et puis les bruits qu'il fait quand il travaille. Il est quelque part sous ma fenêtre, tout près. Pieds nus, légère et clandestine, je m'approche et écarte un peu les rideaux pour l'observer. Il est là. Il ne sait pas que je le regarde. Et moi, je suis émue par chaque parcelle de lui, de la tête aux pieds. Il est là en plein cagnard en train de déraciner l'abricotier. C'est un jeune arbre malade, condamné depuis que ma mère l'a planté, il y a trois ans. Ou quatre. On n'en a jamais tiré de fruits. Il me fait un peu de peine, ce pauvre arbre. Il paraît tout chétif comme ça, mais il résiste un peu, tout de même. Ses racines sont profondes.

Il plante la pelle dans la terre d'un seul geste. Je pense à la densité de la terre, à sa résistance presque intentionnelle aux coups de pelle, à l'outrage d'être creusée. Elle pèse un poids d'animal, la terre, et elle est sèche, granuleuse, aérienne. On n'y plante pas facilement une pelle aussi lourde. C'est le manche qui pèse le plus, en bois plein, un diamètre de poing, il doit approcher les quatre kilos. C'est comme un coup de couteau dans un corps, la lame de la pelle, il faut la faire entrer sous un certain angle, avec assez de force pour entailler la terre.

Je suis fascinée par ses gestes, la force apparente de ses gestes. Il retire son T-shirt. Je ne sais pas pourquoi j'ai besoin de jeter un regard derrière moi pour m'assurer que je suis bien seule dans ma chambre. Il n'y a pas grand-chose à voir, à vrai dire. C'est rien qu'un homme qui creuse un trou autour d'un arbre malingre. Mais le seul mouvement de retirer le T-shirt me fascine, le bras qui a une trajectoire d'arc-en-ciel. Le geste, vu de dos, de chercher dans la poche le paquet de cigarettes, d'en allumer une, chaque mouvement de ses mains se répercute dans son dos, c'est comme une eau qui se trouble, qui se ride. Il est vivant ce dos, c'est une rivière, un torrent. Il s'accroupit au bord du trou pour fumer, en levant vers le ciel, vers le soleil, son visage. Il me semble voir d'ici qu'il sourit, c'est une grimace ouverte de plaisir. C'est de là que viennent les larges sillons qui encadrent sa bouche, comme des parenthèses, comme si tout ce qu'il disait était entre parenthèses. Les parenthèses de ses silences, de ses sourires offerts au soleil. J'aimerais tellement le voir de face, apprendre de lui comment on dessine un sourire de plaisir. Comment on prend un visage de plaisir. Comment on prend du plaisir, simplement celui de la lumière et de la chaleur. Ainsi accroupi, on dirait qu'il s'apprête à boire en se penchant vers un point d'eau.

Il a terminé sa cigarette et recommence à creuser. Je regarde ses bras, comme ils sont sculptés et polis et tannés, comme tout bouge quand il bouge, son dos, la terre, les ombres. Ses bras. C'est un cours d'anatomie. L'anatomie de Vedel. Je me sens attirée vers l'avant. Je tiens un pan des rideaux entre deux doigts. C'est comme une musique, comme une transe, je me sens attirée vers lui. Il a l'air d'un arbre, cette impression de soutenir en s'élevant, comme un arbre immense. Ses bras tout en courbes lisses, j'ai envie de tendre les miens, de toucher son bras dur, de l'entourer de mes deux mains, de le découvrir, le dessiner des doigts. Je ressens une grande chaleur qui me traverse, une sorte d'effroi, des sueurs froides sur mon visage tout blanc, taché de rouge aux joues, je le sens, et une brûlure tout le long des jambes, comme si j'étais en train de me pisser dessus, que ça coulait chaud le long de mes jambes. Je m'attendrais à voir une flaque dorée à mes pieds si j'y pensais, si je détournais une seconde les yeux de lui. Une pulsation de plus en plus posée, plus certaine, de plus en plus ronde et plus imposante, imposée, me bat entre les cuisses. Je regarde ce dos, j'imagine la langue.

À cet instant je me sens si bien, si contente, vraiment contente, je revois une des vaches du pré d'en face en train de pisser. Ça n'a rien à voir avec le potentiel érotique du dos nu et brûlé et inondé de Vedel en plein effort. En face de ma chambre, plus loin, au-delà du jardin, de la clôture et du potager de nos voisins, il y a un petit pré. Un petit pré avec des vaches blanches qui sont là toute la belle saison. J'aime bien les regarder, elles sont jolies comme des porcelaines. Un jour j'en ai vu une qui s'offrait au soleil elle aussi, toute sa grosse tête au soleil, sa gueule entrouverte. Elle était entièrement tournée vers la lumière, son corps détendu, la queue ne chassait aucune mouche, les flancs ne tressaillaient pas, simplement cet air extatique, gueule entrouverte, yeux à demi fermés, les longs cils, le cou tendu vers le ciel. Et soudain, elle a levé sa queue recourbée et s'est mise à pisser. Un jet clair, terriblement bruyant, je l'entendais depuis ma fenêtre. Avec son air de contentement suprême, son corps épanoui à l'extrême de pouvoir enfin pisser librement, joyeusement, dans cette température idéale, sous ce soleil bienveillant. Pas une mouche à l'horizon, les odeurs végétales des herbes chauffées par le soleil de presque midi, le bourdonnement des insectes et le chant des oiseaux, un instant absolument parfait pour cette vache qui était l'incarnation du bien-être le plus total. Et moi, je me sens enfin comme cette vache qui pissait. C'est étrange, c'est absurde.

Il n'y a que lui qui donne de la valeur à cet été, il n'y a que lui qui me rende heureuse. Il faudrait que je le lui dise, mais je n'ose pas.

Je m'observe dans le miroir. Je ne suis pas assez belle pour lui plaire je crois, mais moins laide que ce qui m'a semblé ces derniers jours. Mes yeux ont changé de couleur, et de taille même. Je ne me reconnais pas vraiment. Je me détache les cheveux et je ne me reconnais toujours pas. Je me demande si je rêve. C'est moi mais plus tout à fait la même. Il y a une lueur dans mon visage, une lueur étrange, mes lèvres sèches qui paraissent plus rouges. Alors, c'est ce visage-là qu'il voit, Vedel, s'il me regarde – si jamais il me regarde. Ce n'est pas ma tête d'enfant, d'adolescente, ce n'est pas celui que j'ai en son absence, celui que connaît ma mère ni celui qui a attiré Anthony sur une photo. C'est peut-être le visage que j'aurai quand je serai une femme. Pas assez belle pour être décrite comme belle, ni même jolie, mais avec un visage lumineux, ouvert, grand ouvert comme une fleur, comme un ciel.

Après avoir constaté que je n'étais ni belle ni moche, je me décide enfin à sortir dans le jardin pour m'allonger sur l'herbe, en maillot de bain, presque nue. Je fais semblant de lire et je l'écoute. Ce n'est pas lui que j'entends, ce sont les bruits de ses gestes et de son travail. Le son métallique des cisailles qui coupent la haie. La haie qui nous dérobe à la vue des voisins. De là où je suis couchée, je ne le vois pas mais je suis heureuse qu'il soit tout à côté. Ce n'est que sa présence près de moi dont j'ai besoin. Ce serait notre vie ensemble, un infini matin paisible et lumineux, le calme et l'équilibre. Je l'écouterais vivre. Je l'écouterais bouger. Je le regarderais faire des gestes simples et sonores, rythmés, sa vie serait la musique et le métronome de la mienne. Son périmètre de respiration serait mon abri. Je voudrais que cette matinée et notre intimité ne finissent jamais. Parce que près de lui, plus rien n'a d'importance. Ni les humiliations qu'on m'a infligées, ni mes tristesses, ni les filles qui disparaissent, ni celles qui sont vulgaires et bagarreuses, ni l'ennui noyé dans l'alcool, ni mes parents qui n'arrivent pas à m'aimer, ni l'indécision de mon apparence.

J'aimerais savoir où il vit, comment il vit. Dans quelle sorte de cafetière il prépare son café, de quelle couleur sont ses draps, comment sont rangés ses livres – je sais que c'est un homme qui s'entoure de livres. Où il fume : à l'intérieur, à la fenêtre, dehors. De quoi peuvent être faites sa vie, sa maison, sa chambre – je voudrais regarder les petits objets qui lui appartiennent et que lui ne voit plus, par habitude. Quelle pourrait être ma place parmi ces choses, où pourrais-je déposer mes vêtements, mon corps, chez lui ? Pas une seconde je ne me dis qu'il pourrait y avoir beaucoup d'espace, mais pas la moindre place pour moi. Il y en a forcément. Il m'a tenu la main. C'est une chose qui compte.

Il suffirait simplement que l'on s'embrasse, que l'on se touche, pour s'accrocher l'un à l'autre et construire une nouvelle vie qui ne serait qu'à nous. Et quand je ferme les yeux pour écouter ses gestes, je peux voir son dos, comme il bouge, ses mains fortes, ses bras et la sueur sur sa tempe qui a la forme de mon baiser. Je me dessine les contours d'une vie ensemble, comme une amoureuse, mais je sais que ce n'est pas le soleil qui fait brûler l'intérieur de mes cuisses et de mon ventre. C'est lui. Il me fait palpiter et pleurer l'intérieur, je sens se déployer mon sexe et s'imposer son existence comme une partie vivante de moi. Le bruit de ses gestes réveille cet oiseau sauvage caché en moi et j'ai envie qu'il m'embrasse. Qu'il jette un regard alentour pour s'assurer que personne ne nous surprendra, qu'il vienne s'étendre près de moi et qu'il me prenne contre lui, qu'il enfouisse son visage solaire dans mon cou, qu'il me touche et qu'il me dise qu'en réalité je suis belle.

Je me tourne sur le dos et offre toute ma figure au soleil. Je veux que ça brûle. Que ça me noie. Que ça m'endorme. Je ne saurai pas quoi faire, je ne saurai pas comment lui donner l'autorisation de m'emporter dans sa vie et de me faire tout ce qui lui plaira.

Je suis éblouie par la lumière, je ne vois que du rouge à travers mes paupières. C'est mon sang que je vois, alors que rougit ce visage nouveau que je me suis découvert dans le miroir. Ce visage qui est à lui, qui est pour lui. Mon visage de femme avant d'en être une, celui qu'il gardera près de lui, depuis le matin jusqu'à la fin des nuits. Celui qu'il fera connaître autour de lui. Nous partirons en voiture, il me présentera à ses amis et nous irons voir des concerts de rock, nous passerons des soirées dans des bars. Les gens diront : « Justine, tu sais, c'est la fille qui sort avec un vieux. » Ou bien ils nous regarderont de travers, ils seront jaloux de notre liberté et des plaisirs qui feront notre vie. Et moi, j'aurai l'air d'une femme longtemps avant d'en devenir une vraie. Je ne sais pas ce que c'est, ce que ça suppose, d'être une femme. Pour moi, rien de plus que d'être la sienne. Des baisers seuls ne suffisent plus à mes rêves, il me faut inventer toute la vie qu'ils ouvriront derrière eux.

Il est parti un peu avant midi. Je n'ai pas osé lui proposer de déjeuner avec moi. Ce moment que j'ai tant attendu et dont j'ai tant rêvé, être enfin seule avec lui, est arrivé ce matin et je n'ai rien osé faire, on est restés chacun dans notre coin.

Je pense à lui, je m'endors avec son image. Je préfère revoir son visage que de remuer l'humiliation infligée par mes parents, qui se sont battus pour ne pas m'avoir. Des bribes de la conversation d'hier après-midi avec Mathilde me reviennent et je les repousse loin de moi pour me raccrocher aux images, aux éclats de Vedel que je garde toujours en moi. Ces images de lui qui déjà ne sont plus réelles, qui déjà sont conformes à mes désirs, elles sont devenues mes illusions. Je pense à lui comme on construit des rêves de liberté quand on est en prison. Je me sens en prison chez moi. Avec lui, le monde entier serait à moi.

J'ai encore honte de ma timidité en me réveillant de ma sieste, j'ai l'impression de remonter des abysses, ce sommeil sans rêve.

Je n'ai pas fait attention au claquement régulier des cisailles dans le jardin, parce qu'il y a toujours des bruits lointains, je n'avais pas compris qu'il était de retour. Descendue dans la cuisine, j'aperçois sa voiture par la fenêtre et je suis paralysée à l'idée qu'il soit déjà revenu et que nous soyons de nouveau seuls, vraiment seuls, peut-être que cette fois nous allons enfin nous embrasser.

Je passe de l'eau glacée sur mon visage et je sors sur le pas de la porte. Il a fini de tout couper, d'effacer les traces sauvages du jardin pour qu'il soit comme ma mère l'aime. Il prépare un tas de branches, de feuilles, d'herbes sèches au fond près de la clôture, loin de la maison. Je reste là sur le pas de la porte, ma main en visière, à le regarder, et j'imagine que notre vie commencerait de cette façon, moi un peu à l'écart observant de loin comme il bouge, comme il travaille, comme il respire et existe, dans un espace rien qu'à lui et moi. Il ne m'a pas vue. Je marche jusqu'à lui, dans ce coin du jardin qui dégage une entêtante odeur de végétation sèche mêlée à celle de sa transpiration.

Cet instant. Il se tourne vers moi et me sourit, et comme il ne sait pas quoi me dire, il me fait : « Justine, ça va ? » J'ai un serpent dans le ventre qui remue, comme chaque fois qu'il me parle. « Oui, je dormais. Est-ce que tu veux un verre d'eau ? » Je regarde la sueur qui coule le long de sa nuque, une veine qui palpite sous sa peau brune. Il me répond oui, merci, et puis, comme pour s'excuser de ne pas venir le chercher lui-même, il ajoute qu'il va allumer le feu. Le temps d'aller à la cuisine et d'en revenir, je me sens heureuse de le servir, je me sens fébrile.

Quand il prend le verre que je lui tends, j'ai envie de me serrer contre lui, j'ai envie que l'on se serre si fort que l'on ne soit plus qu'un seul être.

« Tu veux rester ? Il va faire une chaleur d'enfer quand j'aurai allumé le feu », me prévient-il. Je hoche la tête, comme une enfant. Ça lui fait plaisir, il a tout le visage qui s'ouvre. Et puis il m'envoie ouvrir le robinet d'eau et chercher le tuyau d'arrosage pour qu'il puisse l'avoir à portée de main, pour que l'on travaille ensemble. C'est la première fois que l'on fait vraiment quelque chose ensemble. Le temps que j'arrive en traînant péniblement le tuyau derrière moi, qui se gorge déjà d'eau, qui est lourd, ramolli et chaud à cause du soleil, le feu a pris et les flammes commencent à monter en crépitant. On va faire un immense brasier.

Il ne m'entend pas revenir, il surveille le feu. Et moi, je regarde son dos. Le chant des flammes couvre le bruit de mes pas et le son mat du tuyau que je lâche dans l'herbe, trois pas derrière lui. Je n'entends pas non plus son briquet mais je le vois allumer une cigarette. Je m'approche, il va m'en offrir une, je crois.

Il tourne la tête vers moi avec un petit sourire, « C'est bon ? » et il lance un œil derrière lui pour voir le tuyau, comme si c'était à cette espèce d'immense ver tiède qu'il avait posé la question plutôt qu'à moi. Merci. Il a un geste indécis avant de mettre la main dans la poche de son jean, comme pour la retenir de se poser sur moi. Mais j'aimerais bien qu'il entoure mes épaules de son bras. Et puis il me regarde encore, complice. « Tu veux une clope ? » Je lui réponds tellement bas qu'il n'entend pas ma réponse, mais il sait que je lui ai dit oui, bien sûr, puisque je lui dis toujours oui. Je ne lui dirai non que s'il me demande si j'ai un amoureux. Autrement, ce sera oui, toujours oui, inlassablement.

Il m'offre une cigarette.

L'écran de chaleur et de lumière rouge nous plonge dans le silence. Il jette son mégot dans le feu, puis il prend le tuyau et commence à arroser l'herbe tout autour du brasier pour qu'il ne se propage pas. Je fais quelques pas de côté, il n'a pas eu besoin de me le demander et je n'ai pas besoin qu'il me dise merci, on n'a pas besoin de se parler. Nous nous tenons derrière la ligne d'eau, comme en enfer, le soleil partout sur nous, sans pouvoir détourner les yeux de l'atmosphère brûlante du feu.

Je sens que je peux tout lui dire. Je pourrais lancer une première parole, n'importe laquelle, il m'écouterait. Je pourrais me défaire de tout, me mettre plus nue et plus vulnérable qu'avec quiconque, il ne me demanderait à aucun moment d'arrêter, de garder un peu de pudeur et de me taire sur telle ou telle chose. Il continuerait à regarder le feu qui imiterait le mouvement de mes paroles, il m'écouterait, il saurait tout entendre, tout comprendre de moi, sans jamais me juger ni se dérober. Et il aurait la réponse. Il saurait dire ou faire ce qui me rassurerait, ce qui me donnerait ma place et ma paix. Il jette encore quelques branches fines sur le tas enflammé, excitant le feu qui monte vers le ciel en sifflant. Il me dit : « Écarte-toi un peu. »

En m'adressant à sa nuque humide, je commence à lui parler. Je lui parle de la bataille que mes parents se sont menée pour ne pas m'avoir ce week-end. « Je sais que si j'avais un frère ou une sœur, ça ne poserait de problème à personne de me laisser seule pendant deux jours. De nous laisser, parce qu'on serait deux. » Il tourne la tête vers moi, le visage calme et sans sourire, il a un regard qui m'écoute. « Parfois, il me semble que mes parents regrettent de m'avoir eue parce que ça leur rappelle qu'ils ne peuvent pas se quitter complètement, qu'ils sont bien obligés de se parler de temps en temps. Ça leur rappelle qu'ils ne peuvent pas être totalement libres parce que je suis là et je serai toujours là. J'avais l'impression d'être une petite fille quand ils s'engueulaient au téléphone pour savoir qui allait devoir s'occuper de moi – que ce n'était pas un plaisir, pas un privilège, c'était une obligation, c'était un problème. J'avais l'impression d'être une chose et qu'il fallait trouver quoi faire de cette chose pendant le week-end. Comme si j'étais pas capable de m'occuper de moi-même, ou comme s'il allait m'arriver un truc. Mais personne ne va venir me chercher ici pour me faire du mal ou m'emmener ailleurs. Non. Vraiment, personne ne va venir me chercher ici. »

Il s'assied à mes pieds dans l'herbe et je m'attends à ce qu'il enlace mes jambes de son bras fauve, qu'il embrasse mes genoux. Je veux qu'il embrasse mes genoux. Mais il tapote l'herbe à côté de lui pour m'inviter à m'asseoir. C'est presque comme s'il allait me prendre contre lui, mais il ne bouge pas. Il regarde mon visage et je le sens sans tourner les yeux vers lui. Sinon j'essaierais de l'embrasser, je crois. Il me dit : « Je ne pense pas que ça ait un rapport avec toi, tu sais. C'est une affaire de couple. Peut-être que dans le fond, il y a un peu de rivalité, un peu de jalousie, même quand on ne s'aime plus. C'est tombé sur toi, c'est tout... » J'arrache des petits brins d'herbe, j'ai de la peine. « Oui, mais s'ils avaient pas eu d'enfant, ils pourraient vivre leur nouvelle vie tranquillement sans se demander qui fait quoi ce week-end. C'est pas que ça tombe sur moi, c'est juste moi qui tombe mal... seize ans plus tard. Tu comprends ? » J'ai honte de dire mon âge à voix haute. Comme si je voulais lui faire croire que j'ai l'âge d'être avec lui. Alors qu'en fait si ça ne me plaît pas de me l'entendre dire, c'est simplement parce que le reste du temps, je me fais croire à moi-même que j'ai l'âge d'être avec lui.

Il se tait. J'ai probablement raison, alors. Il replonge son regard dans les flammes et j'aimerais savoir à quoi il pense. Je ne sais jamais comment me tenir près de lui, je ne veux pas m'avachir ni m'alanguir, j'aimerais mieux m'allonger sur lui, contre lui, et fermer les yeux et que l'on reste comme ça, à s'aimer sans rien dire.

La montagne du bûcher diminue. Les flammes sont égales. Le soleil ne bouge pas. Vedel non plus. Mes paroles remontent, c'est plus fort que moi. « Ma meilleure amie m'a laissé tomber, et puis, aussi, j'ai découvert qu'elle m'avait trahie. » Et je lui raconte tout, pas avec les mots d'une adolescente qui parle à une amie, j'en choisis de plus jolis, juste pour lui donner l'image d'une fille plus raffinée que les autres de son âge, pour l'impressionner un peu. Je lui décris l'indifférence de Mathilde pour tout ce qui ne se rapporte pas à elle-même ou à son mec, je lui raconte comment sont ses nouveaux amis, qu'on a fini par se fâcher parce qu'elle voulait me caser avec un garçon et parce que j'ai appris qu'elle m'avait séparée d'un autre. Il me répond : « C'est dommage de se fâcher... Tu passes peut-être à côté d'une belle histoire d'amour. » Est-ce qu'il dit ça pour me provoquer, pour me forcer à faire le premier pas ? Je lui dis que ça ne pourrait pas être une belle histoire d'amour avec un garçon comme ça, que les garçons dans son genre sont un peu attardés, qu'ils ont tous la même odeur et la même manière de parler des gens, de la vie, qu'ils n'ont vraiment rien qui puisse les rendre intéressants ou aimables. « Tu es dure en amour, Justine, me fait-il remarquer. T'as peut-être raison. » Je voudrais lui dire que c'est parce que c'est lui que j'aime. Mais je le garde pour moi. Il sourit quand je parle des autres filles, de la vulgarité de Mathilde et de ses nouvelles copines, qui boivent et qui parlent fort en terrasse, qui pointent toujours leurs gros seins vers le ciel. Il sourit : « C'est juste qu'elles ont besoin de faire ça pour qu'on les voie. Mais toi, Justine, t'as pas besoin de ça. »

Je devrais trouver le courage de l'embrasser maintenant. Je suis submergée par le plaisir des mots qu'il vient de me dire, je suis galvanisée. Il pourrait le faire, lui. Je le vois, là, près de moi, qui a un geste hésitant, un geste interrompu, qui n'ose pas se finir sur mon corps. L'instant est déjà passé. L'élan d'un baiser est précaire et impatient. Il est passé, c'est trop tard.

Je lui lance : « Tu sais quoi ? », et il me regarde avec sa bienveillance, sa patience, sa douceur. Son visage est rouge, sans doute le mien aussi. Nos vêtements, nos cheveux sentiront la fumée du feu de bois. Il répond : « Non, quoi ? » et je lui avoue que j'aimerais être plus tard déjà dans ma vie, être loin de cet été et de mon âge. Affranchie de mes parents et de tout ça. Ça le fait sourire, il me conseille de ne pas souhaiter ces choses-là, de prendre le temps que j'ai maintenant. « Il n'y a pas grand-chose à envier à l'âge adulte. On te l'a déjà dit, ça ? » Dans ses yeux, je vois bien qu'il ne plaisante pas, malgré son sourire. J'ai envie de me défendre.

Avant même que je puisse répondre quoi que ce soit, il ajoute : « C'est parce que t'as pas encore compris que les frustrations de ton enfance seront ta consolation dans tes noirceurs d'adulte, quand la vie sera méchante. Tu te rappelleras tout ça avec douceur. Un jour le temps commencera à passer trop vite. » Il faut que je me défende, il le faut. Lui décrire la lenteur de tout, les amours de mes parents, de mes amis, de tout le monde sauf moi, ma solitude, lui prouver que si j'avais son âge ou presque, je serais bien plus heureuse, lui demander ce qu'était sa vie quand il avait seize ans, lui, lui. Mais son regard m'empêche de parler encore et je lui prends la main.

Je suis parcourue d'un grand frisson, souple, léger, l'électricité douce qui s'échappe de sa main m'emplit et me traverse. Mes doigts restent timides, entrouverts autour de sa main, et je sens la surprise contenue qui le saisit quand je le touche. Il sourit encore. Je ne vois que le sourire mais pas la tristesse sur son visage, et il referme sa grande main autour de la mienne, si petite, qui l'entoure doucement. Je n'ose pas serrer.

Nous restons ainsi, main dans la main, sans plus rien dire ni bouger, et j'oublie tout ce qui m'a perturbée ces derniers jours, j'oublie mes parents, j'oublie Océane, j'oublie Mathilde, j'oublie Jazz. Il est à des années-lumière de moi, dans une ancienne vie ; il peut tout essayer, c'est Vedel que je choisis. Quand il tient ma main, plus rien ne me blesse ni ne m'effraie, je suis à l'abri quand il est à côté de moi, et invincible, intouchable quand il me touche. Le feu est tout petit, bientôt éteint. Je sais que je ne l'embrasserai pas aujourd'hui et je sens qu'il ne le fera pas non plus. Cet instant est si parfait qu'un baiser viendrait le gâcher. Je ne me suis jamais sentie aussi proche de lui, aussi proche de qui que ce soit. C'est la main de Vedel que je tiens et que je ne veux plus lâcher, plus jamais. Ce n'est finalement pas un baiser qui ouvre derrière lui toute une nouvelle vie, c'est sa paume contre ma paume.

16

Anne-Sophie est triste. Elle pense beaucoup à Océane, elle pense trop à elle, me dit-elle. Avec son petit ami, les choses se passent de plus en plus mal parce qu'elle souffre et continue à souffrir malgré les efforts qu'il fait. Il se sent coupable de ne pas pouvoir l'aider et d'avoir envie de l'embrasser et de la caresser alors que ce n'est pas le moment. Il a peur d'être égoïste et elle, elle a peur d'être morbide. Elle me raconte tout ça à la terrasse du Burger Palace. Elle avait envie de me voir et besoin de me parler alors nous avons décidé de déjeuner en ville. Je ne faisais pas ça très souvent avant. Je suis fière d'être là, sur cette table en plastique entourée de parasols fermés, de pouvoir manger ce que je veux en payant moi-même et en parlant de nos problèmes, de nos vies. Je me sens, comme le soir de la fête de la musique avec ma bière glacée, comme une adulte déjà, plus près de ce que devrait toujours être la vie : l'indépendance. Même si j'ai payé avec mon argent de poche et que ma mère m'a emmenée en voiture.

C'est le premier jour gris de tout l'été. Il y a un vent léger et chaud qui rend l'atmosphère un peu plus respirable. Anne-Sophie a la même couleur que le ciel d'aujourd'hui, un gris sombre et lourd d'orage. Elle se tait longtemps. C'est le début de l'après-midi mais il fait presque noir. Ça ne se rafraîchit pas, pourtant. J'aimerais bien qu'il pleuve. On a voulu déjeuner dehors et c'est ce qu'on a fait, maintenant on n'a plus rien à faire. Les adultes, eux, après un déjeuner, ils retournent travailler ou bien s'occuper de leurs enfants. Ou alors, ils vont dépenser leur argent dans les magasins. Nous n'en avons pas beaucoup sur nous, je ne sais même pas si je pourrais m'offrir quoi que ce soit avec les quelques euros qu'il me reste. J'aimerais m'acheter une nouvelle robe ou un maillot de bain, quelque chose pour être belle. Ou que nous fassions un truc complètement irréfléchi, complètement révolté. Qu'on se fasse percer l'oreille ou le nombril ensemble, que mes parents le découvrent une fois que ça existe déjà, pour qu'ils sachent que je fais ce que je veux, pas ce qu'ils veulent. Je pars très loin dans ces idées, je me sens galvanisée par un désir sourd de les choquer, de leur faire prendre conscience de mon existence.

Sans parler, comme ça, chacune perdue dans ses pensées, on doit avoir l'air de quoi ? Seulement de deux filles tristes, qui se sentent plus âgées que dans la réalité, qui regardent dans le vague en silence, à la terrasse déserte du fast-food du centre-ville, sous un ciel de plomb.

« Si tu veux, on n'a qu'à aller au stade, propose soudain Anne-Sophie. On va au supermarché à côté, on achète à boire. Puis on va se poser quelque part au stade. Ça te dit ? » Je n'ai jamais fait ça, je ne suis jamais allée au stade en dehors de mes heures d'EPS au lycée. J'hésite, mais en fin de compte, boire en plein après-midi ou se faire percer le nombril, c'est égal, c'est pareil.

En chemin cependant, je m'inquiète du passage au magasin. Mais elle m'assure que les caissières s'en fichent. Surtout en été, bizarrement. Encore plus quand on est peu nombreux, quand on n'est que deux. Elles font la gueule, ou même des réflexions quand c'est tout un groupe de huit, filles et garçons, qui achète des tas de bouteilles d'alcool à deux euros. Elle me dit que si on prend juste un pack, juste un petit truc, qu'on n'est que toutes les deux et qu'on reste polies, on ne nous demandera même pas notre pièce d'identité. Sur place, je vois qu'elle a raison. Rien. La caissière nous fait payer ça comme si on s'achetait sagement du jus d'orange et un paquet de gâteaux. Pour finir caissière dans un supermarché à la campagne, c'est qu'elle n'a pas dû beaucoup évoluer. Peut-être qu'elle continue à s'ennuyer autant que nous, autant qu'elle-même à seize ans, et elle ne veut pas nous priver de ça, puisque c'est tout ce qu'on a. Les adultes par ici ne sont pas si hypocrites, finalement. Ils nous comprennent. Peut-être qu'ils nous plaignent secrètement.

Pénétrer dans le stade désert me fait une impression étrange. C'est comme si nous nous introduisions dans le lycée en plein été. Comme par effraction. J'avais cours ici. J'ai toujours eu beaucoup de mal à m'imaginer que des gens viennent au stade municipal pour courir. D'eux-mêmes, seuls, pour eux-mêmes. Oui, c'est vraiment comme par effraction. J'ai une vague crainte que des employés municipaux viennent tondre l'herbe du terrain de foot, nous voient et nous chassent. Ou qu'ils appellent la police parce qu'on est là sans en avoir le droit et, pire encore, pour boire de l'alcool dans les gradins. Mais je dois avoir tort. Il n'y a absolument personne. Même les clubs de sport sont en vacances. Le portail est ouvert, on a le droit d'entrer. C'est beaucoup plus tranquille que le jardin public, on ne va sincèrement choquer personne en buvant ici, il n'y a pas d'enfants pour nous voir, encore moins des mères.

Il fait toujours sombre, comme si c'était déjà l'automne. Ce serait bien de pouvoir sauter en avant dans le temps, comme ça. D'être déjà à dans trois mois, en première. Que l'histoire de cette disparition soit résolue, en bien ou en mal, mais surtout qu'elle soit derrière nous. Que je sois secrètement en couple avec Vedel. Il viendrait m'attendre près du lycée un peu plus loin, pas juste devant là où tout le monde fume en sortant de cours et pourrait nous voir et nous juger. Je monterais à l'avant de sa voiture et nous irions chez lui. Je lui raconterais tout de ma journée, lui de la sienne, et nous ne nous écouterions qu'à peu près, perdus chacun dans le désir de l'autre, le désir que cette bouche se taise et qu'elle se mette à embrasser sans fin. Ce serait tellement bien.

Assises face au terrain de foot, on a ouvert chacune une petit bouteille de Smirnoff Ice et bu une gorgée. Elles ne sont pas fraîches. Je n'ai encore jamais goûté ça frais, toujours tiède. Ça a un goût de Sprite avec un vague fond d'alcool.

J'ai envie de lui raconter ce que mes parents ont fait, de quoi qu'ils n'ont pas voulu, c'est-à-dire de moi, le week-end dernier. Je ne sais pas comment exprimer ça, comment expliquer combien je trouve le comportement de mes parents déplacé et écrasant, pour tout, je ne sais pas par où commencer, ni surtout comment finir, comment conclure puisque en réalité tout ça me paraît pitoyable. Tellement pitoyable que je n'en parle jamais à personne. À part à lui, Vedel, l'autre jour, mais je m'en veux un peu d'avoir partagé ça. Comment serait ma vie si j'avais des parents qui m'aiment, de vrais parents ?

« Tu penses à quoi ? me demande Anne-Sophie. Tu dis rien. » J'écoute un peu le silence. On entend des bruits qui viennent du garage qui jouxte le stade. « À rien de précis. Juste à mes parents. Et toi, tu penses à quoi ? » On se parle comme on s'écrit sur MSN, les mêmes paroles, les mêmes questions. Elle soupire profondément et me lance un regard, un long, vaste regard, comme pour me faire comprendre qu'elle a besoin de déverser tout ce qu'elle pense, maintenant et depuis un bon moment, un regard qui me remercie d'avoir attendu pour parler, de lui avoir laissé la place. Elle sort un paquet de cigarettes, tenu bien caché au fond de son sac depuis tout ce temps, et m'en propose une, sans parler, juste en le tendant. Elle me dit : « Je pense à Océane. » Moi, ça fait plusieurs jours que je ne pense presque plus à elle. En allumant nos cigarettes et en sirotant paresseusement notre Smirnoff Ice comme si on se croyait dans un clip de rock, on se prépare en silence, l'une à tout confier, l'autre à tout recevoir.

Je l'écoute, je lui dis que je l'écoute. Elle regarde ses mains en cherchant ses mots. Elle me raconte d'abord comment était leur amitié, de manière éparse et décousue, je ne sais pas pourquoi elle se sent obligée de faire une introduction si longue à ce qui la chagrine. Mais petit à petit ses phrases se font entières, elle se rappelle des choses, elle passe rapidement sur ce qui était agréable entre elles, le temps où tout allait bien, puisque c'est forcé d'en parler. Elle me dit que tout a commencé à changer quand Océane s'est mise en couple avec Enzo et je me mords la langue pour ne pas commenter bêtement que c'est lui qui a été placé en garde à vue. Comme si elle ne le savait pas. En même temps que je l'écoute, j'observe l'évolution lente et noire des nuages devant nous. Je me concentre sans les regarder vraiment, ça m'aide à tout entendre et tout comprendre plus profondément.

— On devait le faire ensemble. Enfin...

Elle s'interrompt. Claque un petit rire sec, aigu. Une étincelle d'hystérie. Comme on plaque sa main sur sa bouche après avoir dit une connerie.

— Pas ensemble toutes les deux. Je veux dire qu'on avait prévu de le faire le même soir, chacune de notre côté. Et puis... elle avait trop peur.

— Peur de quoi ?

— Que ça fasse mal. Elle me disait qu'elle imaginait que ça serait hyper douloureux, tu vois ? Mais en fait, je la connais. Elle avait surtout peur de pas être à la hauteur. Elle pensait qu'Enzo avait couché avec tellement de filles qu'une débutante ça allait le choquer. Donc elle avait peur d'avoir mal et de pleurer ou quelque chose comme ça. D'être nulle et puis qu'il la largue après. Peut-être qu'elle le savait mieux que moi, elle avait eu tellement de mecs, elle savait comment ça marche. Et du coup, elle retardait toujours le truc. J'ai été obligée de faire pareil. Et au bout d'un moment on s'est engueulés super fort avec mon ex. Il draguait une autre fille, j'étais au courant. On s'est séparés. Et on l'a même pas fait. En plus maintenant, il sort avec l'autre.

— Mais je croyais que t'avais un copain en ce moment...

— Oui, maintenant. Mais juste après l'autre, j'ai eu besoin de temps. Je suis sortie avec personne pendant au moins un mois et demi !

Un silence. Un mois et demi, c'est pas si long. Moi j'ai eu qu'un seul petit copain de toute ma vie. Elle me passe une deuxième bouteille de Smirnoff Ice, en ouvre une pour elle. Elle boit, pensive. Puis elle sourit.

— Après j'ai rencontré Jonathan. Mais bon, entre-temps, Océane aussi s'est fait larguer. Il l'a quittée parce que... il disait qu'elle l'aimait pas, parce qu'elle ne lui faisait pas confiance. Océane, au début, elle m'a écoutée. Je lui ai dit : il te largue parce que tu ne veux pas coucher avec lui. Il pense qu'à ça. Et après elle m'a raconté qu'elle parlait avec un autre mec, qu'elle avait un ami d'Internet. J'en étais sûre, mais sûre que c'était plus qu'un ami. Je ne sais pas pourquoi, elle a commencé à s'éloigner de moi. Vachement rapidement, en plus. Je sais pas qui c'était ce mec, elle ne voulait pas trop en parler et elle me mentait, ça m'a saoulée. Elle était faux cul, à force !

Elle allume une autre cigarette, ses yeux sont mouillés. Est-ce que je devrais la consoler ? La prendre dans mes bras... On se connaît à peine, je m'en rends bien compte. Mais je l'écoute. Je sens qu'elle a tout ça sur le cœur depuis longtemps. Elle n'a pas beaucoup de personnes à qui se confier, elle a besoin de se libérer. Elle a cette colère qui s'écoule d'elle. Elle tremble en fumant.

— Elle m'a laissé complètement tomber et puis d'un coup, comme ça, elle est revenue vers moi en me disant qu'elle s'était remise avec Enzo. Je ne comprenais plus rien. Elle s'était remise avec lui, je lui ai dit ses quatre vérités, qu'elle se laissait manipuler par ce mec, elle m'a balancé un truc super méchant. Tu veux savoir ce qu'elle m'a dit ?

— Oui, dis-je, avide de savoir.

— Que je faisais une crise de jalousie, déjà. Et puis que c'était parce que moi, mon mec, il ne m'aimait pas, que je m'étais fait larguer et que j'étais célibataire. Et que donc si j'étais célibataire, je ne pouvais pas le faire, alors elle, elle allait le faire avec Enzo, et c'était pour ça que j'étais jalouse. Elle m'a dit des trucs tellement méchants, tellement dégueulasses… Le jour où elle m'a parlé comme ça, c'était la fin. On a failli se battre. Tu parles d'une meilleure amie…

Elle pleure, elle pleure pour de bon. Son maquillage commence à couler sur ses joues, de longues traînées noires strient son visage. J'ai envie de lui dire qu'elle m'a moi aussi dans sa vie, pas seulement son copain. Elle boit. Je voudrais lui raconter que c'est exactement ce qui s'est passé avec Mathilde l'autre jour. C'était la fin avec Mathilde, aussi. Je ne le fais pas, je ne lui raconte rien. Ce n'est pas le moment de tout ramener à moi, même si j'ai un chagrin vraiment lourd à porter, je vais l'aider à porter le sien.

Je passe doucement mon bras autour de son épaule, timidement, comme un amoureux qui ose à peine se jeter à l'eau. Elle prend ma main, pose sa tête sur mon épaule, et je la sens trembler sous mon étreinte, comme un petit oiseau. La pauvre.

— C'est encore pire, tu te rends pas compte, je la déteste mais en même temps je l'aime, tu comprends. On s'est engueulées, mais on était amies depuis la sixième ! J'ai trop peur. Je veux juste qu'elle revienne, qu'on s'explique, qu'on se réconcilie...

J'ai envie de lui demander si elle ne croit pas qu'elle est morte, Océane. Elle doit y penser et refuser de se l'avouer. Je la berce doucement. J'ai aussi très envie de lui demander si, au cas où Océane reviendrait, au cas où elle ne serait pas morte, on resterait amies toutes les deux, même toutes les trois ? Mais est-ce que je ne suis pas en train de prendre sa place, à Océane ? Ou de combler avec Anne-Sophie ce que j'ai perdu avec Mathilde ? Est-ce que c'est réellement ce que je voudrais, devenir l'amie d'Océane ? Tout est encombré dans mon esprit, l'idée de vouloir faire l'amour, la pensée de Mathilde, la colère, la tristesse, la violence, les humiliations. Je suis dans la même histoire qu'elle. Je me sens seule. Et nous sommes là, nous qui étions encore deux étrangères, il y a à peine trois semaines, assises sur les gradins du stade désert, nous serrant dans les bras et partageant presque la même détresse, la même solitude. Si cet instant restera unique ou s'il est le premier d'une longue amitié étrange, je ne sais pas. Que nous buvions de nouveau ensemble, c'est comme sceller ce premier instant. Que nous pleurions ensemble, c'est comme un partage des cœurs. Car je pleure, moi aussi. Je pleure à cause de son chagrin à elle et de mon chagrin à moi.

Un peu plus tard, sur le chemin du retour vers le centre-ville, je lui raconte qu'on s'est tenus par la main devant le feu, « lui » et moi, et elle me dit que c'est très romantique. Elle retrouve son sourire. Chaque fois que je lui parle de Vedel, elle est sincèrement heureuse pour moi. Elle regrette qu'on ne se soit pas embrassés. Je me défends, j'étais trop timide pour le faire la première. Elle ne me juge jamais, elle ne pense pas qu'il faudrait que je me décoince un peu. Mais plutôt que nous avons certainement raison d'être lents, d'être patients, parce que plus on attend pour s'embrasser la première fois, plus l'histoire durera. C'est son avis. Comme il va dans mon sens, je la crois. Elle a sûrement raison. Je passe mon temps à repenser à cet après-midi seule avec lui et j'espère que s'il attend autant, c'est pour être sûr que je l'aime. Il n'a pas envie d'être accusé de détournement de mineure, alors que si je fais le premier pas, il sera innocent. Et libre alors de m'aimer.

Quand ma mère vient me chercher en voiture en fin d'après-midi, elle trouve que mon haleine a une odeur bizarre. Je lui dis qu'on a mangé des bonbons, des trucs tout nouveaux avec une saveur mystère. Elle répond que ça sent mauvais et c'est tout.

On parle d'Océane au journal télé. Tout ce qu'ils peuvent dire, c'est qu'on ne l'a pas retrouvée et que l'enquête suit son cours. Mais si sa meilleure amie ne sait même pas qui elle fréquentait ces derniers mois, comment les enquêteurs pourraient le savoir ? Avec elle, son téléphone a disparu. Elle n'a pas de journal intime. C'est Anne-Sophie qui me l'a raconté. Elle n'aime pas écrire. Elle ne fait pas confiance à sa mère. Il paraît qu'elle se mêle beaucoup de ses affaires. Océane avait fini par enterrer quelque part le journal qu'elle écrivait au collège – je devrais peut-être faire pareil – et elle effaçait des SMS de son portable. Elle n'a pas de blog non plus. Et d'ailleurs, ça m'a toujours semblé surprenant, parce qu'on en a tous un. « Et elle me disait tout le temps que personne ne devinerait jamais ses mots de passe pour les mails et MSN, m'a confié Anne-Sophie. Elle en a inventé des super durs à deviner et elle les a notés nulle part. Je croyais que j'étais parano, mais Océane, je te jure, c'est une maniaque. C'était pas une raison pour plus rien me dire à moi. J'étais sa meilleure amie, quand même... »

Ils ont consacré moins de dix secondes à l'affaire Océane, au journal. Comme on ne sait pas ce qui se passe, ils en parlent le strict minimum et diffusent un reportage exclusif sur la fabrication des glaces et un autre sur les vagues de départs en vacances, comme tous les étés. Suivi de la météo des plages. J'aimerais aller à la plage, moi aussi.

L'orage éclate vers dix heures du soir, quand je vais me coucher. Il se déchaîne derrière mes volets clos. La fenêtre est ouverte et une fraîcheur indécise et humide entre dans ma chambre. Les coups de tonnerre font trembler les vitres. Des éclairs lancent des lumières fulgurantes. On dirait une mer furieuse, dehors. La pluie drue a des bruissements d'étoffe et de cours d'eau. C'est surtout l'air qui me fait planer. Enfin un air clair, frais, un air qu'on peut respirer. C'est comme si j'avais été en apnée depuis le mois de juin et que je remontais enfin à la surface pour reprendre mon souffle. Il était temps.

Chaque coup de tonnerre libère un peu du poids qui écrase ma poitrine depuis des semaines. Je suis étendue sur mon lit les bras en croix, et si mon corps ne me donnait pas la sensation de peser plusieurs tonnes et de fusionner avec mon matelas, je sortirais en courant sous la pluie.

L'orage a sa propre vie et il ne se laissera pas fondre en moi. Je me demande si elle est toujours en vie quelque part, Océane. Si elle pense à Anne-Sophie, si elle regrette elle aussi ce qui s'est passé entre elles deux. Si elle est enfermée dans une caravane loin du village, ou dans un sous-sol près d'ici, ou bien dans une grange. Et si elle entend cet orage, toute seule, qui tape contre un toit de tôle et l'empêche de dormir. Si elle pleure dans sa petite prison en hurlant, la voix couverte par le vent. Ou si elle est morte depuis tout ce temps et si l'orage va révéler son corps. Mais comment ? Il n'y a même pas de vent pour faire tomber des arbres, alors comment pourrait-il ramener une adolescente évaporée ?

Ma mère m'a interdit d'aller dehors, de même ouvrir les volets et de me tenir devant la fenêtre. « La foudre, tu sais, elle ne prévient pas. » Ce serait une mort stupide. Pendant le dîner, elle ne m'a posé aucune question sur mon après-midi avec Anne-Sophie. Apparemment, elle se fiche de savoir si j'avais bu ou si c'est des bonbons qui m'avaient donné cette haleine, du moment que j'étais au rendez-vous quand elle est venue me chercher. Elle se dit que je suis une fille sage qui ne fait pas de secrets, qui ne fréquente pas de garçons et qui n'a pas envie de rester à des fêtes avec des gens qu'elle ne connaît pas. Elle ne voit rien et c'est tant mieux. Elle est l'inverse de mon père, dans ses yeux je suis encore une toute petite fille. Elle ne sait pas que je fume des cigarettes en cachette avec un homme beaucoup plus vieux que moi, que nous nous tenons par la main quand elle n'est pas là pour le voir. Et que bientôt, très bientôt, j'en suis sûre, nous nous embrasserons à l'infini, nous ferons l'amour et nous partirons dans le monde vivre ensemble une vie qui ne sera qu'à nous. C'est certainement de cette manière qu'Océane bernait ses parents, avec ses secrets et ses faux-semblants, et maintenant elle fait obstruction à l'enquête en cours pour la retrouver.

Moi, je partirai avec lui mais je ne disparaîtrai pas comme Océane, personne n'aura besoin de me chercher. Nous serons ensemble en pleine lumière, nous exhibant au soleil et au monde entier, qui nous regardera de travers, enviant notre liberté absolue. Mes parents au début seront très choqués et essaieront de nous séparer, de me dissuader de vivre ma vie, mais ils seront impuissants quand je leur dirai que nous sommes ensemble depuis longtemps, depuis deux ans déjà. Quand j'aurai dix-huit ans et que je sortirai enfin, enfin, de la prison de mon enfance, il me demandera en mariage et nous resterons ensemble, liés jusqu'à la fin des temps. Je sens que c'est ridicule mais aussi que c'est possible, que c'est une réalité possible et que c'est celle que je désire le plus, comme je n'ai encore jamais rien désiré. Je deviendrai comme lui, je deviendrai bien mieux que ce que je peux être sans lui. Je n'aurai plus besoin de personne d'autre, je n'aurai jamais besoin d'en passer par les garçons, ceux qui ont tous le même prénom, le même parfum, qui disent tous les mêmes mensonges. Je vivrai pour toujours dans un océan d'amour sauvage. Je ne serai jamais comme les gens d'ici, je ne serai pas non plus comme les autres gens que j'ai admirés si longtemps, les gens dans les grandes villes. Je serai comme lui, nous serons magnifiques.

Et derrière mes volets cet orage furieux n'en finit pas de tonner dans la nuit, en inondant la campagne desséchée. La terre doit gonfler et s'ouvrir en s'imbibant de pluie. C'est comme si cette eau avalée par la terre débordait de mon corps, je sens mon sexe qui imite les mouvements de la campagne, qui grossit et gonfle sous l'effet de mon humidité qui l'affame. Et je pense qu'aussitôt que j'en aurai le courage je ne dormirai plus seule, il y aura sous son corps mon corps, ses bras autour de moi, ses mains partout sur ma peau, qui chercheront à faire frémir chaque millimètre de moi, avec amour et dévouement. Encouragée par la colère de l'orage, je dessine mes propres contours du bout des doigts.

Le ciel nettoie la nuit des impressions de mort et de peur qui nous écrasent depuis le début de l'été. En donnant à ma main le masque de Vedel, je la glisse entre mes jambes, entre les plis de mon sexe laiteux, sa douceur visqueuse qui lèche mes doigts et réagit à leurs caresses. Si je ferme les yeux, nous sommes déjà ensemble, perdus l'un dans l'autre, l'un à l'autre, ma langue suce le vide dans ma bouche, le manque de sa langue à lui. Pour la première fois, je ressens le manque de ce que je ne connais pas encore, celui de son corps à l'intérieur du mien. Mon intimité s'est transformée en une bouche affamée qui ne se contente plus de caresses en surface, qui a envie d'être possédée et emplie de lui, que je l'avale en moi pour soulager ma solitude et ma virginité. Je veux sentir le poids et la chaleur de Vedel contre moi, son corps qui garderait le mien ouvert, me serrant plus près que jamais, je le retiendrais à l'intérieur. Je suis exsangue, tout mon sang est descendu entre mes jambes. Je sens se dessiner mes veines en feu, parcourues par des vagues de chaleur et de picotements qui s'échouent chaque fois un peu plus loin. Je serre un coin d'oreiller entre mes dents pour étouffer un gémissement, en extase, quand ces vagues atteignent mon cerveau et se répandent. Mon crâne s'ouvre, les limites de mon corps se dissolvent et je me retrouve repliée sur moi-même, tremblante et essoufflée, mon sexe palpitant encore après cette bataille, presque silencieuse, qu'il a gagnée. Même l'orage semble s'être apaisé avec moi.

17

Il a fallu une semaine à mon père pour se décider à me parler de vive voix. Il m'avait tout juste envoyé quelques SMS laconiques qui se voulaient peut-être affectueux. Après cette histoire de week-end, il aurait pu me téléphoner, et c'est ce que ma mère a fait remarquer dès son retour. Je lui en veux, à mon père.

La connexion à Skype est lente. Je me vois sur l'écran avant que le visage de mon père apparaisse. L'image est mauvaise. J'essaie de prendre un air sérieux, un air inquisiteur. Je suis fâchée contre lui et je veux qu'il s'en aperçoive et qu'il se sente coupable. Mais dès que je le vois, lui aussi très flou, je cède et lui adresse un immense sourire. Il a bonne mine, il a l'air heureux. Ses yeux m'avaient manqué.

Il me demande plusieurs fois si je l'entends bien, si je le vois bien. Et puis il s'approche de l'écran et lance : « Ta mère est dans le coin ? » On n'a même pas échangé trois mots qu'il veut déjà que je la lui passe. Elle est dans le jardin, elle n'a pas envie de le voir ni de l'entendre. « Ah bon, c'est très bien, fait-il, détendu. Tant mieux, on peut discuter tranquilles. » Il se recule et aussitôt son image est toute pixélisée. J'espère qu'il ne va pas profiter de ce moment pour se plaindre de ma mère. J'aimerais dire quelque chose, vite, pour éviter le sujet, mais rien ne me vient. Rien ne me vient, à part des reproches que je n'arrive pas à formuler. Je lui demande comment il va et il me parle de ce qu'il a fait ces derniers temps, en insistant dix fois sur tout le travail qu'il a, il est débordé, il court partout. Il me raconte même certaines réunions. J'attends qu'il évoque le week-end de la discorde, qu'il me dise où il est allé et avec qui. J'ai bien le droit de le savoir puisque ça a gâché ma semaine. Il n'en finit plus de parler, de tout et surtout de rien, de ses amis, de ses collègues, de ses voisins, de tout le monde sauf de cette femme. C'est forcément une femme.

Finalement, il me demande si je porte de temps en temps la robe qu'il m'a offerte. Je lui réponds que oui, de temps en temps mais pas aujourd'hui. Je ne parviens pas à lui balancer ce que je pense vraiment, qu'il me prend pour une idiote à ne pas évoquer son week-end qui était plus important que moi. Et à la fois, un léger sourire me monte aux lèvres en pensant que sans son égoïsme, je n'aurais pas pu passer l'après-midi avec Vedel, samedi dernier. Il remarque mon sourire et me demande comment vont les amours. « Nulle part, je crois. » Ça le fait rire. Je pourrais lui confier que je me suis séparée de ma meilleure amie et que je suis un peu perdue, que je me sens seule, mais ce qui me retient c'est qu'il ne connaît le prénom d'aucune de mes amies. Même si Mathilde est dans ma vie depuis six ans, il ne sait pas qui c'est. Il ne retient pas ces choses-là. « Il y a tellement de choses que je dois retenir, surtout pour le boulot, que j'oublie ce qui n'est pas important », c'est son excuse. Je ne sais pas quoi partager avec lui et je n'ai même pas le courage de lui demander des comptes. Je suis comme une petite fille devant lui.

« En attendant que ton prince charmant se décide à faire le premier pas, ça te dirait de passer quelques jours avec ton papa ? Dans une dizaine de jours, j'ai beaucoup moins de travail, m'annonce-t-il comme une permission de visite. Si t'es partante, alors tu viens chez moi. C'est pas que j'ai pas envie de me déplacer, mais je crois que je ferais mieux d'éviter ta mère encore quelque temps. Tu veux ? » J'espère que cette fois, c'est vrai. Je lui réponds oui, bien sûr, et je voudrais ajouter que je n'y croirai que quand je serai dans le train en direction de Tours. Mais je n'en fais rien. Je ne lui demande pas non plus à quel prince charmant il fait référence alors que je venais de lui expliquer que je n'ai pas d'amoureux. « Achetez des billets de train pour la semaine du 7 août. Du lundi 7 au vendredi 11. Sauf si tu veux rentrer jeudi soir, c'est toi qui vois, mais le jeudi soir, d'habitude, je fais pizza devant la télé. » Il m'adresse un clin d'œil. J'ai du mal à le croire, à l'imaginer manger une pizza devant la télé tous les jeudis, mais c'est peut-être sa manière de me convaincre. Pourtant il n'a pas besoin de faire ça, il sait très bien que je me plie toujours à ses quatre volontés, et cette fois encore. « Envoie-moi un mail quand vous aurez pris les billets et dis à ta mère que je la rembourserai. Je dois te laisser ma puce, j'ai du travail. » Notre conversation a duré douze minutes. Il est toujours pressé, toujours appelé ailleurs. Je ne lui ai rien raconté de ma vie, il me paraît tellement loin et étranger, mon père.

Je n'ai plus qu'à attendre que la journée finisse, avec impatience. Je sors en boîte de nuit avec Anne-Sophie, ce soir. Elle trouve qu'on a toutes les deux besoin de se changer les idées. Il n'y a qu'avec elle que je fais des choses cet été, et des choses de mon âge. J'ai hésité à en parler à ma mère, j'étais sûre qu'elle serait contre. Elle a juste dit oui. J'ai le droit d'y aller, à condition qu'elle vienne me chercher. Et que je sorte de la boîte au moment pile où elle viendra me chercher. Elle est un peu partagée entre l'envie de me laisser vivre normalement et la peur que je me fasse enlever sur un parking à deux heures du matin, je crois.

J'ai passé la journée à choisir ce que j'allais porter, comment j'allais me maquiller. Je sais qu'il faut être bien habillée pour pouvoir entrer quand on a moins de dix-huit ans. Je n'ai pas de top à paillettes, je n'ai pas envie d'être sexy de toute façon parce que je n'ai envie de plaire à personne. Je sais que *lui* ne sera pas là, inutile de me faire belle. Et puis ma mère m'a prévenue : « Pas de mini-jupe ! » Elle a acheté mes billets de train pour Tours. Quand j'ai ouvert ma boîte mail pour écrire à mon père, j'ai vu que Jazz m'avait écrit, il y a deux jours. Il veut savoir si j'ai décidé de ne plus jamais lui parler ou si je lui donne une chance de me revoir et de s'expliquer, encore s'expliquer. Il est insistant.

Je préfère ne rien répondre. Ça ne m'amuse plus qu'on me somme de faire quoi que ce soit, qu'on décide à ma place. Finalement Vedel a raison, je suis dure en amour et c'est bien comme ça qu'il faut être.

En arrivant devant la boîte, ma mère, comme avant qu'elle parte l'autre week-end, m'assomme de recommandations : fais attention à ton sac, fais attention à ton verre, il y a des gens qui mettent des drogues dans les verres pour violer les filles, ne parle pas à n'importe qui, ne va pas danser trop près de la sono, pour finir avec les tympans déchirés, sois bien à l'heure et ne m'attends pas seule sur le parking, reste à l'intérieur avec les agents de sécurité, appelle-moi s'il y a un problème... C'est long. Et surtout, elle ajoute : « On attend ensemble ta copine, dans la voiture. »

Je fixe l'ourlet de ma robe. Je porte celle que mon père m'a achetée, j'ai mis du noir autour de mes yeux et de grandes boucles d'oreilles. Le silence qui suit la logorrhée de ma mère est précaire. Je sens qu'elle se retient de continuer à déblatérer. Je ne sais pas combien de temps elle va tenir, ni ce qu'elle va encore me dire.

— Et sinon, tu ne me parles plus de ton ami Antonin, où en êtes-vous tous les deux ?

Elle a tenu une minute à peine. Je lève les yeux vers elle et son sourire attendri qui m'agace.

— Tout le monde l'appelle Jazz, maman.

— Oui, bon, c'est pareil. Je pensais que depuis l'autre fois, vous vous étiez retrouvés... Tu me racontes plus rien. Vous aviez prévu de vous voir, pourtant ?

— J'en sais rien, maman. J'ai encore un peu de mal, vu ce qui s'est passé avec Mathilde l'autre jour... Ça me perturbe un peu, j'ai besoin de temps pour moi.

— Tu peux te confier à moi, tu sais. Tu peux me parler de ce que tu ressens, je suis ta maman...

Je soupire. Qu'est-ce qu'elle fiche, Anne-Sophie ? Il faudrait qu'elle arrive, maintenant, pour me sortir de cette voiture et de cette conversation.

— Oui, je sais, maman. C'est juste que je ne sais pas si j'ai envie qu'on se retrouve. C'est plus pareil. Moi, j'ai changé et puis voilà.

Elle me fixe, les sourcils froncés. Elle essaie de comprendre. J'ai le cœur qui s'emballe. Je ne veux pas parler de mes histoires de cœur avec elle, pas ce soir, surtout pas. Il faudrait lui avouer que j'ai passé l'âge des amourettes, que j'ai rencontré mon premier amour, mon premier homme. Que je ne suis plus une adolescente comme les autres, que j'ai des rêves d'avenir comme jamais auparavant. Que je ne veux pas vivre dans une famille sans fratrie avec des parents qui vivraient mieux si je n'existais pas. Ni dans un endroit où les filles de seize ans disparaissent pour toujours.

— J'ai vraiment pas envie de parler de ça ce soir. Une autre fois d'accord ?

C'est tout ce que j'arrive à lui répondre.

— Tout de même, remarque-t-elle, c'est bien de lui mettre la barre un peu haut mais faut pas que ça dure trop longtemps, sinon tu vas rester toute seule... Bon, après, tu fais ce que tu veux. Mieux vaut être seule que mal accompagnée, je te l'ai toujours dit.

Insupportable. Si son adage était si vrai que ça, elle ne serait pas avec Philippe qui la suit comme un toutou, elle serait toute seule, elle aussi.

J'entends des bruits de pas qui s'approchent. C'est Anne-Sophie, enfin, qui étend son grand sourire à ma hauteur et vient me libérer. Elle salue poliment ma mère et comme moi acquiesce docilement à toutes les recommandations qu'elle lui fait. Et que j'entends pour la troisième fois ce soir.

Le videur nous laisse entrer sans nous poser de questions. Juste parce que j'ai réussi à m'habiller et à me maquiller à peu près comme il faut, comme les autres, il ne me demande même pas ma carte d'identité pour vérifier mon âge. Comme la caissière qui nous a vendu l'alcool, l'autre jour, il se dit : Après tout, pourquoi pas ? Il n'y a pas mieux à des kilomètres à la ronde, alors vas-y, ça ne fait rien, vas-y, c'est le mieux que tu puisses trouver à faire ici et maintenant.

Une foule clairsemée qui danse sur la piste, une musique qui nous assourdit. On nous regarde un peu, comme les gens se regardent entre eux, comme nous aussi, nous regardons : qui est là, la présence d'un visage familier ou pas. J'espère ne pas voir celui de Mathilde. Ni ce soir, ni jamais.

Anne-Sophie prend ma main pour me guider vers le bar, et je marche ainsi derrière elle, en tenant sa main sans trop la serrer. En quelques minutes, j'ai déjà le cœur léger, plein d'une fierté discrète d'avoir une nouvelle amie si jolie. Une amie qui ne s'intéresse qu'à moi.

Elle ne m'a plus parlé d'Océane depuis l'après-midi au stade. Je l'ai encouragée quelquefois mais elle préfère ne plus y penser. Je suis sûre qu'elle pleure en cachette, la nuit, dans son lit. Elle ne le dit pas, pas comme ça en tout cas, mais elle ne veut plus parler d'Océane ni en entendre parler parce que sa disparition la plonge dans une détresse qui dépasse toutes celles de notre âge et qu'elle ne peut pas le supporter. Elle n'a que seize ans, elle aussi. Alors à la place elle me pose mille questions sur « lui ». Je n'ai pas su inventer un autre nom à Vedel et je ne peux pas non plus lui dire qu'il s'appelle Thierry parce qu'elle comprendrait immédiatement que ce n'est pas un garçon de notre âge. Alors, nous l'appelons « lui » et c'est exactement tout ce qu'il représente pour moi. L'unique « il » de ma vie. Dans ses bras, sous ses baisers

brûlants, je lui dirais follement : « Oh toi, toi, toi... »
Elle me conseille de lui avouer que je l'aime, de ne pas
attendre de le revoir à la maison mais de lui proposer de
sortir ensemble quelque part. Comme ça, il saura que je
le veux, et un jour, très bientôt, c'est lui qui m'aimera.

— Il ne t'embrassera jamais devant ta mère, tu sais. Il
faut que vous vous retrouviez ailleurs que chez toi.

Elle agite ses doigts fins aux ongles vernis de bleu
entre ses cheveux défaits. Elle est si belle. J'ai envie de me
blottir dans ses bras, elle est la fée qui rend possibles mes
fantasmes et mes rêves.

— Il faut vraiment que tu lui écrives un texto,
propose-lui. C'est pas possible qu'il refuse. Si ça se
trouve, il n'attend que ça ! C'est peut-être pour ça qu'il
ne t'a même pas embrassée, l'autre jour, mais... il t'a pris
la main devant le feu, c'est trop romantique !

À chacune de ses paroles, elle jette encore un peu plus
de sa magie sur lui et sur nous. J'agrippe son bras avec
douceur, mon sourire se fond dans le sien, nos regards
ne font qu'un, illuminés d'un espoir fou et innocent.
L'image de ses pleurs contre mon épaule l'après-midi du
stade traverse mes pensées, et sa tristesse se superpose
à ce sourire éblouissant. Ces états-là, ce sont ceux d'une
véritable amie qui ne cache pas ses faiblesses et partage
mes amours comme si elles étaient les siennes. Transportée, hallucinée par la musique qui monte, encore et
encore, et le goût d'alcool et de fruits que j'ai sur la
langue, je lui réponds oui... oui...

Anne-Sophie lève son verre. « Demain, promis, tu le
fais ? » L'exaltation, je suis submergée, je suis euphorique, je promettrai tout ce qu'elle voudra. Et je promets. Alors même que j'ai oublié le numéro de Vedel.

Nous vidons nos verres cul sec. Il n'y a autour de nous que des couleurs lumineuses et je suis plus ivre de joie et d'amour que d'alcool. Personne ici ne nous pose de questions sur notre âge, on nous laisse entrer, on nous sert à boire. On nous fait même une place parmi les corps qui dansent pour danser à notre tour, sans porter attention aux garçons, tout à notre folie heureuse de l'amour possible, de l'amour tout prêt à éclater.

Nos visages changent de couleur sous les éclairages hystériques de ce petit club de campagne. On dirait un cube de rêves. Ici, tout est plus beau. Parce que c'est la nuit, aussi. La nuit, le monde devient exaltant et fier. Même la musique me plaît, alors que je la déteste, je danserais sur n'importe quoi du moment que je suis bousculée par cette foule transpirante et en alerte. Je vois les garçons qui se tiennent sur le bord de la piste en dansant vaguement, et qui regardent défiler et tourner les filles sur le manège de la piste tournante. Ils choisissent celle qu'ils voudront conduire au bout de la nuit sans jamais la revoir ni l'aimer. Et cette tristesse me fait sourire, d'un grand sourire tranquille.

Pour la première fois, alors que je ne veux voir personne, tout le monde me voit. Je reçois plus de caresses en une soirée que pendant ma vie entière, et je dois repousser toutes les mains qui me touchent et me frôlent, qui attrapent mes fesses. Anne-Sophie essaie de nous entraîner ailleurs en jouant des coudes dans la foule. Elle aussi se fait approcher et draguer, mais pas autant que moi. Ils sont tous autour de moi. Ils apparaissent les uns après les autres. Comme si la perfection de ma danse les dérangeait et qu'ils voulaient la troubler. En faire partie.

Ils ont un regard étrange sur moi. Je ne porte pourtant rien de transparent, rien de trop court, rien de trop décolleté. C'est quand même mon père qui m'a offert cette robe. Ils sont fauves et inquiétants, ils viennent près de moi, derrière moi, et me prenant entre leurs mains comme un objet, gâchant le plaisir que j'ai à danser.

Nous allons nous mettre dans un coin un peu à l'écart, comme les filles moches. Les filles moches et timides dansent toujours en dehors de la piste tournante, un peu cachées derrière les podiums, éclipsées par les filles incendiaires qui ondulent comme des esclaves dans la cage au-dessus d'elles. Cette cage à danser sur l'un des podiums, toutes les allumeuses, qu'elles soient belles ou pas, attendent leur tour pour y entrer et se faire remarquer. J'y avais dansé avec Mathilde. Ce soir je me cache moi aussi au pied de cette cage que je trouve sale, en voyant toutes les mains qui s'y posent et les regards inquiets de celles qui se demandent si elles sont enfin un objet de désir, seule preuve de leur existence. Je ne me cache pas comme les filles moches, mais je ne veux pas danser dans une cage. Je ne veux pas danser dans une foule. Je veux danser librement, pour moi toute seule et pour Anne-Sophie. On n'a plus besoin de rien que l'une de l'autre.

Voir le reflet de mon sourire dans celui d'Anne-Sophie, un seul sourire, une seule joie, une seule existence pour nous deux. Le sourire amoureux d'Anne-Sophie occupe toute la place. Nous sommes amoureuses de l'amour.

Le lendemain matin, je me réveille avec le souvenir vague de notre extase. J'ai encore en tête les chansons qui ont tourné en boucle toute la soirée. Il me reste une sensation de sale, celle de ma sueur séchée et collante, de mon visage mal démaquillé dans la fatigue. Et puis, aussi, l'oubli de ma promesse. Non, bien sûr que non, je ne vais pas lui envoyer un message pour lui proposer un rendez-vous. J'attends qu'il le fasse, lui. La prochaine fois qu'il viendra à la maison, peut-être ? Et s'il était là, aujourd'hui ?

Je descends. Tout est silencieux dans la maison. Vedel n'est pas là. Philippe non plus. Il n'y a que ma mère et moi, et la chatte paresseuse et ingrate. Elle hésite entre sa gamelle et mes caresses.

Ma mère est assise de travers sur sa chaise, comme depuis le début de l'été, pour laisser sa sciatique tranquille. Elle tient sa cigarette à la verticale, vers le plafond, en écrivant péniblement un texto. Elle me dit bonjour, me demande si j'ai bien dormi, distraite, indifférente à ma réponse. Simplement pour me signifier qu'elle m'a vue entrer. Souvent, elle est plus affectueuse quand elle parle à la chatte qu'à moi.

Je regarde l'horloge du micro-ondes. Il est pas loin de midi. Elle me parle, ma mère, avec des inflexions bourgeoises, d'un dîner qu'elle organise avec Philippe. Un barbecue dans le jardin pour recevoir leurs amis. Elle aimerait qu'on prenne l'apéritif sur la table en mosaïque qu'elle a faite elle-même. Cette table qu'elle a commencée le jour où Vedel est venu pour la première fois chez nous. Elle se perd dans ses idées de rosé et de cognac, de billes de melon, j'entends ces mots sans qu'ils s'impriment dans mon esprit, sans leur laisser signifier quoi que ce soit pour moi. J'ai décidé ce matin de boire mon café comme lui, noir deux sucres. Et comme je n'en ai rien à faire de ce dîner dans le jardin, puisque je serai sans doute la seule enfant à table et qu'il faudra jouer la fille modèle et le chien savant toute la soirée, quand elle me demande ce que j'en pense, je lui réponds : « Mais comment il est venu travailler chez nous, monsieur Vedel ? » Elle est trop paresseuse pour vraiment s'agacer de mon intérêt pour ce type. Elle dit toujours, en parlant de lui, que « c'est un type bien, un type vraiment bien ». Il a bien fallu qu'il surgisse de quelque part.

Elle allume une autre cigarette et me répond sur le ton de la parenthèse, au milieu de son monologue, qu'elle avait repéré son annonce à la supérette du village. Elle l'avait appelé et elle avait trouvé, dès cette conversation au téléphone, que « c'était un type bien ». Ils avaient fait un peu connaissance, elle lui avait parlé de son jardin, il avait dit qu'il venait se mettre au vert chez sa sœur, et voilà, c'était tout.

Engourdies et lentes, nous sommes assises à la table de la cuisine, pieds nus sur le carrelage. Elle reprend son menu. Elle note ce qu'elle doit acheter sur une enveloppe qui traînait sur la table, et parfois elle lâche un profond soupir. Elle a déjà la flemme de cuisiner. Elle espère vraiment, mais alors vraiment, que je ne vais pas la laisser tout préparer sans l'aider. Ce sera valorisant pour moi de pouvoir dire que j'ai fait la cuisine, et puis comme ça on passera un peu de temps ensemble. Pourvu seulement qu'elle n'essaie pas de me parler encore de Jazz.

Son dîner a lieu dans deux jours mais elle voudrait que l'on s'y mette maintenant. Ce sera infernal de faire tourner le four aujourd'hui, mais demain ou après-demain, ce sera pareil. Il faudrait se lever aux aurores pour cuisiner tellement il fait chaud, tellement il fait trop chaud. Comment font-ils dans les restaurants et surtout dans les boulangeries, ce doit être atroce, il y a des gens qui ont des métiers pénibles. Moi, je pense à Vedel quand il travaille tout l'après-midi dans le jardin presque sans ombre. Finalement, notre jardin n'est pas si agréable, les arbres sont jeunes. Quand mes parents ont acheté la maison, il n'y avait qu'un seul arbre sur notre terrain, qui est mort assez rapidement. Ma mère en a planté d'autres, mais ils grandissent plus lentement que moi. Je ne pouvais pas y grimper quand j'étais enfant et maintenant c'est déjà trop tard.

Elle parle et s'interrompt parfois en regardant ses ongles. Est-ce qu'elle fait sa manucure maintenant ou elle attend d'abord d'avoir fini de tout préparer ? Elle dit ça comme si elle organisait un grand événement. Chaque fois que quelqu'un vient en visite, il faut s'agiter, ranger, nettoyer, comme si le reste du temps le désordre et la propreté approximative de notre maison n'avaient aucune importance. Pourquoi préparer ce barbecue deux jours à l'avance ? C'est pour se donner quelque chose à faire. Moi, je n'ai rien envie de faire.

Enfin, elle se tait. Elle ne dit plus rien, elle refait du café, sans parler. Je veux devenir une fille, avec toute la noblesse et la majesté d'une fille. Être *cette* fille. Pas disparue et recherchée. Non, cette fille dont on dira : tu connais cette fille qui sort avec un homme ? Il a au moins vingt ans de plus qu'elle. Être cette fille qu'on regardera avec insistance dans la rue parce que cette fille tient cet homme par la main. Être cette fille qui partira avec cet homme que personne ne connaissait avant. J'ai envie de devenir cette fille qui s'est mariée avec un homme qui est tellement plus vieux qu'elle, devenir cette fille qu'on dira précoce, qui est devenue femme avant les autres. Cette fille que l'on jugera mal. Cette fille que l'on n'aimera pas trop parce qu'elle ne sera pas comme les autres, parce qu'elle ne sera pas devenue une femme aussi tard que les autres, parce qu'elle ne sera pas restée à sa place.

18

Les volets sont clos. Ma mère nous garde enfermées dans un mausolée. On a atteint les trente-huit degrés à l'ombre.

Aujourd'hui, c'est un incendie sans flamme et sans mouvement, où les animaux se taisent et se cachent dans les coins d'ombre. La sueur est chaude comme un thé. Ce que je bois, je le sue immédiatement. J'ai envie de me raser la tête, mes cheveux me font l'effet d'une fourrure cruelle dans cette chaleur. Les cultures sont brûlées partout. Comme s'il y avait eu des incendies, véritablement. Je ne sais pas si c'est vrai, il paraît que les poissons meurent, d'après Anne-Sophie. Quelqu'un a dû lui dire ça. Ma mère ne veut pas que l'on sorte marcher au bord de la Charente pour regarder s'il y a des poissons morts à la surface. Elle trouve que c'est morbide.

Et puis j'étouffe, voilà ce qu'elle dit. Elle en a assez, on met le ventilateur en marche toute la journée et il ne brasse rien. Il tourne péniblement dans un air épais comme de l'eau. Elle se console, au moins sa sciatique la laisse tranquille. Elle lit beaucoup. Moi, je n'y arrive plus. La vérité, c'est que j'attends seulement qu'il revienne. Ma mère lui a téléphoné, très embêtée – elle est toujours très embêtée, c'est un état où elle aime être quand elle demande des choses aux gens, être très embêtée c'est être très polie –, le jardin a besoin d'un petit peu d'entretien mais on verra ça plus tard peut-être parce que la canicule atteint des sommets... Elle lui a dit tout ça avec un ton qui signifiait : Venez quand même vous en occuper. J'espère qu'elle a réussi à le manipuler et qu'il viendra.

Par instants, maman s'exclame et pleurniche comme une enfant. Elle ne supporte plus la chaleur. Elle m'en parle comme si cette chaleur était le fait de quelqu'un. La décision de quelqu'un. « Enfin, c'est pas possible, à la fin ! Jusqu'à quand ça va durer comme ça ? » Ce n'est la faute de personne. On a le cerveau engourdi. Et c'est ce soir que nous organisons ce maudit dîner.

J'attends un message d'Anne-Sophie, je m'inquiète pour elle. Et en même temps je n'ai pas envie de le recevoir, ce texto, j'ai du mal à trouver les mots pour lui répondre. Elle m'a envoyé beaucoup d'e-mails où elle m'a écrit de très très longues confidences sur sa solitude et son sentiment de culpabilité. Elle a compté le nombre de jours depuis qu'Océane a disparu et elle a peur. Je ne sais toujours pas si elle croit qu'Océane est morte, mais je comprends bien que c'est ça qui lui fait si peur. Elle fait des cauchemars toutes les nuits, elle pleure plusieurs fois par jour. Elle avait réussi à oublier un peu, quelque temps à peine, juste quelques jours. Puis elle avait téléphoné aux parents d'Océane. Elle voulait parler à la mère. La mère avait eu l'air de beaucoup souffrir en entendant Anne-Sophie. Elle lui avait demandé de lui raconter sa vie comme si elle était en train de se noyer et que les paroles d'Anne-Sophie étaient une bouée de sauvetage. Mais Anne-Sophie n'en avait pas eu envie, elle voulait seulement lui confier qu'elle était malheureuse sans Océane et qu'elle avait très envie de la revoir. Il y avait eu d'infinis silences entre elles. Je pense qu'il faut beaucoup de courage pour téléphoner à quelqu'un que l'on connaît peu. Je ne saurais pas faire ça. Et je ne saurais pas quoi lui dire pour la consoler.

Je lui ai dit de m'appeler à la maison si elle n'a plus de crédit, mais chez elle le téléphone est dans le salon, et elle ne veut pas que sa mère entende notre conversation. Comme moi, elle est retenue à la maison. Elle n'a le droit de sortir qu'avec moi et avec son petit ami, comme beaucoup de filles d'ici sans doute. Je ne crois pas que celui qui a pris Océane viendra en chercher une autre parmi nous, mais ma mère et les autres adultes pensent que nous n'en savons rien, que nous ne comprenons pas. Si elle a pu disparaître, n'importe laquelle d'entre nous le peut aussi, et tout aussi facilement. Sans un bruit, sans un mot, comme ça, on disparaît comme si on n'avait jamais existé.

Quand Anne-Sophie m'écrit enfin, elle me demande si je n'ai pas une bonne nouvelle à lui annoncer. Elle n'a pas oublié que j'ai promis de proposer un rendez-vous à Vedel. Je suis soulagée de pouvoir parler de lui, je ne veux parler que de lui. Comme il ne s'est rien passé, je dois lui mentir encore. Peut-être que ça la consolera. Je lui raconte qu'*il* est presque mon petit ami, que c'est juste une question de temps. J'y crois, moi aussi, que dès que nous nous verrons nous allons nous embrasser et nous appartenir. S'il suffisait d'un simple baiser pour s'appartenir...

Ma mère et Philippe sont étendus sur le canapé. La maison est plongée dans l'obscurité et ils sont comme moi, ils boivent d'immenses verres de sirop de menthe avec des glaçons. La nourriture que nous avons préparée avec ma mère est au frais. J'ai envie de me faire une place sur une étagère du frigo et d'y rester. Un petit groupe de mouches tournoie au plafond autour du lustre du salon, en volant lentement, très lentement. On va tous mourir, dis-je à un moment donné, et ils sourient tous les deux, le visage brillant de sueur fine. Ils ont trop chaud pour discuter vraiment, ils ne marmonnent que des fragments de phrases avec mollesse. Ils ne se touchent même pas, eux qui ne savent pas vivre autrement que les doigts entrelacés comme de mauvaises herbes.

Je vais dans la salle de bains me faire couler un bain froid. Le temps que la baignoire se remplisse, je me déshabille et je me couche sur le sol à même le carrelage. Le froid me fait tressaillir. Puis mon dos qui s'était raidi en touchant la fraîcheur dure du carrelage se détend et fait corps avec lui. Je me refroidis et c'est bon. Il n'y a pas de volets à la fenêtre de la salle de bains mais les rideaux bleus coupent le soleil. Toute la pièce est sombre et bleue, et le clapotis de l'eau qui monte dans la baignoire me donne l'impression que dehors l'air est respirable.

Couchée, je regarde mon ventre. J'ai maigri depuis le début de l'été. Je n'ai plus très faim et je ne sais pas ce qui me coupe l'appétit, si c'est la canicule ou bien si c'est lui, si c'est Vedel, en tout cas je mange peu. Au début, ma mère m'a fait des réflexions. Elle m'a parlé d'anorexie parce qu'elle ne comprend rien et qu'elle voit toujours des catastrophes là où il n'y en a pas. Et puis quelque temps après, elle a perdu l'appétit elle aussi. Elle a arrêté de cuisiner. Elle avait la flemme de bouger. Elle coupait trois tomates, ouvrait une boîte de sardines, et on se sentait pleines comme si on avait fait un festin. Alors elle a compris et elle m'a laissée tranquille avec son anorexie. Je me souviens d'une anorexique dans mon collège, en la voyant je me disais toujours que c'était vraiment beaucoup d'efforts pour pas grand-chose, de ne rien avaler.

Je regarde mon ventre qui est très plat et les os de mon bassin qui pointent comme deux petites dunes. Je crois que je me suis un peu décharnée au niveau des côtes. Ma poitrine est toujours aussi petite. À mon âge, je n'espère plus qu'elle devienne généreuse. Mais il paraît qu'il y a des hommes à qui ça plaît, les petites poitrines. La trace du maillot de bain s'est imprimée en blanc sur mon corps à force de passer mes après-midi au soleil dans le jardin.

La baignoire est à moitié pleine. J'arrête le robinet et je contemple l'eau claire. Elle est vraiment très froide. J'ai des petites saletés collées sur la plante des pieds. Avant d'entrer dans l'eau, un œil vers le miroir. Dans la pénombre bleue de la salle de bains, avec mes cheveux relevés et la peau claire qui dessine le bikini, en marquant en blanc les éléments de ma féminité, je me trouve très belle. J'aimerais qu'il puisse me voir. Il n'aurait pas cette flamme de vilain chien dans les yeux, pas comme les garçons d'ici dans les boîtes de nuit. Il me regarderait avec son bleu de ciel et d'océan enclavé sous ses paupières et peut-être aussi qu'il sourirait comme il sourit, on ne sait jamais, jamais ce qu'il veut dire, son sourire. Ou bien il ne sourirait pas.

Comment ce serait un corps d'homme, le corps de Vedel pesant sur le mien, est-ce que j'aurais l'air petite et fragile sous lui, sous l'arche de ses bras ? En me tournant un peu, je regarde mes fesses, elles sont jolies, elles sont rondes et petites et mes jambes sont fines. Je vois un corps de femme où il n'y a en fait qu'un corps d'enfant qui n'a pas tout à fait fini sa croissance.

En entrant dans la baignoire, j'ai des frissons et la respiration coupée, mais c'est trop bon. Je me refroidis si vite. Dans l'eau, je respire mieux. Je vois flotter autour de moi les petites saletés qui étaient collées à mes pieds, et sous les remous légers et les reflets gris de l'eau transparente, je me trouve si belle. Je reste longtemps dans cette eau glacée, les bras étendus le long de mon corps, les jambes repliées, la tête renversée en arrière, et je me repasse le film de mes souvenirs de *lui*, de tous ces moments où je l'ai regardé sans qu'il me voie. De tous ces moments où il m'a regardée, lui aussi. Je n'ai pas de photo de lui, et chaque fois qu'il s'absente, j'oublie un peu son apparence. Je me rappelle les sensations que me procure son parfum mais je ne peux pas me rappeler son odeur. J'ai des impressions vagues, fortes, aux contours certains et brumeux à la fois, et toujours cet animal dans mon ventre qui frémit et se réveille sans trop bouger quand je rejoue encore et encore ses gestes.

J'ai envie qu'il revienne. J'ai envie qu'il fasse moins chaud et qu'il revienne, et que je le revoie. J'ai envie que mes mensonges et ma vie inventée soient vrais, j'ai envie que l'on soit amoureux. Que ce soit juste lui et moi. J'ai envie qu'il m'aime. Et je commence à avoir un peu froid. C'est un instant parfait. C'est si parfait d'avoir un peu froid, aujourd'hui.

En fin d'après-midi, la chaleur est toujours aussi étouffante. On n'a presque rien mangé de la journée. On n'a fait que boire, comme des éléphants. Ma mère dit qu'elle arrosera le sol de la terrasse plus tard, pour rafraîchir, quand le soleil aura baissé. Ça rendra le dîner plus agréable. Philippe s'est endormi. J'ai la flemme de voir du monde, de participer à ce dîner. Ma mère est tellement contente à l'idée de boire du rosé glacé à l'ombre du parasol sur la terrasse. Elle m'annonce que j'aurai droit à un verre moi aussi. C'est drôle comme elle se met en colère si je bois en cachette avec des copains et qu'elle trouve à la fois que je suis assez grande pour boire un verre à la maison. Peut-être qu'elle pense que sous sa surveillance, c'est moins de l'alcool.

Ils ont décidé qu'on dînerait un peu plus tard, ils ont retardé l'heure de l'invitation. Leurs amis étaient très soulagés de venir plus tard. Il fera plus frais, on commencera à entendre quelques grillons et le ciel sera rose, la température deviendra juste agréable et tout le monde sera content de ne pas dîner en début de soirée. Comme ça, ça durera jusqu'assez tard dans la nuit. On fera brûler des bougies à la citronnelle pour éloigner les moustiques de la table.

Je vais m'allonger dans l'herbe en maillot de bain, en laissant juste mes jambes au soleil. Étendue sur le dos, les yeux fermés. J'entends Coco qui marche doucement près de moi en faisant bruisser l'herbe. Et j'entends ma mère dans la cuisine qui rit aux blagues de son amoureux. On est bien, tout est calme. C'est doux, à travers mes paupières, le mouvement des branches au-dessus de mon visage qui fait danser les ombres.

 Une voiture s'approche et s'engage dans notre jardin, on a laissé le portail ouvert. J'ai envie d'ouvrir les yeux mais mes paupières sont lourdes, il me faut de la force pour les soulever. La voiture s'arrête, une portière s'ouvre, quelques secondes, se referme. On s'est pourtant mis d'accord qu'on n'attendait personne avant neuf heures du soir et il n'est que six heures. Quand je me redresse pour voir qui est là, j'aperçois d'abord au loin le profil de ma mère sur le pas de la porte, qui protège ses yeux de la lumière aveuglante, et puis venant vers elle en souriant calmement, Vedel. Mon Vedel. Il n'y a pas assez de vent pour me porter les paroles qu'ils échangent mais je devine qu'elle lui dit, Tiens, finalement, vous êtes venu. Et lui, sans doute, qui lui répond qu'à cette heure-ci la température est plus supportable. Je l'entends : « Je ne vais pas tourner de l'œil. » Elle l'invite à l'intérieur, ils vont boire quelque chose de frais tous les trois. Même Philippe l'apprécie, Vedel, même lui trouve que c'est un type vachement bien.

 Je reste là où je suis. À présent, je ne peux plus refermer les yeux. La grande excitation, il est là. Je ne vais pas me lever pour aller lui dire bonjour en maillot de bain dans la maison. Je vais attendre qu'il vienne dans le jardin, je vais attendre qu'il me voie, là où je suis, dans ce que je fais, et qu'il me regarde. Combien j'ai attendu son retour... Ça m'est égal de savoir qu'il est venu parce que, même une heure, une heure et demie, ça lui fera toujours ça d'argent gagné. Ça m'est totalement égal. Bien sûr que l'entretien de notre jardin ne lui importe pas. Le voilà enfin, ce contentement tout simple et animal, ce sourire que je ne peux pas retenir. Cet affolement tranquille en moi, juste parce qu'il est ici. La voilà, cette grande joie. Il n'a pas idée du bien-être absolu qu'il jette sur mon monde. Il va bientôt ressortir de la maison et fera quelque chose que ni ma mère ni Philippe n'ont envie de faire eux-mêmes dans ce jardin. Il sera tout près de moi et je pourrai l'observer derrière mes lunettes noires, il ne verra pas mes yeux. Mais peut-être qu'il sentira mon regard sur lui. J'ai des fourmis dans les jambes. J'ai l'impression que mon sang est une sève chaude qui s'affole en dedans, que j'ai avalé le soleil, que c'est moi qui prodigue la lumière. Que tout est en ordre.

Au début, il ne me voit pas. Il sort tranquillement dans le jardin et commence à arracher les fleurs fanées du parterre. Et aussi les mauvaises herbes. Elles sont pourtant jolies, ce sont des liserons, elles sont blanches et délicates, mais ma mère n'en veut pas. Je lui suis tellement reconnaissante de vouloir que son parterre visible depuis la terrasse soit parfaitement nettoyé pour le dîner entre amis. Tellement heureuse que Vedel soit venu pour satisfaire son caprice. Et peut-être qu'il juge ça complètement inutile, de retirer quelques plantes folles pour avoir une belle vue de nuit. Il s'agenouille dans l'herbe en tendant ses bras musclés vers les petits calices blancs des liserons qu'il tire tout près de la racine pour les arracher tout à fait.
Je feins de me réveiller, comme si je m'étais assoupie au soleil. Je me tourne sur le ventre et c'est là qu'il me voit. Il me sourit, je suis si heureuse, je me mets à sourire aussi. Je crois que je souriais déjà. Je souris toujours quand il est là.

Il me dit : « Tu te caches ? » Je réprime un rire comme une geisha et je repense à mon corps nu dans la lumière bleue de la salle de bains, je me sens merveilleuse.

Nous sommes tous les deux à cet instant près du sol, moi couchée, lui agenouillé. Plusieurs pas nous séparent mais un silence palpable tend ses fils entre nous. Je trouve que nous avons des postures d'amants. Comme cette pensée me porte, devenir amants. Je lui dis que je dormais presque. Je lui demande s'il n'a pas trop chaud. Non, ça va, il fait meilleur. Et puis il se tait, il se concentre sur sa tâche. J'ai remonté mes lunettes de soleil et je le regarde en plissant un peu les yeux contre la lumière. Elle n'est plus si blanche et aveuglante, elle est dorée et douce. Sans aucune agressivité, elle se dépose sur les courbes de ses bras et dessine les contours de son corps. Si je pouvais photographier cet homme et ses mouvements, si je pouvais graver en moi pour toujours ses gestes gracieux et sûrs. Si je pouvais avoir le courage de venir jusqu'à lui et me coucher sur la terre poussiéreuse et chaude qui se collerait à mon dos, me coucher sur la terre et sous lui, enrouler mes bras autour de son cou, tendre mon sourire vers son sourire pour qu'il m'embrasse enfin. Je le vois sourire discrètement en baissant un peu plus la tête pour le cacher, ce sourire. Il sent mes pensées dans mon regard posé sur lui. Il cache le plaisir que lui donnent mes pensées, que lui donne mon regard. C'est un moment si doux. On ne dit rien, c'est très bien.

Et le moment s'étire longuement. Je veux le retenir avant qu'il ne passe, alors je me lève et remets mon short pour l'aider, pour rester avec lui, sans être trop dénudée. Je sais qu'il me regarde, lui aussi, quand je me penche pour ramasser avec lui les fleurs fanées et les mauvaises herbes qu'il a entassées. Il regarde le soleil qui filtre à travers mes cheveux défaits et la couleur de miel qu'ont prise mes épaules, la cordelette du maillot de bain qui passe derrière ma nuque et dans mon dos, avec ma peau qui porte encore des marques d'herbe. C'est justement près de ma serviette qu'il décide de déposer les fleurs arrachées. C'est un endroit un peu caché, derrière des buissons. On ne les verra pas de la table. Calme, il me dit qu'il s'en occupera quand il reviendra, la prochaine fois. Je voudrais qu'il n'ait pas à repartir pour devoir revenir, qu'il reste simplement. Je l'accompagne en silence dans ses allées et venues pour tout bien nettoyer. C'est en ordre.

Il trouve qu'il ne fait plus si chaud, il pourrait tondre la pelouse. Comme ça, ce sera fait. Il me prévient que là, je ne pourrai pas l'aider. Et me suggère d'aider plutôt ma mère, sinon son travail n'est plus très honnête. Mais je lui réponds qu'à moi, ça me fait plaisir de l'aider, que j'aime bien. Il sourit. Il repense au feu, il remarque alors que ça faisait un moment que nous ne nous étions pas vus. Il dit qu'il est revenu depuis, mais que je n'étais pas là. Ah, oui, est-ce que c'était le jour où j'étais avec Anne-Sophie ? Je n'ose pas poser la question. Il réfléchit tandis que je marche à côté de lui jusqu'à l'abri de jardin pour aller prendre la tondeuse. En ouvrant la porte, alors qu'une odeur de bois mêlée d'essence nous saisit à la gorge, sans me regarder il me demande si ça va mieux, au sujet de tout ça. « Tout ça », tout ce que je lui ai confié sur mes parents avant qu'on se tienne par la main. Il est gentil de me demander, de se souvenir. Oui, ça va. Et puis ça me vient, ça sort de moi tout seul, je lui dis que j'ai pensé à lui. Il tire la tondeuse hors de l'abri et il sourit de nouveau. Il me regarde : « Ah oui ? » Je dis oui mais presque sans voix. Amusé, sans chercher à savoir ce que j'ai bien pu penser de lui, il me demande de me mettre sur le côté, de faire attention à moi, et il démarre la tondeuse. « Allez ! » Il commence à parcourir le jardin de long en large. Je reste un peu là et puis je rentre dans la maison. Il ne faut pas gâcher ce qu'on vient de se dire, il ne faut pas rester là pour gâcher ce qu'on a tu.

Je me lave. Encore. Avec la chaleur, je me lave tout le temps. Il se fera bientôt tard. Ma mère a pris sa douche avant moi, toute la pièce sent bon le shampoing. Elle se maquille maintenant. Sous l'eau, je n'entends pas la tondeuse mais je sais qu'il ne peut pas avoir déjà fini, qu'il est toujours là, qu'il sera encore là quand je serai lavée de cette fatigue écrasante, de cette chaleur qui anéantit tout. L'air est humide, on est comme aux bains turcs, dans la lumière bleutée.

Je mets une robe blanche et je suis fraîche, odorante comme une petite fleur arrosée. Ma mère me prévient que finalement ils viendront un peu plus tôt, qu'ils ont changé d'avis, elle s'agace, elle s'affole, tout n'est pas encore prêt. Elle n'aimerait pas qu'ils arrivent quand Vedel est encore là. Elle est fière mais aussi honteuse d'avoir une personne à son service. Fière que tout soit bien tenu chez elle, mais un peu honteuse parce que ça fait caprice de riches, et nous ne sommes pas riches, nous. Ça m'est égal. Elle s'arrête et me regarde faire, comme je me maquille les yeux, comme j'arrange mes cheveux mouillés. Sans trop d'émotion comme d'habitude, sans agacement, sans rien, juste elle me regarde bouger. Et puis, alors que j'ai presque fini et que je dépose un peu de mon parfum bon marché derrière les oreilles, elle remarque que je suis déjà une petite femme. « Tu es très jolie, ce soir. » Je suis heureuse qu'elle le voie, qu'elle le dise. Je lui souris et elle sort de la salle de bains.

Avec elle, je mets la table, il faut que tout soit joli. Ce que je préfère, c'est arranger les bougies sur la table, déposer quelques fleurs tout du long. La tondeuse s'est tue. Il va repartir. J'ai l'impression de ne pas l'avoir assez vu, de ne pas l'avoir assez eu. Je n'aime pas quand il repart. Si seulement ils pouvaient lui proposer, Monsieur Vedel, mais restez donc dîner avec nous, nous vous aimons beaucoup, ou restez au moins prendre un verre avec nous. Si seulement. Mais ils ne le feront pas, ils ne le font pas, pas du tout. C'est notre employé. Et je l'aime.

Je sens, à cause de sa présence et de quelques regards qu'il me jette et que je n'ose plus lui rendre, se réveiller dans mon ventre cette faim qui se propage jusque dans ma culotte. Ah, me coucher sur la terre et sous lui, tendre mes bras autour de son cou, approcher mon sourire, heurter nos sourires dans un baiser... Il range la tondeuse dans l'abri de jardin et en revenant il a la tête tournée vers moi, je le vois du coin de l'œil, penchée au-dessus de la table. J'ai fini, il faut que j'aille chercher les verres dans la cuisine.

Ma mère ressort avec moi, tout le monde va et vient, et lui remonte du jardin. Nous nous croisons, il nous souhaite une bonne soirée. Philippe prépare son barbecue, ils se saluent de loin. Je m'approche de lui, je lui souhaite aussi bonne soirée, et puis je cherche à le retenir.

— Tu pars ?

— Oui.

Il ne dit rien de plus, il me fait un sourire, un petit clin d'œil. Je suis déçue et triste quand il monte dans sa voiture. Il y a l'odeur du charbon de bois et celle de l'herbe coupée qui se mélangent. Il démarre, il s'apprête à partir, voilà, voilà sa voiture recule. Je ne veux pas rester à le regarder s'en aller. Je veux avoir l'air de m'en fiche complètement. Quand j'entre dans la cuisine, sur la table, il y a un téléphone portable : c'est le sien. Je le saisis et me rue dehors, mais sa voiture a quitté notre jardin, il a commencé à s'avancer dans l'impasse.

Son téléphone à la main, je cours vers lui et je l'appelle, je crie son prénom, je crie Thierry, et tant pis si ma mère m'entend, si elle se demande de quel droit je l'appelle par son prénom quand elle lui donne du monsieur. Sa vitre baissée, il m'a entendue, il s'arrête. Je cours jusqu'à lui. Nous sommes totalement seuls dans l'impasse, cachés derrière la haute haie qui borde notre jardin et nous soustrait aux regards. Les voisins ne sont pas là. Nous sommes tout seuls quand j'arrive près de lui.

Il a relevé ses lunettes de soleil, enfin aujourd'hui je vois ses yeux. Toujours ce beau sourire, rien que pour moi, ce sourire-là exactement. Je lui tends son téléphone.

— Tu avais oublié ça, je lui dis.

Il le prend doucement et nos doigts se touchent. Ça me rappelle la fois où j'avais effleuré une clôture électrique qui enfermait des chevaux. Il me remercie et il reste là, comme ça, nos doigts qui se touchent. Suspendus, nous sommes, le souffle, la parole suspendus. Juste deux ou trois secondes, les yeux éperdus dans le fond l'un de l'autre. Il baisse le regard, ramène sa main.

— C'est gentil. Tu es prête pour la petite soirée ?

En posant mes mains sur le rebord de sa portière, en souriant moins, je lui réponds que ce n'est pas vraiment une petite soirée, juste un dîner avec leurs amis, en faisant un vague signe de tête vers notre jardin pour désigner ma mère et Philippe. Que je vais sûrement m'ennuyer un peu. Un silence. Et puis je demande : « Et toi, qu'est-ce que tu vas faire, ce soir ? » Il ne sait pas trop, il hausse les épaules, pas grand-chose.

Et il tourne de nouveau son visage vers moi, son sourire vers moi. Il ne cherche rien d'autre à dire. Sans préméditation, je me penche, je tends mon visage vers lui. Une fraction de seconde, je me tiens à deux centimètres de son visage, il ne bouge pas. Je pose mes lèvres sur les siennes. Il me laisse faire. Je n'ose plus bouger mais je les entrouvre, mes lèvres, il m'ouvre sa bouche, nos langues se touchent. C'est trop doux, c'est à la fois trop doux et trop brûlant cette bouche, et ça descend partout en moi, c'est comme si je buvais une eau bouillante.

Il me rend mon baiser, soudain c'est sa langue à lui qui assaille la mienne et qui la saisit avec force, qui m'arrache un soupir, je me sens comme tirée hors d'une eau profonde par un bras puissant, une main amie. Il glisse sa main dans mes cheveux et retient mon visage contre le sien, il me retient alors que je voudrais ne jamais me détacher de lui. Je me mets à haïr cette voiture qui nous sépare, qui empêche nos corps de se serrer à en étouffer, de se toucher, nos mains de nous dessiner à travers nos vêtements. Et autant je hais sa voiture, autant j'adore son haleine et le bruit de sa respiration qui se mélange à la mienne, sa langue qui m'attire à lui, sa langue qui caresse la mienne, qui la fait danser. Sa langue qui a pénétré mon corps. J'ai posé mes mains sur ses épaules, je suis à moitié entrée dans sa voiture, par la fenêtre ouverte. Les yeux fermés, oh ce baiser ! Je suis en transe, il est si chaud, à l'intérieur, si humide, si doux, soyeux, si onctueuse sa bouche à l'intérieur. Il suce ma langue, il m'avale, je m'alanguis, je coule de lui, en lui. Et sa main qui me tient fermement mais si doucement par les cheveux, comme un reste encore, comme un encore, un encore. Je ne m'appartiens plus, je ne suis plus là. On dirait que ma tête n'a plus de limite, que tout mon être est concentré et n'existe qu'à cet endroit de ma bouche qui a enfin rejoint la sienne. Ce baiser n'en finit plus, il me le donne, je le lui rends, il le reprend, il le recommence. Jamais, jamais un tel baiser dans ma vie. Je tremble, je sens bien que je tremble. Sous sa main, à cause de sa barbe de trois jours qui griffe mon menton, à cause de la puissance d'animal sauvage de sa langue qui me dévore, et de toute cette chaleur molle qui m'envahit et fait tomber mon cœur haletant entre mes cuisses. Il se perd en moi, je l'entraîne à se perdre comme je me perds moi aussi, comme je me laisse glisser en lui, tout explose en moi, mes doigts sont venus trouver un amarrage autour de son visage, en se glissant dans ses cheveux, pour ne pas me noyer.

Je sens tout de lui. Son parfum, sa sueur qui s'insinue jusque très loin sous mon crâne et m'étourdit comme de la drogue, je sens le goût de sa salive, je sens ses dents sous ma langue, le souffle chaud sortant de ses narines et balayant mon visage, la force de ses mains, la force de son désir, qui me dépasse mais m'épargne par la douceur, une douceur que je n'ai jamais imaginée, une douceur qui ne connaît pas la mollesse ni la retenue, rien que la caresse. Je suis presque perdue en lui, quand le baiser, gentiment, se calme, un manège fou qui ralentit pour s'arrêter.

Nos lèvres se séparent et je rouvre les yeux. Je souris tout contre son visage, nos regards trop proches pour se voir vraiment. Et puis, ma mère se met à m'appeler. Il ne faut pas qu'elle s'approche, qu'elle nous voie ainsi, moi penchée contre lui, nos visages se touchant presque, elle comprendrait et elle saurait. Il ne faut pas. C'est le plus beau secret de toute ma vie. À ce jour, et pour tout le reste de ma vie, c'est le plus beau de tous mes secrets. Nous respirons encore l'un sur l'autre en nous regardant. Ma mère crie de nouveau mon nom. En tournant la tête par-dessus mon épaule, je lui réponds que j'arrive. J'en veux encore, je crois que lui aussi. Je me penche, je dépose ma bouche sur la sienne. Il me rend mes petits bisous, il garde sa langue, conquise et guerrière, derrière ses dents. Parce qu'il est plus raisonnable que moi. Allons, ce serait dangereux de faire durer tout cela, la voiture est juste derrière la haie, nous attendons des invités, le portail est ouvert et rien n'empêche ma mère de venir voir ce que nous pouvons bien faire ou nous dire pendant tout ce temps. Tous ces petits baisers d'oiseaux affamés, il pose gentiment sa main sur la mienne et remet ses lunettes de soleil, en souriant comme moi, comme un adolescent, content.

« Allez, ta mère t'appelle. J'y vais... bisous. » Docile, extasiée, je m'écarte de lui et de sa voiture, je lui réponds aussi bisous en envoyant un baiser de ma main. Il s'en va, je regarde sa voiture s'éloigner. Et alors je sens comme je tremble toujours, je suis électrisée, lente et engourdie. Dans un état second, je reviens vers notre maison et ne fais que sourire aux reproches de ma mère, qui se plaint d'avoir dû terminer de dresser la table toute seule, de se mettre à transpirer. Elle est tellement agacée qu'elle ne me regarde pas, elle ne voit rien de ce qui vient d'arriver. Elle m'envoie cueillir quelques fleurs dans le jardin.

Je ne suis plus moi-même. Moi-même comme je l'ai été jusqu'à ce baiser. Je suis une autre personne. Je sens que tout a éclaté en moi, je sens que je suis une fleur qui vient de s'ouvrir en un éclat subit, une fleur qui n'avait pas conscience d'être fermée. L'air qui entre dans mes poumons m'étourdit. La lumière du soir m'apparaît plus dorée et plus intense qu'aucune autre lumière de ma vie, et je suis mon corps, je suis chaque veine, chaque petit vaisseau qui palpite en moi, chaud, euphorique, flamboyant.

J'ai changé d'état, et il n'y a que moi qui le sache. Toute la soirée se déroule devant moi, très lointaine, comme un rêve de fièvre. Je ne fais pas attention à l'heure qu'il est et je suis capable d'être la fille modèle qui plaît tant à ma mère et à ses amis, sans avoir besoin de faire d'efforts. En moi et sur moi, un plaisir sensuel continue de vivre, ses mains sont restées agrippées à mes cheveux parfumés, sa langue est restée enlacée amoureusement à la mienne. Je suis là mais je suis pour toujours penchée dans cette voiture, penchée sur son visage. Personne ne remarque ma transformation pourtant spectaculaire, personne ne voit que je me suis ouverte et dissoute dans cette bouche merveilleuse, que je suis devenue aveugle au reste de ma vie, fondue dans sa lumière éclatante. Éblouie.

19

Mes gestes me font l'effet des plantes de rivière qui bougent très lentement au fond de l'eau, avec presque la même couleur qu'elle, vert sombre, qui s'agitent au ralenti et caressent le courant. Je m'éveille dans un immense bain de rêve.

Je retourne à l'endroit où je me suis tenue la veille au soir et où nous nous sommes embrassés. La chaleur n'a pas voulu se calmer. Le goudron dans l'impasse est mou et fait des bulles dans le soleil, et je m'amuse à les éclater sous les semelles de mes sandales, comme quand j'étais petite. Il est tendre sous mes pieds et c'est agréable de sentir la trace de ma chaussure s'imprimer dans le sol. Il n'y a que le goudron chauffé qui ait cette consistance, cette mollesse ralentie, incertaine, qu'aucune boue ne sait tout à fait imiter.

En fermant les yeux, je peux tout revivre de cet instant et je me tiens là, debout et immobile sous la lumière éblouissante, les yeux clos, la bouche à peine entrouverte et mes mains qui s'entrelacent devant moi, à ressentir de nouveau les inflexions viriles de sa langue à l'intérieur de moi. Il n'y a toujours pas le moindre souffle de vent aujourd'hui. Je ne bouge pas, je reste là à l'embrasser encore dans ma tête. Je me sens ivre. Avec cette tempête viscérale, douce à en crever, et la main brûlante du soleil posée sur ma tête, je suis en plein délire, ignorant mes tempes prêtes à éclater.

Je suis fatiguée, mes yeux sont gonflés du manque de sommeil. J'ai attendu longtemps de m'endormir, mon corps me tenait chaud, j'étais totalement ouverte à même le matelas, dans le noir. Mon cœur battait tellement fort. Combien de fois dans la nuit ai-je voulu écrire un message à Anne-Sophie pour lui annoncer cette grande nouvelle ? On s'est embrassés. Mais ça ne s'annonce pas comme ça, et pas par téléphone. Il faut qu'on se revoie pour que je lui dise.

Hier soir, pendant le dîner, nous sommes restés tous assez inertes autour de la table. On a bu des litres d'eau et tout le monde a plaisanté sur la chaleur. J'ai dû écouter encore une fois le récit de leur week-end en amoureux, raconté par Philippe, leur suffisance, leurs remarques ennuyeuses. Ils ne se sont pas tus de la soirée, et moi j'étais juste là. Ça ne faisait rien à personne que je sois assise à table avec eux sans parler. J'étais sur ma chaise comme un élément silencieux et à peine visible, qu'on avait salué en arrivant et qu'on avait vite oublié. Comme une fleur décorant la table. C'est une habitude que j'ai fini par prendre, d'être là, invisible. Je ne regrette même plus de ne pas avoir un frère ou une sœur avec qui discuter dans ces moments-là, à force. Ça ne sert plus à rien. À mon âge je n'en voudrais plus. Je me sens tellement petite quand ils font ça, quand ils ne m'adressent pas la parole. Comme si je n'avais rien d'intéressant à leur dire, rien d'audible, juste parce que j'ai seize ans. Alors qu'eux ne font que déblatérer sans fin, en répétant les mêmes histoires, en répétant les mots des uns et des autres, ils se les passent de bouche en bouche pour dévorer ensemble un silence qui leur fait peur. J'aime le silence et toutes les paroles qu'il contient. C'est beau, le silence, c'est émouvant. J'aime les silences de Vedel.

Si, tout de même, ma mère m'a demandé de bien vouloir aller à la cuisine chercher ceci ou déposer cela. Je fais toujours le service quand elle reçoit. C'est peut-être aussi pour ça que ses amis ne me parlent pas. Je suis petite et je fais le service. C'est pour ces raisons-là que je n'aime pas quand on a des invités. Il y a quatre ans, quand j'ai commencé à pouvoir être à table avec eux, je pensais que j'étais devenue grande, assez grande pour participer à leurs soirées d'adultes, mais très vite je me suis tue, comme maintenant. Ça n'a jamais changé, c'est devenu une habitude. C'est décevant.

Quelqu'un a tenté d'aborder le sujet de la disparition d'Océane. Ma mère a décrété qu'elle ne supportait plus de vivre dans cette angoisse, elle s'était trop impliquée dans cette recherche, alors qu'elle ne connaissait pas ces gens et qu'il fallait qu'elle pense à la vie, à la sienne. Puis elle s'est rattrapée, elle a ajouté qu'elle devait penser à la mienne aussi, évidemment. Mais finalement elle ne se faisait pas tant de soucis pour moi parce que je suis une fille sage et raisonnable qui ne sort pas avec des garçons. Elle est persuadée que si Océane a disparu, c'est parce qu'elle sortait avec des garçons.

Elle ne sait pas combien c'est difficile d'être sage quand on s'ennuie. Elle sait pourtant, pour les soirées à la vodka quand j'avais quatorze ans, et aussi que je n'ai pas de bonnes notes partout. Elle me dit toujours que je pourrais mieux faire, qu'il faudrait tout mieux faire, sauf pour sortir avec des garçons. Que personne ne m'ait aimée jusqu'à présent, aimée vraiment, que je n'aie pas eu réellement d'histoires d'amour, ça, par contre, elle trouve que c'est très bien.

Pendant ce long dîner, j'ai eu envie de disparaître. J'ai eu envie de devenir sauvage. Je rêve secrètement de l'être. J'aimerais qu'on se donne rendez-vous quelque part, que je dise à ma mère que je sors avec une copine dans le centre-ville. Il viendrait au rendez-vous et nous irions chez lui, il m'embrasserait longtemps, bien plus longtemps qu'à la fenêtre de sa voiture. Et à la fin il m'enlèverait mes vêtements en caressant mes cheveux, en me serrant contre lui. Il me ferait l'amour. Je grandirais contre son corps et il lécherait ma peau de fille modèle, pour me nettoyer, me faire disparaître, me faire renaître.

En fin d'après-midi, ma mère prend la voiture de Philippe pour aller acheter du pain. La voiture de Philippe, c'est une super voiture, d'après elle, elle est plus récente que la sienne et elle a la clim et puis elle est chic aussi. Je pars avec elle, ça fait au moins cinq jours que je n'ai pas quitté la maison. Une escapade d'une dizaine de minutes jusqu'à la boulangerie du village d'à côté, c'est déjà quelque chose.

La pauvre boulangère a le visage un peu rose et tout luisant. C'est vrai, en fait, qu'il fait très chaud dans les boulangeries. Elles échangent quelques mots, parlent juste de la chaleur. Espèrent qu'elle ne durera pas, qu'il y aura un nouvel orage ou quelque chose comme ça, quelque chose, n'importe quoi, pour éteindre ce feu. Et les vieilles personnes, alors, il faut que les vieux pensent bien à s'hydrater, sinon les urgences seront encore saturées, il risque d'y avoir des morts. Ce que c'est dangereux, cette canicule, vraiment ce n'est pas possible. Il y a encore vingt ans, ce n'était pas comme ça. Ah non, ce n'était pas comme ça. C'est dû aux gaz à effet de serre, il paraît, il faudrait vite trouver une solution parce que c'est une catastrophe. Et ma mère qui renchérit, si vous saviez, on a eu la bonne idée d'organiser un barbecue avec des amis hier soir, quand il a fallu allumer le feu c'était quelque chose. Eh oui, c'était quelque chose.

Nous sommes seules dans la boulangerie alors on n'est pas pressées de repartir, même s'il n'y a qu'un ventilateur pour toute la boutique. Si on se met dans le bon angle, on reçoit un peu de son air brassé. Pas forcément plus frais, mais au moins brassé. C'est mieux que rien. Et les portes restent ouvertes pour faire courant d'air. Ma mère est là avec son pain dans les bras, la poitrine toute perlée de sueur, les lunettes de soleil remontées sur la tête. Elles prennent tant de plaisir à ne parler de rien et je sens, moi aussi, le plaisir délicat qui émane de cette conversation inutile.

Sur la vitrine de la boulangerie, il y a la photo d'Océane. Je m'étais presque habituée, quand je sortais souvent, à la voir partout. Mais comme je suis restée bien enfermée dans mes pensées et sur le territoire de ma maison depuis plusieurs jours, revoir son visage au-dessus duquel il y a écrit « disparue », ça me fait quelque chose. Oui, c'est vrai. C'est vrai, qu'elle a disparu et j'essaie de me souvenir depuis combien de temps. Des semaines et des semaines. Ça me rend triste de voir cette affichette qui a été imprimée chez eux, ses parents. Ils en ont collé partout. Ils ont dû faire toutes les communes à des kilomètres à la ronde, tous les commerces, et dire, blessés et gênés, qu'ils voudraient pouvoir afficher ça ici, si ce n'est pas un problème, en demandant si, peut-être, on avait entendu parler de la disparition de leur fille. Maintenant, début août, c'est sûr, oui, que tout le monde en a entendu parler. Même si à la télé ce n'est plus un sujet d'actualité puisqu'on ne la retrouve pas et que l'enquête suit son cours dans la plus grande confidentialité. On ne sait toujours pas ce qui s'est passé, on ne sait toujours rien. Et ses parents, on n'en entend plus parler. Enzo non plus. J'ai cessé depuis longtemps de m'inquiéter de lui ou de n'importe quel autre gitan des environs. Si ça se trouve, il est déjà en prison pour la voiture volée.

Elles bavardent encore, de quoi peuvent-elles discuter ? Elles me paraissent si loin, ma mère et la boulangère, alors que je regarde cette photo d'Océane placardée sur la vitrine. Cette photo qui ne lui ressemble pas tellement. Elle a l'air un peu trop sage et figée. Je suis honteuse de ne parler à Anne-Sophie que de moi et de cette histoire d'amour qui existe à peine encore, au lieu de la forcer à tout me dire sur son amitié pour Océane. Son amour pour elle. Son cœur qui saigne, qui tremble et pleure de ne pas savoir ce qu'est devenue sa meilleure amie.

Et puis ma mère tourne la tête vers moi, avec la boulangère elles se mettent, elles aussi, à regarder l'affichette avec la photo d'Océane.

— Quelle sale affaire quand même, cette pauvre petite, fait la boulangère.

— Oui, c'est une sale affaire, répond ma mère.

— On ne sait même pas ce qui lui est arrivé, pauvre gamine. Et les parents, je les vois plus, ils ne viennent plus.

— Vous imaginez ? Ils ne doivent plus avoir envie de manger quoi que ce soit les pauvres, renchérit ma mère.

Je me tais. Je les entends, c'est tout. Peut-être que c'est vrai. Ils n'ont peut-être plus envie de manger, tant que leur enfant ne reviendra pas.

— Et la battue, reprend ma mère. On y est allés, nous. Il y avait beaucoup de monde, toute la journée et presque toute la nuit. Beaucoup, beaucoup de monde. De notre village, des villages d'à côté. La petite Océane, elle est de Cressac, comme nous, vous savez.

— Je sais, je sais, répond la boulangère.

— Et la gendarmerie aussi était là. On a fouillé toute la campagne, partout, en équipes. C'est passé à la télé, au journal.

— Je sais, ah oui, oui. Je sais, je m'en souviens.

— Moi, ma fille, je la garde toujours près de moi maintenant. Elle n'est pas très contente, mais je ne la laisse plus faire du vélo seule dans le village.

— Je comprends bien, acquiesce la boulangère.

— Tu m'en veux pas trop, quand même, hein ma chérie ?

— Non, je lui dis. Et puis de toute façon il fait trop chaud pour faire du vélo.

— Ah ça, la chaleur... au moins la chaleur ça fait que les enfants restent à la maison, déclare la boulangère.

— J'espère qu'on finira par la retrouver, cette enfant, lance ma mère. Que ça ne fasse pas comme pour la pauvre petite Marion. Vous vous souvenez ?

— Ah oui, ah oui. Vraiment, c'est affreux, vous savez. Moi, quand une chose pareille se passe, c'est comme tout le monde qui a un commerce, je mets l'affiche. Celle pour la petite Marion, qu'est-ce qu'elle est restée longtemps... Et puis un jour j'ai fini par l'enlever.

— Dans ce genre d'histoire, on ne sait jamais comment ça se termine, malheureusement. J'espère qu'on va la retrouver, Océane. Nous, on la connaît pas mais bon, enfin, à cet âge-là, c'était forcément une gentille fille.

— Oui, c'était une bien gentille fille. Elle venait quelquefois, sa mère restait dans la voiture et puis c'est elle qui venait prendre le pain. Elle était très polie à chaque fois. Et puis mignonne comme tout. C'était une gentille fille.

— Enfin... c'est bien triste, conclut ma mère.

Un court silence. Je ne pense à rien. J'ai envie de rentrer. Ce moment à la boulangerie est beaucoup trop long. Elles se saluent. À bientôt. Moi aussi je fais l'effort d'être bien élevée. Si je disparaissais, j'aimerais beaucoup qu'on dise que j'étais une gentille fille. Elles parlaient au passé. Tout le monde pense qu'elle est morte, la pauvre Océane. J'aimerais qu'on enlève ces affiches. J'aimerais qu'on fasse disparaître sa disparition.

En sortant de la boulangerie, on tombe nez à nez avec une femme aux cheveux courts. Elle retire ses lunettes de soleil et adresse un signe à ma mère, qui s'exclame, « Et ça alors, je ne t'avais pas reconnue avec ta nouvelle coupe, ça te va bien ! », elles se font la bise. Je ne sais pas qui est cette femme. C'est incroyable quand même, que ma mère connaisse autant de gens que je n'ai jamais vus de ma vie. Je lui dis bonjour du bout des lèvres et la femme me demande : « Tu vas bien, Justine ? » Alors je lui réponds que oui, mais je ne vois toujours pas qui elle est et je commence vraiment à cuire. J'en ai assez d'être hors de la maison. Je veux m'étendre sur mon lit et contempler le plafond et revivre mon baiser, revivre chaque instant avec Vedel. Mais on ne rentre pas. La conversation avec la boulangère au sujet de rien reprend, mais à trois cette fois. C'est insupportable. Combien de fois par jour sont-elles capables de se répéter les unes aux autres qu'il fait chaud, que les vieux vont en mourir et qu'elles sont fatiguées ? Je me tourne de nouveau vers la photo d'Océane, combien de fois a-t-elle entendu ce genre de discussion depuis le début de la canicule ?

La femme qui me connaît mais que je ne connais pas me voit regarder l'affichette. Elle me fait un petit sourire et après avoir payé son pain jette un œil derrière elle pour s'assurer que personne d'autre n'écoute, et dit, pleine de mystère : « À propos de la petite qui a disparu... » Ma mère et la boulangère se penchent vers elle, imperceptiblement. Même moi, je veux savoir. La femme aux cheveux courts leur rappelle que son neveu, l'aîné, est élève à la base militaire. Et les deux autres qui acquiescent et font oui, oui, oui, bien sûr. « Eh ben, la gendarmerie est venue les interroger, tous ! Paraît qu'il y en a qui ont été placés en garde à vue. Il m'a raconté qu'ils ont posé des questions sur la petite Océane, qu'ils leur ont demandé ce qu'ils faisaient le jour où elle n'est pas rentrée à la maison... » Elles se regardent, on dirait trois enfants qui se racontent des histoires folles. Dans le long silence qui suit, chargé de la satisfaction de la femme aux cheveux courts d'avoir fait son petit effet, je m'approche doucement d'elles. Elles s'écartent pour me faire une place dans leur cercle. La boulangère fait une moue impressionnée. « À la base aérienne... ben dis donc... » Ma mère se tourne vers moi et me demande : « Océane fréquentait des militaires ? C'est quoi, son rapport avec la base militaire ? » Comme si je le savais. Je hausse les épaules. Je suis un peu effrayée qu'elles soient toutes les trois à me fixer, à espérer une réponse de ma part. « Et ta copine, Anne-Sophie, elle t'en a pas parlé ? » J'ai la bouche sèche, je réponds non de manière quasi inaudible.

« Et votre neveu, il a pas été placé en garde à vue, quand même ? » C'est la boulangère qui parle. La femme aux cheveux courts dit que non, bien sûr, pensez-vous, c'est un gentil garçon. Moi aussi j'aimerais bien savoir quel est le rapport entre Océane et la base aérienne. Deux coups de klaxon retentissent dans la rue silencieuse. « Bon, il y a mon homme qui s'impatiente dans la voiture, explique la femme aux cheveux courts en souriant. Je vous souhaite une bonne fin de journée, mesdames ! Et ça reste entre nous, hein ? » Les deux autres hochent la tête d'un air entendu. « Vous allez voir que ça va arriver aux infos, de toute façon. »

Dans la voiture, pendant les cinq minutes du trajet de retour, ma mère commente la nouvelle. Elle me félicite de ne pas fréquenter de militaires, il ne manquerait plus que ça maintenant, qu'on ne puisse même plus faire confiance à ces jeunes-là, pourtant ils sont rompus à la discipline. Je ne l'écoute pas trop. Je ne fréquente ni militaires ni personne, et je voudrais retrouver mon Vedel. Anne-Sophie m'a parlé du petit ami gitan mais jamais d'un militaire. Cela dit ça ne m'étonnerait pas, Océane, c'est bien le genre de fille qui serait attirée par les militaires, mais je crois qu'Anne-Sophie n'est au courant de rien. Est-ce que je devrais lui dire ce que je viens d'apprendre ? C'est peut-être lui, ce mec d'Internet avec qui Océane parlait quand elle s'est éloignée d'elle.

— Je suis bien contente que tu partes à Tours lundi, il est temps que tu t'éloignes de tout ça. Quand j'y pense, ça me fend le cœur que tu sois témoin de toute cette affaire, que tu baignes dans cette atmosphère... Ça va mal finir tout ça, c'est vraiment...

Elle laisse sa phrase en suspens. Je n'ai plus envie de partir, ni de voir mon père. Je suis agacée.

— C'est vraiment quoi ?

Elle fait un geste vague sans répondre alors qu'on se rapproche de la maison.

— Je sais pas. C'est morbide, je n'aime pas ça.

J'aimerais lui dire que moi non plus, je n'aime pas ça. Il y a trop de choses qui se précipitent dans ma tête à ce moment-là, et tout ce que je réponds, c'est :

— C'était qui, cette dame à la boulangerie, on la connaît ?

— Mais oui, c'est madame Renoux.

— Je sais pas qui c'est, maman.

— Mais si. C'est elle qui organise les événements à la salle des fêtes, tu l'as rencontrée quand tu étais petite.

Il y a tant de gens que ma mère connaît, ici. Et moi non. Comme si je me préparais déjà à devenir une étrangère dans ce village. Rien qui me retiendra quand je partirai d'ici. Encore deux ans, plus que deux ans, et je m'en irai sans jamais revenir.

20

Océane est morte. Morte depuis des semaines. On a retrouvé son corps. Abandonné, caché là sous la poussière et la végétation, aux abords d'une carrière de pierre. Et on l'a retrouvé parce que celui qui l'a tuée a tout avoué. Il a désigné l'endroit où elle était depuis tout ce temps.

Nous étions sur le canapé, ma mère et moi, après le déjeuner. Au milieu d'un jour plus respirable, avec une fraîcheur lointaine qui s'approchait avec hésitation. Tout était ouvert dans la maison, les fenêtres, la porte d'entrée calée avec une paire de bottes de caoutchouc, pour faire un peu de courant d'air. On venait de manger des abricots, fondants et juteux, et les noyaux, dans l'assiette, sur la table basse, sentaient encore bon. Ma mère était assise à côté de moi, les jambes repliées vers moi, comme une sirène, le cendrier posé à même le canapé. Elle fumait calmement sa cigarette. On attendait le journal de treize heures, ma mère voulait savoir ce qu'on dirait du suspect à la télé. La veille au soir au JT, ils n'avaient pas encore annoncé que des militaires avaient été placés en garde à vue.

J'étais étalée de tout mon long, lasse de notre routine. Enfin, le journal a commencé et nous nous sommes figées quand le présentateur a annoncé, « Tout d'abord », que les recherches pour retrouver Océane avaient touché à leur fin.

On a retrouvé son corps, juste son corps mais pas elle, son corps était là mais elle était ailleurs, perdue, disparue, en allée. Des images de la carrière, prises de loin. Des images d'enquêteurs, de cordons de sécurité, d'une ambulance, de gens en combinaison blanche, de voitures de la gendarmerie, toutes portières ouvertes. En off, une voix de jeune homme se met à raconter que la découverte a eu lieu ce matin, très tôt, suite aux aveux du principal suspect. La dame à la boulangerie n'avait pas inventé d'histoires, ce suspect est bien un jeune militaire de dix-neuf ans, dont l'identité n'a pas encore été révélée par la police judiciaire.
Ma mère ne bouge plus, se tenant aussi droite et raide que la cigarette à la verticale entre ses doigts. Quand apparaît l'image de la carrière dans son ensemble, un tronçon de cendres lui tombe sur les genoux et ça ne lui fait rien. À moi non plus, et je ne sais pas comment j'ai pu remarquer une chose pareille. Je crois l'avoir vu du coin de l'œil. J'ai peur qu'on nous montre le corps d'Océane.
On ne nous montre rien de tout ça, que des images de loin. « Cette carrière de pierres, où le corps de la jeune disparue a été retrouvé ce matin, se trouve à une trentaine de kilomètres de Cressac », précise le jeune journaliste. Je ne connais pas, décidément je ne connais rien de cet endroit.

Les forces de l'ordre sont allées là où le suspect leur a dit d'aller, le corps a été trouvé, emporté, déposé, les habits du cadavre correspondaient à la description de ceux d'Océane. On a appelé les parents et ils sont venus, ils l'ont regardée, elle, ou ses habits, ils ont reconnu Océane. Et après, pour eux, après ? Le monde s'est refermé sur lui-même. Je crois que tout a éclaté, pas même en mille morceaux, le monde a éclaté en se refermant sur lui-même.

Ma mère écrase sa cigarette en tremblant. Et à présent, ils vont procéder à l'autopsie du corps afin de déterminer les causes exactes du décès. Le décès. Les premières observations permettent d'estimer que la jeune fille est décédée dans les jours, voire les heures suivant sa disparition.

Le reportage s'achève, le présentateur enchaîne sur autre chose. Nous n'entendons pas, nous ne voyons pas, nous ne comprenons pas ce qui suit. On vient de nous dire ça et rien de ce que l'on peut nous dire ensuite n'a de sens. Ça vient d'un autre monde, d'une autre réalité pour laquelle nous n'avons aucune curiosité.

Ma mère reste blême – je crois que je le suis aussi –, tendue, les yeux hallucinés. Choquée. Choquée comme moi. Mais est-ce qu'on ne l'avait pas senti ? Est-ce que je ne l'avais pas senti et comment pouvais-je savoir ? Ça commençait à se dire, à demi-mot, avec un peu de honte, mais tout le monde avait fini par le comprendre qu'elle devait être morte. Puisque pour tous ceux qui la connaissaient, même comme moi de très loin, ce n'était pas une fille méchante, une délinquante, une folle, qui aurait laissé tout un village la chercher pour rien. Ce n'était pas une fille qui respectait si peu sa mère qu'elle l'aurait laissé pleurer et ne plus dormir d'angoisse pendant des semaines entières. Même si elle avait fugué, elle aurait donné un signe de vie. C'était ça, les rumeurs qui couraient sur elle maintenant, que c'était une gentille fille qui aurait donné un signe de vie. Et puis il y avait un tel silence après, un silence dans lequel on entendait tous hurler cette idée que nous avions sans oser la formuler, ce sous-entendu retenu entre les dents : si elle n'a pas donné signe de vie, c'est qu'elle est morte. Et pourtant, aujourd'hui, sa mort nous horrifie et nous glace.

Ma mère me regarde. Pas avec émotion, pas avec amour, elle me regarde, hagarde, comme pour chercher dans mon visage et dans mes yeux la confirmation de la réalité de ce que nous venons d'entendre. On a éteint la télé. Le silence pose sur moi un voile noir et poisseux, et lourd. Les vacances chez mon père ont disparu de mon esprit, Vedel même a disparu de mon esprit. Je n'ai plus rien dans ma tête que cette vérité dégueulasse du mot décès. On ne décède pas à notre âge. On ne passe pas les trois quarts de l'été de ses seize ans tuée, allongée au pied d'une pente boisée, à pourrir, mal cachée sous quelques branches.

Ma mère prend une cigarette dans son paquet, le visage grave. Elle ferme les yeux en l'allumant et tout tremble, ses mains et ses lèvres, la cigarette, le briquet, la flamme, la fumée. On vacille. Et puis, tout ça, ça signifie aussi que c'est fini. Je ne demande rien, sans hésiter, je prends une cigarette dans son paquet, sans aucune honte. C'est quand je l'allume et qu'elle entend le bruit du briquet qu'elle ouvre les yeux et me regarde avec indifférence, ce n'est pas grave, ce n'est pas une bêtise que je fume en cet instant.

Depuis tout ce temps, elle était morte. Elle était morte près de la carrière. Est-elle morte sur place ou ailleurs, l'a-t-on jetée là ? Elle portait encore les vêtements qu'elle avait sur elle, le dernier jour de lycée, avant qu'on ne la revoie plus jamais. Je repense à ce jour-là, la douceur de cet après-midi-là, à ce que c'était de partir du lycée durant trois mois, le seul été de ma vie où j'aurais trois mois entiers de grandes vacances, où je n'imaginais pas combien j'allais être seule, enfermée, brûlée par un homme sorti de nulle part, un début d'été où je n'imaginais pas que j'allais perdre ma meilleure amie et en avoir une nouvelle, une pauvre amie qui pleurerait entre mes bras pour une autre. Pauvre Anne-Sophie. Je tire tout doucement sur ma cigarette comme si devant ma mère il fallait fumer très délicatement, du bout des lèvres, faire semblant de ne pas en avoir l'habitude.

Je ne vois plus rien, les larmes montent comme le seul orage de l'été. Je pleure sans un son, sans un sanglot. Et même sans grimace. Je continue à regarder dans le vague, à fumer avec mesure, alors que je me vide de larmes. Ça ne soulage de rien. Ma mère me regarde et le choc dans ses yeux se change en une émotion ambiguë faite de désespoir, de soulagement et d'horreur absolue. Pauvre Anne-Sophie. Pauvre Océane. Pauvre mère. Pauvre, pauvre mère. En pleurant, je me sens flotter, projetée dans une autre réalité, la vraie réalité. Pas la vie que j'ai eue jusque-là, ni la vie dont je rêvais, mais la vie telle qu'elle vient de se montrer à moi. La vie dégueulasse.

Après un très long moment d'hébétement, ma mère me demande si ça va, mais avec une voix de corneille, rugueuse et accidentée. Et moi, le visage noyé de larmes, je lui réponds : « Je pense à Anne-Sophie. » Elle baisse la tête.

Je n'ai jamais pu concevoir une telle horreur. Ce n'est pas de la tristesse, c'est de l'horreur. Comment peut-on concevoir un meurtre à mon âge ? Je me lève pour aller chercher mon portable, je sens qu'il faut que j'écrive quelque chose à Anne-Sophie mais je ne sais pas quoi. Je nage. C'est un peu comme les eaux profondes où Vedel m'a plongée, sauf qu'elles ne sont pas belles ni bleues ni tièdes celles-ci. Je prends mon téléphone et je suis saisie d'un mouvement de panique, je me sens prise au piège, me débattant vainement parce que c'est déjà beaucoup trop tard. À seize ans ce n'est pas possible, ni de mourir, ni d'être assassinée. Ça n'existe pas, ça ne se peut pas. Je voudrais hurler et supplier qu'on me laisse sortir, qu'on fasse sortir de ma mémoire ce que je viens d'apprendre pour toujours. Je voudrais supplier qu'on me laisse avoir mes seize ans, mes seize ans minuscules et sucrés et naïfs. Je voudrais qu'on me laisse me plaindre de m'ennuyer, qu'on me laisse n'être qu'amoureuse et ne rien savoir encore de la mort, m'imaginer que la mort est belle comme dans les poésies. Qu'on me laisse ne jamais savoir qu'on peut vous chercher des semaines entières, entières, longues et brûlantes, alors que votre corps est là, jeté sans amour et sans rituel, à pourrir, sécher et pourrir comme une viande dans le feu d'une canicule méchante. Ne jamais savoir que tous les petits chagrins, tous les béguins, tous les secrets, tous les rêves et les baisers qui habitent une fille comme moi, une fille comme toutes les filles, qui quitte l'enfance et ses parfums de vanille et de sommeil, pour entrer dans un autre âge aux nouveaux parfums et aux nouvelles lumières, une fille qui devient vaste et belle, courageuse dans sa peur de grandir, courageuse dans sa peur de faire l'amour et qui rêve d'une vie meilleure, que tout cela peut être dispersé et dissout sans pitié et sans amour et sans rituel. Je voudrais supplier qu'on retire de ma mémoire ce que je viens d'apprendre, je veux ne jamais savoir, ne jamais savoir. Mais c'est trop tard.

    La nuit est longue et pleine de cauchemars, les yeux ouverts. J'ai essayé de joindre Anne-Sophie plusieurs fois. Elle ne m'a pas répondu. J'ai fini par lui envoyer un message pour lui dire que je suis là pour elle. Elle ne m'a pas répondu. Je me sens minuscule dans mon lit. Je pleure en pensant à Anne-Sophie, je pleure en pensant aux parents d'Océane.

    Vers deux heures du matin, je recommence à pleurer mais de honte. J'ai tellement honte de moi, d'avoir craché dans le dos d'Océane avec Mathilde, de l'avoir jugée sans même la connaître. J'ai honte d'avoir jugé Anne-Sophie, d'avoir voulu devenir son amie juste pour rendre Mathilde jalouse. Je suis étouffée de honte. Peut-être que j'aurais pu être amie avec Océane, peut-être qu'on aurait eu beaucoup de choses en commun. Peut-être qu'elle était un peu comme Anne-Sophie. J'ai honte d'avoir toujours considéré qu'elle était une fille facile, tout ça parce qu'elle se cachait pour voir son amoureux. Est-ce que je ne me suis pas cachée pour embrasser Vedel ? Je donnerais ma vie, n'importe quoi, pour qu'il vienne me chercher et qu'il m'emmène à l'autre bout du monde, qu'il m'aime assez pour que j'oublie toute cette histoire.

    J'entends ma mère qui se lève et descend à la cuisine. Elle non plus, elle ne peut pas dormir. Pendant combien de temps la famille d'Océane ne dormira pas, après ça ? Et je me demande si tous les autres du lycée sont au courant, ce qu'ils en pensent, ceux qui étaient dans sa classe. Et les profs. Je me demande ce que doivent penser les profs après avoir appris que leur élève a été assassinée et abandonnée dans un coin de la carrière. Je ne comprends même pas comment ça se fait que personne ne l'ait trouvée avant aujourd'hui, avant qu'il avoue. Est-ce qu'on va apprendre son nom ? Même quand on a eu le cœur brisé et qu'on a envie de frapper ses oreillers, de crier et de pleurer, comment est-ce qu'on peut avoir la force de tuer quelqu'un ? Il ne devait pas l'aimer, pour la tuer. C'est impossible. Impossible. Et ses parents à lui, quand ils apprendront ce qu'il a fait, qu'est-ce qu'ils ressentiront ? La proviseure du lycée, aussi, je me demande si elle arrive à dormir, cette nuit. Elle est grande et massive, avec une grosse choucroute blonde et des lunettes, un petit collier de perles, elle est toujours calme. Peut-être qu'elle se sent coupable, elle aussi. De quoi exactement, je ne sais pas. Peut-être qu'elle se sent juste coupable, comme moi ce soir. À qui la faute : à ses parents, qui la laissaient faire tout ce qu'elle voulait, qui n'avaient aucune autorité sur elle ; à ses parents à lui, celui qui a fait ça, de ne pas lui avoir appris qu'on ne peut pas tuer ceux qu'on aime, ni ceux qu'on n'aime pas ; aux surveillants du lycée, de l'avoir laissé partir en voiture sans rien dire ? Ils ne peuvent pas surveiller chaque élève, on est trop nombreux. Et les parents, ceux d'Océane et de celui qui a fait ça, ils ne pouvaient pas surveiller chaque chose, chaque minute, de la vie de leur enfant. Sauf que maintenant, Océane, elle n'est plus là.

Mes doigts enfouis dans la fourrure de mon chat, je sens mes larmes sécher sur mon visage. J'entends la porte du frigo, au rez-de-chaussée, s'ouvrir et se refermer. Je ne sais pas comment ma mère peut avaler quoi que ce soit. J'ai la gorge nouée. Je suis obsédée par Anne-Sophie, par son silence qui me fait craindre de la perdre. Je revois ses larmes entre mes bras dans le stade désert, et j'imagine combien elle doit regretter de s'être éloignée d'Océane pour des histoires de garçons et d'orgueil. Je n'arrive pas à me mettre à sa place. Je ne sais pas quelle est ma place.

21

J'ai pensé à quelque chose de terriblement pragmatique et insensible en me réveillant : maintenant qu'on sait, j'aurai enfin de nouveau le droit de sortir. La quarantaine sera levée.

Le silence d'Anne-Sophie m'angoisse. Je lui ai écrit des messages, restés sans réponse, encore. On a perdu dix degrés au moins, et le ciel s'est assombri. Océane est morte, elle a fait mourir l'été avec elle.

À ce moment plus que jamais c'est en sa présence que je veux être. Sa présence à lui. Qu'il prenne ma main dans la sienne, sa main ferme, sa main sûre, sa main rugueuse et tiède, mon équilibre. Je suis submergée d'un désir qui déborde, qui dégueule, le désir de durer toujours, de devenir éternelle, et tant pis si l'innocence depuis hier soir s'est séparée de moi pour toujours. Je vois toute l'horreur de ce qui s'est passé au début de l'été sans parvenir à le concevoir tout à fait. Toute l'horreur de ce pauvre corps sans vie qu'on a caché là et qui n'avait plus de voix pour nous dire à tous : Je suis là, juste là, pourquoi me cherchez-vous ? Et qui ne pouvait pas nous dire :

Ne me laissez pas ici, ensevelissez-moi dans la terre, ne me laissez plus sur la terre car je ne l'habite plus.

J'ai trop besoin de lui. Trop besoin qu'il vienne et qu'il m'emmène. La voiture qui me sauverait de tout ce néant c'est bien la sienne, et ce matin je ne veux plus jamais qu'elle reparte et nous sépare. Je veux que cette voiture m'emporte très loin d'ici, qu'il m'annonce qu'il va me sortir d'ici, oui, et me conduire le plus loin possible pour toujours. Je n'arrive pas à me souvenir de notre baiser ni du mouvement intense qu'il a engendré en moi. Ni du goût de sa salive, ni de son haleine, ni de la puissance de sa langue. Il n'y a rien que je ne désire plus violemment que lui à cet instant. J'ai oublié son numéro de téléphone.

Ma mère se lève et se rassied. Toute la matinée, avant que je parte chez mon père, sa chaise qui crisse sur le carrelage de la cuisine et le cliquetis de son briquet. Elle finira son paquet avant le déjeuner si elle continue comme ça, si l'on déjeune seulement, car la même nausée incrédule nous rend malades toutes les deux. Le temps est un peu orageux, une nuée de mouches a envahi la cuisine et il y a maintenant une impression de mort dans notre maison, une impression d'abattoir. Elles font un bruit horrible. Je les déteste. Je veux Vedel.

J'essaie de laisser ce malaise derrière moi et d'être souriante en arrivant à Tours. De toute la soirée, mon père ne me pose aucune question sur la mort d'Océane. Le lendemain, quand j'ouvre les yeux, tout ce que je vois ce sont des taches floues, lumineuses, filtrant à travers les rideaux du salon de mon père. Je dors sur le canapé. Il n'a pas de chambre pour moi. Il vit comme quelqu'un qui n'a pas d'enfant. Comme quelqu'un qui n'a pas de place pour un invité.

Mais j'ai remarqué les signes d'une femme dans cet appartement. Quand j'étais seule dans la salle de bains, j'ai trouvé des épingles à cheveux sur l'étagère du meuble à miroir, au-dessus du lavabo. Et un collier. Une chaîne en or avec un petit médaillon très fin, avec juste une perle rose. Je n'ai pas vu de deuxième brosse à dents. C'en est une qui a seulement oublié ces choses-là ici. Il y a un mystère dans ces petits objets, je ne suis pas capable de savoir si elle n'est venue qu'une fois pour ne jamais revenir, ou bien pour revenir et rester dans sa vie. Mais elle n'est pas assez venue pour avoir une brosse à dents au bord du lavabo, une bouteille de parfum sur l'étagère, un flacon de shampoing dans un coin de la douche. C'était peut-être ce fameux week-end qu'elle était là, cette femme qui portait ce collier et ces épingles dans les cheveux. Ou même avant-hier soir.

J'ai beaucoup pleuré avant de dormir, hier soir. J'ai une immense lassitude d'être là, déjà. Je ne veux pas bouger, ni me lever, ni parler à mon père, ni sortir dans les rues. Je ne veux rien faire. Je ne veux plus avoir seize ans. Et je ne veux plus être l'enfant de personne.

Je me sens très loin de mon père. Très, très loin. Il avait promis, comme d'habitude, qu'il s'arrangerait pour être libre durant tout mon séjour chez lui, mais c'est faux. Comme d'habitude. Il n'a pas arrêté de téléphoner depuis ce matin et puis il est parti en me promettant que ce soir, il m'emmènerait dîner à la pizzeria. Ça fait des années qu'on fait ça et ça ne me fait plus plaisir. Il m'a laissé de l'argent sur la commode de l'entrée si jamais, a-t-il dit, je veux sortir me promener et m'acheter quelque chose. Il ne voit même pas que je n'ai pas envie de sortir, de faire les boutiques. Il n'a pas l'air de bien se rendre compte qu'une adolescente a été tuée et que ça aurait pu être moi, comme dit maman.

Je pourrais retourner tout son appartement à la recherche de cette femme qui sème des épingles à cheveux dans sa salle de bains, mais je ne vais pas le faire. Peut-être que ma mère a raison, qu'on ne sait jamais qui est dans sa vie, ni combien elles sont. J'écoute le silence bruyant de cet appartement, les bruits dans les parties communes de l'immeuble. Les portes qui s'ouvrent et se referment, les pas dans les escaliers. Les bruits de la rue, la circulation, les klaxons. Comme c'est rassurant, cette ville vivante. On ne pourrait pas rester morte pendant des semaines sans être vue, ni sentie, ni trouvée dans une ville vivante et grouillante. Il y a toujours quelqu'un qui ne dort pas, quelqu'un qui se promène, qui peut voir. C'est rassurant, la foule.

J'ai tout l'après-midi devant moi. J'appelle Anne-Sophie qui enfin me répond. Elle a la voix éteinte et lasse, c'est comme si elle parlait très loin de son téléphone. En vérité très loin de moi. J'ai compris que notre amitié n'en était pas encore une. Nous nous sommes jetées à la tête l'une de l'autre parce que nous nous sommes trouvées semblables à ce moment de l'été, attendant toutes les deux quelqu'un qui ne venait pas. Vedel n'est pas revenu avant mon départ à Tours. Mais je ne le lui dis pas, qu'est-ce qu'elle peut bien en avoir à faire de Vedel, aujourd'hui ? À partir d'aujourd'hui, rien de ce qui m'arrivera ne l'intéressera, plus rien de ce qui viendra de moi ne trouvera de place dans sa vie. Je ne peux pas lui en vouloir, est-ce que je serais aussi dévastée si c'était

Mathilde qui était morte ? Est-ce que Mathilde était réellement mon amie ou étions-nous ensemble par habitude comme certains vieux couples qui ne se rappellent plus ce qui les a séduits l'un chez l'autre au début ? Anne-Sophie m'apprend des choses qu'on ne nous dira pas au journal parce qu'elle a parlé avec les parents d'Océane. Bien sûr, elle leur a téléphoné, en pleurs, eux qui la connaissent depuis qu'elle a onze ans, et ils ont partagé ensemble leur peine incommensurable sans savoir la dire.

Ils n'ont pas pu identifier le corps d'Océane parce qu'elle était déjà décomposée, ça aurait été trop choquant. Elle a été frappée au visage. Et son visage ne ressemblait plus à celui d'Océane. Ils n'ont pas voulu dire à Anne-Sophie si l'assassin était le mec d'Internet. Peut-être qu'ils n'en savent rien. Quel mot étrange qui vient s'immiscer comme ça dans une conversation d'adolescentes, « assassin ». Mais c'est bien ça. Meurtrier c'est moche, on ne le dit pas, ça fait roman de gare. Anne-Sophie dit « son assassin ». On apprendra ça bientôt aux infos, ils ne garderont pas son identité secrète pour toujours.

« Tu sais, je rentre de Tours dans trois jours. Est-ce que tu voudras que je vienne chez toi ? » Il y a un très long silence de réflexion de son côté. Elle hésite, elle soupire. « Je crois que je préfère rester toute seule, je suis désolée », me répond-elle enfin. C'est ce à quoi je m'attendais. Elle n'est pas vraiment mon amie. Je sens comme un courant tiède me traverser, c'est la déception. C'est le rejet. Je voulais me sentir utile auprès d'elle, qu'elle pleure encore dans mes bras, sentir un corps serré contre le mien, être le réceptacle de ses larmes et de sa douleur. Je me sens tellement inutile, accessoire, petite. Personne n'a besoin de moi, personne ne demande ma présence pour se sentir mieux. C'est comme si mon existence ne servait à rien, je suis fatiguée de n'être précieuse pour personne. Tout le monde a déjà quelqu'un d'autre sur qui compter, on compte sur moi seulement quand on n'a rien de mieux. Je suis dans cette vie, faute d'autre chose.

Elle se remet à me parler parce que je me tais. « Je ne veux même pas voir mon chéri, je ne veux pas parler à ma mère. Je suis dans ma chambre, j'essaie de dormir parce que j'ai l'impression que c'est un cauchemar, c'est un cauchemar... » Et sa voix meurt dans des sanglots d'animal blessé et à l'agonie. Je suis prise d'un élan vers elle et je ne peux que poser mes mains sur la table, parce qu'elle n'est pas face à moi. Je suis d'un égoïsme nauséabond parce que cette explosion de chagrin me soulage et me remplit : elle pleure et entre ses larmes elle bredouille des choses incompréhensibles, comme des gargouillis de noyade, et elle a besoin de moi. C'est par téléphone, mais elle me donne de l'importance. Comme de choisir certains mots plutôt que d'autres pour parler de cet événement, pleurer avec moi qui l'écoute plutôt que par SMS, elle me donne de l'importance. Je me dégoûte un peu, moi qui déteste les mouches je me vois comme elles exactement à cet instant, venant satisfaire ma faim sur le cadavre d'Océane. C'est peut-être pour ça que personne ne m'aime vraiment, en fait.

Je suis très déçue, au moment où le sifflet retentit sur le quai de la gare et où les portes se referment, que mon père n'ait même pas cherché à prendre le temps de me parler. À me rassurer, à me serrer tout contre lui pour me prouver combien j'ai tort de croire qu'il ne voulait pas de moi l'autre week-end, combien il m'aime, combien il est soulagé que ce ne soit pas moi qui suis morte. Il s'est contenté de me faire un bisou sur la joue, et voilà, il m'a déposée dans le train, il a rempli son devoir de père, passer un peu de temps avec sa fille, et il me renvoie chez ma mère.

Le train est incroyablement calme et à moitié vide. J'ai réussi à me faire acheter un journal de faits divers qui a sorti un dossier spécial sur Océane. Mon père appelle ça une feuille de chou. J'en ai profité parce que je sais que ma mère n'aurait jamais accepté. J'avais besoin de savoir, il ne m'a pas laissée aller sur Internet chez lui, il n'a pas regardé la télé. On est sortis tous les soirs. Je ne suis plus au courant de rien, alors qu'Anne-Sophie m'a assuré qu'ils donneraient son nom aux infos. J'ai un peu honte de lire ça dans le train, devant tout le monde. J'ai envie de dire aux gens que je la connais, cette fille, et que ça s'est passé dans mon village. Mais en vrai tout le monde s'en fiche et personne ne me regarde.

Ils racontent que c'était une fille sans histoires, dans un village sans histoires. J'ai l'impression d'entrer dans l'intimité d'Océane. L'article est très mal écrit. Ils décrivent mal Cressac, peut-être qu'ils racontent mal le reste. Ça m'est égal. Ils le racontent mal mais c'est la vérité parce que celui qui a fait ça a tout avoué aux enquêteurs. Il y a sa photo, il s'appelle Damien R., il est blond avec les cheveux coupés en brosse, ni beau, ni moche. Mais plutôt moche. Son visage me dit quelque chose et pourtant je ne fréquente pas les militaires, et lui, je ne le connais pas.

Océane aimait Enzo, son gitan, et ils se sont séparés. Océane a rencontré Damien sur un forum, sur Internet, à ce moment-là, et elle s'est confiée à lui. Ils se sont rendu compte qu'ils habitaient tous les deux près de Saintes et ils se sont donné rendez-vous, ils ont commencé à se fréquenter. Damien a grandi en foyer et en famille d'accueil, il n'a pas de famille et pas son bac, alors c'est pour ça qu'il a rejoint l'armée, pour avoir une famille et un travail. Il a avoué aux enquêteurs qu'il aimait Océane comme il n'avait jamais aimé personne de toute sa vie, alors au bout de deux mois de relation, il lui a parlé de mariage. Ça lui a fait peur, à Océane. Et Enzo est revenu, et c'est lui qu'elle aimait. Elle a dit à Damien que c'était fini, que ça allait trop loin, trop vite et qu'elle ne voulait pas devenir comme ses parents. Il l'a suppliée de lui donner encore une chance, alors elle lui a expliqué qu'elle se remettait avec son ex, qu'elle l'aimait. « Il ne l'a pas supporté. » C'est mal écrit, mal écrit cet article... Mais j'ai tellement envie de savoir. Pas pour fouiller dans ses affaires, j'ai envie de comprendre. Il a réussi à convaincre Océane de se revoir une dernière fois début juin, quand il serait en permission, juste pour lui parler, pour s'expliquer et mettre un point final à tout ça. Elle n'a pas dit oui tout de suite, mais pour finir elle a accepté. Il est venu la chercher au lycée en voiture, ils devaient aller dans un bar mais il s'est mis à rouler, rouler, pour aller loin de tout, jusqu'à la carrière de pierre. « Il a choisi ce lieu isolé pour pouvoir lui parler en toute intimité. » Il lui a fait des avances. Elle l'a rejeté. Elle lui a ordonné de la ramener chez elle, ou au moins à Cressac. Pour ça, il a exigé qu'elle se remette avec lui, sinon il ne la laisserait pas partir. Parce qu'elle était à lui et à personne d'autre. Alors Océane est sortie de la voiture, elle a voulu téléphoner à Enzo et c'est là que Damien « a perdu le contrôle de lui-même ». Il lui a arraché le téléphone des mains et a commencé à frapper Océane comme un fou, sans pouvoir s'arrêter. Elle s'est défendue mais il était beaucoup plus fort qu'elle, il a dix-neuf ans, il est dans l'armée, il l'a dominée. Il s'est arrêté quand Océane n'a plus bougé et n'a plus fait de bruit, quand son visage est devenu une masse informe, ensanglantée et bouffie. Alors il lui a demandé pardon. Ça m'étonnerait. Il a traîné son corps jusqu'à l'orée du bois qui entoure la carrière où personne ne va jamais, il a caché son corps sous des branchages et il a détruit son téléphone. Il s'est lavé le visage et les mains à la fontaine de la carrière, il est remonté dans sa voiture et il est parti vivre sa vie.

Je regarde autour de moi. Je n'arrive pas à croire que cette histoire est vraie. Je regarde encore sa photo, à Damien R., parce que ce visage m'est familier. Je ne suis pas très sûre mais je me rappelle ma sortie en boîte avec Anne-Sophie, et si c'était un des mecs insupportables qui nous ont tourné autour cette nuit-là ? Ça me donne la nausée. Je n'ai aucune certitude.

Je ne supporte plus ce journal merdique. C'est ignoble, ce que je viens de lire. C'est ignoble comme c'est raconté. « Une jeune adolescente de seize ans sans histoires, menant une vie normale. » J'écoute de la musique, une main appuyée contre la vitre, mon visage appuyé contre ma main. Je regarde le paysage plat à perte de vue, les tournesols brûlés et le colza coupé, comment a-t-on pu perdre une fille là-dessus ? Ici c'est le désert de la jeunesse, où les plus belles années de promesses et de folies se heurtent à cet immense rien. La seule chose que l'on puisse perdre par ici, c'est le sentiment de liberté. Le ciel ouvert absolument partout. Partout. Pas un abri dans ce désert. Tout s'évapore, tous les désirs et tous les possibles. Toutes les différences. On est condamnés à prendre peu à peu la couleur et l'apparence des autres, de prendre l'uniforme et l'attitude et l'esprit des gens d'ici. De se fondre les uns les autres dans la vie normale. À la fin, nos maisons sont les mêmes, nos sommeils sont les mêmes, nos amours sont petites, nos joies sont petites, nos peines sont petites. Entourés de ces jours tranquilles et de ces nuits silencieuses et noires, nous disparaissons dans cette prison à ciel ouvert, aux effluves végétaux, dociles et soumis à la vie normale parce que devenir marginal, devenir différent, ça demande un courage désespéré. Sortir de la vie normale, ce serait se suicider.

J'ai espéré une vie normale, moi aussi. Mais il y a cet homme qui est entré dans ma vie quand je ne l'attendais pas, quand je ne le cherchais pas et surtout quand je ne le voulais pas, le premier homme dressé devant ma vie comme une grande vague qui m'emporte. Je n'attends plus que sa main tendue pour la saisir et plonger dans cet éblouissant suicide sans jamais me retourner. Est-ce qu'on aurait le droit de dire une chose pareille à un homme, même des années et des années après : c'était toi mon grand désir, mon dernier réveil, mon grand possible. C'était toi, ma liberté. Non, pas ma liberté mais la Liberté. Qui pourrait recevoir ces paroles ? Je ne sais pas si Vedel le pourrait. Il couvrirait ses yeux de ses paupières fines et esquisserait son sourire sans parole. Il les recevrait, sans doute. Il les recevrait en ayant l'air de ne pas être là, comme il me regarde en ayant l'air de ne pas me voir, l'air de ne pas être vraiment là. S'il m'aime à un moment, je voudrais qu'il m'aime pour toujours. Tant qu'il m'aimera je l'aimerai, et si jamais il ne m'aime plus, j'aurai perdu, mais au moins j'aurai fait de la Liberté mon territoire. Mais moi, je l'aimerai toujours.

Je ne partirai jamais la première. Je me dis que pour Océane, sa Liberté, c'était Enzo. Je ne pense pas qu'elle avait une vie si normale que ça, pas plus que moi.

Le train traverse un village. « Un village sans histoires. » Cressac. « Une jeune fille sans histoires. » C'est faux. Il me semble que c'est un mensonge terrible, elle avait plein d'histoires, justement. Ça ne veut rien dire, sans histoires, ça ne veut rien dire. Les champs défilent à la vitesse du train et paraissent immobiles, éternels. À jamais figés dans l'absence de vent, baignés de lumière trop vive, parcourus de silence.

Elle était pourtant bien sans histoires dans un monde sans histoires, Océane. Une fille normale, prise dans la vie normale, si profondément qu'elle a été avalée par un été blanc et sans histoires. Et à sa place la campagne a recraché cet homme qui, j'espère, m'entraînera très loin d'ici.

22

Je n'ai pas eu à dire quoi que ce soit. Dès que je suis descendue du train, ma mère a compris que ça ne s'était pas très bien passé avec mon père. « Il t'a encore laissée toute seule, c'est ça ? » C'était tellement prévisible qu'elle avait acheté des glaces pour me remonter le moral.

Le soir, à la télé, il y avait une émission consacrée à la mort d'Océane. On n'a pas pu s'empêcher de la regarder. Cette mort, c'est le grand fait divers de l'été. J'ai encore très mal dormi. Et ce matin, il y a un silence très pesant dans la cuisine. Pourtant ma mère a soudain cessé d'angoisser pour rien, puisqu'il n'y a plus aucune raison d'avoir peur, maintenant qu'on sait ce qui lui est arrivé, à Océane. Je la trouve très moche, avec ses cheveux écrasés par le sommeil qui tiennent tout seuls, lourds et humides de sueur indécise. Dans sa chemise en coton, usée et délavée, qu'elle porte quand son mec n'est pas là. Elle se dirige vers la salle de bains en traînant les pieds et en annonçant qu'elle va se laver, qu'on va sortir en ville.

Dans les allées glacées du supermarché, j'ai encore cette impression sale d'être inutile. C'était ça, son idée de sortir en ville : aller au supermarché ? Elle s'arrête devant chaque chose, elle regarde et me demande : « Tu veux ça ? » Je ne veux rien.

— Est-ce que monsieur Vedel va venir s'occuper du jardin bientôt ou pas ?

Elle ne répond pas tout de suite, je n'aime pas quand elle fait ça. Elle cherche une caisse où il n'y a pas trop de queue, comme ça, sans rien dire. Quand elle a trouvé, elle me tend les articles pour que je les pose sur le tapis roulant.

— Mais pourquoi tu veux savoir ça ? Tu veux aller bronzer dans le jardin ?

— Non.

— Non ? Parce que tu sais, tu peux te mettre sur ta serviette même quand il est là, il te regarde pas, t'inquiète pas.

Elle ne sait même pas de quoi elle parle. Il y a encore quelques semaines elle était suspicieuse comme tout et maintenant elle m'assure qu'il ne me regarde même pas. Elle m'envoie des piques mais elle n'a pas répondu à ma question.

— Il va venir bientôt ou pas ?

— Non.

Sèchement. Elle salue la caissière et continue son numéro, comme chaque fois qu'on sort. Ce que je la déteste, juste là. C'est elle qui, depuis qu'elle l'a embauché au début de l'été, contrôle mes rencontres avec lui, à la maison du moins. Et comme c'en est fini des sorties dans les bars avec Mathilde ou des battues à travers les bois, il n'y a que sur son territoire à elle que je peux encore le voir. Je suis toujours obligée de lui demander quand il reviendra, il n'y a qu'elle qui décide de ça, c'est elle qui l'appelle puisqu'il est à son service. Elle me prend le chariot des mains. En se dirigeant vers la sortie, elle me regarde encore.

— Bon écoute, je ne sais vraiment pas pourquoi ça t'intéresse de le savoir, mais moi, de ce que j'ai compris, il ne viendra plus ce type.

Je dois me faire violence pour ne pas qu'elle voie sur mon visage cette bouffée de panique. Je regarde mes pieds, mais j'ai l'impression qu'elle vient de me gifler sans raison. J'avale ces mauvais sentiments, je relève la tête et, comme elle, je prends un air détaché.

— Pourquoi ?

Il y a quand même un peu de reproche dans ma voix.

— Mais oh, Justine, tu m'ennuies avec tes questions ! Parce que, je ne sais pas, je lui ai téléphoné hier dans la journée pour savoir s'il pouvait venir aujourd'hui ou demain et il m'a dit qu'il ne pensait pas pouvoir continuer parce qu'il repart à Bordeaux, du côté de Bordeaux. Encore un sur qui on ne peut pas compter. Décidément, c'est vraiment compliqué de trouver quelqu'un de fiable.

Je jette presque les courses dans le coffre de la voiture. Je ne peux pas croire qu'il va partir, juste comme ça, sans rien me dire. Ce n'est pas possible, on s'est embrassés. Moi, je pensais qu'il allait revenir, qu'il allait toujours essayer de trouver quelque chose à faire dans le jardin, ou bien qu'il ferait exprès de ne jamais finir son boulot pour pouvoir revenir encore et encore, jusqu'au jour où on déciderait ensemble d'annoncer à ma mère que, voilà, on est ensemble et on s'aime. Elle qui me raconte en permanence toutes les choses les plus insipides du monde, ça elle ne me l'a pas dit ! Et je suis tellement déçue et en colère que je mets un moment à réaliser que si elle ne l'a pas fait, c'est parce qu'on a regardé l'émission sur la mort d'Océane à la télé hier soir, et que c'est suffisant pour oublier de me prévenir que « ce type » ne viendra plus. Puisque forcément pour elle, c'est juste un type.

Sur le trajet du retour, je garde le silence, les dents serrées. Je n'arrive pas à réfléchir, je suis prise de panique, réellement. Il va partir, comment le reverrai-je, alors ? Pour aller à Bordeaux, il faut prendre le train, ça ne peut pas se faire en cachette. Elle le saurait. Je ne comprends rien, je me trouve idiote d'avoir imaginé qu'il viendrait aujourd'hui. Pourquoi aujourd'hui ? Parce que je suis rentrée hier ? Je veux me raccrocher à ce que j'ai, le peu que j'ai, je me mens encore, oui, je me rappelle tout à fait le goût de sa salive et je m'en persuade si fort que je le retrouve. J'ai la bouche sèche pourtant. Dans le bas du ventre, cette pulsation chaude, le souvenir de sa langue. Pendant un instant, nous étions l'un à l'autre. Il faut que je lui parle. Je m'affole mais je n'ai pas envie de pleurer, il y a forcément une explication et il va forcément me la donner.

À la maison, je cherche une solution. J'essaie de me souvenir de son numéro que j'avais appris par cœur. J'essaie de le réciter comme une comptine, mais il me manque un bout, et je vois mes mains trembler furieusement. Il faut que je lui parle. L'idée de le perdre me tétanise. Je dois me débarrasser de ma mère pour pouvoir lui prendre son téléphone et récupérer le numéro de Vedel. Elle ne l'aura pas encore effacé. C'est comme si je faisais quelque chose de dangereux, comme dans les films d'espionnage. Mon cœur est sur le point de sortir de ma poitrine, je serre les dents et les lèvres. J'ai le sang noir et froid et brûlant, avec tout ce qui m'arrive depuis une semaine, il n'y a que du noir partout et j'ai peur.

Le temps qu'elle aille étendre le linge dans le jardin, je fouille dans son sac. Quand j'étais plus petite, j'aimais ses affaires : son agenda, le tube de rouge à lèvres qu'elle ne porte jamais, dans la poche intérieure, le portefeuille et le porte-monnaie. Je ne trouve pas le téléphone, il y a trop d'objets en faux cuir là-dedans, l'étui de ses lunettes de vue, l'étui de ses lunettes de soleil, le porte-chéquier... Enfin tout au fond ma main touche le portable, quelques miettes de tabac se glissent sous mes ongles. Je jette un regard par-dessus mon épaule, inquiète mais exaltée de faire une chose secrète. Je tremble, c'est épouvantable, en cherchant dans son répertoire le numéro de Vedel, et je ne sais même pas sous quel nom elle l'a enregistré, il faut surtout que je fasse attention à ne pas l'appeler par inadvertance, je serais bien capable de faire n'importe quoi tellement je suis agitée.

Voilà : Thierry Vedel. J'ai mon téléphone dans ma poche, je copie son numéro et je l'enregistre. Je me dis que j'aurais dû faire ça avant, quand Anne-Sophie me l'avait dit, avant tout ça, avant même le baiser, on se serait peut-être embrassés plus tôt, tout se serait passé autrement.

À la dernière seconde quand je remets le sac où il était, elle passe la porte avec la panière en plastique à la main. Tout de suite, elle sait que j'ai fait une bêtise. Elle me demande juste si ça va et je mens. Je monte dans ma chambre, fébrile, qu'est-ce que je vais lui dire ? L'appeler, et lui dire quoi ?

Presque quarante minutes à me ronger les ongles, avachie sur mon lit à écouter le silence et à essayer de trouver les mots. J'imagine plusieurs conversations possibles. Même le jour où j'ai décidé de quitter mon copain, le premier et le seul que j'aie jamais eu, je n'avais pas aussi peur que maintenant. Il y a un silence de mort. Il y avait une tondeuse qu'on entendait au loin et qui s'est tue. Pas même d'oiseaux. Il y aura sûrement un orage. Je n'ai pas arrêté de tomber amoureuse depuis cette première et unique rupture et la plupart des garçons ne me voient pas. J'ai le sentiment d'être ce genre de lycéenne qu'on ne remarque pas, le contraire d'Océane. D'être ce genre de fille qui se fond dans la couleur des murs, que l'on bouscule sans même s'en apercevoir, une fille asexuée et translucide. Certains m'ont dit non, et je sais quel chagrin et quelle humiliation restent après. La plupart ne m'ont simplement rien dit, ils n'ont pas réalisé mon existence et c'est moi qui ai abandonné au bout de quelque temps, surtout quand ils se mettaient à sortir avec une autre fille, plus visible, plus existante que moi, plus belle et plus intéressante. Je ne comprends pas comment font celles qui ne restent pas seules très longtemps, les garçons font la queue pour elles, ils attendent leur tour pour pouvoir les adorer. Pas avec moi. Mais lui, c'est différent. Je ne peux pas m'empêcher de penser que nous sommes ensemble d'une certaine manière, parce qu'il a tenu ma main plusieurs fois et surtout parce que nous nous sommes embrassés. Cette pensée, c'est mon radeau. J'ai très peur qu'il me dise non et, à la fois je me persuade que ce n'est pas possible.

J'ai le bout des doigts humide et presque rouge à force de les grignoter. Il faut que je l'appelle. Si je ne le fais pas là, je ne le ferai jamais. Je ne peux pas attendre qu'il parte. Sans rien dire, sans lui avouer que j'ai compris que je l'aime, que ce n'est pas seulement du désir. J'aurais dû m'en douter et réaliser plus tôt que c'est de l'amour puisque j'ai déjà imaginé ce que nous annoncerons à mes parents et, aussi, notre vie ensemble.

Je me souviens, une fois, quand nous étions encore au collège, quand nous étions encore amies, je suis allée au centre aquatique avec Mathilde. Il y a un bassin là-bas de cinq mètres de profondeur, et un plongeoir en hauteur. Un vrai plongeoir, une planche qui s'avance au-dessus de l'eau, comme dans les dessins animés. Il n'y a jamais beaucoup de monde à ce plongeoir. Tout le monde fait la queue pour le grand toboggan, les adultes se pressent dans les jacuzzis, mais presque personne sur le plongeoir. Nous y sommes allées, avec Mathilde. « T'es cap de plonger ? » J'avais peur, je l'ai regardé longtemps ce plongeoir, et aussi le petit bassin très profond, tout en bas. J'ai fini par dire oui et monter dessus. Et, encore, je suis restée longtemps à scruter l'eau et les ombres au fond, lointaines. Mathilde m'encourageait. J'avais peur que l'eau m'arrache mon haut de maillot de bain. Je voyais passer les gens, j'entendais les cris qui venaient du toboggan, le brouhaha propre aux piscines, et tout à coup j'ai fermé mes pensées et mes yeux, j'ai pincé mon nez et j'ai fait encore deux pas en avant, me laissant tomber toute droite comme une bouteille dans l'eau. Elle était incroyablement froide et je n'avais pas pied, j'ai coulé profondément, il m'a fallu beaucoup d'efforts pour remonter à la surface. Je n'ai jamais su plonger joliment, comme une nageuse, les mains et la tête en premier, pour faire une belle courbe dans l'eau et revenir à la surface comme une sirène.

Je me rappelle ce souvenir à la première sonnerie, c'est le moment où j'ai fermé les yeux et me suis avancée. Deuxième sonnerie, troisième sonnerie. Et s'il ne répond pas parce qu'il ne connaît pas mon numéro ? Ma mère fait ça, elle ne répond pas toujours. Quatrième sonnerie. Encore une et je vais tomber sur son répondeur, je serai absolument incapable de lui laisser un message. Je ne respire plus. Il décroche.

— Allô ?

— Allô, c'est Justine, dis-je comme un seul mot.

— Ah, bonjour, Justine. Est-ce que… ça va ?

Peut-être qu'il croit que je l'appelle parce que je suis dévastée à cause de la mort d'Océane. Ou peut-être qu'il ne comprend pas, ou qu'il a tout compris, il sait que je sais qu'il ne viendra plus. Quelle attitude dois-je emprunter ? Quel ton pour lui répondre ?

— Oui, ça va. J'espère que je ne te dérange pas.

— Non, je ne fais rien de particulier.

— Ma mère m'a dit que tu ne viendras plus chez nous.

Un silence. J'espère que je n'ai pas l'air de l'accuser.

— Non, en effet. Je vais bientôt déménager.

— À Bordeaux ?

— Oui.

— Alors… On ne se verra plus ?

Encore un silence. Et s'il n'était pas seul ? Et si je m'étais tout imaginé depuis le début, et qu'en réalité il a une femme dans sa vie ? Mais ce n'est pas possible, à cause du baiser. Du secret que l'on partage. Peut-être qu'il s'attendait à ce que je me manifeste, puisque j'avais un moyen de lui téléphoner, et pas lui.

— Je ne sais pas, dit-il. Je ne pense pas... Il soupire. Ça vaut peut-être mieux. Pour toi, ça vaut mieux.

Je ne comprends pas. Tout s'émiette sous mes pieds, il n'y a plus de sol, plus de lit, plus rien de solide ni de compréhensible. Comment, il ne pense pas qu'on se reverra...

Je lui dis : « Mais je t'aime. » En fait, non. Je lui crie, mais doucement, un cri d'une petite voix qui se défend : « Mais je t'aime. »

Et j'entends le sourire qu'il étire dans sa respiration avant de répondre. Ce sourire que je sais attendri, refusant. Ce sourire que je voudrais défaire et rejeter loin de son visage. Ce n'est pas ce sourire dans un souffle que j'ai cherché à faire naître. Il aurait dû me répondre : « Je sais. » Ou bien : « Moi aussi. » Pas sourire. Dans ce souffle déjà j'ai compris qu'il ne veut pas, qu'il ne veut rien, j'ai tout compris.

Si seulement je pouvais ravaler mes dernières paroles, les faire revenir dans ma bouche pour qu'il n'ait jamais entendu ça, mon secret, que je l'aime, et qu'il ne voit que comme un jeu, un caprice d'enfant. Ce sourire qui reste suspendu dans ces quelques secondes, qui n'en finissent pas, il a emporté toutes les possibilités de vie que je voyais en lui. J'attendais tout de cet aveu. J'ai dit : « Je t'aime » comme on mendie.

Il se racle la gorge. Il ne sait pas quoi dire. J'entends qu'il ne sourit presque plus. Ce silence est terrible. Et quand enfin il parle, c'est plus terrible encore. « Tu as seize ans, Justine. » Ce n'est pas un reproche ni une accusation. C'est la vérité. Je ne veux pas de la vérité, qu'il me rappelle mon âge. Je veux qu'il se souvienne de ce baiser, et de tout ce qui l'a rendu possible avant. Je ne veux pas qu'il m'énonce un fait contre lequel je ne peux rien, auquel je ne peux rien changer. J'ai seize ans et ce n'est pas de ma faute. C'est ce qui sort de ma bouche sans même que je le sente : « Ce n'est pas de ma faute. » Il ne répond rien. Alors, tout sort de ma bouche, je dis tout, absolument tout, et chaque parole me fait mal en s'arrachant de moi, comme une écharde ôtée de sous la peau. Chaque parole.

Je lui dis que je l'aime comme je n'imaginais pas que ce soit possible, que ça puisse exister un amour comme ça. Que j'oublie tout de mon âge en sa présence, que je m'échappe de moi et de ma vie en étant près de lui, que je me sens tout entière quand il me touche, et libre quand il me regarde. Que je me sens exister, enfin, parce qu'il me regarde, me touche, m'embrasse. Je ne lui laisse pas le temps de pouvoir me répondre. Je veux pouvoir tout dire sans être interrompue. Que, dès qu'il est là, je suis à ma place, je n'ai plus peur de rien. Qu'il est mon premier espoir véritable en la vie. Et chaque aveu me blesse. Je sens les larmes qui montent et qui menacent. Je dis non, écoute-moi, alors qu'il ne s'apprêtait pas encore à me répondre, je veux faire l'amour avec toi. Un silence, un soupir. Mes mots doivent peser si lourd sur lui, et que pourrait-il répondre ? Je ne peux plus m'arrêter, je suis comme une folle, je n'ai plus aucune pudeur à dire, à dire encore. Je dois tout dire puisque je sais bien que je ne l'ai pas, que je ne l'aurai jamais, et je veux que lui, au moins, soit forcé d'entendre et de garder tout ce que j'ai à lui dire.

Après m'avoir écoutée tout ce temps, il attend quelques secondes pour être sûr que j'ai fini et il me répond : « Justine... je t'aime beaucoup. » Alors, je pleure.

« Je t'aime beaucoup. » Ça ne peut jamais continuer sans un « mais », sans un mur ou bien ça se termine là. Il est humiliant ce mot, ce beaucoup. C'est un mot hypocrite, « beaucoup », alors que ça signifie tout le contraire. Il rejette bien en dessous de l'amour, le plus loin possible. C'est encore pire que je ne t'aime pas. C'est je ne t'aimerai jamais, car il y a ce beaucoup qui ne reculera pas, qui ne s'effacera jamais, il occupe la place de l'amour dans la bouche de l'autre. Et dans mon avenir. Peu importe le mot qui ose suivre « je t'aime », c'est toujours l'interdiction de l'amour.

Il reprend, il entend très bien mes larmes, mais il continue :

— Je t'aime beaucoup, tu es une très belle fille mais tu es très, très jeune... Écoute, ne pleure pas, je suis flatté mais qu'est-ce que tu voudrais qu'il se passe ? Tu n'as que seize ans. Sois raisonnable. Tu verras que j'ai raison.

— Mais on s'est embrassés ! Je lui crie ça.

— C'est toi qui m'as embrassé...

— Et après tu m'as embrassée aussi, c'est ça que je voudrais qu'il se passe, puisque ça s'est déjà passé ! Je t'ai embrassé mais toi aussi, tu m'as embrassée. Tu m'as tirée vers toi, tu m'as caressé les cheveux. Et toutes les fois où on se regardait, où on s'est tenus par la main. T'as pas le droit de faire comme si c'était pas vrai !

Il ne répond rien. Son silence est difforme, enflé d'un aveu. La confession honteuse, sans paroles, de s'être avancé pour attraper mon baiser et de l'avoir redessiné avec sa langue. J'entends dans ce qu'il ne dit pas les pensées qui saccagent sa conscience, le souvenir de ce baiser immoral. Et j'entends sa réponse qui oscille, entraînée dans la mémoire des mouvements de nos langues l'une à l'autre abandonnées, qui dansaient et qui se promettaient, pour nos corps tout entiers, des encore, des onctuosités et des soupirs. Bien sûr qu'il a aimé ce baiser, bien sûr qu'à ce moment-là, si vraiment il n'y en a eu qu'un seul, il a eu envie de me faire l'amour, lui aussi. Sans penser à mon âge. Ou peut-être même que mon âge l'a excité. Mais ça, il ne l'avouera pas.

Il me dit que, oui, c'est vrai, nous nous sommes embrassés. Il reconnaît qu'il l'a reçu ce baiser, qu'il me l'a rendu. Mais c'était un moment d'égarement, déjà sur le chemin du retour, dans sa voiture, il s'en voulait. Il regrette profondément de ne pas m'avoir repoussée. Il m'assure que je ne me rends pas compte de ce que j'ai fait – c'est moi qui ai fait quelque chose, toute seule, peut-être ? Il dit que ce n'est pas moral. Et je ne vois pas pourquoi. Probablement que s'il s'agissait de quelqu'un d'autre, d'un ragot qu'on me racontait, je trouverais ça dégueulasse et immoral, mais pas ici, parce que ça me concerne et que personne ne devrait avoir le droit de nous juger. Pas même lui. Au contraire, qu'est-ce que ça peut faire ? Quand je pense avec quelle facilité la vie d'Océane s'est arrêtée, qu'est-ce que ça peut bien faire d'embrasser une fille de seize ans, de faire l'amour avec elle ?

Il soupire, je l'agace. C'est terrible. Et pourtant, il reste très calme en me parlant. « Je ne vois pas ce que cette pauvre gamine a à voir dans tout ça, Justine. Est-ce que tu entends ce que tu dis ? Tu crois vraiment que c'est rien du tout d'embrasser une fille de seize ans ? » Je ne réponds rien. J'ai l'impression qu'il me fait la morale, ce qui est certainement le cas. « Tu devrais t'intéresser aux garçons de ton âge ». J'ai envie de lui renvoyer la balle, parce que je suis en colère contre lui tout à coup : il s'est bien intéressé à moi, cet été, non ? Mais je n'ai pas le temps de le faire, il reprend.

Il me dit que je ne dois pas être triste. Que je peux garder ce baiser comme un beau souvenir, un moment spécial et secret, mais que je ne dois rien bâtir dessus parce qu'il ne peut rien se passer entre nous. Il avance même qu'il pourrait finir en prison pour ça. Je lui oppose que c'est faux, que seize ans, c'est la majorité sexuelle. Sévère, il répond : « Non. Tu as seize ans. » Je sens qu'il a envie de continuer mais s'en empêche pour ne pas me donner des idées de vengeance, parce que je pourrais, après tout, l'accuser. Mais je ne ferai jamais ça. Tant pis, je ne le dirai jamais à personne. Parce que je l'aime, je ne vais pas lui nuire. Et parce qu'il est en train de m'humilier si profondément, si sûrement, de me briser comme de la camelote, comment irais-je raconter à qui que ce soit la pire humiliation, la blessure la plus moche de cette vie moche, de cet été de cauchemar ?

Moi ça ne me fait rien, son âge, mon âge. Tout ce que je sais c'est que ce baiser nous le voulions tous les deux depuis longtemps, sinon il n'aurait pas existé. Il me dit que non et que de toute façon c'est comme ça.

— Et si j'avais dix-huit ans ? Ou vingt ans ?
— Quoi, si t'avais vingt ans ?
— Ce serait immoral si j'avais vingt ans ?

— Si t'avais vingt ans, tu serais majeure. Ce serait une autre histoire. Mais tu es mineure, Justine.

— Oui, mais si j'avais vingt ans, tu voudrais te mettre avec moi ?

— Mais Justine, enfin... Non. Tu serais toujours trop jeune.

Comme je regrette d'avoir décidé de tout lui avouer. Comme je regrette de ne pas avoir choisi de continuer à me mentir jusqu'à ce que je ne puisse plus trouver son numéro dans le téléphone de ma mère parce qu'elle l'aurait effacé, de ne pas avoir choisi de continuer à me persuader qu'il m'aime lui aussi, qu'il me désire si fort qu'il reviendra pour moi. Que peut-être il attend ma majorité, que je vais me réserver pour lui et que nous nous aimerons toujours. Je regrette de ne pas avoir protégé ma naïveté et de m'être avancée à tout lui dire. Qu'est-ce que j'imaginais ? J'ai réellement cru qu'il me répondrait « moi aussi » à tout ce que je lui dirais, qu'il viendrait dès ce soir me chercher en voiture, qu'il se passerait des choses. Mais quelles choses ?

Ce que je dis ne sert plus à rien, j'abandonne. Et il se radoucit. « Tu sais, on est tous passés par là. Je comprends. Vraiment, tu ne me crois peut-être pas, mais je te comprends. J'étais amoureux de ma prof de maths comme jamais quand j'avais seize ans. Je rêvais d'elle, je croyais qu'on finirait ensemble, pour toute la vie. Tu t'imagines un peu, si elle avait noué une relation avec moi ? Une femme de trente-cinq ans avec un lycéen ? » Ça me tombe dessus. Je commence à comprendre, mais je n'ai pas envie de me le formuler. Je ne veux surtout pas lui donner raison.

Il me dit que c'est bientôt la rentrée, que je vais rencontrer un garçon, gentil, beau, drôle, intelligent, un qui me rendra heureuse. Je lui réponds : « Mais non. » Il insiste, il prétend qu'il le sent, que très bientôt je serai heureuse et que je l'oublierai vite. Je me mords les lèvres pour ne pas lui rétorquer qu'il n'y a que lui qui me rendait heureuse. Ce n'est plus la peine. Il ajoute encore qu'un jour, si je me souviens de tout ça, quand je serai grande, je comprendrai. Et que je le remercierai. « Attends quelques années. Tu verras. Tu me remercieras. » On finit par se dire au revoir, et c'est vraiment un adieu, on raccroche.

Je reste là, assise au bord de mon lit, courbée en avant, à pleurer. Les deux mains agrippées au matelas, les larmes qui tombent sur mes genoux. Il va me falloir beaucoup de temps pour me pardonner ce défaut que je ne peux pas corriger, d'aucune manière, ça ne fait pas partie de ce que l'on peut transformer de son corps, c'est mon âge, je suis trop jeune.

Alors qu'avec tout ce qui s'est passé depuis deux mois, à l'intérieur de moi c'est terminé, je n'ai plus seize ans. Je suis devenue vieille en moi, en secret, il ne l'a pas vu. Il n'a vu que la fraîcheur de mes joues d'enfant, il n'a pas vu ma solitude ni ma valeur, je suis trop jeune, pour lui je serai toujours trop jeune. Je souffre, ce chagrin-là n'est pas proportionnel à mes seize ans. Je n'arrive pas non plus à admettre que si j'étais née plus tôt, si nous avions été amants, rien n'aurait été différent. Que j'ai toute ma vie pour faire l'amour, que j'ai toute ma vie pour aimer les hommes qui ont un corps d'arbre et d'océan. Ça me fait mal de voir que ma mère avait raison, que ce qu'on donne ne retient personne, que tout passe comme ils passent, les hommes, ils viennent, ils prennent, ils ont peur alors ils partent. Ils emportent les désirs, les rêves, les souvenirs, les hommes. Comme j'ai hâte, comme j'ai hâte d'arriver à cet âge où l'on n'est plus trop jeune.

23

L'enterrement d'Océane est lent, et en même temps ça passe très vite. Je n'ai pas pu entrer dans l'église, ses parents n'ont accepté que la famille et les amis les plus proches. Nous on est restés dehors avec la foule, avec nos habits noirs qui retiennent la chaleur. On est en nage, pas un coin d'ombre où s'abriter. Les gens se parlent entre eux, à voix basse. Il y en a qui parlent de totalement autre chose. Un peu plus loin, j'ai reconnu un groupe de lycéens, dont une fille que je connais. Mais on s'est simplement fait signe de loin, je ne suis pas allée vers eux.
Je sais qu'à l'intérieur, Anne-Sophie et toute la famille d'Océane assistent ensemble à la messe. Qu'ils doivent être tous dévastés. C'est elle qu'ils pleurent. Moi, j'en ai marre d'attendre et je me trouve ignoble, vraiment détestable d'avoir une bonne raison d'afficher ma tristesse, alors que cette tristesse a moins à voir avec la mort d'Océane qu'avec l'effondrement de mes illusions amoureuses. Je me vautre dans mon chagrin. Je ne pense qu'à moi, à ressasser ma déception. À me répéter ses mots. Jusqu'à cet instant, j'avais été sortie de moi et de tout l'ennui de ma vie par ce baiser. Pour moi, ça n'avait rien

d'immoral. C'était courageux, c'était beau et libre et sauvage. Je me sens minuscule comme un grain de poussière.

Je suis consolée par une seule chose, c'est que j'ai tout gardé secret. Je pourrai simplement continuer à mentir à Anne-Sophie, si elle a encore envie d'être mon amie maintenant qu'on enterre Océane. Je ne lui avouerai jamais ce qui s'est vraiment passé, je ne lui donnerai jamais son âge. Je contemple une petite peau au coin de l'ongle de mon pouce. Je triture ce petit bout de moi. Je savais que les autres trouveraient ça dégueulasse. N'importe qui serait d'accord avec lui, c'est immoral d'être en couple avec un homme de quarante ans quand on en a seize. Je ressens toute ma solitude, je me sens unique au monde, unique dans l'histoire de l'humanité, la seule à voir la sincérité, la pureté, la beauté de ce que notre amour aurait pu être.

Je ne crois toujours pas les choses qu'il m'a dites l'autre soir au téléphone. Tout est brouillé, comme une eau sale, remuée par un orage. Et dans tout cela, c'est encore la voix de ma mère qui me revient, quand mes parents ont divorcé. J'étais trop petite pour comprendre tout ce qu'elle me racontait, pourquoi elle répétait qu'elle avait été une imbécile, la dernière des imbéciles. Elle m'avait dit qu'il fallait tenir les hommes et ne jamais totalement leur faire confiance, et aussi qu'ils sachent qu'on ne leur faisait pas confiance. Je n'avais pas compris et même maintenant, je ne sais pas pourquoi ces mots me reviennent.

Une autre fois, elle m'avait dit cette chose étonnante, parce que j'étais encore jeune, j'avais quatorze ans. « Les hommes, d'abord ils auront envie de coucher avec toi. Et seulement après ils verront s'ils veulent t'aimer ou pas. Toujours. » Je repense à ça en la regardant. Elle parle avec

Philippe, à quelques pas de moi, en fumant, son portable à la main. Et j'ai envie de lui dire qu'elle m'a menti. Je me souviens de son visage pathétique, de ses yeux gonflés d'avoir trop pleuré après s'être fait plaquer par un de ses « chevaliers servants ». Ensuite, elle a rencontré Philippe. Elle m'a toujours dit ces choses avec une telle assurance, avec ce ton qu'on prend pour énoncer une vérité indéniable, immuable, un pilier de la vie, alors que ce n'est que son avis et qu'elle a tort. « Toujours », comme si les hommes allaient toujours avoir envie de coucher avec moi si je leur ouvrais les bras. Je l'avais cru. C'est ce que l'on croit toutes.

Je la déteste. Et je déteste mon père de me trouver si jolie, presque avec regret, de prétendre que les garçons se retournent sur mon passage alors que c'est faux. Comme Mathilde qui mentait en disant que si elle était un garçon, elle serait sortie avec moi sans hésiter, que je suis une fille incroyable, que c'est impossible de ne pas m'aimer. Et Vedel, lui, il m'a regardée mais il a fui. Il a pourtant bien l'âge et l'expérience de savoir quoi faire quand une fille lui plaît. Même Anne-Sophie, je la déteste. Tout est de sa faute. C'est elle qui l'a aimé à travers moi, qui a aimé cet amour que je pouvais avoir, qui m'a poussée à le lui avouer, à y aller, à ne pas le laisser filer. Comment font-elles, toutes les autres, pour trouver quelqu'un qui reste ?

Et je la regarde ma mère, avec ses trois roses blanches à la main. On attend, ça n'en finit plus. On les a achetées pour les déposer sur la tombe d'Océane. Je voudrais qu'on m'enterre avec elle. Je ne veux pas que tout continue comme avant, comme si de rien n'était. Faire semblant qu'il ne m'est rien arrivé cet été, que je n'ai pas changé, que je n'ai pas rêvé, pleuré, que je n'ai rien compris de terrible, que je n'ai pas appris mon âge. Je n'ai pas envie de retourner au lycée en septembre, de recommencer à aller en classe, à apprendre des choses que je ne veux pas apprendre, à manger à la cantine, à parler de tout et de rien, à croiser des regards dans les couloirs. La plupart de ces regards vous jugent sur quelque chose que vous ne percevez pas. Reprendre la vie là où elle en était avant qu'il arrive, là où elle en était avant qu'Océane disparaisse, comme si de rien n'était. Je ne veux pas.

Ma mère balance lentement son bras au bout duquel pendent les trois roses et essuie du revers de la main un peu de sueur sur son front. Elle dit : « Qu'est-ce que c'est long ! Elles vont être fanées avant qu'on arrive là-bas. » Sans rien nommer, dire là-bas plutôt que dire le cimetière.

Je me sens très loin de tout. Je me perds un instant infini dans la contemplation d'une femme appuyée contre la façade de l'église. On dirait que son ombre la soutient, comme une bonne amie qui ramènerait une ivrogne à la maison. Elle est très belle, des cheveux courts, un corps comme une tige de fleur, un port de tête gracieux malgré sa posture affaissée. Abattue. Le visage douloureux, mais pudique dans sa douleur. Elle regarde, imperturbable, la porte de l'église, attendant qu'elle s'ouvre. Souffrant sûrement de ne pas pouvoir être à l'intérieur. C'est la professeure de danse d'Océane.

Quand on arrive au cimetière, je revois pour la première fois depuis la marche blanche les parents d'Océane et son petit frère. Il ne pleure pas. Il a beaucoup changé. Il marche près de sa mère en lui tenant la main, on croirait que c'est seulement grâce à lui qu'elle tient debout. Son visage, à la mère, est dénué d'émotion, comme une poupée : figée. Ses yeux sont cachés derrière de larges lunettes de soleil et elle a beaucoup maigri tout au long de l'été, son corps est devenu anguleux, ses os saillent sous sa fine blouse noire. Elle tient aussi la main de son mari, en la serrant si fort que ses articulations blanchissent, comme si elle voulait le broyer ou bien fusionner avec lui, qui se tient là, monolithique. Éteints, c'est comme ça qu'ils sont. Aucun des trois ne pleure, ils ne doivent plus avoir de larmes. Il m'est très difficile de les regarder, leur déchirement est trop profond.

Les autres membres de la famille s'essuient les yeux en permanence. Un grand cercle silencieux se forme autour de la tombe ouverte. Au moment de la mise en terre, la mère d'Océane pousse un gémissement d'animal blessé, comme un cri, et ses genoux ne la soutiennent plus. C'est le père qui la rattrape et la maintient. Et sans pleurer, elle parvient à articuler entre ses sanglots secs qu'elle ne peut pas, elle ne peut pas. Il faut bien, pourtant, on descend le cercueil. Et là, tremblant tout entière, elle jette des roses sur le cercueil de sa fille, le visage déformé en une grimace inhumaine. Puis tous, les uns après les autres, nous passons devant ce trou béant pour déposer une rose sur Océane avant qu'on ne la recouvre pour toujours. Ma mère et Philippe le font ensemble, je reste un pas en arrière. J'ai compris qu'elle le choisissait lui plutôt que moi, pour ce moment, et je ne lui en veux même pas. Je me sens si loin de tout, même de ma propre vie, qui ne me semble plus si importante.

Ma vie n'a plus la même importance. Cette idée préconçue qu'a ma mère que vivre à la campagne c'est vivre à l'abri, qu'à la campagne personne ne fera du mal aux enfants. Que c'est l'endroit idéal pour les élever, loin de la pollution et des dangers des villes. Le fait que mes parents m'aiment si mal que parfois, souvent en vrai, je me dis qu'ils ne m'aiment pas du tout. L'ennui qui ronge mon adolescence, qui me force à devenir sérieuse et inquiète parce que je n'ai pas de distractions. Le rien profond qui nous entoure, le fait que l'on s'habille tous dans les quatre ou cinq boutiques qu'il y a en ville. Le fait que ma meilleure amie m'a trahie et laissé tomber pour un pauvre type. D'avoir juste effleuré la possibilité d'un amour qui me faisait brûler au-dedans et au-dehors, qui remplissait tout l'espace et m'a amenée jusqu'au seuil de ma virginité, qui dormait patiemment en moi.

Toutes ces choses n'ont plus aucune importance quand je regarde, sous mes pieds, le trou de la tombe, au fond un cercueil de bois clair, vernis, à moitié caché par un monceau de fleurs blanches, et que je me dis, en fermant les yeux pour mieux la visualiser, il y a là-dedans une fille qui vivait pour des choses aussi futiles que moi. Une fille sans histoires, mais ça, c'était juste en apparence. On dit sans histoires comme on dirait que ce sont des histoires de gamines, que ça ne compte pas. Mais elles existent ces histoires, elles comptent.

Elle était comme moi, Océane. Toutes ces futilités, tous ses rêves, elle les a perdus d'un seul coup à l'instant où elle a été tuée, et moi petit bout par petit bout depuis le début des vacances et sa disparition. Tout ce que je perdais allait vers elle, tandis qu'elle se décomposait dans un fossé, près de la carrière de pierre. Alors, tout ce que j'ai réussi à garder de cet été, mon désir bafoué, je décide de le lui donner. En jetant ma rose blanche sur son cercueil, je jette aussi ça. Je me dis qu'on enterre la petite fille naïve que j'étais avec la petite fille naïve qu'elle était, elle. Et qu'on n'en parle plus jamais.

Remerciements

À Alix Penent et Tatiana Seniavine pour leurs lectures, leurs suggestions de réécriture toujours justes et leurs précieux conseils, qui ont porté ce roman au plus haut avec une énergie folle et une grande confiance.

À Natacha Calestrémé, ma première lectrice, pour son écoute, sa générosité et sa bienveillance qui m'ont tant apporté.

À Patricia Duez pour ses retours pointus et sa grande gentillesse.

À mes parents, pour leur soutien indéfectible depuis toujours, depuis mes premiers textes parfois incompréhensibles, et pour leur immense amour.

À ma sœur, pour m'avoir écoutée lui parler de Justine et de ses états d'âme durant si longtemps, à la terrasse du Celtique.

À mes amis, pour m'avoir lue et encouragée : Laura (merci pour ses retours si précis et sincères), Sophia,

Marie, et puis Lucien et Anaïs qui ont emporté Justine en vacances avec eux.

À Émilien, pour son amour qui me porte à chaque instant, pour m'avoir soutenue tout au long de cette écriture.

Cet ouvrage a été mis en page par IGS-CP
à L'Isle-d'Espagnac (16)

Imprimé en France par CPI
en mai 2021

Dépôt légal : août 2021
N° d'édition : L.01ELJN000774.N001
N° d'impression : 163503